TENDRESSES PARTAGÉES

DU MÊME AUTEUR

Quelques Pas de danse en famille, Denoël, 1986.
Le Langage perdu des grues, Denoël, 1988.

DAVID LEAVITT

TENDRESSES PARTAGÉES

roman

Traduit de l'anglais (États-Unis)
par Michel Lederer

FLAMMARION

Titre de l'ouvrage en langue originale :
Equal Affections
Éditeur original :
Weidenfeld and Nicolson, New York

Pour l'édition française :

ISBN 2-08-066122-1
Imprimé en France

A John Leavitt et Emily Leavitt

REMERCIEMENTS

Je dois beaucoup à Jill Ciment pour certaines suggestions précises et essentielles; à John Herman pour ses conseils avisés; à Andrew Wylie, Deborah Karl et Susan Schorr pour leur aide au-delà du simple devoir professionnel; et surtout à Gary Glickman pour m'avoir soutenu et supporté même lorsque j'ai été le plus insupportablc.

S'il ne peut y avoir de tendresse partagée,
Que je sois celui qui aime le plus.

W.H. Auden, *The more loving one*

PREMIÈRE PARTIE

La première fois que Louise crut qu'elle allait mourir, elle appela Danny et April au chevet de son lit d'hôpital et déclara : « Les enfants, il faut que je vous dise quelque chose. » April, qui venait juste d'avoir seize ans, secoua ses longs cheveux et dit : « Arrête, maman ! » Danny, en revanche, préféra se taire.

« Non, je suis sérieuse, reprit Louise. Je sais que j'ai fait un certain nombre de choses qui vous ont déplu, par exemple, April, ne pas t'avoir laissé aller à ce concert parce qu'il finissait trop tard, ou toi, Danny, ne pas t'avoir autorisé à voir *L'Exorciste.* Mais vous devez comprendre que j'avais mes raisons. Souvenez-vous de ça quand vous serez plus grands : on est tous l'enfant de quelqu'un, mais on n'est pas tous la mère de quelqu'un. » Elle voulut réarranger son oreiller, et tira par inadvertance sur le tube du goutte-à-goutte. « Oh ! zut ! Nat, tu peux m'aider ? Avec ce foutu lit, je n'arrive jamais à l'installer comme il faut. »

Assis dans le fauteuil de skaï qui occupait le coin de la chambre, Nat abandonna aussitôt les papiers qu'il était en train de classer. Faisant craquer ses doigts, il entreprit de régler le lit. « Un peu plus haut, dit Louise pendant que le lit se soulevait avec un ronronnement. Un peu plus bas, maintenant.

– Maman, je sais que c'est dur d'être une mère, dit April.

– Pourtant, des fois tu donnais l'impression de m'en vouloir, ma chérie. Et je ne pouvais pas le supporter...

– Mais je comprends très bien ! Tu devais prendre les décisions qui étaient bonnes pour nous, même si ça ne nous plaisait pas. Je l'ai toujours compris. » Elle prit la main de sa mère. « Je t'aime, maman. » Et toutes deux fondirent en larmes. « Je crois que moi aussi je voulais te dire que je t'aimais, ma chérie, fit Louise. Il fallait que ça sorte, c'est tout. Danny, tu peux me passer un Kleenex ? » Elle se moucha. Chez elle, les émotions s'exprimaient en général sur un mode digestif ou respiratoire. Louise avait quarante-deux ans.

En fait, elle n'allait pas mourir. Le mal devait encore s'insinuer en elle durant neuf années sans que Louise eût à croire de nouveau sa fin venue. La maladie s'installa dans leur maison comme une vieille tante dans la chambre du fond. Elle vécut avec eux ; elle mangea avec eux ; elle devint familière.

Néanmoins, à dater de ce jour, il y eut pour chacun d'eux une ligne de démarcation, un avant et un après. Certains détails indestructibles s'ancrèrent dans leurs souvenirs à long terme. Pour Louise, ce fut la douche ce matin-là, lorsqu'elle sentit la première fois sa tumeur au sein ; pour Nat, la petite feuille de papier rose sur laquelle la secrétaire du service avait écrit : « Rappeler immédiatement Mrs. Cooper » ; pour April, le silence surprenant qui régnait dans la maison quand elle rentra de l'école ce jour-là et ne trouva personne. Et pour Danny, ce fut le moment où on vint le chercher dans la classe de Mr. Weston – ils étudiaient la Grèce antique – et où, dans son bureau, la secrétaire de l'école lui dit : « Danny, ton père a téléphoné pour dire que ta mère ne pourra pas te conduire au rendez-vous chez le dentiste. C'est ta sœur qui viendra. » April arriva à l'heure prévue, au volant de la voiture de Louise, et Danny comprit qu'il se passait quelque chose de grave. April n'avait son permis que depuis deux semaines ; normalement, elle n'était pas autorisée à prendre la voiture de leur mère.

« Tu ne vas pas nous faire avoir un accident ! » dit Danny pendant qu'ils sortaient du parking de l'école, et

April répliqua : « T'inquiète pas! J'ai eu une très bonne note à mon examen, et je sais ce que je fais. » Il ne s'expliqua jamais pourquoi elle choisit d'être en plein milieu de la circulation pour le lui apprendre, mais April était portée aux stratégies imprudentes et irréalistes. « Danny, fit-elle, maman a dû aller à l'hôpital aujourd'hui. Elle s'est découvert une grosseur au sein et on la lui a ôtée, mais ce n'est sans doute rien et il n'y a aucune raison de s'inquiéter. » Et, avant qu'il ait pu dire quoi que ce soit, poser une question ou chercher à se faire rassurer, elle se mit à sangloter au point que ses mains en tremblèrent et que la voiture mordit le bas-côté. « April, laisse le volant! fit Danny. Arrête-toi. – Ça va! cria April. Ça va! » La maîtrise de soi ne serait jamais son fort. Beaucoup plus tard, quand Danny lui annonça qu'il était homosexuel, elle se contenta de répondre : « Tout ce que je peux te conseiller, Danny, c'est de le dire à papa et à maman ce soir, parce que sinon je sais que je ne vais pas pouvoir m'empêcher de le leur dire moi-même. » Elle déclara cela presque sur un ton d'excuse, comme si ses actes étaient entièrement déterminés par des démons qui manipulaient les circuits de son cerveau. Le mieux qu'elle pouvait faire, semblait-il, c'était de prévenir à l'avance.

La deuxième fois que Louise crut qu'elle allait mourir, ce fut tout à fait différent. Des heures sombres, confuses; il n'y aurait ni déclarations ni offrandes à son chevet. Elle était avec Danny au restaurant de chez Neiman-Marcus, et le regardait manger un sandwich baptisé la Grande Pagode – tranches de pain, de bacon, de dinde soigneusement empilées et châtaignes d'eau, le tout planté de petits drapeaux aux motifs orientaux. C'était la fin août. Nat était parti; April était partie. Les derniers après-midi de l'été torride s'achevaient et la nuit tombait de plus en plus tôt, faisant tourner les pages du calendrier. Autour d'eux, les gens combattaient la nostalgie naissante de la fin de saison par les achats de rentrée, les vêtements neufs, les listes des cours disponibles et les soldes de blanc, mais Danny et Louise, comme tous les ans, paraissaient avoir été débordés par toute cette activité, les pieds englués dans la boue du regret, dans le fond détrempé d'un été trop rapidement passé, qu'ils n'avaient pas assez apprécié. Nat s'arrangeait toujours pour organiser un voyage d'affaires à cette époque de l'année, quelques bavardages professionnels et quelques petites aventures à l'Intercontinental Marriott Sheraton Hilton Comfort Inn. (Plaisanterie de Louise.) Et April aussi s'arrangeait toujours pour ne pas être là; mieux encore que Nat, elle était parvenue à se dégager des contraintes du calendrier, à trouver une manière de vivre et de travailler en dehors des horaires saisonniers. Donc, comme d'habitude, il n'y avait que Louise et Danny qui, fin août, déjeunaient ensemble au restaurant de chez Neiman-Marcus, ce qu'ils n'avaient jamais fait auparavant et ne referaient jamais, et Louise, pour la deuxième fois de sa vie, croyait qu'elle allait mourir. Mais, cette fois-ci, elle s'était bien gardée de parler à quiconque de la tumeur, de la biopsie, du baryum et du coup de téléphone qu'elle donnerait le lendemain matin pour connaître les résultats. Danny, affalé sur sa chaise, mordit léthargiquement dans sa Grande Pagode comme pour dire : c'est la félicité. Autour d'eux, il y avait le tintement des glaçons dans les verres de thé glacé que buvaient des femmes riches et élégantes, le murmure apaisant de conversations sur les régimes, les infidélités télévisuelles, les malheurs des épouses des hommes les plus fortunés du monde.

En fait, elle allait bénéficier d'un nouveau sursis. « Bonnes nouvelles! » lui annonça le médecin au téléphone. Toujours malade, mais pas mourante. Danny, malgré les manifestations, passa en première. Nat revint à la maison. Louise avait cinquante et un ans.

Un jour que Danny rendait visite à ses parents, il accompagna sa mère dans une boutique de laines. Ils marchèrent côte à côte sur le trottoir ensoleillé de California Avenue, passèrent devant le cinéma, la pizzeria, la boutique de toilettage pour chiens et le magasin de produits diététiques. Louise portait des jeans bleu pâle, des jeans de femme, avec des fleurs sur la hanche, et un cardigan jaune en laine bouclée. « Tu sais, Danny, fit-elle, la plupart des gens disent que c'est dur d'être vieux, mais moi, plus je vieillis, plus je pense que c'est formidable d'être vieux. Tu prends les choses calmement, tu ne t'inquiètes plus autant, tu n'as plus à travailler aussi dur. Et surtout, tu sais tellement plus de choses que tu n'en savais quand tu étais jeune.

– Ne sois pas ridicule, maman, dit Danny. Tu n'es pas vieille.

– Et les tarifs réduits ! Au cinéma, dans les autobus. Tu ne peux pas imaginer à quel point j'apprécie les tarifs réduits.

– Tu ne les mérites pas », dit Danny. Il eut un geste brusque de la main, et cogna par inadvertance l'avant-bras de sa mère. Aussitôt une contusion apparut – une tache rouge qui s'élargit rapidement sous la peau.

« Oh ! je t'ai fait mal ? »

Elle haussa les épaules. « Ce n'est rien. Juste un petit saignement sous-cutané. »

Juste un petit saignement sous-cutané ! Maladroitement, il voulut lui prendre le bras, et la cogna de nouveau. « Danny ! » s'écria-t-elle. Une autre marque rouge, de la taille d'une pièce de monnaie, naquit sous la peau de son poignet. « Fais attention, maintenant. » Elle rabattit sa manche. « Je suis désolé », s'excusa-t-il. Elle se contenta de répondre : « Ce n'est rien, j'ai ça tout le temps. »

Ils entrèrent dans la boutique de laines. C'était un endroit poussiéreux, rempli de magazines de mode et d'étagères bourrées d'écheveaux disposés selon les couleurs du spectre. Assises autour d'une grande table d'école, des femmes maniaient de longues aiguilles roses en buvant du café et en feuilletant des revues. Louise se joignit au cercle ; les femmes avaient beau ne pas se connaître, elles se parlaient d'un ton intime, à voix basse. Louise cherchait un vêtement à tricoter pour le petit enfant à naître de l'une de ses amies – depuis deux ans, elle avait en effet cessé d'exprimer l'espoir d'en avoir un elle-même – et elle examinait des photographies de pulls jaunes, de petits chaussons, d'élégants costumes gris pour petits garçons, de chapeaux décorés de canards. Elle remonta ses manches, et révéla des avant-bras délicats, criblés de taches de rousseur ainsi que de cercles et de spirales rouge sombre, inquiétants, des taches de sang, qui évoquaient les tenues de camouflage. Louise avait soixante et un ans.

Enfant, Danny était timide et prudent, du moins en ce qui concernait sa mère. Un jour, alors qu'il avait environ six ans, effrayé par la diapositive de poumons cancéreux qu'on leur avait montrée à l'école dans le cadre de la campagne antitabac, il lui cacha toutes ses cigarettes. Pendant près d'une heure ce soir-là, elle fouilla la maison, regarda sous les oreillers, sous les coussins, vida les poubelles, et alla même jusqu'à chercher dans le congélateur. Puis elle remarqua qu'il l'observait. « Tu as fait quelque chose avec mes cigarettes ? » demanda-t-elle. Et il resta planté devant elle, figé comme une statue.

« Dis-moi où elles sont.

– C'est mal de fumer.

– Dis-moi où tu as mis mes cigarettes, sinon tu vas recevoir une claque, mon garçon.

– C'est mal de fumer.

– Je te préviens, Danny.

– Dans mon coffre à jouets. »

Il la suivit dans sa chambre et la regarda ouvrir le coffre puis sortir les jouets avec violence. « Mon Dieu, fit-elle en déchirant la cellophane qui entourait la cartouche, personne à l'école ne t'apprend à te mêler de tes affaires ? » Penchée en avant, elle s'efforçait d'allumer sa cigarette dans le creux de la main tout en le corrigeant et lui, il l'observait avec une certaine curiosité tandis qu'elle se débattait avec le briquet. La flamme jaillit enfin. Elle inspira une longue bouffée, avide, souffla la fumée en direction de la fenêtre ouverte. Et pendant qu'elle tirait sur sa cigarette, elle garda un bras en travers de sa poitrine et se refusa à regarder son fils.

Elle fuma encore six ans, jusqu'à ce que la première opération la contraigne à s'arrêter. Entre-temps, Danny ne toucha plus et n'envisagea même pas de toucher aux grandes cartouches rouges que Louise rangeait dans un meuble sous le tiroir des serviettes de table. Il avait appris cet après-midi-là combien les besoins de sa mère étaient tendres et désespérés ; qu'ils ne pouvaient pas être traités à la légère, ni supprimés comme cela. Depuis ce jour-là, il sut qu'il lui faudrait trouver des moyens détournés pour la protéger, des moyens dont elle ne se douterait jamais.

A l'école primaire, Nat Cooper fit, en 1934, une rédaction intitulée : « Mon arbre généalogique donne des noix. » Elle commençait ainsi : « L'arbre généalogique des Cooper a peu de racines et beaucoup de branches », et c'était vrai : dix filles et deux garçons, nés de Max et de Nettie qui arrivaient de Lituanie. Max avait dû se déguiser en fille pour échapper à la conscription, et se faire passer pour la sœur de sa femme. Quant à leurs propres parents, leurs frères et leurs sœurs, leurs oncles et leurs tantes, personne ne semblait savoir ce qu'ils étaient devenus. Ils étaient sans doute morts au cours des pogroms. Max et Nettie étaient un jeune arbre, une branche unique coupée et transplantée dans un climat plus chaud. Leurs onze enfants eurent à leur tour quarante-trois enfants; lesquels en eurent soixante. Peu d'entre eux restèrent à Boston et la plupart partirent vers le sud, en Floride, ou, comme Nat, vers la côte Ouest.

Parvenu à l'âge adulte, Danny se plaisait à dire qu'il était né nulle part, dans une ville qui aurait pu retourner au néant aussi vite qu'elle en avait surgi, une ville qui n'avait qu'un an de plus que lui. Cette ville, située en Californie, s'appelait Carrollton, et était bâtie sur des ordures; « comblement de la baie » était le terme choisi. Quelques années auparavant, il y avait de l'eau ici, des poissons, peut-être des dauphins. Mais la baie de San Francisco avait été chimiquement rétrécie, comblée. Les gens dormaient, se disputaient, faisaient la cuisine et des enfants sur un matelas reconstitué de serviettes en papier, de Kleenex, de cartouches de cigarettes, de tubes de dentifrice aplatis et de boîtes de conserve enfoncées. Des années et des années de détritus humains, façonnés en terre. C'était Nat qui avait tenu à s'installer là, même si, comme Louise ne manquait pas de le lui rappeler, ils auraient pu facilement s'offrir mieux. Il aimait l'idée de Carrollton, l'idéal de Carrollton, parce qu'elle lui paraissait pareille au futur : biodégradable, recyclable, autosuffisante. Mais les urbanistes de Carrollton avaient manqué d'argent; la charpente d'un centre commercial inachevé se découpait contre l'horizon teinté et polluant de la baie, semblable à un squelette de dinosaure. Les canalisations connaissaient sans cesse des problèmes; où il y avait des fissures, il y avait des fuites, où il y avait des fuites, il y avait des rats. Louise en avait eu bientôt assez; elle avait posé un ultimatum, et ils avaient emménagé avec Danny et April de l'autre côté de l'autoroute, dans la ville universitaire où Nat enseignait et où les constructions avaient au moins quelques générations pour asseoir leurs fondations. Danny imaginait déjà le jour où, dans un endroit lointain, il décrirait sa ville à des inconnus, lesquels éclateraient de rire.

Nat était un scientifique, spécialiste des ordinateurs. C'était avant l'invention du microprocesseur, quand les ordinateurs étaient énormes et disgracieux – rien à voir avec les machines souples d'aujourd'hui – et quand les esprits athlétiques semblaient habiter uniquement les corps sous-alimentés. Nat était maigre et pâle, et ses cheveux avait la couleur d'une soupe à la tomate éclaircie. Il ne taillait pas sa barbe, à laquelle se mêlaient parfois des morceaux de nourriture. C'était, à sa façon, un visionnaire, mais un visionnaire handicapé par une sorte de myopie; il vivait dans une ruche de machines, un couloir interminable de technologie, et paraissait ignorant ou perdu lorsqu'il était confronté aux activités du reste du monde. (« Il a besoin de lunettes pour l'esprit » disait Louise à ses amies pour plaisanter au cours des déjeuners de femmes d'universitaires qu'elle organisait parfois le mardi.)

Nat avait donc une vision; il racontait à Danny et à April comment, dans vingt ans, les ordinateurs auxquels il travaillait libéreraient les hommes et les femmes des tâches quotidiennes qu'ils devaient assumer aujourd'hui. « Tu te rends compte, disait-il à sa belle-sœur Eleanor qui tenait une rubrique culinaire, il y aura un jour où tu voudras préparer quelque chose pour ton article et tu seras à court d'idées. Et qu'est-ce que tu feras ? Tu appuieras sur des boutons, et hop, une merveilleuse recette apparaîtra sous tes yeux – avec tous les ingrédients, prémesurés, dont beaucoup seront fabriqués par l'ordinateur. Car nous serons alors capables de produire des aliments artificiels, de diviser les atomes et de les réassembler en molécules sélectionnées; aujourd'hui déjà on possède une partie de la technologie nécessaire. » Eleanor haussait les épaules, offensée par le manque de respect dont Nat faisait preuve vis-à-vis de sa créativité, par son refus d'accepter sa chronique en tant qu'expression de son sens artistique. Personne ne prenait très au sérieux les chimères de Nat. Elle haussait donc les épaules, mais des années plus tard – quand le monde, et en particulier la région du monde où ils vivaient, eut effectivement changé, et sous de nombreux aspects comme Nat l'avait prédit – elle (ainsi que le reste de la famille) fut rétrospectivement impressionnée et fière de Nat, en dépit du fait que l'attachement obstiné que celui-ci avait manifesté à l'égard d'une notion fausse l'avait depuis longtemps placé sur une voie de garage, un obscur laboratoire, tandis que c'était à d'autres qu'était revenu de porter le flambeau et de transformer le monde. Le futur, alors, n'apparaissait plus comme une abstraction sans cesse remise, mais comme une réalité présente, un âge prédéterminé de grâce électronique dont l'heure avait enfin sonné.

La ville où ils habitaient était pleine de réfugiés. Les horreurs de l'Est urbain – ces horreurs qu'ils avaient laissées derrière eux pour de bon – étaient le sujet favori de chacun : climatiseurs en panne, métro dégoûtant, rats dans la cuisine. Et il y avait d'autres gens, plus vieux, pour lesquels les horreurs s'étendaient encore plus à l'est, par-delà un océan : hommes âgés qui fumaient toute la journée des cigares au café, en épais costume de laine malgré la chaleur ; femmes aux casques de cheveux gris, en jeans pâles et chaussures Birkenstock, qui servaient des gâteaux aux rassemblements de l'Église unitaire pour le désarmement et dont l'accent allemand était presque indécelable mais bien présent, au fond de la gorge, derrière la langue nouvellement apprise. Chaque adulte que Danny fréquenta en grandissant aspirait au bon karma, au soleil immuable, à l'air pur. Et pourtant ils se plaignaient, comme si, sous leurs peaux bronzées, dans leurs âmes, des usines vomissaient une fumée noire. « La troisième fois que je me suis fait agresser, je me suis dit que ça suffisait. » « Une femme nue, dans l'ascenseur, vous vous rendez compte ! » Et puis pour finir, inévitablement, le refrain familier : « Jamais, jamais je ne retournerai dans l'Est. »

L'Est. Pendant l'enfance de Danny, ce mot avait un caractère incantatoire, vaudou presque. C'était toujours « là-bas, à l'est ». Personne ne disait jamais « là-bas, à l'ouest » pour désigner la Californie. Et cela signifiait pour Danny qu'en dépit de toutes les terreurs qu'elle inspirait, cette côte lointaine aux eaux plus calmes demeurait la culture mère, la culture originelle et incontournable dont la Californie ne serait jamais que l'enfant rebelle. Et en effet, Louise semblait considérer l'Est de la même façon qu'elle considérait sa propre mère aujourd'hui décédée, Anna – une présence déchirante, épuisante, débilitante à laquelle il lui avait fallu échapper avant d'être dévorée.

Danny se demandait si son destin n'avait pas été, dès son enfance, d'aspirer à cette origine, à cet ancien lieu que ses parents avaient fui. Son père était un adepte de la théorie du pendule, et Danny grandit au son de la théorie du pendule. C'était donc tout à fait logique : l'enfant de réfugiés, l'enfant de pionniers, désire retrouver le pays de ses ancêtres, désire revenir. De toute façon, il savait qu'il n'était pas à sa place en Californie, au milieu des adorateurs du soleil et des adorateurs de Bouddha. Il idéalisait l'Est, ses crimes et ses bruits, sa saleté et ses cheminées. Il affectait un accent new-yorkais. Quand il n'arrivait pas à dormir, il s'imaginait que son lit était un avion qui survolait les champs et les montagnes, et l'amenait vers les villes étincelantes aux hautes tours, les murs couverts de lierre, les bâtiments aux vieilles pierres froides sculptées de gargouilles et de têtes de monstres. Agressions, rats, métro. Fauteuils de cuir dans les salles de lecture poussiéreuses. Et, bien sûr, les saisons. Il lisait des livres dans lesquels il neigeait à Noël. Il devint furieux parce que, justement, il ne neigeait jamais à Noël; il s'en plaignit à sa mère. Et, un jour, il neigea. C'était la première fois depuis dix-sept ans. Danny, lui, avait onze ans. Il allait prendre le bus de l'école quand les flocons se mirent à tomber. D'abord, il n'y crut pas. Il pensa qu'il rêvait. Mais il continua de neiger et, à l'arrêt du bus, ses copains et lui firent des boules qu'ils lancèrent. Ils savaient comment s'y prendre. C'était presque instinctif. Toute la matinée, la neige tomba devant les fenêtres de la classe de Danny, et la cour se recouvrit d'un mince tapis de cette poudre blanche et immobile, fine comme le sable sur la plage, mais beaucoup plus éclatante. A la récréation, ils jouèrent de nouveau avec. Et aussi pendant l'heure du déjeuner. Leurs chaussures laissaient des empreintes boueuses sur la plage blanche. Il n'y en avait pas assez pour faire des bonshommes de neige, mais certains essayèrent quand même. Puis le soleil réapparut, et la neige commença à fondre. Le soir, il n'y en avait plus.

Danny grandit; il partit sur la côte Est. Il suivit sa célèbre sœur April à travers tout le pays et, un jour de février, il s'arrêta à New Haven. Il ne retourna jamais dans l'Ouest, sauf pour de plus ou moins brèves visites. Et pourtant, même après avoir passé huit années à New York et dans les environs – il avait alors vingt-sept ans, était pris avec l' « homme de sa vie », Walter Bayles, dans un marécage de biens communs trop profond pour seulement envisager de s'en extraire –, il avait encore du mal à admettre à quel point cette côte Ouest originelle était devenue son foyer. C'était peut-être pour cette raison qu'il refusait de changer son permis de conduire californien, ce même permis qui lui avait été délivré quand il avait seize ans et sur lequel figurait cette même horrible photo de lui à cet âge – gros sourire, gros nez. Tous les quatre ans, le renouvellement arrivait, que sa mère lui avait fait suivre. Et tous les quatre ans, il envisageait de le changer, mais ne le faisait pas. Ce n'était pas uniquement de la paresse; quelque chose en lui se refusait à abandonner ce dernier lien qui l'unissait à sa région natale. Il lui fallait trop souvent traverser le continent en zigzag pour voir ses parents, aller-retour, aller-retour, et il finissait par ne plus savoir laquelle des deux côtes, l'Est ou l'Ouest, était celle de son enfance, celle de son passé et celle de son avenir. Après quelque temps, il n'y eut plus d'aller et retour; seulement des retours, peu importe le sens dans lequel il voyageait, chargé du fardeau des attaches qu'il déposait avant de s'enraciner dans le sol, quel qu'il soit, que les roues de l'avion venaient de toucher.

Il y avait eu une époque où l'immensité du territoire, l'écartèlement de son existence entre deux côtes, lui était apparue comme une métaphore de son propre destin. Quand il rendait visite à ses parents, il avait l'impression de remonter le temps. Il longeait les larges avenues du centre commercial et tombait sur lui à douze ans qui enchaînait son vélo à un lampadaire et, accroupi, brouillait rapidement la combinaison du cadenas. Sa vraie vie – l'appartement à New Haven, les nuits qu'il passait à étudier sur le vieux canapé de l'Armée du Salut en compagnie de Walter – lui semblait alors se réduire à néant, pareille à la ville dans cette comédie musicale qui avait été donnée au lycée avec April pour vedette, *Brigadoon*, un lieu où on ne pouvait parfois plus revenir quand on s'en était échappé. Mais, naturellement, les années avaient passé; il avait fait le voyage tant de fois qu'il en avait perdu le compte. Il avait le sentiment de l'avoir emporté sur cet esprit en lui qui n'aspirait qu'à quitter cet endroit, qui l'avait précipité à New Haven et au cœur de ces nuits froides et pluvieuses de février où il attendait Walter à la fermeture de la bibliothèque de droit, ces nuits froides où, marchant sur les allées de pierre du vieux campus de pierre, il respirait avec délice l'odeur de moisi de l'imperméable emprunté qu'il portait ici, dans cette région du monde où les gens portaient des imperméables. Cette partie de sa jeunesse était derrière lui. Maintenant, l'hiver lui transperçait les os. Il maudissait cette neige naguère tant aimée. Certains jours, il désirait par-dessus tout retourner dans l'Ouest (oui, il l'avait dit; c'étaient ses propres paroles); d'autres, l'odeur de la fumée chaude qui s'élevait des grilles du métro ravivait son ancienne passion, comme si le pendule avait cessé de se balancer en arcs parfaits pour tourner en rond et faire des nœuds sur lui-même.

Le rêve de Danny : il a douze ans et il va en vélo au centre commercial lire les romans-feuilletons dans les magazines. C'est un dimanche après-midi ensoleillé, le centre commercial est calme, il y a des femmes en robe de tennis et des filles potelées dont les ventres débordent un peu sur des jeans raides, qui sont venues en bande pour fumer. Danny porte un short, un T-shirt barré du nom de l'université où son père enseigne, des chaussettes et des chaussures de tennis. Il a les jambes bronzées, dont les poils sont décolorés par le soleil. Il attache son vélo à un lampadaire et brouille la combinaison du cadenas de ses doigts sales quand il sent la proximité d'un corps, un souffle chaud dans ses cheveux. Toujours accroupi, il se retourne; un homme est dressé au-dessus de lui, un homme grand en veste de cuir grise et en jean, un homme qui lui est à la fois inconnu et étrangement, intimement familier – mais où l'a-t-il rencontré ? Un étudiant de son père ? Un cousin dont il ne se souvient pas ? « Excuse-moi, dit l'homme. Je suis désolé de te déranger, je... » Il met ses mains dans ses poches, détourne le regard. « Danny, reprend-il. Danny. »

Les yeux de Danny se remplissent de larmes. Il rougit. Il baisse la tête.

« Je suis toi, dit l'inconnu. Je suis celui que tu seras plus tard. Et je suis venu te dire – te rassurer – que tout ira bien, très bien. »

Le garçon se relève. Bien sûr, il comprend maintenant – ce visage qui lui est si familier parce que c'est le sien, mais aussi si étranger parce qu'il n'a encore jamais vu son visage auparavant, sauf dans une glace et, là, il réalise à quel point les glaces déforment, réalise combien ses jambes se sont allongées, réalise la plate absence de mystère de son visage. Ses yeux sont gonflés de larmes, de même que ceux de son double adulte qui se penche, pose une main sur son épaule. « Tout ce qui t'inquiète, dit-il, tout ce qui te fait souffrir... ce n'est rien. Du vent. Je le sais. Et je suis venu pour que tu le saches aussi, pour que tu n'aies pas à souffrir. Car tout ira bien. Tu vas quitter la Californie et partir dans l'Est comme tu le souhaites. Et tu connaîtras l'amour, Danny. Je sais qu'en ce moment tu ne le crois pas, je sais ce que tu ressens. Tu n'imagines pas que quelqu'un pourrait un jour t'aimer, tu ne conçois pas qu'on puisse t'aimer. Mais quelqu'un t'aimera. Tu verras. »

La main sur son épaule – plus large, aux veines saillantes, hérissée de petits poils bruns – est sa propre main. Le jeune Danny, toujours accroupi à côté de son vélo, passe ses doigts sur ces autres doigts, perçoit la chaleur de la peau. Il les palpe un par un, s'arrête sur un mince anneau en argent. Il en caresse lentement le bord arrondi ; le fait lentement tourner. En dessous, il y a une marque blanche parfaite, là où le soleil n'a pu pénétrer.

C'étaient les mains de Walter. Danny le comprit plus tard. Des mains d'homme. Couleur bronze, la peau dure, un peu sèche, de sorte que les lignes apparaissaient comme tracées dans de la cendre blanche. Veines épaisses qui perçaient sous la surface; ongles arrondis; Rolex en or, brillante, dont le bracelet était attaché bas autour du poignet, sous la manchette d'un blanc éclatant et la manche noire.

Rentré chez lui, Walter ôtait ses chaussures et son pantalon à peine la porte refermée. Le pantalon tombait lourdement, brusquement, et la monnaie et les clés qui se trouvaient dans les poches heurtaient le sol avec fracas. Ensuite, durant à peu près une heure, il allait de pièce en pièce en chaussettes noires, caleçon et veste de costume, incapable, semblait-il, de continuer à se déshabiller, et il mordait dans une pomme, ouvrait les factures et jetait les enveloppes par terre. Danny, lui, éprouvait un besoin irrésistible de se débarrasser de sa tenue de travail dès son retour; avant d'entreprendre quoi que ce soit, il se mettait en T-shirt, jean et chaussettes blanches, redevenu un garçon de douze ans. Il rentrait d'habitude plus tôt que Walter; il ne travaillait pas aussi dur ni autant que lui. Quand Walter franchissait la porte en tornade, Danny venait l'embrasser, lui demander comment s'était passée la journée. Leurs nuits banlieusardes s'étiraient uniformément, pareilles à une enfilade de couloirs aux nombreux coudes. Ils faisaient rarement de véritables repas, mangeaient rarement ensemble. Walter piochait dans des barquettes de plats cuisinés surgelés qu'il avait fait chauffer et qu'il tenait en équilibre sur des dessous-de-plat pour ne pas se brûler les doigts. Il marchait tout en mangeant ; parfois, il chantait. Danny s'efforçait d'avoir une alimentation plus saine. Il se confectionnait des sandwichs au thon et au pain aux sept céréales. Il passait l'aspirateur, nettoyait la cuisine, faisait la vaisselle. En général, ils allumaient le magnétoscope à un moment quelconque de la soirée, mais quand ce n'était pas un film porno, ils ne faisaient pas vraiment attention ; ils entraient et sortaient, rangeaient un peu ou rédigeaient des chèques, attrapaient au vol quelques images, et l'un ou l'autre demandait qui étaient ces personnages, qu'est-ce qui était arrivé à Joan Crawford, quel genre de raseur jouait George Sanders ?

La plupart du temps, vers onze heures et demie, une fatigue semblable à une drogue s'abattait sur eux.

Parfois, le téléphone sonnait après minuit. Il n'y avait qu'une seule personne pour appeler si tard.

« Salut, c'est moi.

– Salut, répondait Danny.

– Je te réveille ?

– Euh... enfin... j'étais couché...

– Et merde, je n'y pense jamais – un vrai fonctionnaire. Excuse-moi, Pied d'Argile. Je mène une vie de folle, je me couche à quatre heures du matin et je me lève à midi. J'oublie qu'il y a des gens qui sont au lit avant minuit.

– C'est pas grave. Où est-tu ?

– A Northampton. Chez Ellie et Claire, tu te souviens d'elles ?

– Je crois... la Noire avec des tresses et la blonde plutôt petite ?

– Ouais. Le concert s'est terminé il y a tout juste une demi-heure. Ça s'est plutôt bien passé. Pas un public très, très nombreux, mais enthousiaste. Ils ont paru aimer tout ce qu'on a joué.

– Alors, quand est-ce que tu viens à la Grosse Pomme ?

– Dans deux semaines, comme prévu. J'espère que ça ne t'ennuie pas trop de m'héberger encore une fois ?

– Bien sûr que non.
– Et Walter, ça ne le dérange pas?
– Non.
– Parce que sinon je pourrais aller chez Eileen Herlihy dans l'East Village ou encore dans cette ferme de Bucks County. Mais c'est loin. Et l'appartement d'Eileen est tout petit. Et puis de toute façon, pourquoi j'irais chez eux alors que je peux rendre visite à mon petit frère chéri ?
– April, tu sais très bien que tu es toujours la bienvenue.
– Ça me fait plaisir.
– Maintenant, il faudrait que je dorme un peu...
– Oui, bien sûr. Excuse-moi, je raccroche. Je voulais juste te dire bonjour. Et que je t'adore...
– Moi aussi, je t'adore... »
A côté de lui, Walter remua. Il n'avait rien entendu; il dormait avec des boules de cire dans les oreilles, un masque noir sur les yeux. Mais Danny était bien réveillé à présent. Il se rallongea, croisa ses mains derrière sa nuque. Il était presque une heure.

April était une chanteuse assez célèbre. Dans le monde de la musique féminine, elle était même très célèbre, et elle avait fait des incursions remarquées dans les domaines de la musique folk et des protest-songs. Quand ils étaient petits, elle avait une guitare avec des cordes de nylon sur laquelle elle apprenait à jouer et, les après-midi, elle répétait dans sa chambre les accords des chansons de Peter, Paul and Marie. « Il y a quelque chose qui cloche, faisait remarquer Nat quand il l'entendait chanter. Aucune Blanche n'a le droit d'avoir une voix pareille. Louise, tu n'a pas fricoté un peu avec Nat King Cole ? » En fait, comme tout le monde, il était stupéfié par cette voix grave qui jaillissait de la gorge frêle d'April. Elle avait seize ans, Danny en avait sept, et elle lui avait appris les accords de « Leaving on a Jet Plane ». Elle jouait de la guitare et ils chantaient ensemble, et Nat, au troisième refrain, avait les larmes aux yeux. Il était ému, au point que des années plus tard, lorsqu'ils étaient à la maison pour Noël, il insistait encore pour qu'ils lui chantent cette chanson. « Allez, disait-il. Vous vous rappelez bien, " *Leavin' on that jet plane, don't know when I'll be back again* ". – Oh! Papa! s'écriait April qui rejetait en riant ses cheveux en arrière. Tu n'as toujours aucune oreille! » Danny, maintenant, chantait faux lui aussi, et April – eh bien, April était célèbre; April était une star – mais cela ne les empêchait pas de chanter cette chanson ensemble, jusqu'au bout. April grattait sa vieille guitare aux cordes en nylon avec autant de maladresse qu'à seize ans. Nat fredonnait du mieux qu'il pouvait, ravi, transporté par la musique dans quelque univers de nostalgie sans doute réservé aux pères d'enfants qui ont grandi. Quant à Danny, il n'y avait pas de place en lui pour la nostalgie, du moins pas en ce qui concernait sa sœur.

Il avait vécu dans l'éclat comme dans l'ombre de sa célébrité. Il s'était embarqué pour le voyage. Deux années durant, il avait été là pendant qu'on lui ouvrait toutes les portes, qu'on lui faisait du pain aux sept céréales, qu'on lui procurait des amantes dans toutes les villes des États-Unis. La plupart étaient des petites villes – Iowa City, Northampton, New Haven – des endroits où les loyers étaient bon marché et les universités toutes-puissantes; des endroits où, avec obstination, les femmes qui aimaient les femmes s'étaient regroupées au fil des ans.

Danny rencontra Walter en 1980, dans un bar pour femmes de New Haven appelé Chez Isadora. Ils étaient les seuls hommes présents, et ils étaient tous les deux grands, ce qui explique probablement pourquoi leurs regards s'étaient cherchés par-dessus la foule des danseuses et pourquoi ils s'étaient souri. Walter, qui faisait alors sa deuxième année de droit à Yale, était en compagnie de sept étudiantes dont l'homosexualité, sans être affichée, n'en était pas moins manifeste. Elles l'avaient invité à les accompagner dans ce bar après le concert d'April, expliqua-t-il plus tard à Danny alors qu'ils étaient blottis l'un contre l'autre dans l'un des lits jumeaux, sous des couvertures lavées par sa mère, et il avait accepté histoire de s'amuser; il n'avait encore jamais été dans une boîte pour lesbiennes, et il voulait savoir à quoi ça ressemblait. Et pourquoi avait-il été à ce concert? demanda Danny. Eh bien, répondit Walter, ce n'était pas parce qu'il s'intéressait à la musique de femmes en tant que telle, mais parce qu'il était un fan des premiers albums d'April, de ses protest-songs, de cette musique qu'elle aimait jouer dans les années 70 quand Danny était encore un adolescent. « Ces nouveaux trucs, c'est bien, poursuivit-il. Mais pour moi, ça n'a pas la force de ses chansons d'avant comme " No More Vietnams " ou " Gathering in the Fields ". J'aurais bien voulu qu'elle les chante. Les nouvelles... je ne sais pas. C'est peut-être parce que je ne suis pas une femme que je ne les comprends pas. »

Et bien sûr, il demanda à Danny ce qu'il faisait à ce concert, et celui-ci dut lui raconter qu'il était le frère d'April de même que l'assistant de l'organisatrice des tournées. « Mais je n'ai pas vu ton nom sur le programme, répliqua Walter après avoir cru longtemps que Danny plaisantait. Il n'y avait que des noms de femmes.

– C'est vrai », reconnut Danny. Et il expliqua que ça faisait juste un an depuis la sortie de l'album phare d'April, *Discovery,* et que les femmes qui travaillaient à l'organisation des tournées avaient de plus en plus le sentiment que les concerts devaient être conçus exclusivement pour et par des femmes. Elles avaient décrété que la présence d'un nom masculin sur une pochette de disque ou une affiche de concert pourrait être interprétée à tort comme un geste envers le patriarcat et dérouter ou effrayer certaines femmes. En fait, c'était uniquement parce que April était cette année-là le symbole de la musique féminine qu'on avait fini par le laisser venir. Elle avait besoin de lui. Sur le programme, on l'avait rebaptisé Danielle Pied d'Argile. (Une plaisanterie d'April; quelqu'un s'était plaint que les femmes indiennes étaient sous-représentées.)

Pendant deux mois, ils avaient sillonné le pays dans un minibus Volkswagen pétaradant : Danny, April, les trois femmes de son groupe, Vickie, la régisseur, et Jennifer Cavanaugh, l'interprète du langage des signes. Ils ne descendaient jamais dans des motels, plus pour des questions de principe que de finances. Partout, des femmes les accueillaient chez elles et préparaient des dîners à la fortune du pot après lesquels elles leur faisaient visiter leurs imprimeries coopératives. A New Haven, ils devaient être reçus dans une communauté de femmes sur Eld Street. C'était prévu ainsi, jusqu'au moment où les responsables de la communauté avaient posé les yeux sur Danny. « Il ne peut pas rester ici, déclara une femme au nez crochu qui paraissait détenir une certaine autorité. Je suis désolée, mais c'est comme ça.

– Une seconde, fit April. C'est mon frère et, de toute façon, il est gay. »

Elles convoquèrent une réunion. April, Danny et les autres attendirent dans une espèce d'antichambre. Danny, la tête baissée, s'efforçait d'ignorer les regards que lui lançait Vickie, la régisseur – c'était la plus féministe du groupe, et elle avait dès le début désapprouvé la présence de Danny. Il savait que, quelque part dans la maison, ces femmes sérieuses aux expressions sévères débattaient de son sort. Elles n'en arrivaient jamais au vote ; elles croyaient au consensus, ce qui, aux yeux de Danny, signifiait d'interminables discussions jusqu'à ce que l'un ou l'autre camp se lasse et renonce.

« Fais pas cette tête-là », lui dit Lorene, la batteuse, pour le réconforter. Et elle lui tendit l'une de ces tablettes de chewing-gum dont elle n'était jamais à court.

Finalement, les femmes décidèrent qu'il pouvait rester une nuit, mais qu'il devrait se débrouiller pour les deux autres nuits de leur séjour.

« Et je parie que tu espérais bien trouver un gentil étudiant de Yale qui te ferait une petite place à côté de lui, dit Walter dans ce lit étroit de chambre universitaire.

– C'est vrai », admit Danny. Et il sourit. Il avait dix-neuf ans ; April en avait vingt-huit. Jusqu'à cette nuit, il avait cru que jamais il ne pourrait aimer quelqu'un autant qu'elle. Quand elle chantait, il était muet d'admiration et de fierté, et jaloux aussi, lui qui n'avait aucune oreille tout comme son père. Il n'était pas capable de chanter la moindre note, et ne le serait jamais, et puisqu'il pensait (de même qu'April) qu'il n'existait au monde rien de plus noble et de plus beau que le chant, nul moyen d'expression plus puissant ou plus lumineux, il avait décrété qu'il n'y avait aucune raison pour qu'il ne se contentât pas d'être l'esclave d'April, son admirateur, et de consacrer son existence à son talent. Quant à April, elle tenait la dévotion de son frère pour acquise. Elle était alors au sommet de sa carrière – ces brèves années où elle pouvait se qualifier de star.

Des femmes, à travers tout le pays, lui vouaient un véritable culte. Dans le minibus, elle aimait lire à haute voix les lettres et les poèmes qui lui étaient adressés. « Chère April, je suis sûre que vous recevez des centaines de lettres comme la mienne, et que vous n'avez pas de raison particulière de prêter attention à celle-ci, mais je tenais à vous dire que votre disque *Discovery* a changé ma vie, que je vous aime et que j'espère un jour vous rencontrer. Amitiés, Jane Carmichael. »

« Woaw! s'écrièrent les femmes dans le minibus. C'est drôlement gentil! » Et Lorene prit la feuille de papier cerise des mains d'April, et ajouta : « Tu sais ce que je ferais si on m'envoyait une lettre comme ça? Je dirais : " Chérie, donne-moi ton numéro de téléphone, j'arrive! " »

April passa à la suivante : « Je suis la rousse d'Iowa City. Vous m'avez souri et je vous ai fait remettre un mot dans les coulisses. Je vous ai attendue deux heures dans ce bar. Qu'est-ce qui s'est passé? Sonia. » April fronça les sourcils. « Sonia? Je ne me souviens pas d'une Sonia à Iowa City. »

Elle avait une amante à l'époque, une rédactrice en chef d'un magazine de San Francisco qui était brusque et secrète, très femme d'affaires. Elle s'appelait Fran.

Et ce n'était qu'avec elle, semblait-il, qu'April perdait parfois tout contrôle de soi. Danny la trouvait de temps en temps enfermée pendant des heures dans une cabine téléphonique, qui se labourait le crâne au cours de l'une ou l'autre de leurs violentes disputes amoureuses. Après, dans sa loge, elle se passait un crayon à maquiller sur les cils, peignait ses cheveux qui étaient alors coupés court, à la garçonne. Elle avait un pantalon en soie, une chemise échancrée, une chaîne en or au bout de laquelle pendait le symbole féminin. « Ça va ? » demandait-elle. Et Danny acquiesçait. Elle accordait sa guitare. Puis elle allait jeter un coup d'œil sur la grande scène qui délimitait comme le ciel à l'horizon la clameur obscure du public. Quelqu'un lui faisait signe. Elle se préparait. L'une des tâches de Danny consistait à s'assurer que tous les membres du groupe soient en place, qu'il n'y ait pas de cordes cassées de dernière minute, que Jennifer, l'interprète du langage des signes, ait les chansons dans le bon ordre et qu'elle soit déjà perchée sur son tabouret. Et finalement, le public impatient se mettait à scander : « Ap-ril, Ap-ril, Ap-ril. » Elle rougissait un peu; elle aurait pourtant dû être habituée, mais elle paraissait toujours stupéfaite, et peut-être même embarrassée, par le culte dont elle était l'objet. Le présentateur annonçait enfin : « Bonsoir mesdames et mesdames. » Rires. Quelques applaudissements. Le nom d'April de nouveau scandé. « Ne vous en faites pas, nous n'allons pas vous faire attendre plus longtemps. » Elle pinçait une dernière corde. Repoussait une mèche sur son front. A cet instant, Danny sentait qu'elle cessait de prendre conscience de sa présence. « Et voici... April Gold! » Un rugissement incroyable, tel que celui de l'océan, s'élevait, et Danny savait qu'il aurait beau crier, appeler, ce serait comme s'il se trouvait de l'autre côté de la planète : elle ne l'entendrait jamais. April souriait, électrisée par le tonnerre des applaudissements. Elle s'avançait à grandes enjambées. On lui lançait des fleurs et elle tendait les bras pour les attraper, offrait son visage à cette pluie de pétales. Elle était une autre maintenant, et dès qu'elle commençait à chanter, personne ne pouvait lui résister.

Au bar, après le concert de New Haven, April fut entourée de fans, toutes désireuses de la toucher, de l'embrasser, de l'inviter à danser. Il semblait y en avoir des centaines et, passant inaperçus au milieu de toutes ces femmes, Walter et Danny s'esquivèrent et allèrent dans une épicerie ouverte vingt-quatre heures sur vingt-quatre acheter des biscuits au chocolat et du Coca pour les emporter dans la chambre de Walter. C'était une nuit froide, et la tuyauterie ancienne faisait un bruit pareil à des enfants qui tapent sur des tambours. Dehors, derrière les fenêtres en losange de la petite pièce, on entendait de temps en temps les rires de joueurs de football ivres qui rentraient chez eux après une soirée arrosée, ainsi qu'une conversation au sujet de diaphragmes que des jeunes filles tenaient dans le couloir d'une voix sérieuse. « Les salauds, fit Walter en mordant dans un biscuit et en se laissant tomber dans un fauteuil de cuir avachi. Les ingrats. Pas une once de respect pour le sommeil des autres. » Il avait toujours été un gentil garçon, à son grand regret d'ailleurs ; au lycée, expliqua-t-il en buvant son Coca, il désirait devenir écrivain, mais son père l'avait persuadé de faire plutôt son droit. Résultat, il était empli d'une rage qu'il contenait à peine et qui s'échappait à des moments bizarres – une rage dirigée contre lui-même pour n'avoir pas suivi sa vocation et n'être pas devenu « une sorte d'artiste », mais avoir choisi à la place, lâchement, la voie du droit. Il savait qu'il s'agissait d'un choix facile, fermé à l'aventure, et pourtant il n'avait pu s'empêcher de le faire. Dans sa chemise Oxford et ses mocassins cirés, il dit combien il se dégoûtait, et Danny écouta en feignant de compatir. Comble de l'ironie, c'était de ce côté gentil garçon – ce côté de lui-même que Walter méprisait – que Danny était ce soir-là en train de tomber amoureux, assis en face de lui dans cette petite chambre glaciale. Sa coiffure bien nette, ses ongles soigneusement coupés, ses sous-vêtements blancs lavés, repassés, et empilés sur une étagère – tout cela apparaissait à Danny comme les plus érotiques des détails.

Après l'amour, Danny se glissa le long de sombres couloirs médiévaux, à la recherche des toilettes, et, les ayant trouvées, il pissa au milieu des pierres, des échos, des bribes de conversation, des gargouilles, et d'une vieille, très vieille pelouse. C'était si loin de cette maison délabrée d'Eld Street où April en ce moment dormait, avec on ne sait qui ou combien.

Danny ne quitta plus New Haven. La tournée se poursuivit sans lui – vers Middletown, Providence, et pour finir Boston. C'était le milieu du trimestre, et il veillait à ce qu'il y eût toujours du café pour Walter quand celui-ci rentrait de la bibliothèque. Lorsqu'il fut devenu clair qu'il ne retournerait pas chez lui, Danny loua un petit appartement et se trouva un boulot : servir des falafels dans un restaurant appelé le Coin d'abondance. Le soir, quand il avait fini d'étudier, Walter passait le prendre au restaurant, puis ils allaient à l'épicerie ouverte toute la nuit acheter de nouveau des biscuits au chocolat et du Coca qu'ils ramenaient à l'appartement. Danny s'inscrivit à Yale en tant qu'étudiant libre ; l'année suivante, son transfert de Berkeley fut accepté. Ensuite, il y eut l'offre merveilleuse de Walter : travailler à ses côtés, puis son admission à la faculté de droit de New York. Cette époque leur paraissait maintenant très lointaine, car, comme c'est souvent le cas parmi les avocats, ils devinrent rapidement riches, et leurs existences – liées par quelque chose d'inéluctable qu'on ne leur demandait jamais de nommer – changèrent du tout au tout. Ils habitaient à présent à une heure de Manhattan, à Gresham dans le New Jersey, la ville où Walter avait grandi, dans une maison dont ils possédaient vingt-cinq pour cent. Chaque mercredi soir, ils assistaient à la réunion de l'Association des propriétaires gay à l'Église unitarienne, et la femme pasteur, Janice Ehrlich, lançait : « Quelqu'un parmi vous a-t-il souffert de discrimination homosexuelle cette semaine ? » Et Mady Kroger – c'était toujours Mady Kroger – levait la main. « Il y a une femme qui m'a regardée au supermarché, et je savais qu'elle pensait : “ Sale gouine. ” »

April lui écrivait parfois. « Cher Pied d'Argile, on est à Iowa City. J'ai bu un jus d'orange au 6-20 et j'ai pensé à toi et à ta vie agréable de banlieusard. J'ai écrit une nouvelle chanson sur Winnie Mandela, et je crois qu'elle n'est pas mal. Je vais l'essayer demain soir. N'oublie pas, la tournée débarque à la Grosse Pomme dans cinq semaines. Je t'embrasse. »

Ces lettres, elle ne les signait jamais, de même qu'elle ne s'annonçait jamais au téléphone, comme s'il était évident qu'il allait reconnaître instantanément sa voix. Elle savait (et pourquoi ne l'aurait-elle pas su ?) que même à des milliers de kilomètres de distance, il l'entendrait toujours l'appeler : « Danny! Danny! Viens chanter! Papa veut nous écouter chanter! »

April composa une chanson qu'elle dédia à Walter et à Danny. Elle était intitulée « Vivre ensemble » et les paroles étaient les suivantes :

Après ces années de bains-douches et de bars obscurs
De rencontres sur le siège arrière d'une voiture
Et de nuits passées avec tant d'hommes différents
C'est bon de revenir auprès de son amant...

Je suis si heureux de vivre avec toi,
Il y a des pommes sur la table,
Oui, je suis heureux de vivre avec toi,
Et tant que j'en serai capable,
Je m'occuperai de toi...

Le dimanche matin à travers les rideaux de dentelle sage
Le soleil brille et éclaire les traits de ton visage,
Nous étalons le journal et nous restons au lit
Et il n'y a nul endroit où je sois mieux qu'ici...

Les dames du voisinage chuchotent notre nom,
Deux jeunes hommes si beaux, quelle abjection,
L'une a une fille, l'autre a une nièce,
Tu souris et tu dis qu'on a le droit à la tendresse.

Quand tu as de la fièvre, je te donne de l'aspirine
Tu achètes des huîtres et tu fais la cuisine,
Et pendant que tu travailles plus que de raison,
Tu sais que tu seras ainsi accueilli à la maison,

Je suis si heureux de vivre avec toi,
Tous nos amis réunis autour de la table,
Je suis si heureux de vivre avec toi,
Et tant que j'en serai capable,
Je m'occuperai de toi...

Les rideaux de dentelle étaient une invention; de même que les huîtres, les dames du voisinage, et aussi les bains-douches et les bars où Walter et Danny n'avaient jamais rien fait d'autre que tremper leurs orteils dans le fleuve glacé et visqueux de la promiscuité sexuelle. Pourtant, chaque fois que Danny écoutait cette chanson sur l'album live d'April, les larmes lui venaient aux yeux. « Je pense parfois que l'acte politique le plus marquant que puisse faire un ou une homosexuelle, c'est de vivre ouvertement avec son compagnon ou sa compagne, disait-elle dans sa courte présentation. Et c'est pourquoi j'aimerais dédier cette chanson à mon frère Danny et à son amant Walter, deux hommes qui ont eu le courage d'afficher leur liaison. »

Était-ce vrai? se demandait Danny. Ils n'en faisaient certes pas mystère. Les secrétaires au bureau de Walter savaient toutes qui était Danny, et de même au bureau de Danny pour Walter, mais les hommes aux larges figures qui les employaient paraissaient ne pas vouloir le savoir, comme s'il s'agissait de simples complications qu'il valait mieux ignorer. A quoi ressemblait donc leur vie commune? Danny et Walter, un dimanche après-midi, sont dans le living, le pantalon aux chevilles après avoir regardé *Plus grosses au Texas* sur le magnétoscope.

« Lequel de nous deux est l'homme? » demande négligemment Walter.

Danny est assis à l'autre bout du canapé. « Je suppose que c'est toi parce que tu pars tous les matins travailler à Manhattan.

– Mais toi aussi tu pars tous les matins travailler à Manhattan, dit Walter. Et c'est toi qui as installé ces prises à trois fiches. Avec tes tournevis, tes clés et ta perceuse. » Il a l'air satisfait.

« Mais je lave aussi la vaisselle, je fais la lessive et le lit. Tu t'occupes du jardin.

– C'est vrai.

– Tu aimes les garçons à la poitrine lisse et aux petites fesses, dit Danny. Et moi les hommes grands, forts et poilus aux couilles qui se balancent. Et en plus, je fais la cuisine.

– Mais c'est toi qui me baises », dit Walter.

Danny garde le silence et cherche une réplique à cet argument apparemment irréfutable. « Lundi dernier, je suis resté toute la journée à la maison et j'ai parlé à ta mère au sujet du divorce de Debbie Klinger, finit-il par dire.

– Bon, alors dans ce cas je suppose que c'est toi la femme », conclut Walter. Il pointe la télécommande sur le magnétoscope et rembobine *Plus grosses au Texas.*

« J'aimerais bien regarder l'autre avec Brad Harden la prochaine fois. Comment ça s'appelait ? *Initiation au collège ?*

– *Folies au collège,* je crois. »

Le film termine de se rembobiner avec un claquement sec. Walter ouvre le meuble sous le téléviseur et range *Plus grosses au Texas* parmi les autres vidéos porno. Danny examine les titres familiers : *Slips gonflés, Les garçons seront toujours les garçons, De plus en plus gros, Bien lubrifiés, Quelles fesses !* Dans la cuisine, un plat acheté il y a longtemps chez King est en train de décongeler ; l'arrosage automatique se met en route. Ils remontent leurs pantalons et vont chacun de leur côté dans la maison, et pensent au rangement, au plaisir, se demandent s'ils sont ou non sur la mauvaise pente.

Plus tard, quand ils se couchent, leurs corps se cherchent instinctivement dans le noir ; les jambes s'emmêlent et les bras enlacent avec cette confiance que même le temps qui passe ne paraît pas devoir banaliser. Ce qu'ils ont abandonné, ils l'ont abandonné pour s'installer ainsi, mais Danny apprend que cela ne va pas sans orages. Par exemple, il est dans la cuisine – disons occupé à faire la vaisselle, les bras plongés dans la mousse – quand une sensation de malaise l'effleure, pareille à une main qui se pose avec légèreté sur son épaule. Il retire sa main gantée de l'évier, regarde autour de lui, ne voit que le four à micro-ondes, le mixer, la machine à café, les objets de tous les jours qui brillent comme tous les jours. Alors d'où lui vient cette brusque conviction que tout ce qu'il avait cru à l'abri du désastre est précisément sur le point d'exploser ?

A l'autre bout de la maison, il y a Walter. Danny se représente les poils qui frisent au creux de ses reins. Une vague de répulsion le traverse, l'étonnement de s'être depuis tant d'années abandonné à une telle intimité avec un autre corps. Y a-t-il une cicatrice qu'il n'a pas touchée, une croûte qu'il n'a pas grattée ? Il n'ignore rien de la saleté entre les doigts de pied de Walter, des filaments de nourriture entre ses dents.

Il s'écarte de l'évier encore à moitié rempli de vaisselle, et s'assoit à la table de la cuisine. Sa mère, ses mains pareilles à de petits rouleaux de tissu. C'est ce qu'on aime qui est souvent le plus effrayant. Et parfois, cette vie l'emporte plus haut que jamais. Walter et lui sont dans un ballon, ils rasent le sol, foncent vers une falaise et, au dernier moment, le monde plonge en dessous d'eux ; ils distinguent les minuscules détails de la terre et alors, soit ils continuent à voler, soit le ballon tombe, tout tombe. Si Danny écrivait une chanson, il parlerait du temps : le calme, les tempêtes, la pluie qui n'a pas cessé durant des années.

Mais il n'écrit pas – et n'écrira jamais – de chansons.

Il y avait maintenant près de quinze ans que Louise avait un cancer. La maladie donnait l'impression de suivre un cours chaotique de sa propre invention; elle disparaissait pendant plusieurs années, puis revenait quand tout le monde semblait l'avoir oubliée. En général, Louise découvrait les tumeurs lorsqu'elle était sous la douche. Elle entrait à la cuisine, les cheveux enroulés dans une serviette, et Nat savait à l'expression de son visage, à la façon dont elle tenait la cafetière et dont elle respirait par saccades qu'elle allait appeler le Dr Sonnenberg d'ici quelques minutes. Mais d'abord une tasse de café, qu'elle buvait à petites gorgées. Une profonde inspiration. Le geste familier de consulter son carnet, de pianoter le numéro sur le cadran à touches. « Allô, Dorothy? Louise Cooper à l'appareil. Oui. Très bien. Je crains qu'il me faille un rendez-vous. »

Dorothy, l'assistante du Dr Sonnenberg, lui adressait alors comme à chaque fois des paroles de réconfort, des paroles que Nat – assis à la table de la cuisine et feignant de lire ce qu'il y avait sur la boîte de céréales – n'entendait pas. « Je sais, je sais, disait Louise. Ça devait arriver tôt ou tard. J'espérais quand même, c'est tout. Bon, cet après-midi, d'accord. Oui. Parfait. » Elle raccrochait, et Nat se levait.

C'était la salle d'attente qui la dérangeait le plus, avec

son aquarium et ses piles de *House & Gardens*. Les heures qu'elle y passait à feuilleter les magazines, à regarder si le poisson-chat albinos allait émerger de l'épave en plastique dans laquelle il avait disparu, représentaient le purgatoire, disait-elle à April au téléphone. C'était sur les bulles qu'elle se concentrait pour ne pas devenir folle, ces bulles qui montaient régulièrement, l'une à la suite de l'autre, du plongeur en plastique qui se tenait sur les petits cailloux noirs tapissant le fond de l'aquarium.

Le Dr Sonnenberg l'accueillait dans son cabinet avec un sourire, et il l'embrassait. « Eh bien, Louise, je ne peux pas dire que je sois particulièrement ravi de vous voir ici. » Elle lui rendait son sourire, puis elle détournait le regard et rougissait un peu, comme une jeune fille à laquelle le garçon qui vient la chercher dit combien elle est belle.

Mais à chaque fois elle s'en tirait bien. Elle avait de la chance. Une espèce d'hystérie joyeuse s'emparait d'elle. Elle appelait Danny : « Je voulais juste te dire que je fais un peu de radiothérapie et que ça marche à merveille. Tout se résorbe.

– C'est bien, disait Danny debout dans la cuisine en chemise de soirée et en caleçon, les idées embrouillées. Je suis content, maman.

– Je voulais juste te le dire », répétait-elle.

Elle n'était pas seule dans sa maladie. Fred, le mari de Doris Buxbaum, par exemple, en pleine forme, frais comme une rose et, le lendemain, branché à un respirateur et, aux reins, une tumeur grosse comme le poing. Le collègue de Nat, Dale Wilson, qui s'en sortait tant bien que mal avec un peu de radiothérapie : maigre comme un clou, mais toujours vivant. Leona, du salon de coiffure, qui venait juste d'apprendre la mauvaise nouvelle et qui essayait d'ouvrir les yeux assez grand pour appréhender le sinistre panorama qui s'étendait devant elle. Et même le Dr Schoenberger, ce fantastique chirurgien qui l'avait sauvée cette première fois sept ans plus tôt; elle n'aurait jamais imaginé qu'elle lui survivrait.

Que ceux qui guérissent puissent aussi être frappés, il lui semblait que c'était l'ultime ironie du destin.

Quant à Nat, il supportait de son mieux. Il patientait avec elle dans les salles d'attente lorsqu'elle avait besoin de lui; il lui tenait la main. Parfois, quand Danny venait les voir, comme il le faisait au moins tous les trois mois, c'était lui qui prenait le relais et accompagnait sa mère au centre de radiothérapie. C'était un endroit accueillant, où régnait une atmosphère de petite ville de banlieue, et Louise disait bonjour à son amie Leona avec autant de naturel que si elles s'étaient rencontrées au supermarché.

Nat traversait des jours difficiles. Peu de temps auparavant, un étudiant avait écrit sur une fiche d'évaluation anonyme qu'il était un « vieux con ». Il avait toujours estimé qu'il était à la pointe du progrès, qu'il avait les deux pieds dans le futur, et maintenant, le doyen de l'université lui demandait toutes les deux ou trois semaines s'il n'envisageait pas de prendre une retraite anticipée.

Ce qui s'était produit était simple. Il avait été définitivement mis sur la touche à cause d'une série de notions visionnaires auxquelles il s'était accroché avec obstination – toutes bien trop théoriques et ésotériques pour être comprises en dehors du cercle universitaire où il évoluait – et, occupé à parfaire ces notions, il avait laissé passer les véritables innovations de son époque. C'était ainsi qu'il avait considéré les ordinateurs personnels comme de simples gadgets; il ignorait le microprocesseur, bien que celui-ci eût été inventé à quelques pas de lui. Enfermé dans son laboratoire, il était en effet devenu un vieux con – ce qui ne lui plaisait guère, mais qu'y pouvait-il ? On ne le gardait qu'en raison de son statut, et ses jeunes collègues se moquaient de lui derrière son dos tout en essayant de se concilier ses faveurs parce qu'il faisait partie de la commission de titularisation et qu'il pouvait avoir une influence sur leur carrière. Ils étaient bien différents de ce qu'il était dans sa jeunesse. Ils portaient des sous-vêtements Calvin Klein et fréquentaient le gymnase pendant l'heure du déjeuner. Ils avaient un brillant avenir. Ils demandaient cinq mille dollars pour un cycle de conférences. Et Nat n'en acceptait pas moins leurs flatteries, leurs attentions de sycophantes. Il consentait à ce qu'ils le laissent payer la note au restaurant. Et quand arrivait les réunions de titularisation, il se montrait généreux. Il votait plus souvent oui que non.

Mais petit à petit, comme leur pouvoir grandissait, ces jeunes collègues adoptèrent une attitude de plus en plus condescendante. Ils suggérèrent que c'était lui le plus qualifié pour assurer le monumental cours préparatoire, « Les applications de l'informatique » – surnommé « Informatic et toc » par les étudiants – à cause de son immense savoir, de son sens de l'histoire. Avant, c'étaient les plus jeunes et les moins expérimentés des membres du département qui donnaient ce cours, mais aujourd'hui, semblait-il, on avait besoin d'eux pour d'autres tâches. Les étudiants qui avaient déjà passé leur licence réclamaient les nouvelles stars ; c'étaient eux la force du département ; eux – et non Nat – qui étaient à la base de sa réputation, et donc de celle de l'université tout entière. Personne ne s'intéressait à ce que Nat avait à dire, sauf la femme qui enseignait l'histoire des sciences et qui rédigeait une thèse sur les origines de l'informatique. Elle s'appelait Lillian Rubenstein-Kraft, et c'était l'ancienne épouse du doyen ; elle était retournée à l'université pour préparer un doctorat une fois ses enfants devenus grands. Chaque semaine, Nat la rencontrait au club de la faculté et lui racontait des histoires « d'autrefois » – il avait fini par s'habituer à ce mot – et elle prenait des notes avec ce zèle particulier que seuls les historiens savent montrer. Elle avait quarante-sept ans, était mince et élégante, avait des cheveux de neige, coupés court, et des ongles peints. Elle lui parla de son divorce, lui expliqua combien les choses avaient été pénibles, comment Léon avait engagé un salaud d'avocat et lui en avait fait voir de toutes les couleurs. « Essayant de convaincre le juge que c'était moi qui le trompais alors qu'il pelotait toutes les petites étudiantes qui passaient dans son bureau. Si vous voulez mon avis, c'est répugnant. Mais je dois dire que la justice a triomphé. Le juge a su voir la vérité et il a tranché en ma faveur. Cruauté mentale, mauvais traitements, adultère. » Elle se pourlécha avec délectation en énumérant les torts attribués à son ex-mari et en se rappelant la façon dont elle s'était tenue, les yeux baissés, pendant l'énoncé du jugement.

Leurs enfants avaient été au lycée ensemble. Éric avait été amoureux d'April tout au long de la dernière année, avoua-t-elle au cours d'un déjeuner. Maintenant, il était avocat à Santa Barbara.

« Aujourd'hui, il n'irait pas bien loin avec elle », fit Nat. Et elle rougit. Lillian, que presque rien n'embarrassait, était toujours gênée quand Nat faisait allusion à l'homosexualité de ses enfants. Elle ne savait pas quoi dire.

Louise, bien entendu, ne l'aimait pas, ne l'avait jamais aimée, pas même à l'époque où elles se voyaient chaque semaine aux déjeuners des femmes d'universitaires. « Je n'ai jamais fait confiance à une femme qui a des ongles pareils, dit-elle à Danny. Pas depuis que j'ai vu *Femmes.* » (Elle l'avait vu pour la première fois à vingt ans, et c'était toujours son film préféré.)

Danny, lui, trouvait Lillian sympathique quoiqu'un peu excessive dans ses enthousiasmes, son désir d'être bien vue et prise au sérieux. Elle disait qu'elle avait hâte de terminer son doctorat afin d'avoir le titre de docteur. Danny se souvenait de son plus jeune fils, Steve; il avait été la vedette de l'équipe de tennis du lycée et avait de superbes jambes élancées. Lillian lui apprit que Steve était devenu skieur professionnel; il vivait à Sun City dans l'Idaho en compagnie de sa femme, Cindy. « A propos, je lui ai dit que je t'avais revu, et il m'a dit de te faire un grand bonjour.

– Vous lui direz aussi bonjour de ma part », fit Danny qui, confus, se demandait si Steve se rappelait ce garçon qui, aux premiers beaux jours, regardait ses jambes et ne détournait les yeux qu'à la sonnerie annonçant le début de la classe.

Parfois, quand il venait en été, Danny accompagnait son père au jardin et le regardait écraser des escargots avec ses chaussures.

« Ta mère a mené une sacrée vie quand elle était jeune, lui dit un jour Nat, brusquement.

– Ah ?

– Oui, vraiment. Une tigresse. Une passionnée.

– Comment ça ?

– Danny, tu sais très bien que Louise n'aime pas qu'on parle d'elle derrière son dos.

– Oui, je sais. » C'était tout à fait dans les habitudes de la famille de livrer une partie d'un secret, puis de se taire.

C'était le début du mois d'août. Les grillons chantaient dans le jardin baigné de chaleur ; la pelouse était jonchée de goyaves et de kakis pourris. Par la fenêtre de la cuisine, Danny apercevait sa mère qui lavait la vaisselle, et le visage de Dan Rather qui présentait les informations sur le petit téléviseur de la cuisine. Nat prit le tuyau et le dirigea vers d'énormes courgettes qui paressaient dans le potager. « Ça n'a pas toujours été facile pour moi, dit-il. Je sais que ta mère traverse des jours pénibles en ce moment, mais j'ai eu ma part moi aussi. Pendant ces premières années, elle a fait de ma vie un enfer. »

Le jet heurta la peau épaisse des courgettes. Le ton de confidence que son père avait adopté embarrassait beaucoup Danny – il avait envie de fuir, mais il resta. Il lui fallait écouter jusqu'au bout.

« Je sais que tu as entendu parler de Tommy Burns. Malheureusement, ce n'était que la partie visible de l'iceberg. » Il sourit. « Enfin, un jour, je te raconterai toute l'histoire. » Il reposa le tuyau et braqua sa lampe. « Ah ! tu as bien cru m'échapper, hein ? Eh bien, non, tu n'auras pas cette chance. Tu le vois, Danny ? Juste là. » Il éclaira un escargot dans l'herbe, qui sortait de sa coquille striée. « L'escargot porte sa maison sur son dos. » Danny se rappelait une lointaine voix professorale qui prononçait cette phrase et, aujourd'hui comme alors, il imagina à l'intérieur de la coquille un petit lit, la lumière, les toilettes.

« Je t'ai eu, mon cochon. » La chaussure de Nat s'abattit avec un craquement. Il recommença, puis pointa la lampe sur ce qui restait. L'escargot était écrasé comme un œuf; il y avait des petits éclats de coquille et une espèce de masse gluante qui ressemblait à de la morve. Des traînées de bave allaient de la semelle de la chaussure au gazon.

« Ce que je viens de te dire, ne le répète pas à ta sœur, fit Nat. Elle serait capable d'en faire une chanson.

– Ne t'inquiète pas, je ne le lui répéterai pas.

– Bien. » Nat pointa de nouveau sa lampe sur la pelouse. « Un jour, je te raconterai toute l'histoire », redit-il. Et Danny sut que par « un jour » il sous-entendait quand sa mère serait morte. Il regarda en direction de la cuisine. Le visage minuscule de Dan Rather était toujours à l'écran, mais Louise avait disparu.

En ce qui concernait l'homosexualité de leurs enfants, Louise et Nat avaient adopté une attitude de résignation teintée d'espoir. Leur conclusion sur le sujet paraissait être : après tout, il y a pire. Et il y avait effectivement pire : Louise avait des amies dont les enfants se droguaient à l'héroïne, faisaient du trafic d'armes au Nicaragua, et – pire encore, bien pire – des amies, trop nombreuses semblait-il, dont les enfants étaient morts, morts dans des accidents de voiture, morts d'overdose ou morts de cancers bizarres provoqués par des médicaments que leurs mères avaient pris dans leur jeunesse en toute innocence. Quant à elle, Dieu merci, elle n'avait pas été traitée au Distilbène, mais sa sœur Eleanor l'avait été, et sa fille, Joanne, en subissait maintenant les conséquences : hystérectomie à vingt-deux ans, difficultés habituelles pour adopter un enfant et, bien entendu, menace du cancer qui planait sur elle et continuerait à planer jusqu'à être remplacée par quelque chose de pire, ou de meilleur, ou du moins de définissable, la réalité du cancer, qui, comme Louise ne l'ignorait pas, avait un côté rassurant : on savait contre quoi on se battait. Elle reconnaissait que, finalement, elle avait eu de la chance.

Consciente que sa sœur n'agissait ainsi que par jalousie, elle avait décidé d'ignorer les articles que celle-ci lui envoyait, découpés dans les obscures revues de psychologie de Sid. « L'homosexualité chez les frères et sœurs : inné ou acquis ? », « Enquête sur les familles où l'on trouve plusieurs enfants homosexuels », « Le syndrome de la fille manquée et du garçon manqué : influence de l'environnement homosexuel ». Des photocopies bien nettes, avec une note attachée à la première page, accompagnée par la photo d'une heureuse ménagère en train de remuer le contenu d'une casserole et ces quelques mots : MEILLEUR SOUVENIR DE LA CUISINE D'ELEANOR FRIEDMAN. « J'ai pensé que ça t'intéresserait – E. » « Sid a pensé que tu aimerais jeter un coup d'œil là-dessus – E. » Mais Louise avait depuis longemps renoncé à essayer de comprendre le jargon utilisé dans ces articles ou à analyser les graphiques élaborés. Elle les glissait sans les lire dans un classeur marqué « H » et s'efforçait de se remémorer les tragédies dont l'existence d'Eleanor était peuplée : la canne et l'appareil orthopédique, et, bien sûr, la fille qui n'aurait jamais d'enfants ainsi que le fils dont elle n'entendait jamais parler, qui travaillait dans une fabrique de conserves en Alaska, le cerveau disjoncté comme un haut-parleur stéréo qu'on a poussé à fond. Markie, le fils d'Eleanor, avait tué le chat. Il lui avait mis des écouteurs, avait réglé le volume au maximum, puis il l'avait jeté dans la baignoire et enfin dans le four à micro-ondes – résultat d'un mauvais trip, devait-il expliquer quand ses parents étaient rentrés. Il ne faut pas que je l'oublie, se disait à chaque fois Louise lorsque les articles arrivaient au courrier; il ne faut pas que j'oublie dans quel état Eleanor a retrouvé le chat et le four.

De toute façon, Louise ne croyait pas vraiment qu'elle avait deux enfants homosexuels. Elle ne parvenait toujours pas à accepter l'homosexualité d'April. Elle se rappelait trop bien comment, au lycée et à l'université, sa fille courait après les garçons, tombait sans cesse amoureuse, jusqu'à Joey Conway – sa grande passion. Et Louise savait qu'elle ne jouait pas la comédie. Elle reconnaissait cette lueur dans les yeux de sa fille qui signifiait qu'elle était prête à tout pour cet homme, pour l'avoir et le garder. A son avis, l'homosexualité d'April était plus politique qu'autre chose, une période à passer, plus axée sur le féminisme que sur le désir. (Elle se refusait à admettre que cette « période » venait d'entrer dans sa dixième année.) Danny, c'était différent; pour lui, il ne paraissait pas y avoir le choix. Elle avait deviné très tôt, pas tant aux symptômes classiques – il ne mettait pas ses robes, ni ne jouait à la poupée, rien de tel – qu'à la manière dont il négligeait certaines activités – les sports, regarder les matchs de football à la télévision, jardiner avec son père – pour lui tenir compagnie à la cuisine pendant qu'elle préparait les repas, ou rester dans sa chambre à découper les photos d'animaux et de plantes dans des magazines et à les coller sur les pages d'un carnet déjà plein de dessins au feutre psychédéliques. Elle souriait à ces souvenirs; et puis, au moins, il était tranquille maintenant, il ne fréquentait pas la faune de San Francisco, il vivait avec un homme responsable dans une maison de banlieue bien tenue. Il était avocat. Il avait réussi. Ça aurait pu être pire. Il aurait pu être en Alaska, à travailler dans une fabrique de conserves. Il aurait pu être mort.

Naturellement, au début elle avait été furieuse; elle avait reporté sur lui toutes les humiliations refoulées qu'elle avait subies durant sa propre jeunesse. En cet après-midi lointain, il lui avait semblé que le monde dans lequel elle avait grandi était infiniment moins complexe, infiniment plus rigide que celui d'où lui parlait son fils, et pourtant, elle s'était accrochée à ces rigidités, avait réalisé que leur but était de protéger, d'assurer la stabilité, d'empêcher ces quartiers composés de maisons et d'épiceries bien astiquées de se disloquer. « Tu ne trouves pas ça égoïste de ta part de céder au moindre de tes caprices sexuels ? » lui avait-elle lancé, mais ce n'était pas tout à fait ce qu'elle avait voulu dire; elle avait voulu lui demander comment il pouvait accepter de s'opposer à un courant aussi fort que celui des convenances dans le seul souci de satisfaire un désir alors que ça signifiait mettre le monde à l'envers, mettre tout à l'envers. Ça paraissait fou, et aussi incroyablement courageux. Une bombe qui menaçait le voisinage, prête à exploser, parce que ce simple rouage, son fils, s'était détaché. Car elle avait toujours cru que la stabilité de la planète, son orbite régulière, exigeait de chacun qu'il garde sa propre stabilité, sa propre orbite, sa propre observance sans histoires des règles. Elle-même avait été téméraire, et aujourd'hui encore, trente ans après, elle continuait à ressentir les ondes de choc de cette témérité; elle avait irrémédiablement fait vaciller la base et ébranlé les fondations de sa famille. Certes, elle n'était pas la seule rebelle au monde – elle comprenait la notion de courants – mais elle s'imaginait malgré tout qu'à un certain niveau cet état, celui de Danny, était la conséquence directe de sa mauvaise conduite, presque comme si elle le lui avait transmis par hérédité.

C'est du moins ce qu'elle pensa le jour où Danny le lui dit.

Quelques semaines plus tard, elle alla mieux. Elle se rappela pourquoi elle avait quitté Boston et laissé derrière elle son enfance pour s'installer avec Nat en Californie; c'était justement afin de trouver un monde plus libre, moins réglementé, un endroit où Nat pourrait étudier ses ordinateurs sans être regardé de travers. Et, bien entendu, Danny était l'enfant de ce monde-là, son monde à lui, pas son monde à elle. Quant à Nat, il se montra comme d'habitude impassible; il prit la nouvelle avec flegme, parut à peine réagir. Il avait été tellement brutalisé durant son enfance – pour être trop intelligent ou trop étrange – qu'il lui manquait l'armure de préjugés dans laquelle la plupart des pères se bardent. Il parut n'y attacher aucune importance.

Ils s'étaient rencontrés un été de leur adolescence, sur une île nommée Little Nahant au large de Boston où leurs familles avaient chacune loué une maison. Nat eut le coup de foudre pour Louise, du moins l'affirma-t-il; elle, elle le remarqua à peine, ce garçon anonyme, ce grand escogriffe à la poitrine creuse dont la mère venait parfois prendre le café. Il lui arrivait de le saluer de loin sur le chemin de la plage où il y avait des proies plus intéressantes. A seize ans, il était puceau; à seize ans, elle entretenait depuis deux ans une liaison avec un marin portugais de quarante ans qui n'avait que trois doigts à la main gauche. L'été, qui ne lui offrait pratiquement aucune possibilité de voir Xavier, était une période difficile à traverser; elle lui écrivait des lettres d'amour et trompait sa solitude en compagnie de Tommy Burns, le maître nageur. Elle aimait presque autant Tommy Burns que Xavier, aimait son physique de bon Américain, ses cheveux blonds, son visage énergique et buriné. (« Note bien ce que je te dis, avait dit la mère de Louise. Sa grand-mère a été violée par un Cosaque. ») Tommy Burns passait de temps en temps la chercher en début de soirée, et ils allaient au bord de la mer manger des clams frits. Un souvenir très vif : combien Tommy avait faim, combien ses yeux étaient bleus, et combien les taches de gras s'élargissaient sur le cône de papier gris dans lequel les clams étaient servis. Il mangeait toujours la moitié de sa part en plus de la sienne. Après, sur la plage, ils se glissaient parmi les rochers jusqu'à un endroit fréquenté par les couples, et Tommy se déshabillait devant elle. Le premier exhibitionniste qu'elle eût rencontré, comprit-elle plus tard, mais à l'époque elle ne connaissait même pas le mot. Tout ce qu'elle savait, c'est qu'il aimait se déshabiller devant elle, et qu'au moment où il se retrouvait nu, son sexe était dressé, rouge et durci, et lui effleurait le nombril. Il fallait qu'il soit nu comme un ver – débarrassé même de la bague de son université – mais Louise, elle, devait rester entièrement vêtue de sorte qu'il puisse s'exciter sur sa jupe d'écolière et son pull en cachemire, superbe dans toute sa virilité. Elle devait admettre qu'elle tirait autant de plaisir que lui de ce contraste; c'était comme s'il n'était pas une créature terrestre, mais un dieu descendu sur elle, qui la prenait dans les habits convenables que sa mère l'avait obligée à mettre, ces habits qu'elle croyait précisément en mesure de protéger sa fille. Ensuite, quand elle rentrait, il y avait des traces sur la jupe, et elle posait parfois sa langue dessus avant de s'endormir.

Elle avait espéré que Tommy Burns la demanderait en mariage. Elle aurait volontiers renoncé à Xavier pour Tommy Burns.

Puis tout avait été bouleversé. Sa petite sœur, Eleanor, avait attrapé la polio.

Des semaines et des semaines au cours de cet été chaud, ils avaient été soumis à la quarantaine. Ils ne pouvaient pas quitter la maison, aller à la plage ou dans les boutiques. Seule l'horreur de ce qui arrivait à sa sœur étouffait la rage de Louise, l'engourdissait et la plongeait dans une sorte de douce béatitude. Elle aidait sa mère de son mieux, chassait ses inquiétudes au sujet de sa propre santé. Elle ne pensait à Tommy Burns que la nuit. Il ne téléphona jamais, n'envoya pas le moindre mot. Ce n'était pas un garçon patient ; il avait sans doute trouvé une autre fille pour le regarder. Des années plus tard, quand elle alla pour la première et dernière fois de sa vie chez un psychothérapeute, Louise se surprit à parler d'Eleanor et de leurs rapports tendus, déplorables, et en même temps de Tommy Burns et de son exhibitionnisme. C'était l'un de ces instants révélateurs si prisés en thérapie. « Pensez-vous, avait demandé le Dr Quinlan, que vous en voulez aujourd'hui à Eleanor parce qu'elle vous a séparée de Tommy ? Et peut-être vous sentez-vous coupable de lui en vouloir – coupable parce que ce n'était pas sa faute ? Elle était malade, et elle aurait très bien pu mourir. »

Louise avait détourné les yeux. « Je pense que j'en veux à Eleanor parce que si elle n'avait pas été malade, je n'aurais jamais épousé Nat. » Et elle avait éclaté de rire. Car elle remontait enfin à la surface, l'horrible vérité qu'elle était venue chercher.

Eleanor était tombée malade, et Tommy avait disparu. Tout le monde avait disparu. Tout le monde, sauf Nat, le grand escogriffe dont la mère leur avait rendu visite et qui passait en vélo pour lui crier les nouvelles et bavarder par la fenêtre de la salle de bains. Elle feignait l'indifférence, mais elle était toujours là l'après-midi et se mettait à la fenêtre comme si elle jetait juste un coup d'œil sur les pissenlits. Quand Nat lui demandait comment ça allait ou comment Eleanor se portait, elle se contentait de hausser les épaules et de répondre : « Bien. » Elle jouait avec un bout de fil ou de ficelle entre ses doigts. « Bien », disait-elle. Ou : « Mieux aujourd'hui. » Mais la plupart du temps, c'était simplement : « Bien. »

Lorsque la quarantaine fut enfin terminée, Nat mit

une chemise neuve, acheta des fleurs, et attendit sur le pas de la porte en s'imaginant que Louise sortirait de sa prison débordante de désir, de vigueur et d'énergie, qu'elle lui sauterait dans les bras et le couvrirait de baisers pour le remercier d'avoir été le seul à être demeuré près d'elle, à être resté en contact avec elle. Mais à la place, elle rentra aussitôt à Boston où Xavier, le marin portugais, venait de débarquer. Nat aida la mère de Louise à nettoyer la chambre de la malade.

L'été s'acheva. Ils regagnèrent leurs domiciles respectifs sur le continent. Nat et Louise se virent quand Xavier n'était pas là ou quand elle voulait rassurer sa mère et la convaincre qu'elle fréquentait un garçon convenable. Ils n'eurent pas de véritable liaison avant l'été suivant, lorsque Louise fut retournée à Little Nahant, cette fois sans ses parents, où elle travailla comme serveuse. Nat, afin de payer ses études à Harvard, dut prendre un emploi au garage de son cousin Sydney, et, plusieurs soirs par semaine, alors qu'il faisait nuit noire, il empruntait en bicyclette la digue qui reliait l'île au continent, et repartait à la pointe de l'aube.

Ils n'y revinrent que des années plus tard.

C'était à la fin de la tournée *Discovery* d'April, où Danny l'avait accompagnée, et ils se rendirent à Boston pour assister au triomphe de leur fille. C'était la première fois qu'ils se trouvaient à Boston avec les enfants et l'après-midi précédant le concert, Nat, dans un brusque accès de nostalgie, loua une voiture et emmena sa famille le long de cette digue légendaire – une langue de terre entourée d'eau à peine assez large pour une route – et Danny s'efforça d'imaginer ce que son père devait ressentir quand il pédalait à toute allure sur cette chaussée plate au cœur des ténèbres pour retrouver Louise qui l'attendait dans sa petite chambre. L'île n'avait pas beaucoup changé; c'était toujours le même entassement de maisonnettes aux couleurs vives, de cafés, de petits restaurants et de boîtes minables, de mères obèses accompagnées d'une meute d'enfants. Ils firent le pèlerinage jusqu'à la maison jaune citron où Louise avait été soumise à la quarantaine et, un peu plus loin, jusqu'à la maison vert-jaune où Nat avait habité et l'avait aimée. C'était la fin de l'été, le moment où tout se décompose et où les boutiques se remplissent de cahiers, de classeurs multicolores, de porte-crayons et de cartables. Au bord des routes, des enfants pleins de coups de soleil sautillaient pour ne pas se brûler la plante des pieds. Sur les plages, les femmes étaient allongées, poings fermés, à la recheche de la dernière touche de bronzage. Louise regardait la cabane vide du maître nageur. Elle était en tailleur – jupe et veste gris clair – et paraissait plutôt déplacée au milieu des enfants et des mères hâlés en maillot de bain; riche, distante. Elle avait ôté ses chaussures, gardé ses bas, et foulait le sable. Elle tenait entre les doigts couverts de bagues de sa main droite un petit coquillage imparfait. Comme elle devait paraître bizarre! Une icône, une statue, dans son tailleur strict. Les estivants circulaient autour d'elle. « Ne regarde pas comme ça! » Danny entendit une femme réprimander ainsi son enfant, comme si elle se reconnaissait déjà en Louise quarante ans plus tard, revenue avec cet air de propriétaire, chargée du poids de l'histoire vécue, l'air de celle qui a suffisamment roulé sa bosse pour avoir mérité le privilège de se souvenir.

Danny, April et Nat l'attendirent à côté de la voiture. Elle finit par les rejoindre, les chaussures à la main, du sable dans les cheveux. « Nat, c'était bien la maison des Goldberg, non ? » demanda-t-elle en désignant une petite villa blanche en stuc à l'intérieur de laquelle s'engouffrait une fillette avec des palmes.

« Oui, répondit-il. Je crois que oui. »

Xavier, le marin, périt en mer au cours de la Seconde Guerre mondiale. Tommy Burns aussi partit à la guerre, mais il en revint décoré. Ses dents blanches étincelèrent lorsqu'on lui remit sa médaille en public à Boston. (Louise, mariée à Nat depuis peu, se tint parmi la foule, un foulard sur la tête pour se protéger de la pluie, et elle applaudit comme une folle. De toute façon, il ne se souvenait sans doute pas d'elle. Elle travaillait alors dans un chantier naval, à l'assemblage des cuirassés, pendant que Nat passait ses derniers examens.)

Beaucoup plus tard, Tommy Burns devint Tom Brent. Il jouait le rôle du shérif Bo Tucker dans *Le Pays sauvage*. Le mercredi soir de huit à neuf, la télévision fut réservée à Louise, jusqu'à la suppression de la série. Ensuite, elle le vit de temps en temps, quand il était dans un feuilleton policier ou une sitcom. Puis il disparut de l'écran.

Un soir, à la fin des années 70, Louise pédalait sur son vélo d'appartement en regardant une émission, quand elle se mit à crier. « Qu'est-ce qui se passe ? fit Nat en accourant du jardin.

– C'est lui, Nat! C'est Tommy Burns! Regarde! »

Eh bien, il était de retour – plus âgé, mais toujours aussi beau. Ses cheveux commençaient à grisonner. Il portait un costume sombre. Il était debout sur fond beige et tenait délicatement entre ses mains une maison miniature au toit de bardeaux blancs.

Tommy Burns faisait de la publicité pour une compagnie d'assurances.

Personne ne savait exactement quand April avait commencé à chanter. Danny croyait se souvenir, lorsqu'il avait quatre ou cinq ans, de l'avoir entendue dans sa chambre gratter sa petite guitare en accompagnant « Leaving on a Jet Plane », « Five Hundred Miles », « Puff the Magic Dragon ». Plus tard, elle se mit au piano et interpréta ces chansons aux amis de leurs parents après les dîners que ceux-ci donnaient. « Une vraie Eydie Gorme ! » s'exclamait tante Eleanor en frappant le sol de sa canne. Elle prononçait « Gormé », à l'américaine et non à la française, de sorte qu'on aurait dit un mot venu de la planète Mars.

Ils étaient arrivés quelques années plus tôt dans ce quartier non loin du campus appelé Redwood Park et surnommé le ghetto universitaire. Le quatrième mardi de chaque mois, Louise recevait pour le thé les épouses des membres du département, et le troisième mercredi, Nat recevait un groupe de ses étudiants en science informatique. En général, Danny et April se réfugiaient dans la chambre de celle-ci pendant ces festivités, et n'en émergeaient qu'au moment où un coup sec donné à la porte leur enjoignait de faire acte de présence. Danny ne savait pas lequel de ces deux groupes il redoutait le plus. Les épouses des membres du département arboraient de petits tailleurs pimpants ; elles le touchaient de leurs mains poudrées et lui demandaient comment ça allait à l'école. Elles avaient de trop bonnes manières. Les étudiants, eux, n'en avaient pas assez. Ils ne se lavaient pas. C'étaient des jeunes gens au regard vague qui empochaient leurs stylos sans remettre le capuchon, si bien que leurs chemises s'ornaient toujours d'une tache de bleu à hauteur du cœur. Danny faisait son devoir, serrait leurs mains moites, puis regagnait en hâte la chambre de sa sœur. Là, c'était un univers différent. Il y avait une moquette couleur avocat, d'épais rideaux avec d'immenses fleurs épanouies et des houpettes blanches. April faisait brûler de l'encens sur son bureau. Dans un tiroir, elle gardait un livre intitulé *L'Amour sexuel* par le Dr Tamako Nagawachi qu'elle laissait Danny lire autant qu'il le voulait. (Il appréciait surtout le chapitre qui traitait des rêves érotiques et suggérait de porter des pyjamas extradoux pour les prévenir.) Il aimait respirer l'odeur de cette chambre – une forte odeur de femme qu'April ne faisait aucun effort pour supprimer ou masquer. Elle ne croyait pas nécessaire de se raser sous les bras, pas plus qu'elle ne croyait aux déodorants, au grand désespoir de sa mère qui soutenait que trop de poils sous les bras augmentaient les odeurs corporelles de la femme – un fait scientifique, disait-elle. (April se contentait d'en rire.) Elle avait des cheveux blonds et de longs poils blonds partout – sous les bras, sur les jambes. Elle faisait ses robes elle-même, le plus souvent dans du velours violet brodé de cœurs et de lunes, et il lui arrivait de porter des clochettes autour de la cheville. Dans sa chambre, en ces mardis et mercredis occasionnels où Danny et elle s'unissaient pour résister aux mondanités, elle aimait s'allonger sur son lit, une glace logée au creux du coude, et tresser les longs poils blonds de ses aisselles. D'autres après-midi, quand elle se sentait plus dynamique, elle donnait des cours de guitare à Danny. Elle lui montrait comment pincer les cordes, comment faire le *la* et le *ré*. Il s'asseyait sur ses genoux, les doigts de sa grande sœur plaçaient les siens sur les touchettes et, pendant qu'il jouait tant bien que mal, ils chantaient ensemble : « Puff the Magic Dragon », « The Muffin Man », « Barbara Allen », « The Impossible Dream ».

Après le lycée, April décida d'aller à cette même université à côté de laquelle ils habitaient. Non parce qu'elle lui plaisait, mais parce que c'était gratuit; elle ne voyait en effet aucune raison pour que ses parents gaspillent de l'argent à financer une éducation dont les fondements étaient sans valeur – affirmation à laquelle Nat réagissait par des invectives, et Louise par un petit haussement d'épaules et un : « Oh! April, vraiment tu exagères! » Danny se rappelait avoir aidé sa sœur à emménager au début de sa première année; le bâtiment était à environ deux minutes de chez eux, mais April tint néanmoins à emporter tout ce qu'elle possédait, ses vêtements, ses disques, ses livres et ses animaux en peluche qu'elle chargea dans la voiture et monta dans la petite cellule qu'elle devait partager avec une certaine Vilma H. Pampas de Los Angeles. Cette année-là, Danny avait alors neuf ans, elle participa à une grève de la faim qui eut lieu sur la pelouse de la maison du recteur, laquelle se trouvait juste en face de chez eux. Nat était hors de lui. Louise, inquiète quant aux conséquences, remplit les étagères de bouteilles de jus d'orange et de vitamine C, et la cuisine devint un centre de ravitaillement pour étudiants mourant de faim. Deux fois par jour, April amenait des groupes de manifestants, et Louise leur donnait des vitamines et du jus d'orange, ainsi que de temps en temps, en cachette, un quartier de pomme. Danny se dissimulait dans la buanderie adjacente et regardait les étudiants blêmes ingurgiter leurs pilules. Pourquoi ne pouvaient-ils pas manger alors que lui le pouvait ? demanda-t-il à April, qui lui expliqua que ses amis et elle protestaient contre le renvoi injuste d'un professeur très apprécié. Danny ne voyait pas le rapport entre ces deux faits : est-ce qu'en mangeant il contribuait à cette injustice ? Devait-il jeûner, lui aussi ? Alarmé, il engloutit un paquet entier de biscuits tout en lisant ce qui était écrit au dos des boîtes de jus d'orange vides. Ne pas manger de toute une journée, il ne parvenait même pas à l'imaginer.

Cela ne s'arrêta pas là. Durant toute l'enfance de Danny, sembla-t-il, April exigea de sa famille que, pour des motifs politiques, elle se prive de certains aliments. Le raisin, par exemple. Louise poussait son chariot dans l'allée du supermarché, et les petits globes, entassés en grappes infamantes, paraissaient à Danny si sucrés, si succulents, des perles vertes, qu'il craquait et suppliait sa mère de lui en acheter, honteux de son manque de volonté. Mais Louise tenait bon. « Tu sais combien les hommes et les femmes qui les cueillent sont payés? demandait-elle. April me l'a dit, quelque chose comme quarante-deux cents de l'heure. Il s'agit d'enfants, Danny, d'enfants de ton âge qui triment comme des esclaves. Ils dorment dans des baraques crasseuses, sans couvertures, sans toilettes. Qu'est-ce que ça te ferait de ne pas avoir de chambre à toi et de dormir dans une baraque crasseuse simplement pour qu'un autre petit garçon puisse manger du raisin ? » Mais après, quand ils repassaient devant le rayon des fruits et les montagnes de raisin, elle le laissait arracher discrètement quelques grains et les manger sur place.

Au cours d'instruction civique, il y eut un débat entre Roger Krauss et lui sur le thème du boycott du raisin. Le père de Roger Krauss était le président de la section locale de la National Rifle Association. « Ça te plairait de coucher dans une baraque crasseuse ? » lança Danny, mais comme Roger Krauss était plus populaire que lui, le vote de la classe lui fut favorable. La façon dont fonctionnait la politique mettait déjà Danny en rage à l'époque.

Par la suite, à l'heure du déjeuner, Roger Krauss et ses amis s'amusèrent à tourmenter Danny – à agiter de petites grappes de raisin devant leurs visages et à les manger avec l'air aguichant des femmes sur les affiches de Maxfield Parrish.

C'est peu après que Salvador Allende fut assassiné au Chili.

Danny se rappelait très bien April en larmes à la table de la cuisine. « C'est cette putain de CIA! s'écria-t-elle.

– Allons, April, fit Nat. La CIA, vraiment? Vous les jeunes et vos prétendues conspirations! Qu'est-ce que la CIA a à voir avec le Chili ?

– Moi, ça ne m'étonnerait pas », dit Louise. Elle était en train de faire la vaisselle et avait les mains plongées dans l'eau savonneuse. « Tu verras, Nat, ça ne m'étonnerait pas le moins du monde.

– Ha! fit Nat. Ha-ha! » Il considérait cette hypothèse comme tellement absurde que lorsque les informations du week-end vinrent confirmer le sentiment de Louise, il se retira dans son atelier installé au garage pour le reste de l'après-midi. Louise, elle, parcourut la maison en état de choc. Elle était quand même surprise. « La surprise, écrivit-elle plus tard à l'occasion d'un discours qu'elle devait prononcer devant l'Association des mères contre la conscription, a sans doute été l'élément déterminant dans la prise de conscience d'une bonne mère de famille comme moi des problèmes du monde dans lequel elle vit. »

Parfois, Danny allait avoir bientôt vingt ans – il y avait longtemps qu'April avait abandonné l'université, changé de nom et entamé ses tournées – Louise invitait les mères de l'Association à prendre le café et des petits gâteaux comme elle l'avait fait avec les épouses des membres de la faculté. Nat, qui avait quitté de bonne heure ses ordinateurs, se glissait dans la cuisine, effrayé par le nombre de breaks qui encombraient l'allée, et y rejoignait Danny qui buvait une Tab, agité par un débat intérieur : devrait-il ou non se présenter à la conscription le moment venu? Louise, bizarrement, pensait que oui afin de préserver son statut d'objecteur de conscience. Nat, qui prenait la chose beaucoup moins au sérieux, n'était pas d'accord.

« Elles sont toutes là? demandait-il à Danny.

– Ouais.

– Depuis combien de temps?

– A peu près une heure. »

Nat ouvrait alors le réfrigérateur, prenait une cuillerée de confiture dans l'un des pots, et s'asseyait pour la manger. Finalement, quand il était devenu clair que la réunion allait se prolonger, il posait la cuillère dans l'évier et, passant par la véranda de derrière, il se réfugiait dans sa chambre où Danny le trouvait souvent quelques heures plus tard, à moitié endormi, qui regardait d'un œil un feuilleton à la télévision.

April fit ses débuts de chanteuse à l'automne de sa troisième année dans une cafétéria du campus appelée Chez Harriet Tubman. A l'époque, elle se présentait comme la simple chanteuse du groupe Conway's Garage de son petit ami Joey Conway. Joey avait une moto ainsi qu'une barbe châtain épaisse et soyeuse que Danny mourait d'envie de toucher. April et lui habitaient une vaste pièce d'une maison près du campus vouée au changement dans la non-violence, mais de temps en temps, en l'absence de Nat et de Louise, ils venaient dormir dans leur grand lit, et Danny écoutait leurs gémissements à travers la mince cloison qui le séparait d'eux. Un matin, après qu'April fut partie en hâte pour un meeting, il se glissa dans la chambre de ses parents et s'immobilisa devant le diaphragme de sa sœur et le gros tube à moitié plein de gel posés sur la table de nuit maternelle. C'était la première fois qu'il voyait un diaphragme, et il effleura le bord souple de caoutchouc en essayant d'imaginer comment l'objet fonctionnait. La porte de la salle de bains s'ouvrit et Joey entra. Il venait de prendre une douche et il était tout nu. Danny ne put s'empêcher de jeter un coup d'œil sur son sexe qui pendait au milieu de ce qui lui sembla être une véritable forêt de poils.

« Alors, t'as trouvé ce machin-là, hein petit ? » fit Joey en enfilant ses sous-vêtements. Il sourit. « Quel âge t'as ?

– Presque douze ans.

– Tu sais à quoi ça sert ? » Il s'approcha et posa la main sur l'épaule frêle de Danny. « T'as tout le temps d'apprendre ces trucs-là. »

Il passa un T-shirt rouge. « Ta sœur, fit-il. Elle a une voix fantastique.

– Moi aussi, j'aime bien l'entendre chanter, reconnut Danny.

– Ouais. En tout cas, elle est douée pour un tas de choses », fit Joey en ramassant le diaphragme. Il sourit de nouveau. « Je parie que tu rêves déjà de te faire baiser. Pas vrai ? »

Danny se tourna, et Joey éclata de rire.

Après, Danny n'aima plus tellement Joey, même s'il avait envie de le revoir nu. C'était l'une de ces contradictions fondamentales auxquelles il devait se heurter tout au long de son existence.

Ce fut Joey et non April qui inventa l'échelle d'intérêt. Il se plaignait que Danny parlait trop, et il avait raison : Danny avait tendance à raconter plusieurs fois l'intrigue des films qu'il avait vus, les livres qu'il avait lus pour l'école ou les numéros spéciaux du *National Geographic* consacrés aux colonies de termites.

Un jour, April le fit asseoir pour discuter du problème. « Tous les adultes, fit-elle, avant de dire quoi que ce soit, se réfèrent à l'échelle d'intérêt. Ils se demandent : " Ce que je m'apprête à dire, ça se situe où sur l'échelle d'intérêt ? Est-ce que ça vaut un ? Est-ce que ça vaut dix ? " La règle est de ne rien dire qui soit en dessous de huit. »

Danny prit l'échelle d'intérêt très au sérieux. Il pensa que le fait de devoir s'évaluer par rapport à une règle générale était un élément essentiel de la condition d'adulte. Il se posait néanmoins des questions : les timides et les silencieux étaient-ils ainsi parce qu'ils n'avaient rien de valable à dire ? Il connaissait par ailleurs beaucoup d'adultes (dont Joey Conway) qui, à son avis, oubliaient de se référer à l'échelle d'intérêt, de même que beaucoup d'autres qui se taisaient mais qui, soupçonnait-il, auraient un tas de choses à dire s'ils le voulaient.

Il s'en ouvrit à sa sœur. Elle répondit : « Ces questions méritent entre trois et quatre. » C'était une sale période dans la vie d'April, où Danny semblait ne jamais pouvoir gagner, dire quelque chose, sans que Joey ou elle n'éclatent de rire ou ne le menacent du doigt comme les instituteurs de naguère. « Allons, Danny, souviens-toi de l'échelle d'intérêt. » Mais l'échelle d'intérêt fonctionna. En l'espace de quelques semaines, Danny passa d'une volubilité excessive à une timidité presque maladive où il ne disait pratiquement plus rien. April ne parut pas le remarquer. Elle aimait l'avoir à ses côtés, installé dans le grand fauteuil en toile de sa chambre, comme une espèce de mascotte. Ses amis lui proposaient de l'herbe et de l'alcool, et il refusait l'un comme l'autre.

Quant à Joey, il était toujours là. Il dormait toutes les nuits avec April sur le large matelas qu'elle avait installé à même le sol de sa chambre, et il jouait de la guitare tandis qu'elle travaillait ses chansons. Parfois, il venait dîner à la maison avec Nat et Louise. Pendant que Louise préparait le repas, Danny et lui faisaient de longues parties de cartes. Les cartes volaient et claquaient dans une débauche de gestes et, durant tout ce temps-là, Danny imaginait des situations dans lesquelles Joey enlevait de nouveau ses vêtements.

Les premières chansons qu'ils interprétèrent en public avaient été écrites par Joey. Elles étaient dans l'ensemble mauvaises – réquisitoires enflammés contre les méfaits perpétrés par l'administration universitaire. Lors des débuts à la cafétéria, Danny était assis au premier rang en compagnie des deux filles qui partageaient la maison avec April, Paula et Phyllis, des filles sympas, vaguement gauchistes. Joey commença par ce qu'on appelait des « Talking Blues ». On lui proposait un sujet, et il composait une chanson sur ce thème. Les sujets étaient en général politiques. « Le gouverneur Reagan ! » cria quelqu'un. Joey saisit sa guitare :

Je vais vous chanter une chanson sur Ronnie,
L'a de la gelée de groseilles dans la tête,
L'a une femme qui s'habille comme une jeunette,
Et y garde ses bottes de cow-boy au lit.

Ce jeu enchantait Danny. On aurait dit que les chansons pouvaient naître de n'importe quoi, de n'importe quel sujet, de n'importe quel mot. Il suffisait de l'énoncer et Joey, comme une lanterne magique d'autrefois, exauçait le voeu. « Dinde ! cria Danny. Pizza ! Bowling ! » Joey commençait à être agacé. « Crème fouettée ! » lança Danny, et Joey eut un petit sourire.

De combien de crème fouettée
Les rêves de ce garçon sont-ils peuplés!

Ce qui, comme projeté, réduisit Danny au silence pour le restant de la soirée. Il se fit tout petit entre Phyllis et Paula, et s'efforça de ne plus regarder Joey, qui chantait une espèce d'affreuse chanson d'amour de sa composition intitulée « Quand tu me prends, chérie. » Maintenant, il le détestait, mais il était bien résolu à l'écouter jusqu'au bout, ne serait-ce que pour April.

Et enfin – extraordinairement tard, lui sembla-t-il (et pourtant ses parents lui avaient donné pour la première fois la permission de rester aussi longtemps qu'il voudrait) –, ce fut au tour d'April. Elle entra en scène avec ce que les critiques devaient appeler par la suite « son assurance d'artiste ». Danny était aux anges. C'était sa sœur, cette sœur avec qui il avait grandi, partagé une salle de bains, et elle était sur scène, chanteuse célèbre. Elle avait de longs cheveux blonds qui retombaient sur ses épaules, et elle était vêtue d'une jupe de paysanne et d'un corsage indien sur lequel étaient cousus des dizaines de petits miroirs. « Merci, dit-elle au public, guitare à la main. Je suis ravie d'être parmi vous ce soir avec Conway's Garage. »

Après avoir interprété quatre ou cinq des horribles chansons de Joey – mais étaient-elles réellement horribles, s'interrogeait aujourd'hui Danny, ou bien avait-il laissé les récits d'April influencer sa mémoire ? – April déclara : « Et maintenant, j'aimerais vous chanter une chanson en solidarité avec les peuples du Cambodge et du Viêt-nam que Joey et moi avons écrite ensemble. Elle s'appelle " No More Vietnams ". Je vous demanderai de reprendre le refrain en chœur. »

Elle empoigna sa guitare; les lumières s'éteignirent et elle fut enveloppée par les ténèbres, éclairée par un seul croissant. Le groupe Conway's Garage disparut. C'était l'heure d'April. Elle allait s'accompagner seule.

Elle commença. C'était le genre de chanson que tous les chanteurs contestataires rêvent d'écrire – si claire dans son message, si puissante dans sa fureur, que Danny, en l'entendant, se demanda comment les gens pourraient ne pas en être émus et changer de vie. La chanson appelait le changement. « Changez ! » chantait April.

Apprendrons-nous un jour ?
Je suis trop jeune pour voir brûler des chairs adolescentes
Tant que j'aurai une voix pour crier, je crierai,
No more Vietnams!
(Tout le monde avec moi!)
No more Vietnams!

Cette nuit-là, Danny crut qu'il aurait été impossible à tout être humain, écoutant April, de ne pas voir la lumière de l'idéologie de gauche. Même à Roger Krauss. Même au père de Roger Krauss. Assis au premier rang, il s'imagina trouver un moyen de faire passer la chanson d'April dans la sonorisation de la National Rifle Association. Comment, après cela, ces hommes ne pourraient-ils pas déposer leurs fusils et se joindre au mouvement ?

April termina sur un salut triomphant. Le public était debout. Et, au plus fort des applaudissements, Danny remarqua Joey qui se tenait en retrait sur la petite scène. Il avait un sourire crispé, comme s'il s'efforçait de maîtriser un hoquet. Danny se rendit compte à son expression qu'April avait fait preuve de simple gentillesse en disant qu'il avait écrit la chanson avec elle, et il s'en réjouit, car cela signifiait que c'était April qui était douée, que c'était elle qui irait loin. Elle, et pas Joey. Mais il n'en soupçonnait pas moins que sa sœur n'avait pas conscience de ce don qu'elle avait en elle. « Je dois tout à Joey », disait-elle au reporter du journal de l'université qui l'interviewait. « Joey Conway, mon partenaire. Viens, Joey. »

Il descendit de scène avec nervosité. Danny ne le connaissait pas très bien, mais il savait qu'il avait des rêves de gloire pour lui et April et, dans ces rêves, c'était toujours lui qu'on interviewait et April qui attendait patiemment qu'on lui fasse signe de venir. Les perspectives ne lui paraissaient guère encourageantes tandis qu'il se tenait là, le visage fermé, comme s'il était pour la première fois confronté au fossé qui existe souvent entre ses désirs et ses talents.

April l'aimait quand même. Quelques nuits plus tard, après s'être levé pour boire un verre de lait, Danny l'entendit faire ses confidences à Louise dans la cuisine. « Pour être franche, disait-elle, c'est de sa bite que je ne peux pas me passer.

– Oh! April! » fit Louise. Elle plaqua sa main sur sa bouche, et des petites perles de rire roulèrent entre ses doigts, pareilles à des bulles s'échappant d'une casserole qui déborde.

« No More Vietnams » devint ensuite un hymne si populaire qu'on persuada April et Joey de le déposer, puis de l'enregistrer. Malheureusement, sur ce premier 45 tours – qui est aujourd'hui une pièce de collection car April y figure encore sous le nom d'April Cooper – elle chante avec Joey dont la voix ne soutient pas la comparaison avec la sienne. Il s'en rendit d'ailleurs bientôt compte, et se résigna d'abord à l'accompagner à la guitare, et, peu après, à abandonner le groupe Conway's Garage. Puis, bien entendu, ce ne fut plus qu'une question de semaines avant que les « Ap-ril, Ap-ril » scandés par un public de plus en plus nombreux ne transforment « Joey Conway et April Cooper » en « April Cooper accompagnée par Joey Conway ». Et bientôt, geste de bon ton envers le matriarcat (et parce que ça sonnait mieux, reconnut-elle plus tard), April Cooper prit le nom de jeune fille de Louise; elle devint April Gold. THE GOLDEN GIRL titraient les critiques. Et en dessous : UNE NOUVELLE CHANTEUSE BRILLE DANS UN DUO DÉSÉQUILIBRÉ. Dans le classeur retraçant la carrière de sa sœur, Danny conservait une coupure jaunie du journal de l'université d'Oregon – gardée sans aucun doute avec un zèle vengeur – où April et Joey étaient baptisés « les Sonny and Cher du mouvement de la paix ». L'article se poursuivait ainsi : « Un nouvel exemple où une chanteuse exceptionnellement douée s'est affublée d'un partenaire à la fois suffisant et laid et musicalement nul. »

Naturellement, ils se séparèrent; un jour, April quitta

l'appartement qu'elle partageait avec Joey et arriva à la maison dans un break chargé à ras bord de vêtements et de livres, et elle déclara qu'elle ne chanterait plus jamais. C'était un vieux break, le même dont ils s'étaient servis pour l'installer dans sa chambre à l'université. Elle resta là pendant des semaines; elle passait des heures assise à la table de la cuisine à regarder des jeux à la télévision et à ouvrir des cacahuètes – une habitude empruntée à Nat. Elle grossit. Elle ne pouvait pas chanter sans lui, affirma-t-elle un soir après dîner. Puis elle alla vomir dans la salle de bains.

Un jour, au cours de ces six mois où elle vécut à la maison, April fit passer l'annonce suivante dans le *Bay Guardian*: « Jeune femme pulpeuse, gauchiste, 23 ans, cherche pour amitié homme inspiré et éclairé avec expérience du militantisme. » Tout le monde fut étonné – c'était une démarche qui ne ressemblait pas à April – mais personne n'osa formuler d'objections contre ce qui pourrait lui permettre de recommencer une nouvelle vie. Il n'y eut d'abord pas de réponse, puis un matin, April invita avec ostentation Danny à déjeuner dans un restaurant de *dim-sum* immense et embué du quartier chinois.

Danny adorait ce genre de restaurant où des femmes en uniforme blanc poussaient leurs chariots le long des allées entre les tables en criant le nom de diverses boulettes cuites à la vapeur ou frites, de soupes épaisses et de petits pains. « Tu sais pourquoi il n'y a pas de fenêtres dans ces restaurants ? demanda-t-il en humant la chaude odeur qui s'élevait d'un chariot. Parce que tu paies au nombre d'assiettes qu'il y a devant toi et que, s'il y en avait, les gens jetteraient les assiettes par les fenêtres pour payer moins.

– Danny, fit April, c'est au moins la dixième fois que tu me racontes cette histoire. N'oublie pas l'échelle d'intérêt. » Il détourna les yeux, mordit dans quelque chose au goût d'ambroisie enveloppé dans une pâte de farine de riz. Un après-midi parfait, si ce n'était cette dernière remarque, un après-midi de remerciements, d'amour et de bonté que lui offrait sa sœur en récompense de... de services rendus ? Et pourtant, comme c'était souvent le cas avec April, les choses n'étaient pas telles qu'elles paraissaient être, ce qui ne signifiait nullement que ses intentions n'étaient pas honorables, son amour pour lui sincère, mais qu'elle avait besoin de son aide, et qu'elle espérait qu'il ne lui en voudrait pas. Peu après, un homme pâle à la chemise blanche impeccablement repassée et aux lunettes à monture d'écaille s'avança et demanda si elle était bien April, et lorsqu'elle eut répondu que oui, il lui serra la main et s'assit. Puis il regarda Danny, un peu embarrassé, et April dit : « Euh, Jim, voici mon frère Danny. Danny, voici Jim... je suis désolée, je ne me souviens plus de votre nom de famille.

– Tully. Jim Tully.

– C'est vrai, excusez-moi.

– Bonjour », fit Danny. Il interrogea sa sœur du regard.

« Danny, tu te rappelles cette annonce que j'ai fait passer ? Eh bien, Jim est le premier à répondre. » Elle rit et se tourna vers lui. « Jim, ça ne vous dérange pas que j'aie amené mon petit frère ?

– Oh non ! répondit Jim. Pas du tout. Moi aussi, j'ai un frère, à peu près du même âge. Tu as quel âge, Danny ?

– Quatorze ans.

– Mon frère – il s'appelle Bill – a seize ans. Il joue au basket.

– C'est chouette, dit Danny.

– Jim est avocat, dit April. Il travaille pour l'administration des Postes.

– En tant que consultant. »

Une serveuse arriva avec le chariot des desserts, cria des mots dans un cantonais rauque, et Danny étala ses connaissances en prenant, entre autres, une assiette de petits pavés enveloppés de pâte de farine de riz et surmontés d'œufs de cailles.

« Je n'ai jamais vu de plats aussi bizarres, dit Jim.

– Vraiment ? fit Danny. Vous n'avez jamais mangé d'œufs de cailles ? » Avait-il secoué la tête d'un air dégoûté ? S'il ne l'avait pas fait, pensa-t-il plus tard, il aurait dû.

« Heureusement que Danny était avec moi », déclara ensuite April à Louise. Ils venaient de rentrer et ôtaient leurs chaussures dans la cuisine où il faisait bon. « Ce petit m'a littéralement sauvé la vie. »

Elle lui emprisonna la tête et se mit à l'embrasser.

« April...

– Excuse-moi, je ne peux pas résister, tu es trop mignon...

– April !

– Tu viens de muer ! Tu as entendu ?

– April, lâche-moi.

– Alors, ce garçon ne te plaisait pas ? demanda Louise qui lavait la vaisselle.

– Oh, il était plutôt gentil. Simplement ennuyeux. Je n'aurais pas supporté d'être seule avec lui. Et comme d'habitude, mon petit frère adoré est venu à mon secours. Enfin. » Elle se dirigea à pas lourds vers sa chambre en chantant d'une voix limpide de soprano : « Je ne chanterai plus jamais... »

Mais, bien sûr, elle rechanta.

Seule, elle eut encore plus de succès.

Quant à Joey, à la surprise de Danny, il réagit au retour d'April sur scène sans manifester ni colère ni jalousie. Il se résigna à son échec et reprit ses études. Lorsqu'il se promenait en vélo, Danny apercevait parfois Joey sur le campus, l'air plus calme et studieux qu'avant. Ils ne se parlaient pas ; en général, Danny pédalait pour s'éloigner le plus vite possible.

April eut bientôt un nouveau petit ami, un certain Karl Mathias, et une nouvelle manager, une professionnelle qui avait ses bureaux dans un gratte-ciel de San Francisco. Elle s'appelait Tina Tompkins et, sous sa tutelle, April obtint des engagements dans les grands festivals où se produisaient Joan Baez et Bob Dylan. Elle effectua une tournée en Indochine. Sa famille avait du mal à se faire à son succès. Mais ses tentatives pour enregistrer chez l'une des principales marques de disques échouèrent toutes. *No More Vietnams*, son premier album, fut finalement édité par un indépendant au bord de la faillite qui opérait d'un garage quelconque. Louise et Nat durent prêter de l'argent aux producteurs afin de payer les dernières factures. Pendant des mois au cours de cette année-là,

Louise fut contrainte de laisser sa voiture dans la rue parce que leur garage était rempli de caisses de disques; Danny faisait du porte-à-porte pour le vendre aux voisins, ainsi qu'aux anciens professeurs et copains de lycée d'April. C'était un album qui avait un aspect bon marché, avec une photo d'April en noir et blanc sur la pochette, prise sous un mauvais angle, mais tante Eleanor elle-même reconnaissait que les chansons étaient magnifiques.

Danny, à cette époque, était de plus en plus impliqué dans la carrière de sa sœur, et il sautait des cours (au désespoir de ses parents) pour assister à ses concerts. Il donnait souvent un coup de main en coulisses, et ensuite, dans les soirées qui suivaient, il fumait de la marijuana en compagnie d'April et de son cortège de plus en plus nombreux de musiciens, techniciens, petits amis, et bien entendu, de femmes qui l'adoraient et désiraient par-dessus tout lui ressembler. Un nouvel album – *Freedom* – parut, qui, cette fois, rapporta de l'argent; April remit cérémonieusement à Nat et Louise un chèque pour les rembourser de la somme qu'ils avaient avancée pour *No More Vietnams*. Elle était au sommet de sa gloire.

Et pourtant, elle était d'une certaine façon arrivée trop tard. Avec le recul, Danny se disait qu'ils s'en doutaient déjà tous pendant ces soirées organisées après les concerts. On était en 1977. La guerre était enfin terminée – Danny se souvenait de Louise qui pleurait en regardant les dernières images – et avec sa conclusion peu glorieuse, l'esprit, l'énergie, paraissait avoir déserté le mouvement de protestation. Aurait-elle débuté deux ou trois ans plus tôt, April serait peut-être devenue une star universelle au même titre, disons, que Joan Baez ou Joni Mitchell. Mais elle était née trop tard pour cela; dès 1977, son public commençait à l'abandonner pour les études de commerce, de droit ou de médecine. Il ne lui resta plus qu'un groupe dévoué mais très réduit de fidèles – le noyau de révolutionnaires ardents, de vrais militants qui s'étaient depuis longtemps engagés dans la lourde tâche de maintenir la lumière au cours des jours sombres que beaucoup voyaient s'annoncer. Ces gens avaient du monde une vision essentiellement fataliste; pour eux, la révolution était un dur combat qui n'avait rien de drôle et qui se menait dans la clandestinité, au cœur de la nuit noire de l'oppression.

Donc, une fois venus la fin de la guerre et les jours de gloire de Berkeley, ces âmes téméraires retrouvèrent des tâches qui leur avaient toujours mieux convenu, et furent sans doute soulagées de le faire. Ils ne prônaient pas la révolution de masse, mais plaidaient en faveur de changements sociaux sur une petite échelle. Tel était le public d'April, et en général, il n'était guère brillant : hommes au teint cireux, aux lunettes cerclées de noir, à la longue queue de cheval lie-de-vin qui leur tombait dans le dos et leurs femmes – robustes, les cheveux épais, un foulard noué autour de la tête comme des paysannes bulgares. Elles avaient des bébés baptisés Justin ou Molly, et non Arc-en-ciel ou Dieu, qu'elles portaient sur la poitrine et qu'elles nourrissaient au sein jusqu'à six ans. Ils ne s'intéressaient pas particulièrement à la musique en tant qu'art, mais en tant que moyen de propagande et instrument du changement social. Les folles soirées qui avaient toujours suivi les concerts d'April firent place à de paisibles dîners à la fortune du pot dans des maisons austères blanchies à la chaux, après lesquels des poètes bouddhistes chauves lisaient leurs œuvres. April amenait parfois Danny, qui était maintenant à l'université; ils s'asseyaient l'un à côté de l'autre, écoutaient avec politesse, remuaient les graines de soja dans leurs assiettes, rêvaient tous deux en secret d'un cheeseburger, et tous deux en secret s'ennuyaient à mourir.

C'est vers cette époque qu'April chanta pour la première fois avec Margy McLaughlin. Margy, dont la carrière était également dirigée par Tina Tompkins, était une lesbienne militante qui ne se produisait qu'avec d'autres femmes et dont les chansons étaient explicites et provocantes. C'était une belle femme aux joues creuses et aux cheveux châtains coupés en brosse qui s'habillait d'amples pantalons de lin clair et de chemises qui lui donnaient un air mystique – une extra-terrestre ou une nonne. Avant même de se rencontrer, elles étaient fascinées l'une par l'autre; elles demandaient à leurs amis communs : « Est-ce qu'elle a un amant ? » ou encore « Est-ce qu'elle est homosexuelle ? » et nourrissaient leur attirance mutuelle par la contemplation des photos qui figuraient sur les pochettes de leurs disques, des photos si nettes qu'au moment où elles se rencontrèrent enfin, elles eurent l'impression de s'être courtisées, mariées, séparées et réconciliées des centaines de fois. (C'est du moins ce qu'April racontait au cours des longs voyages en minibus entre les concerts.) Elles connaissaient leurs chansons respectives par cœur. Lorsque April rendait visite à ses parents, elle passait sans cesse l'album de Margy, *Woman Loving Woman*, sur le vieil électrophone que Nat avait monté à partir d'un kit.

Plus tard, April se plut à dire qu'elles furent amantes à l'instant même où elles firent connaissance, à l'instant même où leurs mains se touchèrent, où elles se regardèrent et se sourirent.

April amena pour la première fois Margy à dîner un soir de mars alors que Danny était en terminale. C'était le genre d'invité que Louise adorait – elle insista pour mettre la table et essuyer la vaisselle – et d'autre part, elle posa un tas de questions à Nat sur son travail. Elle avait passé son enfance dans une ferme de l'Iowa, mais à seize ans, elle avait réussi à aller à Paris, et ce fut là, dit-elle, qu'elle fit sa véritable éducation. Danny ne la quitta pas des yeux de tout le repas. Il essaya de déceler s'il y avait quelque chose dans son apparence qui trahissait la raison pour laquelle elle était devenue lesbienne. Il avait un jour entendu Roger Krauss affirmer que les filles devenaient gouines quand elles étaient trop grosses ou trop laides pour que les garçons s'intéressent à elles, mais Margy McLaughlin n'était ni grosse ni laide; elle avait au contraire le corps d'une reine de beauté. Ce qui l'impressionnait le plus, c'était l'aisance avec laquelle elle paraissait assumer son homosexualité – au point de l'avoir proclamée à la face du monde dans un album de chansons. Il se disait qu'un tel acte avait dû exiger un courage inimaginable, tout comme il se l'était dit à propos de la grève de la faim quand il était plus jeune. A la fin du dîner, il lui vouait une véritable adoration; il la trouvait ravissante, mince et douce. Il croyait qu'il était amoureux d'elle, qu'il voulait faire l'amour avec elle.

Mais quand il s'aperçut qu'April fixait Margy avec des yeux tellement plus brûlants que les siens, il comprit que ce qu'il éprouvait n'était pas du désir, n'avait rien à voir avec le désir.

April commença alors à écrire des chansons avec Margy, à se produire avec elle et, enfin, à enregistrer avec elle. Il ne fut jamais dit ouvertement qu'elles étaient amantes, mais Danny savait que ses parents s'en doutaient; ils s'étaient mis à avoir de longues discussions qui se prolongeaient tard la nuit et dont il était tenu à l'écart. Les nouvelles attendues finirent pas arriver : April abandonnait son appartement pour s'installer dans la maison de Margy à Berkeley. Danny proposa son aide. C'était une petite maison en stuc avec des géraniums dans le jardin de devant. Il y avait une entrée circulaire sur laquelle donnaient plusieurs pièces aux planchers dorés, aux murs blancs et frais et aux meubles informes tendus de cotons pastel – canapés qui semblaient également servir de lits, sur lesquels s'empilaient d'énormes coussins. Danny s'était demandé avec quelque inquiétude si April allait avoir sa propre chambre, mais la vie paraissait ici défier de tels cloisonnements : aucune chambre n'était distincte d'une autre.

Ensuite, Margy fit brûler de l'encens, et ils mangèrent du poulet cuit dans une sauce aux cacahuètes qui descendait douce comme du caramel, explosait en saveur aigre, puis emportait la bouche. April dit combien elle était heureuse d'avoir enfin découvert son homosexualité, combien elle était ravie de ne plus enregistrer qu'avec des femmes. « Oui, approuva Danny, sans penser que sa condition d'homme pouvait l'exclure. Oui. » En présence d'April, il oubliait souvent qu'il était un homme.

Quand il rentra à la maison, Louise lui fit subir un véritable interrogatoire. « C'est comment ? Est-ce qu'April a sa chambre ?

– Plus ou moins, répondit Danny.

– Comment " plus ou moins " ? Qu'est-ce que ça veut dire " plus ou moins " ?

– Tu comprends, il y a un tas de pièces. Mais tout est ouvert. Je voudrais bien que ce soit comme ça ici. »

Louise secoua la tête, ferma les yeux. Elle alluma une cigarette. « Enfin, c'est sa vie », dit-elle, et Danny alla se coucher.

Plus tard, quand tout fut étalé au grand jour et qu'April eut signé son premier contrat avec Lesbia Records, les gens avec qui elle avait travaillé auparavant l'accusèrent de trahison. La musique féminine était brusquement devenue une entreprise viable; les concerts de Margy McLaughlin attiraient la foule, une foule certes moins nombreuse que celle qui se pressait aux concerts d'April, mais qui paraissait cependant déborder d'énergie, de militantisme et de passion. C'est sans doute pourquoi les anciens copains d'April, ainsi que ses ex-petits amis, la taxèrent d'opportunisme, lui reprochèrent de s'être forgé une fausse identité sexuelle afin de se ranger à une cause plus rentable. Des plaisanteries à son sujet commençaient à circuler; les hommes l'appelaient « la bouffeuse de chattes ». Sans travail (elle ne se produisait plus qu'avec des femmes), furieux contre le monde entier, les anciens musiciens d'April se réunissaient dans les cafés maintenant sombres et déserts où ils avaient connu la gloire et ils se moquaient d'elle. Bon, c'est vrai, sa musique avait eu des accents féministes, même au début, mais ces chansons-là, les hommes les avaient traitées à la légère, comme si elle s'était abandonnée à un caprice. Non, c'était quand elle chantait « Allende » qu'ils applaudissaient; quand elle chantait « Au chômage »; quand elle chantait « Pourquoi se marier ? » Et maintenant, elle chantait « Découverte », elle chantait « La femme que j'aime » en duo avec Margy McLaughlin. Et pire, elle avait repris ses premières chansons d'amour, celles qui faisaient fondre ses amants, et elle les avait réécrites de sorte que les protagonistes en étaient maintenant, sans l'ombre d'un doute et sans vergogne, des couples féminins. Même « De nouveau licencié », qui parlait d'une femme dont le mari a perdu son emploi, devint homosexuelle. « C'est une sacrée femme... d'affaires », ricanaient les hommes, puis ils riaient et reprenaient de la bière.

Et les hommes n'étaient pas les seuls à considérer le revirement d'April avec suspicion. D'autres chanteuses homosexuelles, qui avaient lutté pendant des années pour percer, la regardaient avec méfiance monter sur scène dans sa nouvelle coiffure, court dessus, long sur les côtés, et les éclipser toutes. Elles aussi la soupçonnaient d'opportunisme; elles aussi la soupçonnaient d'être une hétérosexuelle déguisée venue leur voler le triomphe qu'elles avaient fidèlement cultivé des années durant. Et elles avaient peut-être raison. April avait peut-être deviné dans le mouvement de la musique féminine un tremplin pour sa voix exaltée, la colère et la séduction qu'elle mettait dans ses chansons. Car April avait besoin d'écrire des chansons fortes, militantes et passionnées; les trucs sirupeux que les femmes chantaient sur les radios commerciales l'ennuyaient. Elle apparaissait sur scène et s'envolait là où les autres n'avaient pu que battre des ailes avec impuissance; elle était deux fois meilleure musicienne, deux fois meilleure chanteuse, deux fois meilleure compositrice que n'importe laquelle d'entre elles, à l'exception peut-être de Margy McLaughlin, et elles le savaient.

C'est à cette époque que Danny revit Joey Conway. C'était pendant l'été qui suivit sa première année d'université, et il aidait en coulisses au cours d'une tournée qu'April faisait en Californie. Joey était attablé dans un restaurant macrobiotique de Santa Cruz où Danny dînait en compagnie de deux femmes qui appartenaient au groupe d'April, et il vint lui dire bonjour. Il était en T-shirt moulant, et bien qu'il eût rasé sa barbe, il avait toujours cet air viril qui faisait frissonner Danny.

Ils allèrent bavarder au bar. Joey raconta qu'il vivait maintenant à Santa Cruz avec sa femme, Diane. Tous deux avaient passé un diplôme d'histoire de la conscience. « C'est super, fit Danny. Vaste sujet.

– Oui. C'est passionnant. » Joey se tut, hésita. « Comment va April ?

– Très bien. Vous savez qu'elle doit chanter tout à l'heure ?

– Ouais. J'aimerais beaucoup venir, mais j'ai ce foutu

groupe d'étudiants ce soir; le genre de truc qui est prévu des mois à l'avance. Tu crois qu'elle comprendra ?

– Bien sûr.

– Je suppose qu'elle vit toujours avec Margy McLaughlin. Du moins, c'est ce que j'ai entendu dire.

– Oui, c'est vrai », fit Danny.

Joey but une gorgée de bière. « Tu vois, fit-il, je dois reconnaître ça à ta sœur. Elle sait le moment où il faut abandonner un navire en train de couler. Tu comprends, les protest-songs, ça ne mène nulle part. Mais cette musique de femme, j'ai l'impression que ça marche réellement.

– C'est que la vie d'April a changé, répondit Danny. Et sa musique aussi a donc changé. » (Il était très moralisateur à l'époque.)

« Bon, fit Joey. Je veux bien te croire. Mais écoute, Danny, je voudrais que tu lui demandes quelque chose de ma part. Demande-lui si elle avait vraiment besoin de réécrire " Mon homme et moi " pour en faire " Ma femme et moi " ? Tu comprends, réécrire une chanson comme " Au chômage " et la rendre homosexuelle, c'est une chose, mais c'est pour moi qu'elle avait composé " Mon homme et moi ". » Il contempla sa bière.

« Je lui demanderai, fit Danny.

– Ça me ferait plaisir. Et puis, dis-lui de m'écrire, d'accord ?

– Bien sûr. »

Il transmit le message de Joey à sa sœur pendant que Margy et elle se préparaient dans leur loge. « Ah, Joey, fit Margy. Je meurs d'envie de faire sa connaissance.

– Comment il était ? interrogea April.

– Bien », répondit Danny. Il se demandait s'il se pouvait qu'elle soit encore attirée par lui, si elle l'avait jamais été, ou bien si l'homosexualité était une voie à sens unique, un choix qu'on faisait et sur lequel il n'était plus possible de revenir.

« Il voudrait que tu lui écrives, reprit-il.

– Je vais le faire », dit April.

Pendant environ quatre ans, Danny consacra plus ou moins sa vie à April. Bien sûr, il suivait de temps en temps des cours; puis, dans le petit appartement loué sur Durant Avenue, il lui servit de secrétaire, lui fit son courrier, filtra ses communications téléphoniques. Elle, elle travaillait chez Margy à Berkeley, ou bien toutes deux se trouvaient dans une ferme quelque part près de Salinas où on ne pouvait pas les déranger, ou encore elles se produisaient dans un festival de femmes au Minnesota. « C'est incroyable, lui raconta-t-elle au téléphone. Deux mille femmes, et toutes entièrement nues. Je ne m'imaginais pas qu'il y avait tant de genres de seins différents. » C'était le type de réflexion qu'elle ne livrait qu'à lui. Puis ce fut la fin d'April et Margy; elles étaient « arrivées à une impasse » mais restaient amies. De toute façon, quoi que Margy ait pu en penser, c'était April que tous ces gens venaient écouter.

Et quand il n'était pas à Berkeley, il était en tournée avec elle. Ses parents étaient contrariés mais résignés. « Enfin, du moment que vous vous amusez les enfants », leur disait Nat au téléphone, et ils acquiesçaient – « Oh, oui, papa » –, qu'ils soient en train de geler dans la cabine d'une station-service du Nevada ou bien enfoncés dans les fauteuils en cuir du directeur de l'imposante salle de concerts d'une quelconque université. Danny conduisait. Danny additionnait les factures et s'efforçait d'équilibrer les comptes, alors qu'April, qui n'avait aucun sens de l'argent, perdait tout le temps le chèque qu'on lui remettait après les concerts. Danny devait alors appeler et s'arranger pour le faire annuler et remplacer par un autre. Il triait les lettres que ses fans lui adressaient. Il lui lavait son linge. Quatre années, et durant tout ce temps, jamais il ne se posa de questions, jamais il ne douta que son devoir était de s'occuper d'elle ainsi.

Et pourtant, parfois, après les concerts, quand les femmes assises en rond aux pieds d'April faisaient circuler des joints et riaient à toutes les histoires qu'elle racontait, il amenait le mégot à ses lèvres et se disait, phénomène nouveau, qu'il pourrait très bien disparaître à l'instant de cette pièce sans que personne ne s'en aperçoive – du moins pas avant le matin, lorsque April aurait besoin de lui pour aller faire le plein, donner un coup de fil ou lui apporter son café. Il fuma le joint jusqu'au bout, puis le projeta d'une chiquenaude dans la longue chevelure striée de gris d'une femme qui était devant lui, laquelle tressaillit et porta instinctivement la main à ses cheveux. Et il eut soudain une étrange sensation : April le regardait. April avait vu ce qu'il avait fait. A travers la pièce bondée, elle lui lança un regard excédé, celui que la grande sœur réserve au petit frère, qu'il affronta debout, les bras croisés. Elle détourna les yeux, reprit sa conversation. Peut-être avait-elle réalisé, mieux encore que lui, à quel point il était près de la quitter au premier prétexte venu.

Parfois, elle prenait conscience de ce qu'il représentait; elle arrivait derrière lui et le faisait sursauter en jetant ses bras autour de lui. « Pied d'Argile, disait-elle. Je ne sais pas ce que je ferais sans toi. Ce que nous ferions sans toi. Rappelle-moi de t'acheter un cadeau. » Il ne le lui rappelait pas, et elle ne lui achetait pas de cadeau, mais de temps en temps, pendant un concert, elle prenait sa guitare et annonçait : « Cette chanson est pour mon frère, Danny », et elle chantait « Tableau de famille ». Vers la fin de ces quatre années, la situation était devenue telle qu'il devait quitter la salle quand elle interprétait cette chanson, pour conserver intact son ressentiment. Il lui paraissait injuste qu'elle soit douée d'autant de talents – non parce qu'il lui enviait ces talents pour eux-mêmes – mais parce que, d'une certaine façon, la beauté de son chant lui permettait de faire passer tellement d'autres choses qui n'avaient rien de beau. Elle ne le savait que trop bien : il lui suffisait d'ouvrir la bouche pour chanter et on lui pardonnait tout.

Il y avait neuf années, des années mystérieuses et cruciales, entre la naissance d'April et celle de Danny. Ce qui signifiait que lorsque Danny atteignit neuf ans, sa sœur en avait dix-huit et avait vécu deux fois plus que lui. La différence n'avait jamais paru si grande, si insurmontable, qu'au cours de cette année magique, car ensuite, tandis qu'ils grandissaient, ces neuf années devinrent plus une passerelle qu'un gouffre. Danny, maintenant, était habitué à fréquenter des gens plus âgés qu'April, à se lier d'amitié avec eux et à traiter avec eux en égal, un fait devant lequel le petit frère de neuf ans qui était en lui ne pouvait toujours pas s'empêcher de s'émerveiller ; quand il était enfant, sa sœur et les amis de sa sœur lui avaient semblé immuablement plus vieux que lui. Aujourd'hui, des gens de l'âge d'April travaillaient sous ses ordres. Il les payait. Il avait même la possibilité de les mettre à la porte.

Mais au moment des dix-huit ans d'April, durant cette période où ces neuf années d'écart donnaient l'impression d'être une éternité, c'était bien différent. C'est là qu'April entra en thérapie. Le psychiatre des services médicaux de l'université, le Dr Groening, lui dit que Danny lui enviait sans doute le temps pendant lequel elle avait eu ses parents pour elle seule, avant sa naissance à lui, et elle s'empressa de répercuter l'information. Était-ce vrai ? se demanda-t-il. Lui enviait-il vraiment ces années ? Il lui semblait que ses sentiments se rapprochaient plus de la perplexité, ou d'un certain détachement. En définitive, April et ses parents avaient formé une famille bien avant son arrivée; ils partageaient des rituels complexes et fortement enracinés, une longue histoire commune, à tel point que durant sa petite enfance, il lui fallait sans cesse poser des questions : d'où vient le lampion au-dessus de mon lit ? Du voyage au Mexique qu'on a fait quand ta sœur avait cinq ans. C'est quoi cette maison sur cette photo ? Notre ancienne maison de Boston, là où April est née. Qui sont ces femmes avec les bébés ? Ça, c'est ta grand-mère, celle que tu n'as pas connue, avec ta cousine Joanne. Et ça, c'est ta tante Eleanor avec ton cousin Markie. Et là, c'est ta maman qui tient ta sœur dans ses bras. Il étudiait les photos, et mémorisait ces visages qu'il ne verrait jamais, soit parce que les gens étaient morts, soit parce qu'ils avaient tellement vieilli qu'ils en étaient méconnaissables. C'était comme pour ses devoirs, comme pour mémoriser les noms des différentes parties du corps ou des capitales étrangères. Les photos auxquelles il s'intéressait le plus étaient celles que ses parents avaient faites quand April était bébé. Il y en avait des centaines – parfois jusqu'à dix ou vingt prises le même jour, datées et légendées, comme si Louise et Nat avaient été soumis à une sorte d'enchantement, qui les poussait à prendre des photos, provoqué par le miracle d'une première naissance. « 22/11/52 : Maman donne le biberon à April. »

« 23/11/52 : Papa met April dans son bain. » Danny ne connaissait pas ce jeune couple énergique qui s'occupait avec zèle d'un bébé, et pourtant, il y avait bien les yeux cernés et le nez pointu de son père chez cet adolescent maigre; il y avait bien la lèvre légèrement retroussée de sa mère, ses yeux noirs et flamboyants. Ce qui l'étonnait le plus, c'était une série de photos prises sur la plage. Nat, bronzé, sans bedaine, avait un maillot de bain tenu par un cordon; Louise, à côté de lui, était agenouillée dans le sable et portait l'un de ces premiers deux-pièces qui avait dû paraître terriblement osé, avec un soutien-gorge conique. Son ventre – aujourd'hui sillonné de diverses cicatrices – était lisse et parfait. Les couleurs avaient passé, si bien que la plage avait un aspect blanchi, et que les fleurs sur le soutien-gorge de Louise semblaient fanées, comme si elles avaient fait leur temps.

Au fur et à mesure qu'April grandissait, que son visage anonyme de bébé prenait les traits familiers de sa sœur, les intervalles entre les photos grandissaient eux aussi, jusqu'à ce que de tous les jours, on saute à tous les six mois, puis à tous les ans, lors de sa fête d'anniversaire. Puis il n'y eut plus de dates. Puis plus d'albums, juste une vieille boîte à chaussures remplie d'instantanés. Il y avait peu de photos de Danny bébé, et lorsqu'il en demanda un jour la raison à sa mère, elle le regarda d'un air bizarre et porta la main à son front. « Oh, Danny, fit-elle avec un petit rire. Je suis désolée. » Avant, il n'avait jamais pensé que c'était quelque chose dont il fallait s'excuser.

Danny avait un ballon rouge avec lequel il aimait jouer. L'après-midi, après l'école, il tournait pendant des heures autour de la piscine en faisant rebondir son ballon et en se racontant les intrigues de films et de feuilletons télé imaginaires. Plus tard, quand April eut commencé à chanter, il fit la même chose, mais en inventant des chansons. Elle lui avait assuré que s'il en écrivait une bonne, elle la chanterait. Mais, sans qu'il sache pourquoi, c'était toujours la chanson d'un autre qui lui venait à l'esprit en ces débuts de soirées qu'il passait dehors à faire infatigablement rebondir son ballon rouge. Lorsqu'il partit à Berkeley, Louise dit que c'était ce bruit sourd et familier qui lui manquait le plus; elle ne supportait pas le silence, expliqua-t-elle à Danny, et elle ajouta en plaisantant qu'elle allait payer un enfant du quartier pour jouer à la balle contre la porte du garage. Et plus tard, quand il venait de la côte Est rendre visite à ses parents, il trouvait le ballon rouge qui l'attendait sur son lit, et parfois, lorsqu'il avait besoin de réfléchir, il sortait et le faisait rebondir, bien que le sol fût devenu mou et criblé de petits trous impossibles à boucher. Louise, occupée à la vaisselle ou au repassage, éprouvait un rare sentiment de paix à entendre de nouveau le son du ballon de son fils.

Danny parla à Walter du ballon rouge. Et ensuite, chaque fois qu'il semblait loin, distant, perdu dans ses rêves, Walter lui disait : « Alors, encore en train de faire rebondir ton ballon ? », et Danny répondait en riant que non. Pourtant, ces moments passés à tourner autour de la piscine, il se les rappelait comme des moments de félicité suprême, sur lesquels ne planait nulle menace. Il avait parfois la vision de Wall Street à l'heure de pointe, d'hommes en costumes trois-pièces et de femmes en chaussures de tennis aux teintes pastel, qui, au lieu de se précipiter comme d'habitude vers le métro, se contentaient de flâner en faisant rebondir un ballon, et dans le monde entier éclatait le tonnerre de milliers de ballons qui heurtaient le trottoir en même temps, rebondissaient, retombaient.

Un été, juste avant qu'April ne rompît avec Joey, Nat et Louise louèrent une maison sur la plage pour les week-ends. April et Joey étaient très excités à l'idée d'un jeu qu'ils avaient appris et auquel ils voulaient jouer après dîner. « April, tu sais ce que je pense des jeux », dit Louise. Mais April insista. « C'est un jeu spécial. Il te plaira.

– Comment on y joue ? demanda Louise. Il y a encore un piège là-dedans ? » Elle avait une méfiance instinctive envers tout ce qui comportait des pièges.

« C'est facile. En descendant, Joey et moi avons inventé une histoire sur chacun de vous, et tout ce que vous avez à faire, c'est poser des questions auxquelles on répond par oui ou par non. Et il faut essayer de deviner l'histoire.

– Ça doit être amusant », fit Danny.

Nat, lui, secoua la tête. « Je ne joue pas. Vous ne m'entraînerez pas là-dedans.

– Danny n'a qu'à commencer, proposa April.

– Ça se passe chez moi ? demanda alors Danny.

– Non, répondirent en chœur April et Joey.

– Ça se passe en Californie ?

– Non.

– Ça se passe sur la côte Est ?

– Oui.

– Ça a un rapport avec une histoire que je raconte?
– Plus ou moins.
– Avec un poème que je lis?
– Oui! »

On continua ainsi, et l'histoire se dessina : Danny était en bateau avec April dans le port de New York. Il lui lisait un poème à haute voix et April qui s'ennuyait parce que c'était un poème ennuyeux le poussait par-dessus bord.

« April! s'écria Louise. Ce n'est pas une histoire à raconter sur ton frère! »

April et Joey pouffèrent de rire, et April dit : « Maintenant, c'est à toi, maman. Allez, c'est ton tour!

– Ça se passe chez moi?
– Non!
– Ça se passe pendant que je suis dehors?
– Oui!
– Pendant que je fais mes courses?
– Oui!
– Je ne vois pas. J'ai été malade dans votre histoire?
– Plus ou moins. »

L'histoire était la suivante : Louise était au supermarché quand elle fut prise de diarrhée. Elle ne trouva pas de toilettes et l'inévitable se produisit. Quand ils en arrivèrent à la conclusion, ils avaient tous le fou rire. Danny surtout. Il se roulait par terre, faisait des bonds et frétillait comme un poisson hors de l'eau.

« Bon, je crois qu'il est temps de cesser la plaisanterie, intervint Nat.

– Qu'est-ce que tu veux dire, papa? demanda innocemment April entre deux hoquets.

– Je suis un scientifique. Je sais reconnaître une méthode. Explique-leur, April, sinon c'est moi qui vais le faire.

– D'accord, d'accord. » Mais April ne parvenait pas à maîtriser son hilarité. « Vas-y, Joey, dis-leur.

– Eh bien, fit Joey, la vérité, Mrs. Cooper, c'est que nous n'avons inventé aucune histoire. On répond " non " aux questions qui se terminent par une voyelle et " oui " à celles qui se terminent par une consonne...

– Et " plus ou moins " à celles où il y a le mot " histoire ", ajouta April sans cesser de rire.

– Sauf quand la question est trop bonne et qu'on ne résiste pas à l'envie de répondre " oui ", dit Joey.

– En définitive, reprit April qui avait enfin réussi à se calmer, ce sont vos propres histoires. C'est vous-mêmes qui les avez inventées. »

Tout le monde rit de nouveau.

« Imaginez..., fit Louise, les sourcils froncés, mais un sourire aux lèvres... enfin, je me demande ce que le Dr Freud aurait pensé de mon histoire. »

Bien entendu, on n'y rejoua jamais. C'était un jeu qui appartenait à la catégorie des choses qui, par leur nature, ne pouvaient se faire qu'une fois.

Mais les histoires, bizarrement, restèrent ancrées dans la mémoire de Danny, aussi vivantes qu'un rêve. Il se rappelait la façon dont le bateau tanguait dans le port bruyant, dont April l'avait poussé et dont les eaux noires avaient paru l'engloutir. Il se rappelait comme s'il avait été là – témoin muet, un enfant qui marchait à côté du chariot : la panique dans l'allée du supermarché, les femmes qui se bouchaient le nez, les bouteilles, les boîtes et les fruits qui volaient en l'air alors que le chariot se renversait, puis qui roulaient sur le sol et, au milieu de tout ça, Louise telle qu'elle se voyait : souillée, dégradée et humiliée au-delà de toute mesure.

C'était, Danny le savait, ce qu'elle avait toujours craint qu'il lui arrive, ce qu'elle était persuadée qu'il lui arriverait si elle baissait sa garde ne serait-ce qu'une fraction de seconde. « Sa précieuse garde », disait April. C'était un beau titre de chanson.

Danny avait parfois l'impression que la famille ne pouvait pas se réunir à l'occasion d'un anniversaire ou d'une fête sans qu'April se sente obligée d'exprimer un grief, de laisser libre cours à son irritation ou de poser une question indélicate. Le calme psychclogique lui donnait le sentiment d'être par nature un signe de stagnation; elle agissait comme si elle se croyait périodiquement forcée de soulever la poussière du temps qu'ils passaient ensemble dans la même maison, un temps sur lequel, chaque année, ils semblaient avoir de moins en moins de prise et qui, chaque année, leur paraissait appartenir de plus en plus à leur histoire.

Ils sont ainsi réunis, quelques jours avant Noël 1982, et finissent de dîner. Ils ont mangé des lasagnes et un gâteau qu'April a fait. (Quand elle est à la maison, elle reprend ses vieilles habitudes, oublie qu'elle est célèbre et confectionne des recettes dans des poëles de chez Bundt.) « Maman, je voudrais te demander quelque chose », dit-elle d'un ton solennel que tous ont appris à considérer comme synonyme d'ennuis.

Louise pose sa fourchette à dessert et se tourne vers Nat.

« Je sais qu'il existe un tas de secrets dans cette famille, reprend April. Des secrets que nous sommes censés ignorer. Mais il y a des choses que j'ai apprises récemment – je préfère ne pas dire comment.

– Quoi ? demande Louise sans cesser de regarder Nat.

– Je sais que tu as déjà été mariée avant papa », répond April.

Louise lâche sa fourchette qui heurte la table avec un bruit métallique. « Oh ! mon Dieu ! C'est ton père qui t'a dit ça ? Nat, c'est toi qui lui a raconté ? »

Il détourne les yeux et garde le silence.

« Ou c'est Eleanor ?

– Peu importe, fait April. Ce qui compte c'est que ça a été dit, et je suis contente de le savoir. Je tenais à le savoir.

– Ce n'est pas Eleanor », dit Nat.

Louise évite de regarder Nat. Évite de regarder April. « Je ne vois pas pourquoi tu en fais toute une histoire. Ce n'était rien. Ça me gêne d'en parler, c'est tout. C'est comme si tu avais eu une maladie honteuse. Tu préfères ne plus en parler. »

Tous se taisent. Les yeux de Louise se portent tour à tour sur chacun d'eux. « Bon, fait-elle. C'est vrai. Voilà, c'est dit. Maintenant, je ne veux plus jamais en parler. C'est compris ? »

April ouvre la bouche pour poser une question.

« Point final », reprend Louise.

Elle se lève, se dirige vers l'évier, enfile des gants en caoutchouc, verse du produit à vaisselle. Il y a toujours des choses à laver, une tâche pour occuper ses mains. Louise a de belles mains, très brunes et lisses, avec des stries de peau douce aux jointures. Quand Danny était encore petit, elle jouait du piano deux ou trois heures par jour en fin d'après-midi. Quel que fût le morceau qu'elle apprenait, ses hésitations, les phrases délicates l'empêchaient ensuite de dormir pendant des nuits, comme si ces maladroits exercices constituaient en eux-mêmes une sorte d'harmonie qui se superposait à la musique. Elle tricotait si bien qu'elle pouvait le faire tout en lisant, le livre posé sur ses genoux, dont elle avait cassé la reliure pour qu'il reste bien à plat. Ses doigts maniaient les aiguilles pendant que ses yeux parcouraient la page. La plupart des livres de la maison avaient été mutilés ainsi, sacrifiés à son impitoyable activité.

Nat se lève à son tour, s'approche d'elle qui lui tourne

le dos. « Ma chérie, dit-il. Je ne voulais pas te contrarier comme ça. Je parlais à April de notre jeunesse, elle m'interrogeait, et... ça m'a échappé. Je me sentais nostalgique, et ça m'a échappé. De toute façon, qu'est-ce que ça peut faire que les enfants le sachent ? Ce n'est pas si important...

– C'est à moi d'en décider », le coupe sèchement Louise. La vapeur monte de l'évier. Nat plaque les mains sur ses épaules, et elle les écarte d'un mouvement brusque.

« Laisse-moi tranquille.

– Très bien. » Il va vers le réfrigérateur, en sort un pot de confiture.

« Tu ne peux donc pas la fermer ? » dit Louise à voix basse.

Nat prend une cuillerée de confiture et quitte la pièce avec. Les épaules de Louise se soulèvent et s'abaissent. Ses mains s'immobilisent. Sa tête s'incline lentement vers la mousse. « Pourquoi tout le monde dans cette famille compte sur moi pour laver ses cochonneries, ses pots de confiture et ses cuillères sales ? fait-elle.

Les pots de confiture ! s'écrie April. Enfin, maman, je ne comprends pas pourquoi il faudrait toujours faire semblant ! Les pots de confiture n'ont rien à y voir ! C'est comme si tu t'attendais à ce qu'on taise les choses simplement parce que tu en as décidé ainsi.

– Il faut toujours que tu te mettes en vedette, hein ? dit Louise. Personne au monde n'a le droit de souffrir sauf toi. »

Alors, April se lève. Danny se lève. La scène est presque écrite tant elle varie peu d'un Noël à l'autre. Danny va dans la chambre de ses parents où Nat a déjà allumé la télévision et mis le son suffisamment fort pour couvrir les éclats de voix de Louise et d'April.

« Elles recommencent ?

– Oui, répond Danny.

– Bon, on dirait qu'on est partis pour une longue nuit. » Nat tient la télécommande sur ses genoux, et il passe d'une chaîne à l'autre, amenant un flot d'images contradictoires : enfants qui brandissent des tubes de dentifrice, bouches de journalistes qui s'ouvrent, roue de la fortune qui tourne, tourne, et s'arrête sur banqueroute.

Il y a un jeu de pendu sur l'écran, dont les lettres apparaissent une à une.

« Alors, ça t'étonne ? » demande Nat.

Danny hausse les épaules. « Je suppose que c'est difficile de s'imaginer sa mère comme quelqu'un qui a des relations sexuelles – c'est-à-dire des relations sexuelles avec un autre homme que son père.

– Je sais, dit Nat. J'ai eu le même problème avec ma mère à moi.

– Je ne tiens pas à connaître les détails, même si j'en éprouve la tentation.

– Un jour, je te raconterai toute l'histoire. Mon Dieu, je me doutais bien que ta mère allait réagir de cette façon.

– Alors pourquoi tu en as parlé à April ? C'est une vraie bombe à retardement.

– Je pense que je savais qu'April le dirait à Louise. Je pense qu'en définitive je voulais que les choses se sachent.

– Tu cherches les ennuis. »

Nat a toujours les yeux fixés sur l'écran.

« Sabotage, dit-il.

– Quoi ?

– Sabotage. »

Un peu perdu, Danny reporte son attention sur le jeu de pendu. La réponse s'affiche, et ce n'est pas sabotage. « UNE PARTIE DE L'ACTION », dit Nat en devinant juste avant le concurrent. Danny le regarde. Il a les lèvres serrées, le front plissé.

Les disputes, quand elles avaient lieu, avaient lieu en silence. Lorsque Danny et April étaient à la maison, Nat et Louise se retenaient, allaient se réfugier dans leur chambre et s'affrontaient en murmures furieux – non à cause des enfants, mais à cause d'eux-mêmes. Tous deux croyaient fermement à la nécessité de garder les choses secrètes, s'imaginaient que s'il y avait des témoins à leurs affrontements, il en rejaillirait sur eux la pire des hontes.

La porte de leur chambre demeurait fermée des heures durant, abcès douloureux et muet au cœur de la maison, et, bien sûr, Danny s'abstenait de frapper.

Vers dix heures, April prit sa voiture et partit : « voir une amie », dit-elle. Danny était installé à la table de la cuisine et regardait une rediffusion de *Saturday Night Live* avec Gilda Radner dans le rôle de la fillette pathétique et tremblante qui rend visite au psychiatre pour enfants. « Lequel de ces jouets est ta maman ? » demande le psychiatre, et la fillette désigne la poupée Barbie. « Et lequel est ton papa ? » demande le psychiatre, et la fillette désigne la poupée Ken. « Et lequel est toi ? » demande le psychiatre, et la fillette ramasse un rouleau de Scotch.

« Cette Gilda Radner est amusante », dit Louise. Danny ne l'avait pas entendue arriver. Sa voix était un peu rauque, et elle avait passé son peignoir de bain et ses chaussons roses.

« Oui, dit-il. Elle est amusante. »

Louise se dirigea vers son bureau. Il y avait un bac de cire chaude dans lequel elle plongeait deux fois par jour ses mains arthritiques. De l'endroit où il se tenait, Danny assista à l'immersion habituelle, puis au brusque retrait. Elle laissa ses mains goutter au-dessus du bac jusqu'à ce que la cire durcisse, puis elle les enveloppa dans des serviettes et vint s'asseoir. Des bouts de tissu soyeux dépassaient des manches de son peignoir rose, et Danny se rappela la façon dont la cire laiteuse épousait parfaitement la forme de ses mains – chaque veine, chaque ongle.

« Papa dort ? demanda-t-il.

– Oui.

– Ça va ? »

Elle haussa les épaules. « Je n'ai pas envie de parler, Danny. » Il voulut dire quelque chose, mais Gilda Radner était de retour sur l'écran, cette fois dans le rôle de Rosanne Rosannadana qui parlait de petites choses, de petits problèmes du corps, que tous deux trouvèrent difficile de ne pas écouter.

Puis il y eut de la publicité. Louise enleva les serviettes, arracha la cire blanche de ses mains, qui fit une boule pâle et malléable dans sa paume. Elle la remit à fondre dans le bac. Ses mains luisaient et dégageaient le parfum léger et sucré de la paraffine.

« Je ne te poserai pas de questions, dit Danny. Je ne veux pas t'embêter. Mais je tiens juste à te dire... ça ne me dérange vraiment pas. Tu comprends, quand April a fait sa petite déclaration, mon premier sentiment a été le soulagement. J'ai pensé : c'est tout ? »

Louise rit et leva les yeux au ciel. « Merci, mon chéri. J'ai l'impression que j'ai assez payé. Sincèrement, combien de temps tu crois qu'on doive continuer à payer ?

– A payer quoi ? »

Elle regardait vers la fenêtre qui ce soir brillait, pareille à du cuir verni, comme si elle réfléchissait les lumières vives de la cuisine.

« Excellente question, répondit Louise. Je ferais mieux d'aller me coucher. Bonne nuit. »

Ainsi, il y avait eu des folies. Des folies dans sa jeunesse.

Puis, à ce qu'il en savait, elle avait accompli une sorte de pénitence pour ces folies, avait édifié un purgatoire autour d'elle et là, dans cet environnement de sa propre invention, elle avait pendant des années, jour après jour, remboursé la dette de sa culpabilité. Personne ne lui avait demandé cela. Elle seule l'avait voulu.

Bien sûr, il y avait eu des indices. « Toute personne mariée triche, lui avait-elle déclaré un jour. Je tiens à ce que tu le saches pour t'éviter de souffrir. La fidélité conjugale, ça n'existe pas. » Il devait avoir cinq ou six ans à l'époque. Qu'est-ce qui avait pu la pousser à dire ça ? se demandait-il parfois aujourd'hui. Surtout à un petit enfant à qui un tel conseil ne pouvait pas faire le moindre bien ? Mais, naturellement, il était naïf de penser que c'était son bien qui se trouvait au cœur de ces mots ainsi qu'elle l'affirmait. Ça avait dû lui échapper, un peu comme lorsqu'on murmure : « Je te hais, je voudrais que tu meures » à son amant qui dort à côté de soi ; une épreuve, un fantasme. Danny l'avait fait une fois avec

Walter. Elle ne s'était sans doute pas imaginé qu'il entendrait ou se rappellerait. Il n'était qu'un enfant. C'était comme parler en l'air.

Mais qu'est-ce qui aurait pu être si honteux, si terrible, qu'elle éprouvait cet impérieux besoin de secret ? Un mariage au cours de sa jeunesse ? Ce n'était rien. C'était charmant, presque. Pourtant, il ne devait pas oublier qu'elle était l'enfant d'une génération différente, d'une région différente, d'une idée du péché différente. Et cette différence était devenue pareille à des béquilles. Elle s'appuyait dessus lorsqu'elle ne voulait pas accepter les choses telles qu'elles étaient ; quand Danny lui apprit qu'il était homosexuel, elle s'empara de ces béquilles pour l'en frapper. Longtemps, il crut que ce n'était qu'un prétexte pour ne pas changer, pour lutter contre la disparité qui existait entre la façon dont les choses étaient et dont elle s'attendait à ce qu'elles soient, mais aujourd'hui, il n'en était plus aussi sûr. Il essayait d'imaginer les voix de la mère de sa mère et celles de ses tantes, qui lui disaient qu'elle était une vilaine fille, qu'elle serait toujours une vilaine fille, qu'elle ne méritait pas un gentil garçon comme Nat Cooper. Des voix qui résonnaient sans cesse dans la tête de Louise, et auxquelles se joignait, peut-être, celle de Nat. En avait-il eu un moment assez de ses folies ? Étaient-ce des flirts, des menaces (ou des réalités) d'adultère ?

« Sabotage », avait-il dit ce soir-là pendant les vacances de Noël. Mais c'était loin. Et après, la famille ne s'était plus jamais réunie : April était en tournée à l'époque de Noël ; Danny avait contracté une bien commode peur de l'avion.

Il semblait parfois que Louise avait changé. Comme si le châtiment qu'elle s'était infligé était enfin parvenu à son terme et qu'elle avait payé. Comme si la culpabilité et le péché étaient une espèce d'hypothèque qui disparaissait une fois levée.

Un an après ce Noël-là, Walter et Danny habitaient Manhattan. Il n'avait pas posé de questions, et Louise ne lui avait rien dit. Elle lui téléphona et, dans sa voix, il y avait une note de légèreté, une trace d'humour qu'il reconnut à peine. Elle lui raconta que Mr. Mulligan, le conseiller fiscal de la famille, avait disparu au cours de vacances au Mexique. « Ils étaient à Guadalajara. Selon sa femme, il est juste sorti acheter des cigarettes, et on ne l'a plus revu. C'est drôle. Je m'imagine tout le temps le vieux Mr. Mulligan en train de se balader en bretelles dans le désert mexicain. Parce que tu comprends, au début, tout le monde a cru qu'il était mort, mais maintenant, on s'accorde à penser qu'il a voulu tout fuir. Sa vie. Tout laisser tomber. » Elle éclata de rire. « C'est scandaleux. Tu sais combien il nous prenait pour rédiger notre déclaration d'impôts ? Cinquante dollars. Je te défie de trouver un conseiller fiscal à ce tarif-là sur tout le territoire des États-Unis !

– Les temps changent. » Danny ne trouva rien d'autre à dire.

« A propos, j'envisage de retravailler. Tu ne connaîtrais pas quelqu'un qui aurait besoin d'une femme pour s'asseoir sur un haut tabouret dans un bureau sombre et additionner des chiffres à la lueur d'une bougie ? Tu sais comme, comment il s'appelle, celui qui travaille pour Scrooge dans l'histoire de Dickens ?

– Cratchit.

– Oui, c'est ça. C'est le genre de boulot qui me plairait.

– Comme ça, je ne vois pas. »

Il l'entendit pianoter sur le comptoir en formica blanc de la cuisine.

« Je vais peut-être proposer mes services à la World Savings Bank », dit-elle.

Mais il n'y eut pas de haut tabouret; pas de travail. A la place, un matin, il y eut une nouvelle grosseur (l'habituelle trahison du corps pendant la nuit) et de nouvelles séances de chimiothérapie. « Les effets secondaires ne sont pas trop pénibles, dit Louise à Danny au téléphone. J'ai juste des nausées de temps en temps. En tout cas, ce Chlorambucil fait des merveilles. Le Dr Sonnenberg est très impressionné; il pourrait même arrêter le traitement plus tôt que prévu.

– C'est fantastique, maman.

– Ton père m'emmène manger un sushi pour notre anniversaire de mariage. Tu sais combien j'adore le sushi.

– J'aimerais être avec vous.

– Pourquoi tu ne ferais pas un aller et retour en avion pour le week-end? Non, ne t'inquiète pas, je plaisante. Je n'ignore pas combien tu es occupé.

– Viens me voir et je te paie le meilleur sushi que tu aies jamais mangé. Il y a un restaurant sur la Troisième Avenue qui fait le plus...

– Je sais, je sais, mon chéri, tout est mieux sur la côte Est. Le sushi new-yorkais est meilleur que le sushi californien. Eh bien, sache que moi, je me régale avec notre sushi local. Il me convient parfaitement. » Elle rit. « Tu sais, tu parles comme un disque rayé, répétant sans cesse " New York, c'est mieux, New York, c'est mieux. "

– Maman! s'écria Danny. Ce n'est pas vrai!

– Tu as des nouvelles de ta sœur?

– Oui. Elle doit passer dans quinze jours.

– C'est très bien. Au moins, vous serez ensemble. J'espérais l'avoir à la maison pour notre anniversaire de mariage, mais elle a sa vie, avec ses tournées et tout le reste. L'autre jour, une femme m'a abordée au supermarché et m'a dit : " Excusez-moi, mais j'ai cru comprendre que vous étiez la mère d'April Gold, et je voulais vous dire que votre fille est formidable, que vous devez être fière d'elle et que ses chansons aussi sont formidables, surtout ' Mariage ', ' Maman, maman ' et ' Tableau de famille '. Vous devez être fière de ces chansons. Votre fille compose des chansons si sensibles. "

– Et qu'est-ce que tu as répondu? demanda Danny.

– Oh! rien! Mais j'aurais peut-être dû lui parler de mon projet.

– Ton projet?

– Oui, la chanson que je vais écrire sur la mère dont la fille écrit toujours des chansons sur elle, et sur ce qu'elle ressent en les écoutant. Je pense que je vais l'appeler : "Je suis toutes les mères. " Ça te plaît comme titre?

– Beaucoup.

– Très bien. Et il faut aussi que je te dise que je travaille à une autre idée : un commando composé exclusivement de gens au stade terminal de leur maladie. Formidable, non? Ils n'auraient rien à perdre et n'hésiteraient sans doute pas à emporter avec eux dans la tombe quelques dictateurs sud-américains.

– Tu as des idées géniales. »

Ils décidèrent de se retéléphoner pendant le week-end.

Quand elle eut raccroché, il y eut une étrange vibration dans l'air, un peu comme si une machine, quelque machine essentielle et irremplaçable, fonctionnait à la limite du champ de vision de Danny. Pareille à une vieille chaudière rafistolée qui menaçait de rendre l'âme d'un instant à l'autre. L'espace que la voix de Louise avait empli s'échappa et laissa un grand vide qui lui rappela brusquement quel était le véritable enjeu. Elle allait perdre la vie, il allait perdre sa mère, et en cet instant d'égoïsme, il ne parvint pas à déterminer lequel des deux, elle ou lui, souffrirait de la plus grande perte.

Walter devait souvent travailler tard; en semaine, il n'était pas rare qu'il soit encore à son bureau à une ou deux heures du matin. Ainsi, lorsqu'il ne tenait pas à rentrer, qu'il ne tenait pas à affronter Danny, il avait une excuse toute trouvée. Au cours de ces nuits où il demeurait en ville sous de faux prétextes, il n'allait pas ramasser de prostitués dans les bars, ni rencontrer de jeunes employés dans une chambre d'hôtel du centre de Manhattan. Non, il restait à son bureau situé dans l'une des tours du World Trade Center, lumières éteintes; il fumait; il regardait le ciel nocturne de Wall Street, un ciel bleuté, l'autre tour du World Trade Center avec ses quelques rectangles éclairés qui ponctuaient la mosaïque noire, et, au-delà, les autres, qui s'étendaient sur des kilomètres, et qui brillaient comme si les gens brandissaient des bougies devant les fenêtres à la mémoire des absents et des disparus. Il fumait des cigarettes légères; il pensait à Danny, seul dans son propre bureau à quelques blocs de là ou bien dans leur séjour à Gresham où la télévision projetait des ombres sur son visage. Leur vie de banlieusards, cette vie dans laquelle il avait entraîné Danny, lui paraissait parfois absurde, bien qu'il en chérît les rituels. Avaient-ils droit à une telle vie ? se demandait-il. Comme si deux hommes pouvaient se marier à l'instar de n'importe qui! Combien les voisins devaient ricaner derrière leurs dos! Mais ce qui le retenait au bureau – ce qui l'empêchait de rentrer – c'était la crainte d'avoir escroqué Danny, de l'avoir trahi, et bientôt – ô acte ultime de la trahison, de l'abandon! – bientôt, de le quitter.

Non qu'il ne l'aimât pas; au contraire, il adorait Danny! Il l'aimait de la façon dont la plupart des gens aiment ces amants qu'ils s'inventent dans leurs rêves. Car, lorsqu'ils s'étaient rencontrés, Danny était justement le rêve de Walter. Il était la liberté personnifiée. Et Walter, eh bien, Walter s'était enchaîné pour dix ans aux études de droit, avait appris la rigueur, avait entrepris de s'assurer une sécurité par l'argent pour le restant de ses jours. Danny, lui, avait voyagé à travers tout le pays en compagnie de sa sœur; il avait été dans des villes où les affaires n'amèneraient jamais Walter, avait logé dans des maisons communautaires au lieu de chambres de motels. Walter aimait l'exotisme un peu trouble de cette existence picaresque, et cet air bizarre, un peu perdu, qui semblait aller avec, les demandes effrontées, l'appétit de plaisir.

Danny ne cachait rien à Walter – aucun fantasme, aucun désir. Les autres amants que Walter avait eus à l'université imposaient des règles strictes – coucher, oui, embrasser, non – ou exigeaient le silence, car il y avait un joueur de football qui dormait de l'autre côté de la mince cloison, ou encore traitaient de « pédé » un inconnu qui passait, comme s'il appartenait à une autre espèce. (« Tu comprends, lui avait répondu un certain jeune homme quand Walter lui avait posé la question, toi et moi, on est différents; on n'est pas comme eux. On est des types normaux qui aiment avoir des rapports sexuels avec d'autres types normaux. ») Cette carapace de mensonge, certes facile à endosser, Walter parvint, après une lutte intérieure, à la briser à force de volonté. Lorsqu'il fit la connaissance de Danny, il décida de dire tout ce qu'il voulait, de faire tout ce qu'il voulait; mais il lui fallait s'exercer, formuler les mots interdits devant la glace. Danny était si expansif que c'en était inquiétant, comportement que Walter attribuait au fait d'avoir grandi en Californie, cet État de grâce. Il criait, il embrassait avec passion; on aurait dit que personne ne lui avait jamais appris que ces choses-là étaient honteuses, proscrites. Quand ils marchaient ensemble dans la rue, les bandes de petits durs de New Haven les traitaient d'« enculés de pédés ». Danny n'entendait pas. Ce n'était pas comme s'il se fermait, mais plutôt comme s'il était un peu sourd et qu'il ne captait pas les fréquences les plus grossières et les plus laides. Sa liberté, son désir simple et généreux (pas débridé, car il n'y avait jamais eu de bride; c'était le désir de Walter qui était débridé) avaient souvent ému Walter aux larmes au cours de ces premières semaines. Après tout, ne s'était-il pas imaginé lorsqu'ils s'étaient rencontrés dans ce bar de lesbiennes que Danny lui avait été envoyé par un ange gardien pour le sauver, l'arracher à la bibliothèque de droit et l'emporter dans sa roulotte de bohémien ? Mais c'était la roulotte – ce minibus bringuebalant – qui était partie et Danny qui était resté ; plutôt que d'emporter Walter, il lui avait demandé de lui faire prendre racine, de l'envelopper de ses plans si bien établis. Et seul dans son bureau, le regard fixé sur le ciel désert de Wall Street la nuit, Walter se demandait de nouveau comment cela avait pu se produire, comment il se faisait que c'était lui qui conduisait et Danny qui suivait alors que, pendant tout ce temps, il espérait en secret être ailleurs, être quelqu'un d'autre.

Depuis leur rencontre à New Haven, ils avaient évolué dans une succession d'appartements aquariums et, maintenant, ils avaient une maison aquarium dans la ville où Walter avait grandi. Le matin, ils se rasaient côte à côte devant les lavabos jumeaux de la salle de bains ; ils passaient de concert leurs costumes gris et prenaient ensemble le train jusqu'à Manhattan. Dans le wagon, ils s'asseyaient l'un en face de l'autre et lisaient le journal. (Chacun avait son exemplaire ; ils en étaient arrivés dans leurs relations au point où il valait mieux dépenser trente cents de plus par jour que de se disputer pour avoir les pages locales.) Deux hommes mariés qui se rendaient au travail, guère différents des centaines d'autres qui se trouvaient dans le même train. A moins, bien entendu, que quelqu'un ne remarque le baiser discret qu'ils échangeaient devant le World Trade Center ; mais là, ils étaient en ville, où de telles choses étaient courantes.

Ils travaillaient d'arrache-pied, et gagnaient de plus en plus d'argent. Des centaines de chemises blanches lavées et repassées, des centaines de costumes nettoyés, et ils se démenaient toujours. Comme tout ça était stupide ! se disait parfois Walter. Danny devrait être dans une ferme communautaire en Californie, devrait jouer au go dans un restaurant macrobiotique ou, sinon, il devrait voyager, voir le monde en compagnie d'April. (Où sa dernière tournée l'avait-elle amenée ? En Inde ? A Pékin ? En Roumanie ?) Ou peut-être était-ce lui qui aurait dû voyager, voir le monde. Son film préféré était *Le Fil du rasoir* ; il s'imaginait en Tyrone Power, à la recherche de quelque vérité essentielle à Paris, dans l'Himalaya, en train de discourir sérieusement sur l'inexprimable avec de grands gestes. Il se disait parfois que Danny aimait plus que lui cette existence qu'ils menaient, qu'il était plus que lui à sa place dans sa ville natale à lui, Walter, et dans son costume trois-pièces. Mais il ne demandait jamais à Danny si c'était vrai. Les sujets aussi fondamentaux constituaient l'essence de leur vie, trop fragile pour supporter le choc de la conversation.

Walter ne l'avait encore confié à personne, mais il se préparait à quitter son emploi. Il allait partir sans bruit le 7 mars – une date qu'il n'avait pas choisie au hasard, car le 7 mars, il y aurait juste cinq ans qu'il était entré dans le cabinet où il était maintenant associé. Et que ferait-il ensuite ? Il ne le savait pas très bien. Mais, en tout cas, il vendrait cette maison aquarium de Gresham ; il irait quelque part, ailleurs. Et il trouverait quelqu'un d'autre – quelqu'un de neuf et de jeune, comme Danny l'avait été, et qui, comme Danny ne l'avait pas fait, était prêt à l'emmener, en Europe, dans l'Himalaya ou à San Francisco. Un autre gentil garçon.

Était-ce sa faute si Danny lui avait demandé de le prendre ? Était-ce sa faute si Danny semblait tellement plus à l'aise dans leur maison confortable, tellement mieux acclimaté à cette existence qu'ils avaient choisie, tellement plus satisfait ? Pourtant, réfléchissait Walter, s'ils ne s'étaient pas rencontrés ce soir-là, Danny ne serait sans doute jamais devenu avocat, ne serait sans doute jamais devenu ce qu'il était aujourd'hui. Tandis que lui, sans Danny, il devait admettre qu'il serait exactement tel qu'il était : il travaillerait dans la même firme, habiterait la même maison, aurait la même vie. Seul son amant aurait été différent, ou (plus vraisemblablement) il n'y aurait pas eu d'amant du tout.

Il éteignit sa cigarette. (Il faudrait qu'il cesse de fumer dans sa nouvelle existence.) Il s'assit devant son ordinateur, pressa quelques boutons, tapa un code. Dans le bureau obscur, des messages s'affichèrent sur l'écran en lettres lumineuses :

Cuir en Folie : resalut, Avocat Baiseur!
Jeune Maître-Esclave : Salut, Avocat Baiseur!
don 17 : Qu'est-ce que tu branles, Jeune Maître-Esclave ?
Père Fouettard : Vous savez que Cary Grant est mort ?
Jeune Maître-Esclave : Toi, 17, attends que je te tiennes dans ma cave.
Slip New York : Avocat Baiseur!!!!!!!!! Comment vont les affaires ? ? ? ? ? ?

Ce n'était que par ces conversations sans fin, auxquelles il pouvait toujours participer, que Walter trompait en quelque sorte Danny. Il se joignait au dialogue, au cercle des intervenants, et il arrivait qu'un message s'inscrive : « SLIP NEW YORK veut te parler. Entre/PARLER 125. » Un soir, c'était devenu si excitant qu'ils étaient passés au téléphone. Leurs voix s'étaient caressées, et ils s'étaient caressés en s'imaginant qu'il s'agissait des mains de l'autre. Et après, à demi dévêtu, épuisé, Walter s'était affalé dans son fauteuil et avait contemplé par la fenêtre les carrés de lumière intermittente. Sa chemise était déboutonnée et une enseigne au néon qui clignotait au loin faisait jouer des ombres sur son torse. Il n'avait communiqué ni son nom ni son numéro de téléphone.

Ce qui l'avait attiré dans ce jeu, c'était le fait même de son anonymat, le fait que personne n'était en mesure de le localiser, qu'il pouvait dire ce qu'il avait envie de dire, poser des questions qu'il n'oserait jamais poser, et obtenir des réponses. Il entretenait des rapports étrangement intimes avec ces hommes dont il n'avait jamais vu le visage, dont il n'avait jamais entendu la voix ; il pensait à eux avec affection pendant la journée, espérait qu'ils seraient là quand il allumerait son ordinateur, un peu de la même façon qu'il se rendait à la boîte gay locale à l'époque de ses études en espérant que l'un ou l'autre des garçons qui lui plaisait serait attablé dans un coin. Mais aujourd'hui, il ne recherchait rien d'autre que cette intimité masquée par l'écran.

Il était sur un canal privé. Les lettres brillantes annonçaient la présence d'un certain « Jogging ».

– Salut
– Salut
– Quoi de neuf, Jogging ?
– Pas grand-chose, toi ?
– Pareil. Où tu es ?
– New York, mais je viens de Shreveport, Louisiane.
– Toi ?
– New York
– Tu viens du Sud, hein ?
– Ouais
– Alors – tu portes un jogging ?
[sourire]
– Ouais.
– Et en dessous ?
– Un suspensoir mouillé de sueur. Je reviens du gymnase
– C'est excitant
– Tu aimes les suspensoirs ?
– Oh! oui...
– Comment tu es ?
– 1,90 mètre, yeux bleus, 75 kilos, physique de nageur, 18 cm, circoncis
– 1,82 mètre, brun, moustache, 72 kilos, 21 cm, couilles poilues.
– Quel âge ?
– 22
– 20

Et cela se prolongeait dans la nuit, parfois durant des heures, descriptions et estimations, recherche de fétichismes, complaisances et attentions mutuelles. Des mensonges pour la plupart.

(Il n'y avait rien de blond chez Walter. Il avait des cheveux bruns et bouclés. Son corps s'amollissait à cause du manque d'exercice; il commençait à ressembler à son père.)

Afin de faire diversion, il tapa :

– Comment tu t'appelles ?
– Ford, toi ?
– Cal
– Merde... j'en ai marre de ces conneries

– *Quoi ?*
– *J'en ai marre de ce jeu à la con... je veux le* VRAI TRUC*!*
– *C'est marrant pourtant*
– *Putain de machine... je passe toute la nuit à taper ces conneries*
– *Je ne m'appelle pas Cal. Mon vrai nom c'est Walter.*
– *Pourquoi tu as changé ?*
– *Plus sexy. Et puis je mesure 1,73 mètre, 68 kilos, costume noir*
– *Ça me paraît pas mal... j'aime les hommes en uniforme... Tu es où, Walt ?*

De nouveau la question à laquelle il ne voulait pas répondre. Il dit au revoir (« gros câlins » était l'expression consacrée) et éteignit son ordinateur, laissant Ford seul, frustré, devant son écran, devant l'une des centaines de fenêtres allumées ce soir à travers la ville. Il mit son veston, et sortit dans le couloir. Un Noir passait une imposante cireuse sur le sol de marbre près de la rangée des ascenseurs. La cabine descendit à une vitesse qui, maintenant encore, après tant d'années, lui faisait bourdonner les oreilles. C'était une nuit venteuse ; sur le parvis anormalement illuminé qui séparait les deux tours, des journaux volaient, des ordures couraient sur les allées de ciment, comme si cette foule d'objets, vieux emballages de gâteaux et sacs en papier, était animée d'une vie propre insufflée par le vent.

Il prit le métro jusqu'à Hoboken de l'autre côté du fleuve, puis le train à peu près vide qui traversait la succession de banlieues, et qu'il quitta à la petite gare où l'attendait sa petite voiture froide qu'il avait laissée ce matin. Il emprunta les rues calmes menant à cette maison qui était la sienne selon une logique qui lui échappait, cette maison qu'il n'aurait jamais remarquée, jamais identifiée, si ce n'était l'endroit où il dormait, où il mangeait, où il jardinait pendant le week-end.

Quand il entra, Danny lisait au lit. Leur chienne Betty était couchée à côté de lui et, dès qu'elle entendit la porte s'ouvrir, elle se précipita pour aller voir. En fait, c'était la chienne de Danny ; elle ne manifestait aucune fidélité à Walter. Elle débordait d'excitation dès qu'il s'annonçait, lui sautait dessus, mais c'était uniquement parce qu'il représentait une distraction, une nouvelle odeur. Elle ne tardait pas à regagner sa place.

Quelques instants plus tard, Walter était au lit à son tour, et Danny à côté de lui respirait un peu fort. Il y avait des draps neufs en flanelle avec des dessins d'agneaux dessus. L'aspirateur avait été passé, la maison était impeccable, le lave-vaisselle marchait. Danny avait mieux vieilli que Walter. Il était toujours aussi mince, et son corps avait conservé sa musculature d'adolescent, alors que Walter épaississait, avait un embonpoint d'homme d'affaires, se coupait en se rasant. Au cours de nuits comme celle-ci, il lui arrivait de voir en Danny ce même garçon à l'expression sérieuse dont le sourire franc et résolu l'avait tant séduit ce soir-là, huit ans plus tôt, dans cette boîte de femmes. Ils n'en parlaient que rarement, mais la magie, la perversité de cette rencontre continuait parfois à l'enivrer.

« Qu'est-ce que tu as fait aujourd'hui ? demanda doucement Walter.

– Je suis rentré du travail vers six heures. J'ai bavardé avec ta mère.

– Rien d'autre ?

– Le type du salon de toilettage a encore appelé. Il veut coucher avec moi.

– Je devrais m'inquiéter ?

– Je ne crois pas. »

Ils restèrent allongés sans bouger. « Je n'arrive pas à dormir, reprit Danny. J'ai cette stupide chanson dans la tête.

– Quelle chanson ?

– " J'ai donné à mon amour une cerise qui n'a pas de noyau... "

– Ah ! celle-là...

– " J'ai donné à mon amour un poulet qui n'a pas d'os... "

– Je me souviens de cette chanson. J'ai toujours trouvé ça tellement bizarre – un poulet qui n'a pas d'os. Comme une monstruosité née après l'explosion d'une bombe atomique.

– Mais qu'est-ce qu'il y a après ? demanda Danny. Dada-da-da-da-da-da ? Le vers suivant ? »

Walter demeura un instant silencieux. « J'ai donné à mon amour un pain qui n'a pas d'atome. »

Danny eut un rire étouffé.

« J'ai donné à mon amour une éprouvette qui n'a pas de clone.

– Non... J'ai donné à mon amour un *Castro* qui n'a pas de clone.

– J'ai donné à mon amour un problème qui n'a pas de donne.

– J'ai donné à mon amour un orchestre de cuivres qui n'a pas de trombone.

– J'ai donné à mon amour un chauffage qui n'a pas de zone. »

Leurs rires s'élevaient comme des bulles dans un aquarium.

La première fois que Walter et Danny virent un film pornographique, c'était à New Haven, quelques semaines après leur première rencontre. Le film s'intitulait – référence à Jerry Lewis, supposa Danny – *Cendrillon au grand vit*, et il était horrible, oubliable, tout le contraire des luxueuses productions vidéo de leur existence actuelle. Malgré cela, étourdis, excités, ils avaient parcouru les rues défoncées de New Haven, heureux de pouvoir s'adonner ensemble plutôt que séparément à cette curiosité interdite. Leurs épaules se frôlaient sous les imperméables; Danny glissait sur le verglas, et Walter le rattrapait. Le cinéma s'appelait le New Regency, et sa façade comme son hall suggéraient qu'il avait connu des jours meilleurs. Le guichet d'autrefois était fermé. A l'intérieur, une Indienne avec une marque noire sur le front percevait le prix de l'entrée, installée devant le comptoir où naguère on vendait sans doute les bonbons. Ils franchirent une autre porte, puis tâtonnèrent dans l'obscurité à la recherche de sièges. Il s'assirent dans le noir et regardèrent. Du film proprement dit, Danny se souvenait à peine, sinon qu'il avait été tourné en 8 millimètres et sur une pellicule de mauvaise qualité qui conférait aux corps des jeunes gens qui jouaient dedans un étrange aspect blanchâtre, comme s'ils étaient faits non de chair mais de lumière. La méchante belle-mère et le parrain pédé étaient tous deux interprétés par un gros homme chauve en paréo à la voix perçante, et à la fin, quand le prince se mettait en quête de Cendrillon, il parvenait à le retrouver parce que, de tous les garçons de la ville, il était le seul à pouvoir prendre la « virilité gargantuesque » du prince. C'était le genre de film où les protagonistes utilisaient des expressions comme « virilité gargantuesque ». Les têtes des rares spectateurs ponctuaient çà et là le vaste espace miroitant de la salle, de même que les silhouettes des hommes qui se déplaçaient au sein de ce périmètre. Danny et Walter se tenaient par la main, heureux de s'aimer et d'être ensemble dans ce lieu si froid, si bizarre.

C'était en février – mais Danny se trompait peut-être; il avait tendance à se remémorer ses années de New Haven sous la forme d'un perpétuel crachin de février, tout en sachant qu'il avait dû y avoir aussi de superbes matinées de printemps, et d'étouffants après-midi d'août – « Février à New Haven, disait Walter, quand la ville est ennuyeuse, que tes cours sont ennuyeux, mais surtout, que toi, tu es ennuyeux. » Ils se découvraient encore à l'époque; tout ce qui était usé et déprimant pour chacun d'eux pris individuellement semblait être pour le couple qu'ils composaient une découverte, un voyage, une révélation.

Aujourd'hui, ils vivaient à travers des machines, se droguaient aux machines. Ils possédaient deux téléviseurs couleur 56 centimètres; deux magnétoscopes à télécommande; une chaîne stéréo japonaise avec équaliseur graphique et lecteur de compacts; de nombreux disques compacts (galettes argentées que Danny considérait encore avec émerveillement); deux ordinateurs souples et rapides, chacun d'eux équipé d'un modem et d'une imprimante; un téléphone qui répondait tout seul et transférait les appels sur d'autres numéros; trois climatiseurs; un robot magique; un four à micro-ondes; un ouvre-boîtes électrique vissé sous un placard; un grille-pain fantaisie de fabrication allemande; une cafetière qui savait se mettre en route à une heure fixée au préalable; un adoucisseur d'eau; une télécommande pour la porte du garage. Et dans la cave, au fond de meubles de rangement, d'autres objets encore, peu utilisés, cadeaux pour la plupart du père ou de la mère de Walter : une machine à empaler et électrocuter les hot-dogs; une yaourtière; plusieurs types de sorbetières; une machine à faire griller un hamburger à la fois; une machine à faire les bougies; une machine à sceller les sacs en plastique; une brosse à dents électrique; une machine à faire les pâtes; un pistolet à découper des lettres majuscules dans une bande de plastique rouge; une machine à battre les cartes; un service à fondue; trois bouilloires; un couteau électrique; une cocotte-minute.

Il n'y avait pas assez de prises. Celles-ci étaient surchargées de prises multiples, elles-mêmes surchargées de rallonges; les fils s'enchevêtraient, pareils à des cheveux emmêlés, sous les bureaux, les armoires, derrière le canapé. L'électricité bourdonnait dans la maison même lorsque tout était éteint, fils raccordés à d'autres fils, à d'autres machines, et ainsi de suite à travers le paysage sombre de Gresham la nuit, dans le New Jersey.

Ils avaient un meuble – inventé, qui n'avait pas encore de nom – pour y ranger leur collection de films vidéo. Walter était un expert, un collectionneur. Il avait surtout des comédies des années 30 et des films pornographiques. L'un et l'autre étaient en général à l'ordre du soir, comme pour renouer avec la vieille tradition des deux films par séance. Il avait des amis avec lesquels il parlait de films pornographiques comme d'autres parlent de bouteilles de vin ou de voitures de course. Ils étaient finis ces jours où la pornographie était quelque chose de secret, quelque chose dont on avait honte; ces drôles de petites boîtes noires avec leurs bobines de celluloïd brillant faisaient maintenant partie du décor, aussi respectables que la musique classique. Walter connaissait même des gens qui connaissaient certaines des plus grandes stars de cet étrange univers pornographique. Aujourd'hui, ils étaient fiers de ce qu'ils faisaient, disait son ami Dennis; ils avaient même chaque année leur propre petite cérémonie des oscars, avec des prix pour l'interprétation, la mise en scène, les costumes. (« Les costumes ? » fit Walter.) Les vedettes étaient en suspensoirs. Elles portaient autour du cou des médailles qui ressemblaient beaucoup à celles décernées aux jeux Olympiques. Et ensuite, il y avait sans doute de nouveaux tournages au bord de piscines en Californie du Sud. Les voix de ces films constituaient la musique de fond des existences de Walter et de Danny, dialogue à peine intelligible, destructuré par des accents californiens.

Quant au regret, il venait – il vient – à chaque fois après l'orgasme. Le magnétoscope faisait entendre un bruit sec, la bande se rembobinait, et Walter, le pantalon aux chevilles, était invariablement envahi d'un sentiment de tristesse en contemplant le spacieux séjour de sa belle et parfaite maison, ce séjour qui aurait pu sortir tout droit de la vitrine de chez Conran. Le film revenait en arrière, et Walter revenait en arrière ; il pensait à Paris, il se voyait vagabond, dans la chambre crasseuse d'un meublé parisien. Danny affirmait que c'était un phénomène de génération, que les enfants des années 70, issus de familles divorcées ou qui ne s'entendaient pas, cherchaient une fois adultes à recréer le foyer stable qu'ils n'avaient jamais eu mais qu'ils avaient espéré tout au long de leur enfance. Ils ne s'enfuient pas ; ils ne vont pas dans des ashrams, ni visiter la Grande Muraille. Ils restent à la maison. Ils ouvrent des comptes d'épargne-logement.

Danny ne manquait pas de faire remarquer tout cela, du moins en ce qui concernait Walter. Son enfance, après tout, avait été loin de se dérouler dans une atmosphère de sécurité. Son père, Morry, était parti quand il avait douze ans, et au cours des années qui avaient suivi, il ne l'avait vu que dans des restaurants – des restaurants chers, bruyants, emplis de la machinerie tumultueuse de grandes orgues ; des restaurants au bord des routes où l'on servait des plats comme des ailes de poulet et des peaux de pommes de terre frites ; des restaurants en ville avec des serveurs, des chefs, des sous-chefs et des champignons porcini ; des repaires de la mafia dans les banlieues avec des couverts en or, des buffets, des plats de crevettes géantes et des bols débordants de mousse au chocolat. Certes, son père avait une maison, pas si loin, qu'il partageait avec une femme nommée Leonie. Mais il n'avait jamais eu l'occasion de demander à Walter de venir le voir dans cette maison, et Walter n'avait jamais eu l'occasion d'insister sur le sujet. Quant à Iris, sa mère, elle était tranquille et frugale, une maîtresse d'école, depuis peu à la retraite. Après le divorce, elle avait bien sûr été contrainte de quitter la vaste maison de plain-pied, qui avait été vite vendue avec un immense bénéfice. Des années de solitude et de souffrance l'avaient amenée à une sorte de paix intérieure. Elle habitait dans une résidence pour personnes seules, dans un appartement luxueusement moquetté de bordeaux, et elle avait un ami, un directeur d'école élémentaire à la retraite qui s'appelait Hal. Elle demeurait une mère attentive. Quand Walter rentrait du travail, il trouvait souvent sur le comptoir de la cuisine du pain qu'elle faisait elle-même ou sur la cuisinière de la soupe qui mijotait dans une casserole. L'évier brillait; il y avait un paquet d'éponges colorées sur la table, accompagné d'une note qui disait : « N'oublie pas – les vertes pour la vaisselle, les jaunes pour les surfaces. » Iris et Hal étaient abonnés à l'opéra et au concert, et ils suivaient un cours d'histoire de la musique dans une petite université locale. L'été, ils partaient en voyage organisé. En car, avec des guides, ils avaient visité Rome, les îles grecques et une bonne partie de la Grande Muraille de Chine; ils avaient vu Le Caire et Istanbul; ils avaient « fait » Moscou où, sous l'œil vigilant du KGB, Iris avait remis une lettre des enfants de leur synagogue à ceux de quelques refuzniks et où elle avait ouvertement et audacieusement pris des photos interdites. « Le garde m'a regardé, expliqua-t-elle, et je lui ai rendu son regard sans ciller. Vous croyez qu'il allait dire quelque chose à une Américaine prête à hurler au scandale ? Certainement pas. » Et elle éclata de rire en faisant circuler des instantanés flous de couples souriants, de tramways et de grands bâtiments gris – ce qu'il y avait d'interdit là-dedans, Iris elle-même était incapable de le préciser.

Walter voyait sa mère presque tous les jours; il voyait son père exactement douze fois par an – selon le droit qui avait été accordé à celui-ci au moment du divorce. Après leurs déjeuners mensuels, dont les dates étaient gravées dans sa mémoire, Iris appelait sous un prétexte quelconque et, deux ou trois minutes plus tard, elle demandait invariablement comment les choses s'étaient passées, comment allait Morry. « Bien, répondait à chaque fois Walter.

– Il avait emmené cette femme ?

– Non, Leonie est restée à la maison.

– Ça se comprend. Je suppose qu'il a honte d'être vue en public avec elle. »

Telle était la famille de Walter.

C'était drôle de constater combien sa propre existence paraissait plus stable, du moins aux yeux des autres. C'étaient ses parents, après tout, qui s'en étaient remis au dieu de la stabilité.

Et ainsi, remontant son pantalon, Walter pensait que Danny avait peut-être raison. Peut-être avait-il vraiment choisi cette vie. Encore que, se disait-il tandis que la bouche du magnétoscope crachait la bande rembobinée comme une langue noire, il fût plus rassurant de croire qu'elle avait été choisie pour lui, qu'elle lui avait été imposée, et que s'il avait eu le choix, il serait en ce moment à Paris, à écrire des romans ou à peindre des tableaux. A poser des questions.

Danny, bien entendu, était occupé dans l'autre pièce. A parler au téléphone avec sa mère, sa sœur ou son père.

Louise regardait *Women in Love* sur la chaîne câblée en soignant ses mains. Elle avait pris le film au milieu, et ne savait pas très bien ce qui se passait. Des hommes et des femmes en robe d'époque, qui couraient çà et là dans la campagne britannique. Il semblait y avoir des histoires de sexe. Son esprit vagabondait – elle était inquiète au sujet d'un rendez-vous chez le dentiste vendredi, à la suite de soins sur un canal, et aussi au sujet d'une rougeur bizarre sur ses pieds qui la démangeait – quand apparut brusquement sur l'écran une image qui la suffoqua. Un homme brun, barbu, faisait l'amour à une femme en habit victorien; la femme était allongée dans l'herbe, les jupes retroussées, et l'homme était couché sur elle, nu, et il s'activait. Louise retint son souffle et porta sa main entourée d'étoffe à sa bouche. Elle la laissa là jusqu'à ce que l'homme ait terminé et s'abatte, frissonnant, sur les jupons éparpillés de la femme et que le goût fade et sucré du tissu-éponge chaud et de l'adoucissant commence à l'écœurer.

La scène s'acheva. Le film revint à son intrigue confuse. Les personnages se retrouvèrent bientôt dans un paysage enneigé, emmitouflés de fourrures. Elle éteignit le poste avec l'extrémité informe et insensible de son bras enveloppée dans le tissu-éponge.

Pendant qu'elle libérait ses mains et détachait la cire,

Tommy Burns s'imposa de nouveau à son esprit avec une force qui la stupéfia. Elle avait supposé qu'elle l'avait perdu; que les années passées, ces années de travail et d'obligations, l'avaient privée non seulement de la possibilité de connaître des moments aussi intenses que ceux qu'elle avait connus avec lui, mais aussi du souvenir lui-même, et avaient émoussé le tranchant de ses sensations, de sorte qu'elle avait peine à croire qu'elles aient seulement existé.

Quand elle était petite, elle s'était une fois réveillée en plein cauchemar, et sa mère lui avait dit : « Ne t'en fais pas, ma chérie, ce n'est qu'un rêve. – Mais comment je peux savoir si c'est un rêve ou pas ? » avait demandé la petite Louise, et sa mère avait mis un doigt sur ses lèvres et avait répondu : « Pince-toi. Si tu ne sens rien, c'est un rêve. » Ce qui avait consolé Louise pendant quarante ans; elle s'était pincée pendant quarante ans de nuits peuplées de rêves.

Elle croyait donc que sa liaison avec Tommy Burns avait été un rêve, ou quelque chose d'approchant. Elle se souvenait de lui, se souvenait de la passion qui les avait consumés. Mais c'était le don engourdi d'une autre chair que la sienne, l'étrange sensation de se pincer, encore et encore, et de ne rien sentir.

Elle pensa à l'homme barbu, à son corps enfiévré, à la femme aux jupes répandues dans l'herbe, et elle fut ramenée à l'odeur de Tommy Burns et de son haleine, à l'odeur des clams qui baignaient dans l'huile, aussi présente que si ce bac bosselé et fumant s'était matérialisé dans sa propre cuisine, de même que l'homme couvert de tatouages et le panier à friture qui s'agitait au milieu des bulles. Ce qui la poussa vers la chambre, où Nat ronflait, avec un sentiment de plaisir renouvelé. Le moelleux de la moquette était agréable à ses pieds qui la démangeaient, presque aussi agréable que quand elle était neuve, dans le temps, lorsque cet achat avait semblé un luxe extravagant. Après tout, peut-être qu'elle était neuve, peut-être qu'on était dix ans plus tôt et que le passé revenait lui rendre sa jeunesse.

Elle enleva son peignoir, grimpa de son côté du vaste

lit, plus vaste encore qu'un lit à deux places classique, un océan; le drap et la couverture ondulèrent comme des vagues quand elle les ramena sur elle. Elle n'arriva pas à s'endormir, et elle essaya d'imaginer ce qu'aurait été sa vie si Eleanor n'était pas tombée malade et si Tommy Burns l'avait demandée en mariage. Elle habiterait Los Angeles, dans une maison en haut d'une falaise, avec de larges baies vitrées, qui surplomberait peut-être la mer. Et elle aurait aussi des enfants différents; elle se les était inventés et leur avait donné un nom : Brad, le fils, médecin, beau comme son père mais sujet à des accès de dépression; Susan, la fille, avocate, jolie et professionnelle, les ongles faits. Elle n'aimait pas particulièrement ces enfants imaginaires – en définitive, la façon dont elle se les représentait lui faisait apprécier ses vrais enfants et leurs imperfections – mais dans le même temps, elle y croyait; elle croyait que c'étaient les enfants que Tommy Burns et elle auraient eus dans cette autre vie, cette vie où elle était une femme de Hollywood – épais maquillage, ongles peints et collier de perles. Les choses étant ce qu'elles étaient, elle ne portait jamais de maquillage.

Quand elle se réveilla, Nat était parti. Il se levait tous les matins à la pointe de l'aube, en silence, et disparaissait. Comme il dormait bien, sans remuer, son absence ne se remarquait guère.

C'était le jour de son rendez-vous. A midi, à l'hôpital, la nouvelle, c'était que l'un des poissons tropicaux noirs avait eu des petits; ceux-ci évoluaient dans un minuscule aquarium que le Dr Golden avait accroché au flanc du grand, pareil à l'un de ces sacs à dos dans lequels les jeunes mères portent leurs enfants. On finit par l'appeler; elle entra dans le cabinet et vit arriver avec soulagement le Dr Wolff, la gentille interne. L'une des raisons pour lesquelles elle était gentille, c'était qu'elle ne faisait pas attendre Louise. Le Dr Tallcott, le méchant interne, l'avait fait attendre une fois plus d'une heure. Elle méprisait le Dr Tallcott, ses mains gauches et son humour idiot, mais elle aurait fait n'importe quoi pour le Dr Wolff dont la gentillesse et la normalité constituaient un tel réconfort dans cet endroit effrayant qu'elle en était souvent émue aux larmes, qu'elle se lançait dans des louanges extravagantes à son sujet au cours de dîners, dans des monologues d'adulation qui rendaient les invités mal à l'aise, lesquels, ne sachant pas trop quoi dire, se contentaient de force hochements de tête et cherchaient à changer de conversation – n'importe quoi pour éviter la terrible mention du nom de la maladie. Mais aujourd'hui, le Dr Wolff avait une expression un peu grave tandis qu'elle palpait les ganglions lympathiques de Louise. « J'ai eu une longue nuit », répondit-elle lorsque Louise lui en demanda la raison, et elle sourit. « Merci de l'avoir remarqué ». Louise aurait pu appeler le Dr Wolff par son prénom – Deborah – mais elle était ravie que cette superbe jeune femme soit médecin et elle tenait à lui fournir toutes les occasions de se réjouir de son titre. Elle l'appelait donc toujours « docteur Wolff ». Quant au Dr Tallcott, elle évitait de s'adresser directement à lui.

Le Dr Wolff s'en alla ; Dorothy entra et lui fit une prise de sang. « Voilà, mon chou, c'est fini, dit-elle en retirant l'aiguille et en tamponnant la plaie avec un coton avant de mettre un petit pansement. Vous êtes libre.

– Merci », dit Louise en dénouant le cordon de la blouse blanche amidonnée. La liberté provisoire n'était plus un affront à ses yeux, c'était un cadeau.

Elle se rhabilla en hâte, se précipita dehors. Sur la pelouse près du parking, les habituels « laissez-les-vivre » manifestaient avec leurs enfants qui avaient l'air d'assiégés, et formaient un cercle lâche, comme s'ils avaient été condamnés à jouer à la ronde pour l'éternité. Cet après-midi, il n'y avait que des femmes, pâles, aux visages de lune, jeunes, en manteau de duvet rose et vert ; elles brandissaient des pancartes qui proclamaient : PROTÉGEZ LES ENFANTS À NAÎTRE et CET HÔPITAL COMMET DES MEURTRES. Louise secouait la tête avec colère chaque fois qu'elle les rencontrait, tournait le coin avec agressivité, et repoussait du poing leurs pétitions. C'était un geste vain comparé à la détermination farouche de ces ennemies à la peau pâle, mais c'était tout ce qu'elle pouvait faire. Il lui manquait la conviction. La plupart des gens autour d'elle supposaient que le cancer avait fait d'elle une cynique et une athée, mais en fait, il y avait longtemps qu'elle était ainsi; ce qui avait alimenté ces années durant son dévouement aux causes progressistes, ce n'était pas l'espoir d'un monde parfait – l'homme, croyait-elle, était brutal et stupide, totalement imperfectible – mais le perpétuel embrasement automnal du tas de feuilles mortes du désespoir. On faisait son possible pour prévenir le chaos, jour après jour, c'est tout.

Avant le cancer, elle avait été combative; elle avait cru détenir le pouvoir de changer les mentalités. A l'époque, quand le phénomène était nouveau, elle avait participé à des contre-manifestations, et les jeunes femmes à l'air fatigué, en réponse aux statistiques sur les adolescentes enceintes assenées par Louise et ses amies, avaient riposté par des citations bibliques avec une dévotion mécaniste. Cela ressemblait à un jeu qu'elle avait vu sur CBN, la Chaîne des Bigotes Nationales, où les participantes devaient identifier des phrases de la Bible le plus vite possible. « Corinthiens I, 17! » « Matthieu XXXIV, 12! » Il lui était bientôt paru évident qu'elle n'arriverait à rien; jamais elle n'entamerait cette armure de croyance. Elle avait pris du recul. Elle détestait les adversaires de l'avortement, mais dans le même temps elle était effrayée par la force de leur conviction. C'était si loin de tout ce qu'elle avait jamais pu éprouver.

Elle était épuisée. Elle avait l'air épuisée. Il y avait plusieurs années qu'elle avait, comme elle disait, cessé de se préoccuper de son apparence; elle portait les cheveux courts, ne se donnait plus la peine de teindre ses mèches grises. En général, elle s'habillait de pulls amples et de jupes ou pantalons en jean. Elle avait la peau brune, creusée de profonds sillons, pareille à l'écorce d'un arbre. « Pour quoi faire? lançait-elle quand ses vieilles amies Myra Eber et Joyce Rosen cherchaient à l'entraîner dans les magasins. Je n'ai plus besoin de paraître jolie. Je n'ai pas le temps. » Elle était sincère. A quoi bon dépenser des centaines de dollars pour des robes de chez Saks, payer un tribut au temple pour entendre le rabbin, au lieu d'un sermon, paraphraser l'intrigue d'un film quelconque qu'il avait vu la veille sur la chaîne HBO? (« Mais Louise, l'implora Joyce, c'est arrivé une seule fois! Le rabbin ne l'a fait qu'une fois! – Pour moi, c'est une fois de trop », répliqua Louise.) Ses amies achetaient de belles robes de chez Norma Kamali qu'elles mettaient pour Roch Hachana. Louise restait à la maison. Elle n'avait pas besoin de services religieux. Elle était trop pressée. Après des années où le temps s'était étiré, où l'horizon terne avait demandé à être comblé, les jours, pour la première fois de sa vie, étaient comptés, et elle n'allait pas perdre une seconde à feindre la piété dans ce prétendu sanctuaire, cette ruche où bruissaient les habits de luxe et les bavardages à propos de qui était sur le point de divorcer, qui trompait qui, qui était en train de mourir. Elle voulait plus. Elle voulait cela même en quoi elle ne croyait pas, cela même que le temple (avait-elle l'impression) était incapable de lui donner : elle voulait la foi.

Elle n'en parlait à personne. Elle n'avait aucune raison de le faire. Sa mère qui était agnostique lui avait enseigné que le sentiment religieux, de même que le sentiment du corps, était quelque chose d'un peu gênant, quelque chose qu'il fallait, si nécessaire, traiter vite et en privé, et qu'on taisait en public. Et cela avait été très bien ainsi. Pendant les trente-cinq premières années de sa vie, elle n'avait pas eu à penser à la foi tant elle était engagée dans l'existence. Il s'était néanmoins produit des événements auxquels elle n'avait pas été préparée : le cancer, pour commencer, et puis, personne durant son enfance ne l'avait avertie, entre tous ces discours sur le mariage et la famille, que les garçons préféraient parfois la compagnie des garçons, les filles celle des filles. Bon, elle l'avait surmonté. Elle avait franchi ces obstacles à merveille, croyait-elle, résultat d'une combinaison peu commune de soif de vivre et de pessimisme à toute épreuve. Bizarre que ces deux tendances opposées puissent s'allier de cette façon, mais c'était ainsi, et en vérité, leur effet paraissait à Louise tout à fait perceptible; il lui semblait que dans cet improbable accouplement résidait le germe du sentiment religieux.

Car, en dépit de sa vie simple et difficile, Louise avait un rêve, un désir, une vision. C'était invraisemblable, inimaginable, à tel point qu'elle n'en parlait à personne. Près de chez elle, entre l'architecture menaçante de deux immeubles, il y avait un petit bâtiment blanc, en stuc, dont les fenêtres étaient en permanence fermées. C'était un couvent; en vingt-cinq ans, aucune religieuse n'en était sortie, et personne (excepté, sans doute, les nouvelles recrues) n'y était entré. La nourriture, le linge et autres choses nécessaires étaient livrés par une espèce de nonne transporteuse qui les glissait par un guichet pratiqué dans la porte principale. Louise se garait parfois en voiture juste devant, et restait à contempler les fenêtres éclairées à travers les arbres, et un jour, elle crut entrevoir un visage, un vieux visage fugitif, qui passait et ne s'arrêtait pas pour regarder dehors.

C'était cela son désir : elle rêvait d'être religieuse. Pas une religieuse en croisade qui offre un asile inviolable et sacrificiel aux réfugiés ou risque sa vie à soigner les enfants dans les pays d'Amérique centrale déchirés par la guerre; non, Louise voulait être une religieuse cloîtrée, une religieuse qui n'aime que Jésus, qui s'enveloppe de coton blanc, dort dans une cellule froide et tranquille, lave le linge dans une antique lessiveuse. Une religieuse muette, qui a fait le vœu de ne jamais prononcer un mot, de ne jamais seulement murmurer, pas même dans son sommeil, pas même quand il n'y a personne pour entendre. C'était cette vie glacée, limpide et silencieuse, celle-là et nulle autre, qui la tentait, une vie si éloignée de celle qui était la sienne avec ses exigences effrénées, ses oscillations et ses craintes mortelles.

Il y avait une légende au sujet de Louise dans sa famille. Sa mère, Anna, racontait qu'elle avait un jour pris le bus avec sa fille – âgée de six ans – et s'était assise en face de deux religieuses. « Maman, avait demandé Louise, pourquoi les dames sont habillées comme ça ? » Anna avait eu un rire nerveux et, les dents serrées, avait lancé un coup d'œil à sa fille, destiné à l'avertir des terribles châtiments qui l'attendaient en cas de remarque malvenue, avant de répondre d'une voix un peu sifflante : « Parce que ce sont des religieuses, ma chérie. » A quoi Louise avait répliqué avec un sourire mince mais enchanteur : « Mais tu ne trouves pas qu'elles sont belles ? »

Louise adorait cette histoire, encore qu'elle ne se rappelât pas l'incident. Sa mère aussi l'adorait ; elle la raconta pendant quarante ans, à table après le dîner ou à ses amies à l'institut de beauté de Malden. Et c'était toujours l'esprit de Louise qu'on louait, son sens de l'à-propos, sa réaction aux menaces informulées. « Elle savait quoi répondre, croyez-moi », disait Anna à ses amies amusées. Elle supposait alors que le sentiment de Louise à l'égard des religieuses était, déjà à six ans, le même que le sien : étonnement et incompréhension. Mépris. Ce dédain d'antan. Ce qui surprenait Louise, c'était que personne n'avait jamais envisagé la possibilité qu'elle eût vraiment trouvé les religieuses belles.

Louise, dans sa voiture, aux feux rouges, le long d'avenues lumineuses, désertes. Chaque fois qu'elle conduisait, pour aller à l'hôpital ou à l'épicerie, elle nourrissait ce fantasme : le rêve d'une vie claire et nette dans laquelle la foi se traduisait exactement en force. Une vie dans laquelle elle se lèverait de bonne heure, se coucherait de bonne heure, et ne se sentirait jamais fatiguée (aujourd'hui, elle se sentait tout le temps fatiguée). Une vie dans laquelle les bordures floues des photographies se cristalliseraient et deviendraient précises, et elle saurait, instant après instant, comment et pourquoi elle vivait.

Mais bien entendu, ce n'était qu'un souhait, une pure fantaisie. Elle était cynique et elle était athée. Elle luttait contre les adversaires de l'avortement, doutait pardonner un jour au pape l'audience qu'il avait accordée à Kurt Waldheim. Dans sa vie réelle, sa vie non rêvée, le pragmatisme prévalait. Elle était adonnée aux pulvérisateurs pour le nez, était incapable de dormir ou de respirer sans. Chaque matin et chaque soir, elle inspirait avec un sentiment de culpabilité le contenu de petits flacons, et elle pensait que cette peur de ne plus pouvoir respirer était sans doute le propre de l'alcoolique, du drogué. Poubelles renversées, yaourts répandus dans les sacs à provisions, il y avait toujours des endroits oubliés pleins de poussière. Un besoin futile d'ordonner le monde la maintenait en action, mais les forces qui agitaient le chaos de son existence étaient de loin plus puissantes que ce besoin. Comme Pénélope, elle tricotait – des pulls, des gants, parfois des jupes et des robes. Au contraire de Pénélope, elle abandonnait son tricot pour la nuit et dormait, bien que par à-coups. Et ce qui lui faisait rater ses tricots n'était rien d'autre que le fatras d'instructions mal digérées.

« Elle est amère, sèche et coléreuse. » Voilà ce que les gens disaient d'elle en privé quand son nom était prononcé, s'imaginait-elle. Et elle était d'accord. Elle aimait l'idée d'être considérée comme amère, sèche et coléreuse. Tout plutôt que « cette pauvre Louise Cooper. Vous savez, son mari a une maîtresse, et elle, elle a un cancer, et ses enfants – ses deux enfants ! – sont homosexuels. C'est terrible, non ? Pauvre femme. Si j'étais à sa place... »

Quand elle rentra, Nat était déjà là et il mangeait des cacahuètes dans la cuisine. Il était souvent à la maison de bonne heure ces derniers temps ; il n'avait pas beaucoup de travail, pas grand-chose pour l'occuper. Ses recherches étaient au point mort, son enseignement se résumait à des cours préparés à l'avance qu'il savait pratiquement par cœur.

« Comment ça s'est passé, aujourd'hui ? demanda-t-il quand elle franchit la porte.

– Bien », répondit-elle en cherchant à lire dans son regard la confirmation de ses soupçons. Et là, au fond de ses yeux, il y avait la preuve de ses autres noirceurs – les adultères qu'il n'avait toujours pas avoués. Certes, elle se moquait de savoir avec qui il faisait ça, s'en moquait tant qu'il s'agissait d'une prostituée en Thaïlande, d'une fille ramassée dans un bar de Los Angeles, payée par un dîner, un film et la simulation de la tendresse. Même Lillian Machin-Chose, elle se moquait qu'il couche avec elle ; en soi, ça ne la dérangeait pas. Après tout, elle avait eu ses aventures, gardait le souvenir de Tommy Burns, de Xavier et de Mike Spivack. Quelle importance si Nat avait un trop plein d'énergie à dépenser ? Non, ce qui faisait mal – ce qui lui perçait le cœur comme un coup de poignard – c'était cette scène qu'elle imaginait souvent : Lillian Machin-Chose assise en face d'une femme, peut-être une secrétaire du département de Nat, qui boit du café, pleure, fait ses confidences. Et dans cette vision, les mots que prononcent Lillian cinglent : « Un homme aussi gentil que lui ! Vous savez pourquoi il reste avec elle ? Par pitié, uniquement. Parce qu'elle a un cancer. Si elle n'avait pas de cancer, il la quitterait. Je le sais. »

L'autre femme, la femme anonyme, hoche la tête. Elle n'est personne ; elle est un hochement de tête, c'est tout.

« Il faut que je sois patiente, reprend Lillian. Je n'ai qu'à attendre. »

La scène se jouait dans l'esprit de Louise. Elle enfla. Déclencha un incendie.

« N'oublie pas qu'on dîne chez les Rosen demain, rappela-t-elle à Nat.

– Cette fois, tâche de ne pas me mettre dans l'embarras avec tes discussions politiques, d'accord ? » dit-il en faisant allusion au dernier dîner auquel ils s'étaient rendus et où Louise s'était opposée au doyen de la faculté des sciences à propos de la politique étrangère de Reagan. (Nat détestait la façon dont elle s'enflammait parfois en public, et disait ce qu'elle avait à dire, sans se soucier des autres invités qui devaient rester là, silencieux, à mâchonner leur cure-dent. Sans se soucier d'elle-même, en définitive. Il ne voyait pas ce qu'il y avait à gagner à susciter des rancœurs et à se faire sans raison des ennemis.)

« Très bien » dit-elle avec violence, irritée qu'on lui remette en mémoire cette vieille affaire. En vérité, elle se sentait coupable à ce sujet et elle s'était promis de faire un effort chez Joyce Rosen pour ne se disputer avec personne, mais maintenant, Nat l'avait placée sur la défensive. C'est pourquoi elle ajouta : « Si c'est ce que tu penses, je n'irai pas. Je resterai à la maison.

– Louise...

– Ça ne fait rien. Tu ne veux pas que je vienne, je ne viens pas. Voilà.

– Louise, c'est ridicule. C'est ton amie. De toute façon, c'est toi qui as accepté son invitation. Si quelqu'un ne doit pas y aller, c'est moi.

– Pourquoi faut-il toujours que tu me fasses des reproches, que tu me fasses taire, comme si mon opinion ne comptait pas ? Ce n'est pas juste, Nat. Tu cherches tellement à maintenir la paix, à ce que tout soit gentil et calme. Mais je ne vais pas rester assise comme une idiote pendant qu'un homme gonflé d'importance fait des discours à la gloire de Ronald Reagan. Il n'en est pas question. J'ai mon honnêteté intellectuelle.

– J'ai ma réputation, répliqua Nat.

– Moi aussi, j'ai ma réputation.

– Tu as une réputation, rectifia Nat. Et si tu veux bien me pardonner de le dire, elle n'est pas très bonne. »

Cette remarque la piqua au vif. Elle leva les yeux sur lui, et sa première impulsion fut de demander : C'est vrai ? Les gens parlent de moi ? Elle craignait et détestait l'idée que les gens puissent parler d'elle. Mais non, ce n'était qu'une manœuvre d'intimidation.

« Tais-toi, fit-elle sur un ton de défi.

– Et pourquoi me tairais-je ? Toi, tu ne te tais jamais. Tu parles, tu parles, et tu gâches la soirée à tout le monde. »

Elle en demeura muette de rage. Elle avait envie de casser quelque chose. Il n'y avait rien à portée de main.

« J'espère que tu crèveras en enfer », fit-elle enfin en lui tournant le dos.

Nat sortit de la pièce.

« C'est ça, fous le camp, espèce de salaud ! » Et, n'obtenant pas de réponse, elle répéta : « Salaud ! Salaud ! » Voix stridente, mots qui résonnèrent à travers la maison. Une porte claqua. Puis plus rien.

Il y eut un moment de silence, et les larmes coulèrent. Nat revint dans la cuisine. Il mit sa veste avec des gestes sûrs ; il dit : « Je n'ai pas à supporter ces conneries. » Elle enfouit son visage dans ses mains.

« Ne pars pas, dit-elle doucement.

– Je n'entends pas. Tous ces cris m'ont percé les tympans. »

Une dernière bouffée de colère monta en elle. « Espèce de salaud! » hurla-t-elle, mais cela ne fit que lui donner une bonne raison pour partir en claquant de nouveau la porte.

Elle se leva. Ouvrit la fenêtre. « Nat! cria-t-elle. Attends! Attends! Excuse-moi, Nat, excuse-moi. » Mais il était déjà dans la voiture. Elle passa par-derrière, courut après lui. « Excuse-moi, répéta-t-elle. Excuse-moi. » Il démarra, tourna le coin.

« Nat! » appela-t-elle. Pieds nus dans la rue, ridicule.

Elle se rua dans la maison, empoigna son sac et ses clés de voiture, ressortit en courant, s'installa au volant et se lança à sa poursuite. Il virait à droite après le stop. Elle arriva derrière lui. Il continua, et prit brusquement à droite sans mettre son clignotant. Le caoutchouc poussiéreux de la pédale d'accélérateur était chaud sous le pied nu de Louise.

Trois autres stops. Il poursuivait son chemin, honteux, ou furieux, ou les deux, à cause de l'endroit où il se rendait. Finalement : un feu rouge sur une petite route de campagne, pas de trafic, rien. Louise serra le frein à main et se précipita sans se soucier des gravillons qui lui coupaient la plante des pieds. « Nat, fit-elle en s'efforçant de paraître calme, normale. Nat, excuse-moi. »

La vitre électrique se ferma devant son nez.

« Nat.

– Fiche-moi la paix, pour l'amour du ciel, fit-il d'une voix à peine audible à travers la glace.

– Nat, non! » Elle cogna contre la vitre. Le feu changea, et il démarra, l'abandonnant là, pieds nus en plein carrefour.

Un calme soudain s'abattit après le choc de son départ, au milieu duquel elle entendait le gazouillement des oiseaux et le bruissement des feuilles dans la brise. Une petite fille en T-shirt se tenait sur son vélo de l'autre côté de la route, les jambes tendues, raides comme celles d'une danseuse qui fait des pointes. La bicyclette avait un panier blanc en osier devant, et Louise se surprit à essayer de se rappeler la couleur du panier en osier de sa propre bicyclette d'enfant, à Little Nahant. Une voiture arriva, ralentit lorsque son chauffeur, étonné, aperçut la voiture de Louise apparemment garée là, sur la chaussée, et Louise, soudain tirée de la profonde contemplation du panier en osier, haussa les épaules, sourit au conducteur, forma le mot « calé » avec ses lèvres, se remit au volant, et écrasa l'accélérateur. Dans son rétroviseur, elle vit le chauffeur de l'autre voiture secouer la tête, et la fillette, comme quelqu'un qui sort d'une transe, pédaler à toutes jambes dans la direction opposée.

De retour chez elle, elle s'assit à la table de la cuisine. Là, au centre, comme toujours, il y avait la salière et le poivrier, un vase de fleurs, le bol de sucre en céramique avec sa lune et ses étoiles fendillées. Comme d'habitude, elle se prit à reconstituer les étapes fiévreuses de la dispute, à tenter de peser ses mérites et ses torts, à considérer d'un œil critique les faiblesses qui lui apparaissaient. Elle ne pouvait pas s'en empêcher. Cette affaire de discussion avec le doyen plusieurs semaines auparavant ne cessa de tourner dans sa tête, jusqu'à ce qu'elle se fût convaincue qu'en définitive c'était la faute du doyen, la faute de la planète entière. Après tout, s'il n'avait pas commencé, cette histoire n'aurait pas servi de détonateur à la scène qui venait de se produire. Avait-elle eu tort de défier ainsi le doyen ? Aurait-elle dû se contenter de rester sans rien dire ? Tous ces hommes suffisants avec leurs doctorats, qui péroraient comme si le monde leur appartenait, et elle, impuissante, sans même le plus petit des diplômes universitaires. (Ce que Nat ne disait jamais à personne, mais qu'elle savait constituer pour lui une source d'embarras, du moins au fond de lui-même ; elle avait fait des études d'infirmière qu'elle avait abandonnées au début de la guerre.) Oh ! Nat ! (Maintenant elle s'adressait à lui avec toute l'éloquence que, sans savoir pourquoi, elle ne parvenait jamais à manifester en sa présence.) Oh ! Nat ! tu ne comprends donc pas que le peu de fierté que je trouve encore ces temps-ci tient justement au fait que je puisse démontrer au doyen que je suis son égale, que je me bats sur le même terrain que lui, et que, au contraire de tant d'autres, je ne laisserai pas passer sans réagir ses opinions dangereuses. Mais naturellement, tu ne comprends que le langage de la diplomatie, maintenir la paix, ne pas se faire d'ennemis. Comme le disait ma mère : « Une personne sans ennemis a pour amis un nid de serpents. » Et au cours de cette nouvelle discussion, cette discussion imaginaire, elle lui tourne triomphalement le dos et le laisse interdit, sans recours, assommé par la justesse de ses arguments, écrasé, changé. « Louise! s'écrie-t-il. Tu as raison! A partir d'aujourd'hui, finie la diplomatie! La vie est une aventure! Et je me fous de la réputation que tu peux avoir! Si quelqu'un s'avise de dire du mal de toi, ma chérie, crois-moi, je vais l'envoyer se faire foutre! » Oui, Nat! C'est bien, Nat! Comme si d'avoir une femme exaltée était quelque chose de terrible! Si encore on racontait qu'elle avait des liaisons, qu'elle mentait, qu'elle empoisonnait les chats du voisinage! Mais sincèrement, est-ce que c'était grave d'être une femme exaltée? Il devrait en être fier, se dit-elle. D'autres en seraient fiers à sa place.

Alors, ajouta une petite voix intérieure, pourquoi ne le quittes-tu pas?

N'y pense plus, n'y pense plus. Une peur incroyable, dévorante.

Elle se leva, fit le tour de la maison d'un pas hésitant, et alla s'asseoir sur le canapé jaune du salon, bien déterminée à ne plus bouger; elle prit son tricot, le reposa. Si dans le vaste univers, l'univers de justice, elle avait raison, cela ne faisait-il pas une différence, cela n'exerçait-il aucune influence dans le petit univers de sa petite vie? Ou bien Nat était-il à la fois juge, jury et bourreau? Le mariage en tant que dictature, et non démocratie; elle l'avait toujours soupçonné. Et même si elle gagnait dans les faits, en quoi les faits avaient-ils de l'importance? Elle n'avait jamais voulu qu'il en soit ainsi, ne l'avait jamais réclamé, mais c'était comme ça : en ce qui concernait son bien-être à elle, c'était sa seule opinion à lui qui comptait.

Elle retourna dans la cuisine. Le soleil déclinait. Le sentiment de triomphe éphémère que lui avait procuré tout à l'heure sa fureur l'avait depuis longtemps désertée; elle n'éprouvait aucune joie, seulement du chagrin parce que sa colère, une fois de plus, ne lui avait rien apporté.

Au diable les faits! Au diable le doyen de la faculté des sciences! Au diable son exaltation, son désir de prouver sa valeur! La vérité, c'était que Nat encourageait ces disputes parce qu'elles lui fournissaient un prétexte pour partir.

Elle avait l'impression d'avoir fait une fausse couche. Son estomac était à vif. Elle alluma toutes les lumières; elle alluma même la télévision. Elle arpenta l'arène illuminée, cette maison aux multiples fenêtres, mâchouillant une sucette en forme de cigarette, jouet en plastique souvenir de l'époque où elle avait arrêté de fumer, se demandant si ce dernier éclat n'était pas celui en trop, la goutte d'eau qui avait fait déborder le vase. Se lancer derrière lui de cette façon! Pourquoi ne pas l'avoir laissé tranquille, ne pas l'avoir laissé se calmer? Peut-être même se serait-il senti un peu coupable? Après tout, Nat avait tout supporté d'elle à l'époque de ses écarts de conduite; il avait été patient, stoïque; il n'avait jamais crié. Elle se devait de lui être fidèle, à lui qui ne l'avait pas quittée quand il avait d'excellentes raisons de le faire, quand cela aurait été si facile. En ce temps-là – cela faisait-il vraiment trente ans? – son raisonnement avait été simple : il l'aimait, disait-il. Plus qu'on ne pouvait l'imaginer. Et elle – ô combien elle le regrettait à présent! –, elle avait répondu : « Comme si c'était si simple! Pour moi, l'amour ce n'est pas ça, ce n'est pas simple. J'éprouve des sentiments différents – et parfois ils sont très compliqués. » Combien elle regrettait de ne pas avoir été simple alors, comme lui l'était, car il avait pris ses paroles à cœur, et elle redoutait le moment inévitable où il les lui rappellerait.

Il serait de retour le lendemain à dix heures. Comme à chaque fois. Il se glisserait par la porte de la cuisine, un peu penaud, sa colère pour le moment apaisée. Mais jamais prêt à pardonner. Jamais.

Calmement, patiemment, elle élabora sa stratégie de réconciliation : comment elle l'embrasserait et poserait sa tête sur son épaule accueillante ou réticente. Comment il soupirerait, détournerait les yeux. Comment, si le pire se produisait, s'il disait : « On ne peut plus continuer comme ça », elle répondrait ce qu'elle réservait pour cet instant inéluctable : « Tu ne peux pas m'abandonner. Je ne peux pas vivre sans toi, et je ne peux pas non plus mourir sans toi. » Ces mots qu'elle n'avait jamais formulés, mais qui retentissaient à travers la maison, latents, hypothétiques. Elle savait qu'il lui suffirait de les prononcer, et leur pouvoir s'épanouirait comme celui d'un sortilège. Lillian Machin-Chose qualifierait peut-être cela de chantage, et elle aurait peut-être raison. Mais sa fierté – bouclier naguère si efficace – était aujourd'hui entamée au point qu'elle n'existait presque plus. Elle trouvait donc du réconfort dans ces mots et dans le fait de savoir que lors de l'ultime confrontation, elle pourrait se sauver en les utilisant, et garder Nat.

A peu près au même moment, Louise sut que la voiture de Nat arrivait devant chez Lillian. Elle avait minuté le parcours. Elle s'imaginait entendre le crissement des pneus sur les graviers de l'allée. Chacune des nuances de ce petit bruit résonnait à ses oreilles.

Quant à Nat, lorsqu'il arriva chez Lillian, il tremblait. Pendant plus d'une demi-heure, il avait tourné en rond au milieu de quartiers de banlieue inconnus, emprunté une succession d'impasses qui s'achevaient en petits ronds-points où les trottoirs en pente rejoignaient la chaussée. Les maisons devant lesquelles il passa formaient des groupes uniformes, même par leurs couleurs – rose, mauve, vert, rose, mauve, vert – et lui rappelèrent Carrollton, cette parfaite cité du futur, bâtie sur des ordures, où il avait par idéal installé sa famille à leur arrivée en Californie. Sentiment de tristesse et de regret – dans les années 50, il avait investi ses propres utopies dans de semblables lotissements, et ceux-ci n'étaient plus aujourd'hui que ruines et larmes, ou pire, ravages engendrés par la rénovation qui individualisait et détruisait ce qu'ils pouvaient avoir de beauté, la beauté d'une maison pareille à l'autre. La beauté du mathématicien, la beauté de l'urbaniste. Il était sur

Ruthelma Drive, appelé ainsi, supposa-t-il, d'après le prénom des épouses des promoteurs. Ruthelma Drive, Tedlee Way. Louise avait détesté tout cela, n'avait fait preuve d'aucune patience. Et bien entendu, durant tout ce temps, tandis qu'il errait ainsi au travers du paysage de ses amours passées, il était convaincu que Louise continuait à le suivre, maudissant Ted et Lee, Ruth et Thelma, comme elle le maudissait lui. Et, au cœur de tout cela, où donc était Danapril Street ? Natlou Street ? Lillnat Street ?

Il se gara devant un magasin de chaussures fermé. Attendit. Elle ne se manifesta pas. Bon, il avait fini par la semer. Maintenant, il commençait à s'inquiéter des conséquences. Et si elle a un accident de voiture ? Et si je l'ai poussée à bout et qu'elle se livre à un acte irréfléchi, un acte terrible ? Il coupa le moteur, descendit de voiture, se dirigea vers une pizzeria ouverte, se faufila parmi les rangées de tables sombres et poisseuses et leurs bougies rouges en direction du téléphone, composa son propre numéro, puis raccrocha avant la sonnerie. Il n'aurait pas souffert d'entendre sa voix. Mon Dieu, que faire ? Il était tenté de rentrer, mais la pensée de Louise à côté de lui dans le lit, avec sa chemise de nuit en dentelle, repliée et fermée sur elle-même comme une huître, lui était presque insupportable. Rentrer, ce serait avoir droit toute la nuit à ses récriminations, à la liste de ses ressentiments et de ses malheurs. Alors que ce qu'il voulait – ce qu'il lui fallait – c'était quelque chose de positif, de la lumière et du plaisir dans son existence. Louise profitait de lui, se disait-il. Il était sa serpillière, son mouchoir. Quand elle avait mal, quand elle avait peur à cause du cancer, ou simplement quand elle trouvait que sa vie était pourrie, c'était à Nat qu'elle s'en prenait. Tu ne peux donc pas assumer toute seule ? Et toi, alors ? Je fais tout pour toi, et toi, tu ne lèves même pas le petit doigt. Non, ne me touche pas. Non, ne me parle pas. Fous-moi la paix, c'est tout. Et quelque part, en même temps : Touche-moi. Tiens-moi. Aide-moi.

Il émergea de l'espace caverneux de la pizzeria, prit

le chemin de chez Lillian. Le temps qu'il sorte de sa voiture, qu'il s'avance d'un pas rendu hésitant par la vision de Louise cachée au milieu des massifs avec un revolver, et Lillian l'attendait sur le seuil. Elle avait les cheveux ramenés en chignon, portait un peignoir de bain en mousseline beige et sentait la crème pour le visage. « Nat, on dirait que tu viens de te faire renverser par une voiture. » Elle lui prit la main pour le faire entrer. Le living était impeccable, d'une propreté de femme de ménage. Il y avait Beethoven sur la stéréo, des photos de ses beaux enfants (hétérosexuels), souriants, au-dessus de la table.

Dès que la porte se fut refermée derrière lui, il s'affala sur le canapé et y demeura sans bouger pendant que Lillian allait lui préparer du café. « J'ai de ce gâteau au chocolat et à la noisette de chez O'Hanlon que tu aimes tant, cria-t-elle de la cuisine. Je t'en coupe une part. »

Il sourit, incapable de se lever, et attendit qu'elle vienne s'asseoir à côté de lui avec le café et le gâteau.

« Tu as passé une bonne journée ? demanda-t-il.

– Tu parles ! Ce maudit Krautheimmer va me rendre cinglée à essayer de caser cette conférence au milieu de son emploi du temps. Mais ne parlons pas de moi ! Natty, qu'est-ce qui est arrivé ? »

Il haussa les épaules. « Rien d'extraordinaire. Une scène. » Et d'un seul coup, il fondit en larmes.

« Natty, fit Lillian. Oh, Natty. » Reposant sa tasse et l'assiette à gâteau, elle le prit dans ses bras enveloppés de mousseline.

« Mon Dieu, Lil, je ne crois pas que je pourrai le supporter un jour de plus, balbutia-t-il. Vraiment, je ne crois pas. Elle est folle, Lil. Non, non, pas folle. Elle est seulement si malheureuse qu'elle fait des choses folles.

– Elle a besoin d'aide, fit Lillian en lui caressant les cheveux de ses longs doigts.

– Venir te voir, c'est ma planche de salut. Mais dès que je suis ici, je me dis : pourquoi faut-il repartir le matin ? Pourquoi est-ce que je dois rentrer, pourquoi ? Que Dieu me pardonne, mais je voudrais qu'elle meure.

Je n'arrive pas à y croire, mais c'est vrai, je voudrais qu'elle meure.

– Là, fit Lillian. Là, tout va bien.

– Mais Lil, j'ai tellement peur quand je pense ça. Je me déteste quand je pense ça. Tu comprends, tout est de ma faute.

– Qu'est-ce qui est de ta faute?

– Tout. Le cancer, tout. Sa vie entière.

– Non, dit Lillian en l'écartant un peu. Maintenant, regarde-moi, Nat. Elle est peut-être malheureuse, elle a peut-être un cancer, et tu lui as peut-être fait des vacheries, mais tu n'es pas responsable de sa vie entière. Personne n'est responsable de la vie de quiconque. Dieu sait qu'il m'a fallu assez longtemps pour le comprendre. Nous faisons nos propres choix, tous, et Louise comme les autres.

– Tu dois avoir raison, Lil. » Il renifla, tira un Kleenex d'une boîte posée sur la table basse, et se moucha.

« Nat, je t'ai déjà dit... »

Il secoua la tête.

« Nat, ce serait la meilleure solution. Pour elle aussi bien que pour toi. Ce serait peut-être ce qu'il faudrait pour qu'elle prenne enfin sa vie en main.

– Elle ne peut pas vivre sans moi, affirma tranquillement Nat.

– N'en sois pas si sûr. Il y a des femmes qui s'en sont très bien remises, qui ont réagi d'une manière que tu aurais peine à imaginer, et je crois que ce pourrait être le cas avec Louise. » Lillian s'interrompit et éclata de rire. « Moi, la féministe! reprit-elle. Ta maîtresse! Tu vois, en considérant les choses objectivement, c'est Louise qui m'intéresse, Louise que je veux aider. Mais je ne pense pas qu'elle accepterait mon aide. Enfin. La grande et altruiste Lillian Rubenstein-Kraft qui cherche de nouveau à s'abuser elle-même. A se faire croire que c'est pour le bien de Louise qu'il faut que tu la quittes! »

Après avoir ainsi avoué pour la première fois de la soirée ses propres problèmes en face de cette situation, Lillian détourna les yeux.

Nat eut un petit rire, se leva du canapé. Lillian baissa les stores.

Le téléphone sonna. Aussitôt, tous deux pivotèrent et fixèrent l'appareil, comme hypnotisés.

« Je ne réponds pas, dit Lillian.

– Non, ne réponds pas, fit Nat.

– Non, je ne réponds pas. »

Ils restèrent immobiles, le téléphone continua à sonner, et ils se regardèrent, chacun à un bout de la pièce. Ils comptèrent. Lorsque le silence se fit enfin, ils recommencèrent à respirer et s'avancèrent l'un vers l'autre. Leurs doigts se mêlèrent.

« Tout est bien, dit Lillian. N'oublie pas, tout est bien. Nous avons une existence riche, pleine. Nous en tirons tout ce que nous pouvons, et pour l'avenir ? » Elle haussa les épaules. « Dieu sait de quoi l'avenir sera fait ? D'accord ? »

Nat sourit. « D'accord. Mon Dieu, je me demande si c'est elle qui a appelé.

– Peu importe, dit Lillian. Pour le moment, ça n'a absolument aucune importance. C'était peut-être mes enfants, mais ils rappelleront. Tu sais, ce n'est pas difficile de rappeler.

– C'est vrai. Tu as raison. Mais tu vois... oh, je ne sais plus, je devrais peut-être rentrer à la maison ce soir. Elle était tellement perdue, comme ça dans la rue, pieds nus. Je ne sais pas ce qu'elle est capable de faire. Ç'avait déjà été loin avant, mais jamais à ce point-là. Est-ce qu'on peut aller encore plus loin ? Ce que je veux dire, c'est qu'on est à deux doigts de s'avouer enfin la vérité, et pourtant on se retient au dernier moment, pour ne pas crier : " J'aime Lillian. – Tu ne peux pas m'abandonner avant que je meure, je ne te laisserai pas faire. – Je ne peux pas vivre avec toi. – Je ne peux pas vivre sans toi. " Tout ça. Alors, on continue à tourner en rond, et je pense parfois que c'est peut-être l'anxiété qui lui donne le cancer, ou qui l'aggrave – j'ai lu que ça pouvait arriver – et je pense – que Dieu me pardonne – parfois je pense que je suis content, je pense que je désire qu'elle soit de plus en plus malade pour que je puisse vivre ma vie mais, d'autres fois, je suis simplement submergé de souvenirs, des souvenirs des enfants, de la famille que nous formons, et je la regarde et j'essaie d'imaginer de ne pas la regarder – c'est-à-dire qu'elle ne soit pas là pour être regardée, tu comprends? Qu'elle ne soit pas là pour faire des histoires, pour lancer des remarques ou pour crier : « Tu charges mal le lave-vaisselle », et au lieu d'avoir droit à toute une leçon – rien. Parce qu'elle n'est plus là. Et je me vois en train de mettre le lave-vaisselle en route, elle qui n'est plus là, et, Lil, quelque chose se brise en moi – c'est comme si je n'étais plus là moi non plus. Je ne peux pas supporter l'idée de la perdre. Je crois que c'est ça que je m'efforce de dire. Et c'est peut-être aussi pour ça que je ne peux pas m'en aller – pas seulement pour son bien à elle. Quarante ans, Lil! Mon Dieu, quarante ans! »

Ils restèrent un moment sans parler. Lillian détourna le regard.

« Bon, fit-il enfin. Qu'est-ce qu'on fait?

– J'ai l'impression d'être une criminelle, dit doucement Lillian. Pour mon bonheur à moi, je t'encourage à faire des choses que je ne suis objectivement pas sûre du tout que tu doives faire.

– Tout le monde a droit à un peu de bonheur, Lil. Mais tu ne peux imposer ton bonheur aux autres que dans une certaine limite. Et la question est la suivante : où est la limite? En d'autres termes, le mariage est-il un métayage ou quelque chose du même genre? Est-ce une dette perpétuelle? » Il secoua la tête avec humeur. « Je refuse ce schéma. J'ai assez donné à Louise pour être en accord avec mon code moral. Maintenant, je dois penser à moi.

– Et ne pas la quitter », dit Lillian.

Ils se turent l'espace de quelques secondes.

« Et ne pas la quitter », dit Nat.

Plus tard cette nuit-là, Louise, qui en fait avait bien trop peur de la voix de Lillian pour seulement envisager d'appeler chez elle, entendit sonner son propre téléphone. Elle était assise dans le living en peignoir de bain. Les aiguilles à tricoter s'entrechoquaient et il y avait la télévision en fond sonore. Louise se leva lentement en se demandant si c'était Nat. Elle se dit qu'elle allait laisser sonner, puis elle changea d'avis et décrocha.

« Maman, c'est moi, fit la voix de Danny.

– Oh, bonsoir, Danny.

– Tu vas bien ?

– Oh, tu sais. Ça va. Et toi ?

– Ça va. J'aurais voulu parler à papa, j'ai une question financière...

– Il n'est pas à la maison, Danny. » Elle s'interrompit pour lui chercher une excuse, puis décida qu'il n'en méritait pas. « Il est chez une amie. »

Il y eut un instant de silence, au cours duquel Danny conclut apparemment qu'il valait mieux ne pas insister. « Ce n'est pas urgent, dit-il. Il peut me rappeler demain ?

– Bien sûr.

– Bon. Rien de spécial ?

– Pas grand-chose, répondit Louise. J'envisage de me convertir au catholicisme. »

Nouveau silence. « Pardon ?

– Je disais que j'envisageais de me convertir au catholicisme.

– Au catholicisme ? Pourquoi ?

– Je pense que le catholicisme apporte beaucoup aux gens qui se retrouvent seuls. » (C'était la première fois que cette idée lui venait à l'esprit, mais elle lui parut sur-le-champ être la vérité.)

« Ah bon, fit Danny, troublé. Je ne connais presque rien au catholicisme. Excuse-moi si j'ai l'air un peu surpris, maman, mais je ne te savais pas portée sur la religion.

– Je ne l'étais pas jusqu'à maintenant. Mais ma vie a changé, Danny. J'ai besoin de faire quelque chose – à cause de ma vie. » Brusquement, elle sentit qu'elle allait pleurer. Elle avait été trop loin; elle ne voulait pas que

Danny sache qu'elle pleurait. Elle couvrit le combiné de sa main et ravala ses larmes.

« Je trouve que c'est bien que tu veuilles faire quelque chose, maman, mais... enfin, et si tu travaillais ? Qu'est-ce que tu en penses ? Tu en parlais la semaine dernière !

– Danny ! Mais qui voudrait de moi ?

– Un tas de gens ! De toute façon, je croyais que tu allais te présenter à la World Savings Bank. »

Elle rit. « Ne sois pas stupide. Une vieille ignorante comme moi qui n'a pas le moindre diplôme – qu'est-ce qu'ils feraient de moi dans une banque ?

– Maman, tu n'es ni ignorante ni vieille. Tu es très intelligente.

– C'est gentil de me dire ça.

– Je suis sincère.

– Merci. Ça fait toujours plaisir de voir qu'on peut compter sur ses enfants pour vous flatter, même quand on n'est qu'une vieille peau.

– Maman, pour l'amour du ciel !

– Écoute Danny, il faut que je te laisse, j'ai quelque chose dans le four.

– Maman, je...

– Je te rappellerai, mon chéri. Ne t'inquiète pas, je vais très bien.

– Maman... » Il soupira. De soulagement ou de frustration, elle était incapable de le dire. « Bon, à bientôt. Bonne nuit. »

Elle s'empressa de raccrocher, se moucha. Elle se dirigea vers la cuisine comme s'il y avait vraiment quelque chose dans le four. Bien entendu, il n'y avait rien. Elle l'alluma pour qu'il se nettoie.

En regagnant le living, elle eut de nouveau sa vision : celle de la cellule aux murs de pierre, de la robe blanche, de la douce renonciation tandis que les ciseaux entamaient ses cheveux et que les boucles jonchaient le sol. Cette vision l'étourdit et ses forces l'abandonnèrent d'un seul coup ; elle tomba à genoux au milieu de la pièce, presque en posture de prière. Elle ferma les paupières et pressa ses poings dessus, comme pour repousser ces images ancrées en elle. « Seigneur, murmura-t-elle. Seigneur. »

Elle resta ainsi, à genoux dans le séjour, pendant ce qui lui parut des heures. Elle s'efforça de ne pas penser à son mari et à sa maîtresse au nom à rallonges, mais de s'imprégner de toute l'exaltation de sa délivrance alors que les ciseaux fatals – clic, clic – la soulageaient du fardeau de son existence.

Elle se releva. Elle avait des fourmis dans un pied, et ce picotement était comme un cri de tout son corps, un appel à la vie.

Elle se rendit dans sa chambre en boitillant. Il était bien plus de deux heures. Encore une journée de vie, une journée dans le monde, et elle tenta de se rappeler – tandis qu'elle se mettait au lit, pénitente, purifiée, vouée au silence éternel – si c'était en soi une raison de se réjouir.

Dès leur première rencontre, Walter avait ressenti une étrange affinité avec Louise. Une hésitation dans le regard, regard qui aurait semblé à la plupart des gens ferme et déterminé, lui était apparue lorsqu'il lui avait serré la main à l'aéroport de San Francisco. C'était la fin du premier semestre de sa deuxième année de droit, et bien qu'ils ne se connaissent que depuis un mois et demi, Danny amenait Walter chez lui pour Noël. (« Mais, ce n'est pas un peu prématuré ? » avait demandé celui-ci. « Non, non, avait répondu Danny. C'est bien. Je crois que c'est bien. ») Une fois Walter d'accord, Danny avait raconté à sa mère au téléphone qu'ils se connaissaient depuis près de six mois. Son désir de montrer Walter à sa famille avait l'air si impérieux qu'il n'éprouvait aucun scrupule à rallonger ainsi la durée de leurs brèves amours, ce qu'il ne faisait pas seulement avec Louise ; il n'avait en effet pas tardé à dire à tout le monde qu'ils se connaissaient depuis six mois ; il avait fini lui-même par le croire. (Six mois ! C'était un laps de temps qui leur avait paru alors inconcevable dans la mesure où il représentait presque six fois le nombre de jours qu'ils avaient en réalité passé ensemble. Maintenant, six mois s'écoulaient en un clin d'œil, et les années s'accumulaient.)

Louise et Nat se tenaient au milieu de la foule qui attendait les passagers, guère différents de ce qu'ils étaient sur les photographies, nerveux mais souriants. En théorie, ils avaient déjà évolué vers le genre de parents qui, sans hésiter, préparaient le grand lit de la chambre d'amis pour leur fils et son « ami », mais ils n'avaient pas encore mis la théorie en pratique. Toujours est-il que cette tension que Louise éprouvait peut-être en serrant la main de Walter, elle la maîtrisa avec brio ; seul quelqu'un d'aussi versé qu'elle dans l'art de la dissimulation aurait pu percer le masque de son visage. Elle avait trouvé son égal en Walter qui, cet après-midi-là, nota dans son expression toutes sortes de choses qu'elle aurait préféré que personne ne remarque, et en particulier une expression de – comment dire ? Oui, de sauvagerie, mais domptée, ou depuis longtemps refoulée. De toute façon, Walter le vit dans ses yeux, qui se détournèrent aussitôt, et dans sa bouche aux lèvres pincées qui resta obstinément close, et lorsqu'il entendit les bruits qui circulaient sur son compte, son impression n'en fut que renforcée. C'était l'histoire de désirs éprouvés, assouvis, jugés indécents par une mystérieuse autorité, puis relégués dans quelque compartiment reculé de l'esprit d'où ils ne devaient plus sortir ; et il y avait aussi l'usure des années passées à vivre une existence qu'elle estimait plus convenable que celle à laquelle sa nature aspirait.

Comme elle était forte ! Tellement plus forte que Walter, qui, par lâcheté, n'avait jamais tout à fait satisfait ni tout à fait rejeté ses besoins qui touchaient ce qu'il imaginait n'être pas convenable. Il s'était rendu compte qu'il était trop indiscipliné pour se débarrasser de son homosexualité, ou la dissimuler dans les recoins d'une existence hétérosexuelle, et pourtant, dans le même temps, il considérait ses errances nocturnes à travers la ville, qui le conduisaient d'un endroit enfumé à un autre, avec un mélange d'appréhension et de répugnance. Il avait donc décidé de faire quelque chose de tranquillement révolutionnaire : incorporer sa sexualité à une vie de famille de banlieue, arracher le germe de l'homosexualité à son terrain urbain naturel et le replanter dans la terre vierge de son jardin de verdure. Dans l'ensemble, cela avait marché, mais il s'était aperçu qu'il avait commis une erreur singulière. En effet, ce n'était pas seulement par l'amour d'un homme qu'il avait été attiré lors de ses premières années à New York; c'était aussi par le parc luxuriant de la ville elle-même, avec ses plaisirs brefs mais intenses, ses dangers et ses déceptions faciles. Louise, au contraire, semblait avoir eu sa part d'égarements. En d'autres circonstances, elle aurait pu devenir une femme insouciante; Walter se la représentait en train de renverser du champagne dans le Grand Canal à l'aube ou de dormir à dos d'âne. Mais, obstinée et apeurée, elle avait préféré se ranger, s'installer dans une maison où les satisfactions que l'on pouvait trouver dérivaient de l'ordre et de la clarté, de la chaleur, de couchers à des heures raisonnables. Elle faisait des mots croisés en peignoir jusqu'à neuf heures. A onze heures, elle regardait les informations, les mains plongées dans la cire pendant que les cataclysmes de la planète éclaboussaient de sang l'écran de verre. Aux yeux de Danny et d'April, elle était une énigme, toute de rage et de désirs inexplicables; tous deux souffraient de l'égotisme propre aux enfants qui jugent leur mère; ils voyaient son esprit comme une succession de couches soufflées, chacune d'elle cachant une vérité un peu moins pâteuse, un peu plus essentielle; elle était en colère parce que la vaisselle n'était pas faite; non, elle était en colère parce que personne ne l'aidait; non, elle était en colère parce que son mari ne faisait pas attention à elle, alors qu'elle, elle lui avait tout donné, tout. Et voilà. Du moins était-ce ainsi qu'ils considéraient les choses; ils retournaient à ce schéma chaque fois qu'elle appelait, ou qu'elle venait dans la conversation, jusqu'à ce que Walter ait l'impression que ce schéma lui-même constituait autant une échappatoire, un voile, que tout ce dont ils pouvaient accuser Louise.

La façon dont il percevait Louise était simple : il la voyait comme une femme de passion qui, pour une raison ou pour une autre, avait étouffé cette passion et, à la place, posé son regard sur l'horizon sûr de la sphère domestique. Naturellement, il avait entendu parler de ce premier mariage, de Tommy Burns, et aussi des mystérieux vides de son passé. Et au contraire d'April et de

Danny, qui haussaient les épaules avec un air de feinte surprise à la mention de la jeunesse de Louise – c'était leur mère, et ils semblaient dire : comment aurait-elle pu seulement exister avant nous ? – Walter savait sans l'ombre d'un doute ce qui comblait ces vides : des hommes, la plupart beaux et volages ; des hommes qui l'avaient enivrée, contentée, et finalement abandonnée, confirmant une nouvelle fois le bien-fondé des avertissements de sa propre mère – c'est un bon à rien ; il n'a pas d'avenir ; ne le fréquente pas, Louise. Quand, à vingt ans, elle s'était fixée avec Nat, Nat le prudent et le réfléchi, elle s'était peut-être imaginée que dans l'utopie californienne, dans cette cité du futur où il affirmait qu'ils allaient bientôt habiter, elle parviendrait à satisfaire ces désirs qui, jusqu'à présent, l'avaient éloignée de Nat et attirée vers une existence plus déshonorante et qui lui était plus naturelle. Ces derniers temps, dans le panorama des expressions de Louise, il y avait un défi à peine entamé par les ébauches de l'hésitation, comme si après quarante années à se promettre de ne pas regarder en arrière, quarante années à s'interroger sur sa vie (et maintenant quel choix lui restait-il ?) elle ressentait enfin ce tiraillement dans la nuque, ce besoin de se retourner et de poser la question à laquelle la réponse paraissait inévitable, d'une stupide évidence : tu n'aurais pas dû l'épouser.

On était début mars ; c'était le premier jour où le thermomètre au bord de la fenêtre grimpait au-dessus de quinze, et où le soleil était trop brillant pour qu'on le regardât sans détourner les yeux. Ce matin-là, Walter se leva, l'air pas vraiment plus heureux, mais il y avait sur son visage une sorte d'entrain, comme celui de la chienne, Betty, quand après avoir beaucoup aboyé on lui lançait une balle, ou comme la mère de Danny quand elle posait la pointe de son crayon bien taillé sur une grille de mots croisés vierge. A dix heures, il alla chez le pépiniériste et revint à onze heures avec un assortiment de minuscules plants qui poussaient à l'intérieur de boîtes vertes et d'enveloppes ornées de photographies de laitues lumineuses, de concombres polis et de grasses tomates empilées dans des paniers. Pour Danny qui avait grandi dans cette partie du monde où les changements de saison se remarquaient à peine, il y avait quelque chose de mythique et de tendre dans le défi de ce premier jour de printemps et les rituels qui l'accompagnaient. Pendant des mois, Walter avait passé ses matinées de week-end enfoui sous les couvertures, mais aujourd'hui, à la vue de la clarté nouvelle qui filtrait par les rideaux de leur chambre, il avait sauté du lit, avait passé son short, et s'était précipité dans le jardin. Au soleil naissant, ses jambes étaient blanches comme de la craie, blanches comme quelque chose de nouveau-né – une larve qui émerge de son cocon. Il s'agenouilla dans la boue, en position de prière, et accomplit les rites de bêches, de pelles et de terre. Son T-shirt remonta dans son dos pendant qu'il travaillait, et révéla la bande blanche et vulnérable au-dessus de ses reins. Bientôt cet endroit serait bronzé, plus bronzé que le reste.

Danny était content pour Walter, et soulagé. C'était difficile de vivre avec quelqu'un qui était déprimé, et il y avait longtemps que Walter était maussade et ne faisait pas attention à lui, préférant la compagnie muette de son ordinateur à celle bien réelle de Danny. Hier soir, par exemple, la télévision était restée allumée toute la nuit; ils avaient regardé *20/20*, puis une vidéo pornographique, et après, Walter s'était planté devant la glace, nu, le ventre en avant, et avait lancé : « Regarde. » Danny avait regardé. Il trouvait toujours Walter beau, même s'il avait en réalité beaucoup grossi. Il avait voulu lui faire savoir qu'il l'aimait, et il était venu l'enlacer par-derrière. Walter avait continué à fixer la glace, mais Danny avait senti que ce n'était pas parce qu'il était fasciné par ce qu'il y voyait. Ses yeux, au contraire, avaient paru ailleurs; il contemplait une tache floue, une masse de chair indéterminée qui se divisait en plusieurs plans devant lui. « On devrait aller se coucher », avait dit Danny, et Walter avait cligné des paupières et soupiré face à l'image de son corps qui s'était reconstitué. Il avait une espèce de rendez-vous avec un type de Memphis, et Danny s'était mis au lit tout seul, pendant qu'à l'autre bout de la maison les touches du clavier cliquetaient et transmettaient leurs messages de désirs et de virilités.

Et ce matin dans le jardin – le soleil, pareil à un miracle. Walter, suant, sale et souriant, tient dans ses mains en coupe une motte de terre où fleurit une petite touffe de persil. « Tu te souviens du persil qu'on a planté l'année dernière ? demande-t-il. C'est lui. Il a survécu à l'hiver. Fantastique, non ? »

Il arrache un brin plein de terre et le glisse entre les dents de Danny. Ça craque et c'est sucré. Danny sourit.

« Je vais planter autre chose, bien sûr. Du persil, du basilic, de la menthe, de la sauge, du cerfeuil. J'ai acheté tout ça ! Tu te rends compte de la cuisine qu'on va faire ! »

Danny approuve d'un signe de tête. « J'en rêve, Walt », dit-il avec sincérité. Comme pour faire venir plus vite ce jour tant attendu, Walter se penche et se prépare à replanter la touffe de persil. Mais Danny, regagnant la cuisine, hésite à trop se réjouir ; et si demain le temps est couvert ? Et si, comme cela paraît se produire souvent ici, sur la côte Est, il se trouve que le printemps a pris un faux départ et qu'ils doivent supporter une autre brève saison de tempêtes de neige avant la véritable renaissance de mai ? Dans ce cas, est-ce que Walter reviendra se coucher, reviendra au rite hivernal de la télévision, des conversations par ordinateur, des vidéos ? Danny espère que non.

Le téléphone sonne. Dans le jardin, Walter s'interrompt et se tourne pour écouter.

« April Gold, je vous prie. » La voix est celle d'une femme, brusque, et apparemment déjà ennuyée par le retard qu'elle pressent.

« Elle n'est pas là, répond Danny. Je ne l'attends pas avant la semaine prochaine. »

Walter repose sa bêche. Il se relève. Il a les genoux noirs de boue. Il met ses mains sur ses hanches.

« On m'a donné ce numéro, dit la voix.

– Je suis désolé. Je ne sais pas quoi vous dire.

– Qui est à l'appareil ?

– Son frère, répond Danny plus sèchement qu'il n'aurait sans doute dû le faire.

– Seigneur, souffla la femme, pensant qu'on ne l'entendrait pas.

– Non, je m'appelle Cooper.

– Inutile d'être désagréable. Dites-lui simplement que Irene Gould a appelé. Gould avec un U. Il faut que je lui parle de toute urgence. »

Danny raccroche sans laisser le temps à la femme d'ajouter quoi que ce soit.

« Qui c'était ? crie Walter.

– Une garce.

– Elle voulait April ?

– Je ne sais pas à quoi elle joue à communiquer mon numéro à tous ces gens alors qu'elle n'est pas censée arriver avant une semaine.

– Elle va peut-être arriver plus tôt.

– Tu comprends, elle me prend pour le service des abonnés absents. Elle a déjà fait ça avant, et je l'ai prévenue de ne plus recommencer. »

Le téléphone sonne de nouveau. C'est une certaine Alice Klippen, pour April. « Elle n'est pas là, répond Danny.

– Vous pouvez lui transmettre ce numéro, fait Alice Klippen, mais elle ne pourra m'y joindre qu'entre sept heures et neuf heures et demie. Avant sept heures, je suis à mon bureau – je crois qu'elle a déjà le numéro – et après neuf heures et demie, je serai à une soirée avec mon amie Roz, mais attendez – non, d'abord on va dîner, et ensuite à cette soirée, alors elle pourrait peut-être m'appeler chez Roz. Oui, mais zut, je n'ai pas son numéro, et il n'est pas dans l'annuaire. Bon, écoutez – dites-lui d'appeler Sydney Green, 25e Rue Ouest – vous avez de quoi noter ?

– Oui, oui, allez-y.

– Donc, vous lui dites d'appeler Sydney Green, il est dans l'annuaire, et de lui demander le numéro de Roz Steele. Je lui laisserai un message sur le répondeur de Roz pour lui dire où elle peut me joindre. Alice Klippen.

– Très bien.

– Vous avez tout noté ?

– Oui.

– Parfait. Merci beaucoup, au revoir. »

Il raccroche plus brutalement que nécessaire.

« Tu n'as rien marqué, constate Walter.

– Qu'est-ce que j'y peux ? Je n'avais pas de stylo.

– La prochaine fois, il vaudrait peut-être mieux que tu me laisses répondre, dit Walter en entrant dans la cuisine. Au fait, ce serait bien si April arrivait vraiment aujourd'hui, non ?

– Oui, dit Danny.

– Ça ne te fait pas plaisir ? Après tout, c'est ta seule et unique sœur. Tu n'es pas content qu'elle vienne ?

– Si, répond Danny. Je suppose. » Il s'adosse au réfrigérateur, croise les bras. Il se rappelle les autres fois où elle est arrivée sans prévenir, débarquant chez eux au moment où ils allaient se mettre au lit. Pas de coup de fil, juste l'interphone et sa voix : « Salut, c'est moi...

– April ?

– Je suis en avance. »

Ou bien elle était en retard. Elle lui avait posé des lapins, l'avait fait attendre des heures dans les aéroports ou les restaurants, puis avait appelé à quatre heures du matin : « Pied d'Argile, je suis vraiment désolée. Je n'ai pas pu m'échapper... »

« Qu'est-ce que ça veut dire " Je suppose " ? Tu es content qu'elle vienne, non ? »

Danny s'étire. « Bien sûr que je suis content. Bien sûr.

– Bon, je vais prendre une douche », fait Walter, abandonnant, pour le moment du moins, ses travaux de jardinage. Resté seul dans la cuisine, Danny jette un regard mauvais au téléphone, comme pour le mettre au défi de sonner de nouveau pour le compte de sa sœur. Une vieille colère, virulente, un vieux sujet de dispute qui ricoche dans sa mémoire : « Enfin April, je ne suis pas le service des abonnés absents !

– Mais Danny, où je pourrais dire qu'on m'appelle, sinon ?

– Je ne sais pas, mais ce n'est pas juste vis-à-vis de moi. Et, en plus, tous ces gens-là sont désagréables.

– Tu sais très bien que je ferais la même chose pour toi, Pied d'Argile.

– Ne m'appelle pas comme ça quand on s'engueule. »

Ce souvenir, et d'autres : le minibus qui s'arrête devant une station-service au Nebraska, le vent qui souffle : ça fait cinq heures que Danny conduit. « Mais, Pied d'Argile, dit April, il faut qu'on termine ces arrangements avant Omaha. Il n'y a pas que toi qui te tues à la tâche. » Et des mois plus tard, New Haven : Danny lui annonce qu'il quitte la tournée, et elle sourit. Elle semble ravie. Comme si elle pouvait très bien s'en sortir sans moi, pensa-t-il. Comme si tout ce que je lui ai donné – le temps que je lui ai consacré, les trucs à la con que j'ai dû faire – se résumait à rien.

Le téléphone sonne, et Danny lance d'un ton agressif : « Qui est à l'appareil ?

– Juste moi, répond Iris. Je voulais vous dire qu'il y avait une promotion sur le blanc de poulet chez King et que je vous en ai pris quatre ou cinq sachets. C'est très bien pour congeler. Après tout, tu peux me dire quand au cours de ces cinq dernières années le blanc de poulet a été au-dessous de deux dollars la livre ? J'ai bien fait ?

– Merci, Iris, dit Danny. C'est gentil. » Il lui vient alors à l'esprit à quel point la gentillesse est une immense vertu. En tout cas, il est soulagé par cette histoire de blanc de poulet, soulagé qu'on lui rappelle les détails de sa propre vie dont la plupart des facettes n'ont rien à voir avec April. Elle n'est même pas encore arrivée, mais depuis le premier coup de téléphone, Danny a l'impression qu'un énorme ballon gonfle dans la maison et le repousse vers un réduit qui ne cesse de rétrécir. Et c'est dans ce réduit qu'il doit vivre lorsque April est là, cet espace minuscule entre son ego à elle qui ne cesse d'enfler et le reste de son existence à lui.

« C'était de la folie dans le magasin aujourd'hui. Une véritable cohue. Je me souviens encore de l'époque où c'était une petite ville ici.

– J'aurais pu vous le dire, Iris. Aller chez King un samedi, quelle idée !

– Il faut bien manger ! » fait Iris, puis elle soupire. « Enfin. »

Elle raccroche au moment où Walter sort de la salle de bains. « April a appelé ? lance-t-il joyeusement.

– Non! s'écrie Danny en reposant le téléphone avec violence.

– Je ne faisais que demander, tu n'as pas besoin de te mettre en colère. » Walter secoue la tête en finissant de s'essuyer, puis il se précipite dans la chambre pour passer des vêtements propres. Il semble que la perspective de la venue d'April ait encore amélioré son humeur. Il tire un plaisir silencieux de la façon dont sa petite coterie et elle arrivent à transformer la maison en une ruche d'exotisme et de contre-culture : encens qui brûle dans la chambre d'amis; gâteaux au hasch qui cuisent dans le four; femmes lovées l'une contre l'autre dans des sacs de couchage sur la moquette du living. De nouvelles têtes! De la conversation! De la compagnie! Apparemment, la présence enjouée de Danny ne suffit pas à Walter. On dirait qu'il passe de son ordinateur à April. Ce qui rend Danny furieux, comme de savoir que Walter va traiter April avec respect et indulgence quand elle sera là. Danny, au fond de lui-même, avait espéré donner une leçon à sa sœur au cours de sa visite, mais maintenant, il craint que Walter ne sape toutes ses tentatives. Il le voit très bien lui faire son lit, lui laver son linge, et même lui adresser un clin d'œil à travers la pièce – des draps et des sous-vêtements à la main – pendant que Danny lui dit avec fermeté que cette fois elle doit faire tout ça elle-même. Seulement, elle trouve toujours quelqu'un; si ce n'est pas lui, ce sera un ou une autre.

Le téléphone ne tarde pas à se manifester de nouveau. « J'y vais », disent-ils ensemble, mais Walter est le plus rapide. « Allô ? » fait-il. Après un court silence, il sourit puis éclate de rire. « Où êtes-vous ? C'est vrai ? Ils sont chez Friendly, explique-t-il à Danny en couvrant le combiné avec sa main. Ils mangent des glaces.

– Mon Dieu! » soupire Danny.

Walter rit. « Ils demandent ce qu'ils doivent faire.

– Dis-leur de rappliquer ici », grogne Danny. Et à son grand désappointement, il se sent excité, étourdi, heureux.

« Danny vous dit de rappliquer ici, répète fidèlement Walter. Quoi ? Oui, d'accord. Elle veut te parler. » Il tend le téléphone à Danny.

« On est en avance, dit April.
– Je vois.
– Tu veux savoir pourquoi ?
– Pourquoi ?
– Une annulation à Rhinebeck.
– Ah.
– On est chez Friendly. J'adore les glaces de chez Friendly. Je voudrais que Friendly soit en Californie. »

Danny se l'imagine dans la cabine de téléphone au fond de cette salle qui ressemble à une grange. Les vieilles dames qui fréquentent cet endroit regardent sans sourire les membres de son groupe aux accoutrements bizarres.

« Bon, tu sais comment venir, dit Danny.
– On arrive d'ici vingt minutes.
– A tout à l'heure.
– A tout à l'heure, Pied d'Argile.
– Dans vingt minutes », dit Danny à Walter. Mais celui-ci a disparu. Il est déjà en train de faire les lits.

On est encore en mars. Plus que quelques semaines, et on sera en avril. Avril, April.

« Mon Dieu, dit April en rejetant la tête en arrière pour que le soleil vienne caresser son visage. Ça fait du bien de ne plus être dans ce foutu minibus. »

Un bruit de mixeur s'élève de la cuisine où Walter prépare des daïquiris. April, en jeans et corsage blanc brodé de petites fleurs bleues, est allongée dans l'une des chaises longues rescapées de l'été dernier, tirée du garage quelques minutes avant son arrivée. Elle est pâle et semble avoir pris du poids.

Ils sont trois avec elle : Mikel, la guitariste, une femme en short, petite, jolie, assez athlétique ; Leela, le nouveau batteur, plus âgée que la plupart des membres du groupe d'April – des membres qui changent sans cesse –, grande et mince, un peu l'air d'une institutrice de maternelle ; et Paul, le pianiste, un homme (phénomène extraordinaire en soi, signe des temps), en vérité, un homme d'une beauté remarquable, bronzé, musclé, torse nu. Son corps dégage une odeur forte comme il sort les bagages du minibus, et Walter, en short, papillonne autour de lui, lui offre son aide.

« Pied d'Argile, mon chéri, tu as de la Tab ?

– Tu es en avance, répond Danny. Je n'ai pas eu le temps de faire les courses. Je n'ai que du Coca Light.

– Tu sais très bien que je ne supporte pas le Coca Light. Je fais une réaction. Sers-moi juste de l'eau, alors. »

Il a envie de répliquer, mais il va lui chercher un verre d'eau, avec de la glace et même une rondelle de citron, et le lui apporte sur la véranda. Leela est en train de dire à Walter que Mikel et elle ne restent pas ; elles vont prendre le minibus et rendre visite à des amis dans Bucks County. Quant à Paul, il va aller à New York par le train, voir Barney, son amant. Paul sourit et Walter paraît mal à l'aise.

« Mais, dit April, vous allez m'avoir pour vous tous seuls pendant une semaine entière. Une semaine de repos et de bonheur avant le concert de New York. De courtes vacances. » Et Walter, réconforté par cette nouvelle, retrouve le sourire.

« Merci, mon chéri », reprend April en saisissant le verre d'eau. Comme une reine, pense Danny, étendue dans sa chaise longue. Elle a toujours considéré normal qu'il lui rende des services, comme si les réclamer était le privilège de l'aînée.

« Tu ne peux pas savoir combien je suis contente d'être ici, Pied d'Argile, poursuit-elle. Sincèrement. Je suis crevée. Et imagine combien on va s'amuser pendant cette semaine. On va aller faire des courses, je ferai des tartes et des gâteaux, et on regardera la télé en mangeant du popcorn.

– April, lui rappelle Danny, Walter et moi, on travaille.

– Je pourrais prendre quelques heures, propose Walter. Partir plus tôt, des trucs comme ça.

– Bon, alors on fera la fête la nuit. La journée, moi aussi je travaillerai. Vous ne pouvez pas savoir depuis combien de temps j'aspire à rester plus de deux jours au même endroit. J'ai des idées pour de nouvelles chansons, mais je n'ai pas eu une seconde avec les concerts et tout ça. Mais maintenant, je vais avoir le temps. » Elle se rallonge au soleil, un petit sourire aux lèvres, et ferme les yeux.

Leela et Mikel finissent de charger le minibus. « Vous êtes d'où ? leur demande Walter.

– D'Oregon, répond Mikel.

– D'Oakland, répond Leela.

– Et toi, Paul ? »

Paul sort un énorme ampli du minibus, qu'il dépose sur la pelouse, et Danny se dit qu'il devrait lui demander si April compte utiliser leur maison comme entrepôt en plus d'hôtel.

Il se rappelle l'échelle d'intérêt.

« Saint Louis.

– Bon, on y va, dit Leela en s'installant sur le siège du passager. On se reverra dans une semaine, je pense. Salut.

– Vous n'allez pas dire au revoir à April ? s'étonne Walter.

– Inutile de la réveiller. »

Walter et Danny se retournent, et constatent avec surprise qu'April s'est en effet endormie. Sa tête est inclinée sur le côté, et une de ses mains pend de la chaise longue en plastique jaune. Elle ronfle tout doucement.

Danny avait un rhume, et sa mère l'avait emmené chez le médecin. Tout autour de lui, il y avait des enfants qui traînassaient, éternuaient, reniflaient, pendant que leurs mères feuilletaient de vieux magazines. Il venait de finir de lire une petite histoire, finir de comparer le comportement méticuleux de ce merveilleux garçon nommé Gallant à la muflerie de son odieux alter ego nommé Goofus, quand il remarqua au milieu des revues deux grands livres pour enfants à la couverture brillante, l'un intitulé *Histoires de la Bible*, l'autre *Contes pour enfants*. Il prit le second; sur la couverture, une petite fille rousse aux joues rouges donnait une pomme à un poney tandis que son frère au visage criblé de taches de rousseur poursuivait un chiot qui tirait un petit bout de langue rose. Il y avait beaucoup d'illustrations à l'intérieur, la plupart en couleurs, et l'une d'elles attira l'attention de Danny : elle représentait le petit garçon aux taches de rousseur de la couverture, à la différence près qu'il était sur un lit d'hôpital, les deux bras et une jambe dans le plâtre, et la tête entourée de bandages. Juste au-dessus de son nez, ces bandages étaient maculés de sang. Le garçon, dans l'histoire, s'appelle Timmy, et il a été renversé par une voiture. Son ami Jimmy vient le voir, et quand il lui demande comment il va, Timmy lève les yeux sur lui et répond : « Très bien, Jimmy, n'aies pas peur, car je sais que je suis aimé du Seigneur Jésus. » L'illustration suivante montre le même lit d'hôpital, mais vide cette fois, les draps et l'oreiller un peu froissés. Jimmy se tient à côté du lit, le regard vers le ciel, souriant, une grande main couleur pêche posée sur son épaule. « Le corps de Timmy est mort, conclut l'histoire. Mais son âme s'est envolée vers Jésus. »

Danny ferma le livre. Il ne pleura pas. La mort d'un enfant, à cette époque, n'était pas en soi quelque chose qui suffisait à l'effrayer ; Kenny Schiff, après tout, s'était tué en jouant avec le revolver de son père, le frère d'Andy Conklin s'était tué en moto, et Marisa Wu était morte de leucémie. Non, ce qui le gênait dans les *Contes pour enfants*, c'était qu'on y présentait la mort comme jolie, douillette, avec des joues rouges et des taches de rousseur. Il n'était lui-même qu'un enfant, et sans doute était-il plus ému qu'il ne se l'avouait, mais à lire cette histoire, il sentit monter en lui un sentiment de rage à l'idée que de pareilles choses puissent traîner dans la salle d'attente d'un pédiatre, à la portée d'autres enfants, plus vulnérables que lui.

Il tapa sur l'épaule de Louise. « Maman.

– Oui.

– Regarde. » Il lui tendit le livre, la vit parcourir l'histoire des yeux, puis vit ceux-ci s'agrandir lorsqu'elle arriva à la fin. Elle referma le livre si brusquement que quelques femmes levèrent la tête de leur magazine. Puis elle bondit sur ses pieds, brandissant l'objet du délit, et Danny commença à craindre qu'elle ne fasse un scandale, ou bien qu'elle ne passe sa colère sur quelqu'un qui n'y était pour rien. Elle avait déjà agi de cette façon...

« Maman, dit-il. Qu'est-ce tu vas faire ?

– Régler ça une bonne fois pour toutes.

– Maman... »

Mais elle était déjà plantée devant le bureau de la secrétaire. Celle-ci, Peggy Thaxter, qu'elle connaissait et aimait bien, lui sourit et dit : « Je peux faire quelque chose pour vous, Louise ?

– Je voudrais savoir qui est responsable de... de... comment se fait-il que ces ordures puissent tomber entre les mains des enfants ? »

Elle abattit le livre sur le bureau, et Peggy Thaxter eut un mouvement de recul.

« Des ordures ? » dit-elle. Louise ouvrit les *Contes pour enfants* à la page de l'histoire du petit Timmy. « Mon Dieu, fit Peggy en lisant. Je ne pouvais pas m'en douter. Vous savez, ils les déposent en passant, ce sont ces adventistes du Septième Jour, ils viennent quand personne ne fait attention et les laissent pour que les gens les achètent. Tenez, il y a un formulaire de commande à la fin. Je n'avais jamais fait très attention jusqu'à aujourd'hui. Je pensais qu'ils étaient inoffensifs, mais maintenant, je me rends compte. Merci infiniment, Louise, d'avoir attiré notre attention sur ce problème. Je vais en parler au Dr Kerr, et je suis sûre qu'il sera d'accord avec moi. Ces histoires n'ont pas leur place ici. »

Elle prit le livre et le rangea sur une étagère derrière elle.

Louise alla se rasseoir. « Ils vont le jeter ? demanda Danny.

– Ils vont sûrement le remettre dès qu'on sera partis, répondit Louise. On ne peut pas faire confiance à ces gens-là.

– Même pas à Mrs. Thaxter ? A elle, je suis sûr qu'on peut faire confiance. »

Louise le regarda, parut sur le point de dire quelque chose, puis se ravisa. « Cette histoire t'a fait peur ? demanda-t-elle un instant plus tard.

– Non, mais elle pourrait faire peur à d'autres enfants, plus petits que moi.

– S'il n'y avait que moi, ça n'arriverait pas. »

Comme elle pouvait être forte quand c'était nécessaire. Forte et terrifiante.

Danny était à son bureau quand le téléphone sonna. « Bonjour, c'est ton père, fit la voix de Nat. Ne t'inquiète pas, tout va bien.

– Bon », fit Danny. Nat commençait toujours par de semblables propos rassurants, comme s'il se sentait obligé d'écarter dès le début toute possibilité de mauvaise nouvelle.

« Tout va bien, mais je pensais qu'il fallait que tu saches, ta mère a une espèce de... enfin, comme une éruption sur le ventre et sur les pieds. Je suis persuadé que ce n'est rien. On a d'abord cru que c'était dû à une plante vénéneuse, mais ce n'est sans doute pas ça. De toute façon, ce n'est qu'une rougeur, rien de grave, Louise se sent simplement mal à l'aise. Elle est obligée de prendre un tas de bains spéciaux.

– C'est moche, fit Danny. J'espère qu'on va trouver ce que c'est.

– Je suis certain que oui. Je voulais juste que tu le saches, c'est tout. Au fait, April est déjà chez toi ?

– Depuis hier soir. Tu peux l'appeler à la maison, si tu veux.

– Très bien. Je le ferai dès que j'aurai un moment. Mais tu lui diras, hein ? Je tenais simplement à savoir où vous joindre en cas de besoin. Et ton travail, ça va, je suppose ?

– Oui.

– Et à la maison ?

– Aussi.

– Walter va bien ?

– Oui.

– Bon, il faut que je te laisse. Je suis au bureau, moi aussi. Fais-lui mes amitiés. Je te rappellerai bientôt.

– D'accord. Au revoir, papa.

– Au revoir. » Il raccrocha. Nat, au cours de ces conversations téléphoniques, allait rarement au-delà de ces simples préoccupations : savoir si Danny allait bien, et être sûr de pouvoir le joindre *en cas de besoin*. Ces échanges de propos rassurants étaient motivés plus par l'angoisse que par l'amour, car Nat avait la mentalité d'un gardien, de celui qui contrôle une maison après l'autre et qui, ne trouvant rien d'anormal, passe à la suivante. Cela rappelait à Danny la manière dont Nat donnait un petit coup de pied à Elvira, la chatte âgée de vingt ans, quand elle dormait, dans le seul but de vérifier qu'elle n'était pas morte. Ce besoin d'être tranquillisé n'a rien à voir avec l'amour. Certes, l'amour le fortifie, le purifie, et le colore, mais par essence, ce n'est pas une vertu. Ce n'est qu'une drogue. Il faisait ce qu'il devait faire : téléphonait, constatait que tout était en ordre, à sa place. Une façon de se dégager la conscience qui, chez Nat, semblait être l'équivalent de se dégager la gorge.

Danny allait se remettre au travail quand le téléphone sonna de nouveau.

« Danny, c'est ta mère.

– Maman! Papa vient d'appeler à l'instant. Comment ça va?

– Ça a déjà été mieux, répondit-elle en feignant comme d'habitude une immense lassitude. Je suis juste un peu fatiguée. Cette cochonnerie me tient éveillée toute la nuit, à entrer et sortir de la baignoire, sinon je n'arrive pas à dormir du tout. Et ne me dis pas de prendre du Bénadryl – j'en suis tellement bourrée que j'ai l'impression que je vais tourner de l'œil. Mais ce n'est pas pour ça que je te téléphone. Je voudrais te demander un service. Ce que je t'ai dit l'autre soir, que j'envisageais de me convertir au catholicisme – oublie-le. Fais comme si je n'avais rien dit.

– Maman – c'est plus facile à dire qu'à faire.

– Bon, bon. Alors promets-moi simplement une chose, tu veux bien, mon chéri? Promets-moi de ne pas en parler à April ou à ton père. S'il te plaît.

– Tu as renoncé à cette idée? demanda-t-il avec espoir.

– Je considère que ça ne regarde personne d'autre que moi. Et je voudrais que tu m'aides à ce qu'il en soit ainsi, d'accord? Je n'aurais pas dû t'en parler. Il y a des choses qui ne concernent que soi-même.

– Bien sûr, maman. Si c'est ce que tu désires. »

Elle parut soulagée. « Oh, merci, fit-elle. Merci, Danny. Je savais que je pouvais compter sur toi. » Et elle éclata de rire. « Tu sais à quoi je pensais cet après-midi?

– Non.

– A cette histoire, quand j'étais petite. Je devais avoir sept ou huit ans, et c'était l'anniversaire de ma mère. J'avais fait des économies pour lui acheter une petite boîte à pilules en céramique bleue que j'avais vue dans la vitrine d'une boutique à cinq sous. Elle était très jolie, avec des rubans blancs qui n'étaient pas de vrais rubans – ils étaient en céramique, et à l'époque, je trouvais que c'était le summum du chic. Toujours est-il que c'était la première fois de ma vie que j'achetais quelque chose dans une boutique. La dame a pris mon argent – sans doute un tas de monnaie –, l'a compté et m'a donné la boîte dans un petit sac. J'étais si excitée que je me suis mise à gambader. Et, environ à mi-chemin de la maison, j'ai fait tomber le sac sur le trottoir. La boîte elle-même n'avait rien, mais le couvercle, lui, était complètement cassé. J'ai failli fondre en larmes. J'avais économisé pendant des semaines pour acheter un joli cadeau à ma mère, et, tu sais, elle répétait sans cesse que je faisais toujours tout de travers. Je suis donc retournée à la boutique – j'étais terrifiée, je tremblais de la tête aux pieds – et je me suis plantée devant l'étalage des boîtes à pilules, et au moment où personne ne regardait, je me suis emparée d'un autre couvercle. Je l'ai pris et je suis partie en courant. J'ai couru jusqu'à la maison, et une fois arrivée, je me suis cachée sous mon lit pendant une heure. J'étais persuadée que la police me poursuivait et qu'on allait me tirer de sous le lit par les pieds. Mais personne n'est venu. J'ai fini par quitter ma cachette, et j'ai sorti la boîte du sac pour faire un paquet. Et, figure-toi – c'était une boîte à pilules bleue, et j'avais volé un couvercle rose. »

Tous deux restèrent quelques secondes silencieux.

« C'est une histoire horrible, maman, dit enfin Danny.

– Je ne sais pas pourquoi elle m'est revenue à l'esprit. C'est drôle la façon dont les souvenirs se manifestent. Et aux moments les plus bizarres. Je suppose que ça fait partie de la vieillesse.

– Maman, tu n'es pas...

– Merci encore pour ta promesse, l'interrompit-elle.

– Mais...

– Mon chéri », ajouta-t-elle comme après coup.

Quand Danny rentra à la maison, il trouva April endormie sur le canapé du living ; il y avait des partitions et des magazines éparpillés autour d'elle, et sa guitare était posée contre le mur. Un gobelet qui contenait un mélange de Tab et de glace à demi fondue suintait sur la table basse en acajou. Danny s'empressa de l'enlever et de le porter dans la cuisine, et il s'efforça de ne pas regarder derrière lui le rond décoloré qu'il avait laissé sur le bois.

« April, fit-il doucement en revenant dans la pièce.

– Quoi ? » s'écria-t-elle. Elle se redressa d'un bloc. Ses bras s'agitèrent et ses cheveux blonds volèrent autour de son visage. « Qu'est-ce que c'est ? » Elle leva les yeux sur lui, l'air égaré. « Danny, dit-elle enfin.

– Désolé de t'avoir réveillée.

– Quelle heure est-il ? » Elle roula sur le côté et fixa sa montre, comme si elle essayait de se souvenir comment on lisait l'heure. « Six heures et quart ! Mon Dieu, il était quatre heures il y a à peine une minute. » Elle repoussa les cheveux qui lui tombaient sur le front et sourit timidement à son frère.

Danny lui rendit son sourire. « Tu avais besoin de repos.

– Ouais, je devais être plus claquée que je croyais. Tu sais, cette vie, ces concerts l'un après l'autre, c'est vraiment épuisant des fois. Mais je n'ai pas à te l'apprendre. » Elle ramena ses jambes sous elle, s'assit, planta ses coudes entre ses genoux et étouffa un bâillement. « Excuse-moi si je t'ai fait peur, reprit-elle. Je ne sais pas pourquoi, mais je panique tout le temps quand on me réveille. Je me demande de quelles sombres profondeurs de ma psyché ça vient. De toute façon – oh ! merde ! fit-elle en voyant que Danny sortait des provisions d'un sac en papier. Je voulais te faire une surprise ! J'avais prévu d'aller faire des courses et de te préparer un repas et un gâteau pour quand tu rentrerais ! Pardonne-moi.

– Tu n'as pas besoin de nous préparer à manger, April.

– Mais j'y tiens. Tu sais bien que j'adore ta cuisine, elle me rappelle celle de maman.

– Abandonne-toi à la nostalgie autant que tu veux, mais tu n'es pas obligée de faire à manger.

– Excuse-moi un instant. » Elle bondit sur ses pieds, fila dans la salle de bains et ferma la porte derrière elle.

Quand elle pénétra dans la cuisine quelques minutes plus tard, elle avait retrouvé son apparence habituelle : cheveux brossés, figure lavée, parfum d'eau de Cologne qui émanait de son cou. Elle était vêtue comme à l'accoutumée de son jean et de son corsage froissé. « Je peux t'aider ? demanda-t-elle.

– Je range juste les provisions.

– Toujours la vraie " Hausfrau " ! Ça ferait beaucoup rire mamie. » Elle prit une pomme dans une jatte, croqua dedans, la jeta. « Qui aurait cru que ce serait moi, la fille, qui voyagerait tout le temps tandis que mon petit frère deviendrait la " Hausfrau ".

– Tu as l'air envieuse.

– Peut-être. Une partie de moi-même aspire à une cuisine comme celle-là. A courir les magasins, à faire des pâtisseries et à regarder à longueur de journée des feuilletons à la télé.

– Tu ne tiendrais pas un mois, dit Danny.

– Tu as du chewing-gum ? »

Il fit non de la tête.

« Alors, je vais peut-être faire des gâteaux au chocolat, dit April, brusquement tout excitée à cette perspective. Tu as du mélange tout préparé ? De la farine ? Du sucre ? Du chocolat ?

– J'ai probablement tout sauf l'un ou l'autre des ingrédients indispensables.

– Je vais vérifier », dit April avec un regain d'énergie. Elle fouilla dans le placard, en sortit une brassée de boîtes, pots et bouteilles qu'elle aligna sur le comptoir de la cuisine. « Pas de chocolat, constata-t-elle. Bon, je pourrais aller en chercher en vitesse, mais je n'en ai pas tellement envie. » Elle porta soudain sa main à son ventre. « A la réflexion, je n'ai pas tellement envie non plus de faire des gâteaux au chocolat. » Elle se laissa tomber dans une chaise. « J'ai souvent des nausées ces derniers temps. »

Danny entreprit de remettre en place tout ce qu'elle avait tiré du placard.

« Pied d'Argile, reprit April, quelle est d'après toi la nouvelle la plus surprenante que je pourrais t'annoncer maintenant ?

– Voyons. Que tu vas épouser Oliver North ? Que tu abandonnes la chanson pour travailler pour les combattants de la paix au Nicaragua ?

– Je n'en suis pas encore là, mais j'ai quand même une nouvelle plutôt surprenante à t'apprendre.

– Ah ? fit Danny, la tête dans la placard. Laquelle ? »

April bougea dans sa chaise. « Bon, comment dire ? Zut, c'est pourtant simple.

– Attends, laisse-moi deviner. Tu es lesbienne. Oh ! Mon Dieu !

– Mieux que ça... Je suis enceinte. »

Danny se retourna d'un bloc. April haussa les épaules et sourit.

« Comment c'est arrivé ?

– Pas de la façon habituelle, répondit April en scrutant son frère comme pour déchiffrer son expression. Ne t'inquiète pas, nul pénis ne m'a approchée au cours de ces dix dernières années. Non, c'est plus compliqué que ça. Mais avant que je te raconte les détails, dis-moi ce que tu en penses. Tu es content pour moi ?

– Oui, bien sûr que je suis content pour toi, April. Je suis juste un peu étonné, c'est tout. Tu sais, j'ai beau avoir lu dans les journaux à scandales que des fillettes de neuf ans ont été mises enceintes par du sperme laissé sur les sièges des toilettes sur lesquels elles se sont installées pour faire pipi, à la suite de quoi on a crié à l'immaculée conception, pour être franc, je n'aurais pas cru qu'une chose pareille pourrait arriver à ma sœur. » Il eut un étrange sourire. « Tu me fais marcher, hein ? C'est une plaisanterie. Si c'est le cas, tu ferais mieux de me le dire, April, parce que tu sais très bien que je ne comprends jamais les blagues les plus évidentes, et exploiter ça de cette façon, c'est comme exploiter un infirme.

– Je n'ai pas pour habitude de m'installer sur ce genre de sièges de toilettes, fit April.

– Alors, ce n'est pas une plaisanterie. »

Elle secoua la tête.

« Comment ça s'est produit ?

– C'est une longue histoire. Tu ferais mieux de t'asseoir.

– Je n'ai pas envie de m'asseoir.

– Comme tu voudras. Tu te souviens de Tom Neibauer? Grand, beau, avec une barbe? Il fait de la musique électronique et a un amant chinois qui est sourd.

– Non.

– Mais si, tu t'en souviens, tu l'as rencontré un tas de fois. Il était avec moi dans cette maison pendant ma dernière année d'université. Toujours est-il que ça faisait deux ou trois ans que Tom Neibauer suggérait qu'on ait un bébé ensemble. D'abord, c'était juste comme ça, mais plus je le voyais, plus il était sérieux. Tu comprends, ça faisait longtemps qu'il cherchait une femme homosexuelle pour avoir un enfant avec elle, et il a trouvé que je conviendrais parfaitement. Il venait prendre le café, et disait qu'il tenait à démontrer que cette histoire d'homosexuels qui ne peuvent pas avoir d'enfants n'était que pure foutaise anti-homo, qu'on pouvait nous aussi avoir des enfants, et il voulait qu'on soit un exemple, un modèle pour d'autres hommes et femmes homosexuels. Il disait aussi qu'il en aurait la charge, qu'il élèverait l'enfant et que celui-ci vivrait avec lui si c'était ce que je désirais, et que je pourrais le voir chaque fois que je serais en ville. Il a raconté tout ça d'une traite. Bien sûr, au début, je me suis contentée d'en rire. Je l'ai envoyé sur les roses. D'accord, c'est un homme sincère, progressiste, aux idées avancées, mais je croyais que ce qu'il avait en tête, c'était surtout : je veux que la mère de mon enfant soit April Gold, parce que dans son petit cercle, avoir April Gold comme mère de son enfant, ça aurait eu un chic fou. Du moins à l'époque. Maintenant, je n'en suis plus aussi sûre. En tout cas, il ne cessait de m'appeler et de me demander d'y réfléchir, et moi j'y pensais, et plus j'y pensais, plus il m'apparaissait que ce n'était pas une idée si stupide. Tu sais, il m'était déjà arrivé quelquefois d'éprouver ces étranges sentiments maternels. Je l'avais déjà envisagé moi aussi, mais jamais très sérieusement, parce que je voyage tout le temps, et que je n'étais pas certaine d'être prête à assumer la responsabilité d'élever un enfant. Mais là, je me suis dit : après tout, si Tom s'en occupe, je pourrais très bien avoir un enfant, et maman aurait enfin un petit-fils ou une petite-fille, et moi, j'en tirerais sûrement le sujet d'un tas de chansons, mais ce n'est pas cet aspect-là qui a été décisif. Et Tom, qui à sa manière est un excellent vendeur, a dû sentir que j'étais sur le point d'accepter, et il a débarqué un jour à la maison avec des images qu'il avait réalisées sur ordinateur à partir de photos de lui et de moi, et il a dit : “ Voilà le beau bébé qu'on ferait ensemble. ” Et là, d'un seul coup, j'ai pensé : pourquoi pas ? » Elle éclata de rire. « C'est drôle, reprit-elle, je m'imaginais que tout ça serait très scientifique, très médicalisé, avec des médecins, des infirmières et des gants stérilisés. Mais ça a été bien différent. Quand j'étais à la maison à San Francisco et que j'avais mes règles, j'appelais Tom, il faisait des calculs, et le jour prévu, il éjaculait dans un gobelet, ou un truc comme ça, et Brett, son amant, ou lui, se précipitait avec le gobelet et une cuillère à sauce. Je lui avais fait remarquer que ça me semblait un peu approximatif comme méthode, mais il m'avait affirmé qu'il avait consulté une masse de gens de sa connaissance, et que d'autre part il ne voulait pas avoir affaire à des hôpitaux, des médecins, ni rien de tel. Il arrivait avec son petit gobelet de foutre, et Fran ou Nina Klenck – tu te souviens d'elle, ma vieille copine d'université qui sous-louait ma maison ? A propos, elle a épousé Jeff Bernstein l'année dernière – l'une d'elles, donc, était là aussi, et nous, les deux filles, on allait dans la chambre et on faisait ça avec la louche. Moi, j'avais le fou rire en m'imaginant combien j'étais ridicule allongée sur mon lit, les fesses à l'air, et une louche comme celle que maman utilisait pour arroser la dinde de Noël entre les jambes. On la remplissait, on la vidait, et on recommençait jusqu'à ce qu'il n'y ait plus de foutre. Et après, on faisait des crêpes. Entre parenthèses, ça se passait il y a environ trois ans.

– Qu'est-ce que Fran pensait de tout ça ?

– Eh bien, c'était intéressant. Fran était tout à fait pour, même après notre rupture. Mais les autres amantes que j'ai eues depuis, la plupart étaient plutôt réticentes. La dernière, Summer, disait qu'elle ne pouvait pas assumer, que c'était trop hétérosexuel pour elle, et chaque fois que Tom ou Brett débarquait, elle quittait la maison pour toute la journée. Mais pour en revenir à l'histoire – ça a continué comme ça pendant trois ans, et rien ne s'est produit. Et j'ai fini par croire qu'il ne se produirait rien, pas parce qu'il y avait quelque chose qui n'allait pas chez moi ou chez Tom, mais parce que toute l'entreprise était trop hasardeuse – tu comprends, les spermatozoïdes auraient pu mourir pendant le trajet ou je ne sais quoi. Mais Tom insistait pour que ça se passe de manière naturelle ; il ne voulait pas y mêler de médecins sauf cet holiste qu'il voit et que de toute façon je ne peux pas supporter. Moi, j'aurais vite oublié toute cette affaire, mais, lui, il s'obstinait, m'appelait pour savoir si j'avais eu mes règles, quand je serai en ville, etc. Et il continuait à se pointer avec son gobelet, et je continuais à faire ça avec la louche en me disant : bon, il va vraiment falloir que ça cesse. En un jour, tiens-toi bien, je suis en tournée, et mes règles ne viennent pas. Très curieux. Alors j'emmène Mikel, la fille de mon groupe, et on va acheter un de ces tests, un truc dans lequel on fait pipi, si ça devient bleu, c'est que tu l'es, et si ça ne devient pas bleu, c'est que tu ne l'es pas. Et c'est devenu bleu. Je suis allée voir un médecin. Et voilà, ta sœur est enceinte de huit semaines. Fin de l'histoire. »

Danny s'assit. « Je n'arrive pas à y croire.

– Mais c'est vrai. Parole de scout.

– Alors, comment tu te sens ? »

April haussa les épaules. « Heureuse. Un peu effrayée. Mais heureuse. En fait, je suis complètement perdue. » Elle regarda au loin par la fenêtre de la cuisine, dans laquelle son reflet surplombait le potager que Walter venait de planter.

« Depuis combien de temps tu le sais ? demanda Danny.

– Trois jours.

– Tu l'as dit à papa et à maman ?

– Non, je voulais te l'annoncer d'abord.

– Bon, tu ferais mieux de leur dire rapidement, sinon c'est moi qui vais le faire. »

April ouvrit la bouche. « Qu'est-ce que... » Elle la

referma. « J'avais l'intention de les appeler ce soir, souffla-t-elle en détournant les yeux. Je ne l'ai même pas encore dit au père. »

Danny se leva brusquement, fit le tour de la table, et alla se rasseoir, le poing pressé contre son front. « Laisse-moi d'abord te dire que je trouve ça fantastique. C'est vrai, et je suis très content d'avoir bientôt un neveu ou une nièce. Mais j'ai quand même quelques questions à te poser. D'abord – bon, je sais que ce n'est pas facile, et que tu as confiance en ton ami, mais dans la mesure où il est gay – bref, est-ce qu'il a passé le test du Sida ?

– Toi, mon vieux, tu ne t'embarrasses pas de détours, hein ? fit April en riant. Mais ne t'inquiète pas. J'ai flippé là-dessus pendant un an et demi, et avant que j'aie réuni assez de courage pour lui demander, il m'a appelé pour me dire qu'il avait été se faire faire le test, et qu'il était négatif. Il a poussé l'honnêteté jusqu'à me faire envoyer par le médecin une lettre confirmant les résultats du test.

– Bien. Un souci de moins. Maintenant, ma deuxième question : vous avez établi un papier officiel pour le droit de garde, les choses comme ça ?

– Danny, ça fait seulement trois jours que je sais que je suis enceinte ! De toute façon, Tom s'en chargera.

– April, je sais que c'est ton ami et que tu as confiance en lui, mais en tant qu'avocat je me sens obligé de te prévenir, il faut que tu te protèges. »

April lui adressa soudain un large sourire. « En tant qu'avocat ! Je n'arrive pas à le croire. Mon petit frère. *En tant qu'avocat !*

– Si tu ne veux pas de mes conseils, libre à toi. Je connais un tas de gens qui te diraient la même chose pour cinq mille dollars. Épargne-moi simplement tes railleries. » Il sortit de la cuisine d'un pas furieux.

« Oh, Danny ! s'écria April en le suivant dans le living. Je suis désolée. Je te demande pardon, je suis retombée dans le truc de la grande sœur, je t'ai regardé, et je me suis dit : ce grand et bel homme, cet avocat, est-il vraiment ce petit mioche que j'ai tenu sur mes genoux ?

– Tu peux penser ce que tu veux de moi, April, mais je suis sincèrement inquiet par la possibilité que tu puisses te faire avoir dans cette affaire. »

April s'installa sur le canapé. « Je t'écoute.

– Bon. D'abord cette histoire de s'occuper de l'enfant. Je pense qu'il faut le mettre par écrit. Si tu veux que ce soit lui qui prenne le bébé, je crois que tu devrais établir dès le début que si à un moment ou à un autre tu n'es pas satisfaite de sa façon de faire, tu peux reprendre ton enfant. Et je pense que tu devrais aussi inclure une clause disant que si tu changes d'avis à la naissance, tu peux annuler l'accord et élever toi-même l'enfant. Tu comprends, on n'est pas très éloigné des mères porteuses dans ton cas.

– Je vois ce que tu veux dire, Danny, mais Tom n'est pas comme ça. Tu réagis comme si on était dans un monde de requins et que Brett et lui ne fassent que conspirer pour utiliser mon ventre et s'approprier le bébé. Mais ce n'est pas vrai. Ce sont des progressistes, de véritables hommes de gauche, convaincus que le système juridique américain est pourri. Ils sont du côté des victimes. Par principe, ils ne mettraient pas les pieds dans un tribunal, et encore moins feraient-ils un procès. En fait, je désire simplement être la mère du bébé, et Tom désire simplement en être le père. Je trouve très sexiste de ta part de supposer, parce que j'ai décidé de laisser le bébé à Tom, que je m'en désintéresse, que je n'envisage pas de le voir ou que je le raye de ma vie, et c'est également injuste de supposer que Tom veut m'écarter. J'ai l'intention de participer activement à l'éducation de cet enfant.

– Eh bien, c'est parfait. Et c'est justement pour ça qu'il te faut un arrangement légal qui assure tes droits. Sans parler de ceux des grands-parents, et des oncles. Qui peut dire – pas moi, mais on ne sait jamais – si Tom ne va pas décider que ta famille n'a pas le droit de voir le bébé ? Je veux seulement être sûr que ces choses-là figurent dans l'arrangement. Mieux vaut s'en occuper avant et t'épargner un procès télévisé sur tout le territoire.

– Tu es devenu si méfiant depuis que tu t'es installé à New York. Un vrai produit de la côte Est.

– C'est mon boulot de veiller à ça pour toi, April. Je l'ai toujours fait. Et me traiter de sexiste ! Cet enfant est le tien bien plus qu'il n'est celui de Tom. C'est ton corps à toi, n'oublie pas. Ne le laisse pas te traiter comme si tu portais juste cet objet précieux à sa place et qu'il puisse t'oublier une fois refermée la porte de chez lui.

– Si tu connaissais Tom, fit April, si tu l'avais rencontré, tu comprendrais combien tout ça est inutile.

– Je sais par expérience que tu as beau t'imaginer connaître quelqu'un, il y a toujours des surprises. Il faut que tu te protèges. Bon, si tu as peur qu'il se vexe, tu bats des cils et tu lui racontes que c'est ton grand tyran d'avocat de frère qui t'y oblige.

– Mon *petit* tyran d'avocat de frère, corrigea April.

– Il faut toujours que tu lances une dernière vacherie, hein ? La grande sœur jusqu'au bout. »

Elle s'étira voluptueusement. « Trop, c'est trop. Je suis là, seule au monde. Juste moi et mon petit bébé. » Elle prononça ces mots à titre d'expérience, comme pour les essayer, puis elle éclata de rire ; ils ne collaient pas.

Un bruit à la porte annonça le retour de Walter. Il avait les bras encombrés de deux énormes cartons qui lui dissimulaient le visage, et quand Betty, la chienne, lui sauta dessus pour l'accueillir, les paquets faillirent tomber. « Betty, couchée, nom de Dieu ! s'écria Walter derrière ses cartons. Danny, tu ne peux pas m'aider ? »

Danny se précipita. « Qu'est-ce que c'est ? demanda-t-il en prenant l'un des paquets.

– Des mangues, répondit Walter. Je les ai achetées à la gare d'Hoboken.

– Il y en a assez pour vingt ans, Walt. Elles vont pourrir avant qu'on les ait toutes mangées.

– Alors, j'en donnerai à ma mère. De toute façon, ne t'inquiète pas, on les finira. Salut, April, la journée s'est bien passée ?

– Très bien. Et toi ?

– Oui. »

Le frère et la sœur échangèrent un regard.

« April a une nouvelle à t'annoncer », dit Danny. Et April détourna la tête.

« Une nouvelle ? »

Il y eut au loin des jappements qui évoquaient les souffrances d'un petit chien écrasé sous les roues d'un autobus. « Nom de Dieu! s'écria Walter. Betty a dû se sauver par la porte de devant. Je ferais bien de la chercher. » Il alla prendre dans la cuisine un petit aspirateur à piles. « Ça va la faire revenir. Ça marche à tous les coups. » Il appuya sur le bouton, et l'appareil fit entendre son grondement familier. Betty aboya plus fort, de plus loin. « A tout de suite », lança Walter, et il disparut dans la nuit en appelant : « Betty! Betty! »

April fronça les sourcils. « Pourquoi l'aspirateur? demanda-t-elle.

– Betty et l'aspirateur cultivent une relation amour-haine. Elle adore se battre avec lui et le lécher. Je pense qu'elle s'imagine qu'il est vivant, étant donné qu'il est de la taille d'un chiot. Et comme nous l'avons appris à nos dépens, c'est la seule chose, avec la viande de hamburger, qui puisse la faire rentrer une fois qu'elle s'est échappée dans le vaste monde.

– Je vois », fit April. Ils sortirent sur la véranda et regardèrent autour d'eux le crépuscule qui tombait sur la banlieue. En face, un jeune homme en short arrosait sa pelouse tandis qu'à côté, trois enfants blonds se poursuivaient en criant : « Chat! Chat! » Et au milieu de la rue, pareil à quelque absurde joueur de flûte, il y avait Walter en costume sombre d'avocat. Il agitait le petit aspirateur au-dessus de sa tête, dont la plainte perçait l'air nocturne, et dans la nuit chaude peuplée d'aboiements, il attendait.

Le 7 mars arriva et passa. Walter ne démissionna pas. Au bureau, sa secrétaire célébra l'anniversaire de son entrée dans la firme en lui offrant un œillet et une carte qui, quand on l'ouvrait, chantait une chanson en vieil anglais d'une petite voix électronique. Sinon, il n'y eut qu'une lettre d'un associé qui félicitait Walter du travail accompli et exprimait l'espoir que sa collaboration avec le cabinet se poursuivrait cinq années encore, et un message dont il prit connaissance lorsqu'il alluma son ordinateur de bonne heure au soir de cette journée. C'était de Bulstrode, l'un de ses « amis ordinateur ».

Pour : Avocat Baiseur
De : Bulstrode
Objet : Cinquième anniversaire

Walter,
Félicitations ! Tu as franchi le point de non-retour. Tu as résisté à la tentation, et de grandes récompenses t'attendent. Bienvenue dans le monde de la réalité ! Adieu rêves de jeunesse ! Tu verras quand tu auras quarante ans !
Amicalement,

Bullie.

Walter sourit. Il lui paraissait quelque peu ironique que de toutes les personnes qui faisaient partie de sa vie, seul Bulstrode, qui lui était presque étranger, se soit donné la peine de marquer cette date relativement importante. Bulstrode était un banquier de Louisville, Kentucky, et ils s'étaient rencontrés (si toutefois « rencontrés » était le terme qui convenait) un triste dimanche d'hiver comme Walter examinait la liste des noms du réseau gay à la recherche d'un flirt ou d'une conversation cochonne. (« Pornographie interactive. » C'était ainsi qu'il décrivait cela à ses amis.) Parmi les Esclaves Soumis, les Slips Moites, les Étalons Fringants et les Queues Raidies qui se bousculaient pour trouver une place et attirer l'attention dans cette boîte gay électronique, il avait été amusé de trouver pour la première fois le nom de son ami de Louisville qui tranchait au milieu des autres, et comme Bulstrode était l'un de ses personnages favoris de *Middlemarch,* un de ses livres préférés, il s'était empressé d'expédier un message pour s'assurer qu'il y avait bien une référence littéraire dans l'utilisation de ce pseudonyme. Bulstrode avait répondu par une demande de conversation; ils s'étaient donc retirés dans ce petit espace hypothétique où Bulstrode avait déclaré que Walter avait en effet deviné juste. Il avait pris le nom de Bulstrode parce que celui-ci était, comme lui, un banquier; et aussi, avait-il ajouté, parce que ce nom avait une consonance susceptible de plaire aux hommes moins cultivés. Et qui était donc cet avocat baiseur qui avait reconnu un personnage de *Middlemarch* ? Que faisait-il dans l'univers à demi illettré d'ordi-land ? « Des précisions, tapa Bulstrode. Nous voulons des précisions! »

Lors de ses précédentes communications par ordinateur, Walter avait toujours hésité à dévoiler des vérités le concernant, mais Bulstrode, sans qu'il sache très bien pourquoi, le mettait à l'aise. Il donna des indications, prenant toutefois garde à ne pas être trop précis, puis il interrogea son correspondant sur lui-même, sujet sur lequel celui-ci se montra plus avare, non parce qu'il avait quelque chose à cacher, pensa Walter, mais parce que les faits de sa vie réelle ne présentaient tout simplement aucun intérêt pour lui. Il apparut bientôt que la biographie de « Bulstrode », à travers les éléments qu'il en livra, n'appartenait pas au monde de la réalité. Quand Walter lui demanda son âge, il répondit : « Bulstrode a 32 ans », ce qui devait signifier qu'il était sensiblement plus âgé. Dans le même temps, il reconnut se servir de plusieurs autres pseudonymes : inventif et affecté, il était « Rick-18 », très excité, il était « Maître Brutal ». Son vrai nom était soit George, soit Martin, selon le moment auquel on l'interrogeait. Il affirmait mesurer 1,85 mètre et peser 80 kilos, avoir des cheveux châtains, des yeux bleus, une poitrine moyennement velue et une bite de 19 centimètres. Tout était sans doute faux. Pourquoi ne pas mentir, après tout, quand il y a tant de barrières entre vous et la personne à qui vous vous adressez ? Quel mal cela pourrait-il faire ? Et de toute façon, ces détails, une fois divulgués, n'avaient jamais beaucoup influé sur les conversations entre Walter et Bulstrode, même lorsque celles-ci avaient pris un tour délibérément érotique.

Un dimanche soir d'hiver, Bulstrode demanda à Walter de l'appeler. C'était inévitable, comme de coucher ensemble au troisième rendez-vous. Walter composa le numéro, nerveux et fébrile comme s'il était sur le point de faire quelque chose d'interdit, mais, bien entendu, il ne s'agissait que de dix chiffres suivis d'une sonnerie lointaine.

« Allô ?

– Bulstrode ?

– Walter ? Salut ! » Et Bulstrode éclata de rire. Il avait une belle voix de baryton avec un petit accent mélodieux du Sud. « Je suis content de te parler.

– Moi aussi.

– Tu as une belle voix. Très masculine, très sexy.

– Merci. Toi aussi. »

Ils restèrent un moment silencieux, un peu gênés, puis Bulstrode déclara : « C'est fantastique. J'entends enfin ta voix. Et tu ne vas pas me croire, mais elle est exactement telle que je l'imaginais. »

Bulstrode se révéla être un habitué et un fan du réseau gay, et être en relations constantes avec ses membres depuis près de trois ans. « Et j'ai eu mon lot d'aventures en échange, dit-il à Walter. Par exemple, tu as remarqué un type qui se branche à l'occasion, pas très souvent, sous le nom de Barracuda ?

– Je ne me souviens pas.

– Eh bien, c'est un gamin de Boston, un étudiant en informatique du MIT. J'ai eu une liaison avec lui l'année dernière. On a rompu il y a deux mois seulement.

– Ah bon ? fit Walter. Je suis très impressionné. Je ne m'imaginais pas qu'on puisse nouer des relations de cette manière.

– Je dirais que ça a été la plus forte des relations homosexuelles que j'aie jamais eues, fit Bulstrode. Jimmy – c'était son vrai nom – et moi étions véritablement amoureux l'un de l'autre. Et ça a été à la fois la meilleure et la pire des choses que j'aie connues.

– C'est difficile quand on est loin l'un de l'autre, fit Walter. Tu allais le voir, ou c'est lui qui venait ?

– Oh ! mais on ne s'est jamais rencontrés ! »

Walter en demeura un instant muet d'étonnement. « Vous ne vous êtes jamais rencontrés ?

– Non. On s'est juste parlé au téléphone.

– Ah bon ?

– Oui. Tous les jours, parfois deux ou trois fois. Et puis un jour, je l'appelle, et il me dit qu'il ne peut plus supporter, que ça devient trop dur. Et il a rompu, comme ça. Personnellement, je crois que c'était son père. Son père ne le lâchait pas à cause de son homosexualité. Il a fait changer son numéro de téléphone. Je lui ai laissé un message sur son ordinateur, mais il n'a pas répondu. » Bulstrode soupira. « Dommage. J'avais vraiment le béguin pour lui. Et puis, tu sais, sur le plan sexuel, on s'entendait à merveille. Comme c'est très rare dans la vie. Mon Dieu, je n'avais jamais fait l'amour comme ça !

– L'amour au téléphone ? avança Walter.

– Oui, bien sûr. L'amour au téléphone le plus intense, le plus incroyable, le plus excitant que j'aie jamais connu. Il nous arrivait de rester au téléphone cinq, six heures. Lui, il venait toujours trois ou quatre fois, mais moi, je me retenais. Je voulais attendre jusqu'au dernier moment et qu'après ce soit le feu d'artifice.

– Tu aimes attendre avant de venir ?

– Oui. Et toi ? »

La conversation dévia. Et après, en nage, vidé, Walter

grimpa dans le lit à côté de Danny qui était allongé, noué, tourné contre le mur.

« Tu t'es bien amusé avec tes petits copains ? lança-t-il.

– Oui, bien sûr », répondit Walter. Il s'efforça de rire de ce qui venait de lui arriver, de le prendre à la plaisanterie – Danny s'imaginait d'ailleurs que c'en était une – mais de toute cette nuit-là, il ne réussit pas à se sortir Bulstrode de l'esprit. Il y avait en lui quelque chose d'irrésistible, dans son aspect immatériel même, comme s'il était cet ami imaginaire que la plupart des enfants s'inventent un jour ou l'autre. Avant Bulstrode, Walter s'en était tenu au plus strict des anonymats derrière son clavier, mais maintenant, quelque chose dans cette voix mélodieuse le poussait à tout dire. Comme c'était extraordinaire de vivre ainsi, sans jamais avoir à se toucher, sans jamais avoir à montrer son visage ! Une vie pareille n'entraînait aucun souci, aucune responsabilité !

A la maison, avec Danny, Walter était depuis peu affligé d'une certaine torpeur, d'un manque de désir physique pour le corps de son amant ; il avait pourtant devant lui cette même chair pour laquelle il avait éprouvé, quelques mois plus tôt, un goût passionné, et pour l'excitation qu'elle lui procurait aujourd'hui, il aurait pu tout aussi bien s'agir d'un sac de farine. Est-ce que c'était le temps ? se demandait-il. Est-ce que cela finissait par arriver à tous les couples ? Peut-être n'y avait-il qu'une quantité de désir déterminée qu'un corps puisse inspirer à un autre corps, qu'un nombre déterminé d'orgasmes avant que le corps de celui qu'on aime ne se vide de cette substance mystérieuse et inspiratrice de plaisir qu'on nomme séduction. Mais Danny, lui, ne semblait pas avoir le même problème. Cette nuit-là, après que Walter se fut tourné pour dormir, Danny se jeta brusquement sur lui, le prit dans ses bras et sa main glissa vers son ventre, possédé, aujourd'hui encore, de ce même désir que celui qui l'avait possédé il y avait tant d'années dans une chambre de l'université de Yale.

« Pas maintenant, souffla Walter. Il faut que je dorme.

– Qu'est-ce que tu as ? demanda Danny. Tu te réserves pour Slip Gonflé ? » Il eut un petit rire que Walter jugea sarcastique, puis il le laissa.

« Bulstrode », fit Walter, en pensée.

Le lendemain soir, par l'intermédiaire de centaines de kilomètres de câbles téléphoniques, Walter parla à Bulstrode de son père et de sa mère, de sa sœur, de son chien. Il avoua sa lassitude sexuelle à l'égard de Danny. Il avoua s'adonner à la pornographie. Bulstrode absorba tout, vaste silence peuplé de friture à l'autre bout du fil. Il n'offrit pratiquement rien en retour, parce qu'il n'avait pratiquement rien à offrir. D'après ce que Walter en savait, Bulstrode, au fil des ans, s'était de plus en plus consacré à l'ordinateur, au point que sa vie extérieure, sa vie dans le monde, s'était érodée et avait rétréci comme une peau de chagrin. Quant à sa vie au sein du réseau, c'était une autre affaire. Là, il était une source d'histoires, d'anecdotes, d'événements. Un soir, des hommes de New York ou des environs avaient discuté des joies du sexe dans les travées de l'Adonis, un cinéma gay porno près de Broadway. « J'adore l'Adonis, avait tapé l'un d'eux. L'atmosphère émule littéralement le sexe. » Bulstrode et Walter étaient tous deux devant leur écran à ce moment-là, et plus tard, ils en rirent ensemble. « Tu te rends compte ? fit Walter. J'ai vraiment été tenté d'envoyer quelque chose de méchant, du style " Jamais parole plus juste n'a été dénoncée ", mais je ne l'ai pas fait. A la place, je me suis contenté d'expédier un message qui disait : " Je pense que vous avez voulu dire ' émane '. " Alors, il m'a répondu de consulter le dictionnaire de mon traitement de texte ! Mon Dieu, qu'est-ce que ces types peuvent être arrogants ! »

Bulstrode s'esclaffa. « Il faut que tu saches une chose, c'est que la plupart de ces types-là, ils ont beau être des génies de l'informatique, ils ne sont pas doués pour l'écrit. Certains sont même carrément illettrés. Ce que j'aime, c'est quand on en arrive au style télégraphique. Ça me fait toujours rire. » Son ton devint soudain pensif. « Je t'ai déjà parlé de Rudy ?

– Rudy ? Non, je ne crois pas.

– Eh bien, Rudy était un gentil petit prolo, dix-huit ans peut-être. Il faisait un tas de fautes d'orthographe et c'est ce qui me fait repenser à lui. J'ai fini par le connaître assez bien par l'entremise du réseau. C'était un brave gosse, il disait qu'il aimait les hommes plus âgés que lui. On a eu quelques rapports par téléphone, très excitants – son truc, c'était que je l'appelle fils et lui, il m'appelait papa – et après, on parlait parfois sérieusement. C'est là que j'ai commencé à m'apercevoir qu'il avait vraiment des problèmes – tu sais, pas de travail, le père alcoolique qui le bat, la mère partie. Pas étonnant qu'il veuille m'appeler papa. En tout cas, un soir, on était toute une bande, peut-être une dizaine, quand Rudy s'est connecté, et a dit : " Je viens d'avaler trente-sept Valium. " Alors là, grosse panique. Tout le monde essaie de le tenir éveillé, comme il faut le faire, paraît-il, de le distraire, mais assez vite, il finit par ne plus répondre à nos messages. Et on ne peut pas lui téléphoner, parce que le téléphone est toujours branché sur l'ordinateur. Mais on savait d'où il était, et deux d'entre nous avaient son numéro de téléphone, alors, ce qu'on a fait, c'est que ce type surnommé Suceur a appelé les urgences de sa région pour raconter ce qui était arrivé et leur donner le numéro. Ils avaient un annuaire pour retrouver l'adresse à partir du numéro, ils y sont allés et l'ont découvert effondré sur son bureau, l'ordinateur allumé. Quinze jours plus tard, il est revenu sur le réseau et nous a dit qu'on l'avait sauvé. Eh oui, on lui avait bien sauvé la vie.

– Mon Dieu », fit Walter.

Bulstrode demeura un instant silencieux. « Ce fut, dit-il enfin avec son accent prudent du Kentucky, l'un des meilleurs moments de ma vie. Sincèrement. J'ai aidé quelqu'un à échapper aux griffes de la mort. »

Il rit doucement. « Walter, reprit-il après un nouveau silence, je peux te dire quelque chose ?

– Bien sûr.

– Tu sais, je t'aime bien.

– Moi aussi, je t'aime bien.

– Non, c'est vrai. Ce que je veux dire, c'est... c'est que je t'aime.

– Ah..., fit Walter.

– Ça te gêne ?

– Non, ça ne me gêne pas, mais...

– Mais quoi ?
– C'est-à-dire... on ne se connaît pas.
– Moi, j'ai l'impression qu'on se connaît.
– C'est que... je ne sais pas, ça me semble bizarre. Comment peut-on aimer quelqu'un qu'on n'a jamais vu ?
– Mais je t'ai vu. En imagination. Est-ce que ce n'est pas mieux ainsi ? Comme ça, rien ne peut altérer ton image à mes yeux. Comme ça, tu seras toujours parfait.
– Mais je ne suis pas parfait, répliqua Walter. Et ce n'est pas ça l'amour.
– Chacun a sa définition de l'amour. De toute façon, ce n'est pas la peine d'être si nerveux. Je ne demande rien en échange. Je voulais juste te faire connaître... le niveau de mes sentiments... »

Walter chercha quelque chose à répondre. « Eh bien, je suis content que tu me l'aies dit, finit-il par déclarer. Je suis, euh, touché. » Il s'éclaircit la gorge. « Bon, je crois qu'il faut que j'y aille. Je dois raccrocher.
– Tu n'es pas excité ? demanda Bulstrode.
– Pas ce soir, non. Demain peut-être...
– Quelle heure ?
– Je ne sais pas... vers les sept heures.
– Je t'appelle ?
– Non, plutôt par ordinateur, d'accord ?
– D'accord. »

Walter coupa la communication. Il se sentait soudain honteux, et effrayé, comme s'il avait une liaison et que cette liaison fût devenue intenable. Bien sûr, ce n'était pas vrai. Il pouvait changer de numéro de téléphone, décider de ne plus allumer son ordinateur, et Bulstrode disparaîtrait de sa vie. Il n'y aurait rien à confesser à Danny; Danny ne ferait qu'en rire. Disparaître ! s'exclamerait-il. Comment Bulstrode pourrait-il disparaître ? Il existait à peine. Ce qu'il était, à quoi il ressemblait, quel âge il avait, et même son nom – tout était un mystère. Sa maison était un mystère; ses vêtements étaient un mystère. Et pourtant, Walter et lui avaient eu les conversations qu'ont les amants, avaient eu les orgasmes qu'ont les amants. Où es-tu ? avait demandé Bulstrode. Comment es-tu habillé ? Tu bandes ? Défais ta braguette. Déboutonne ta chemise. Imagine que je t'embrasse, que je te déshabille.

Imagine que je t'aime.

Bulstrode paraissait avoir cessé de croire en la frontière qui sépare l'imagination de la réalité. Et pourquoi pas ? Qu'est-ce que nous sommes, après tout, s'interrogeait Walter, sinon des voix, des synapses, des impulsions électriques ? Quand un corps touche un autre corps, les substances chimiques sous la peau se décomposent et se recombinent en déclenchant une étincelle électrique qui, neurone après neurone, se propage jusqu'au cerveau. Est-ce si différent de ce qui se passe quand les doigts tapent sur les touches d'un clavier, lesquelles expédient des signaux par le truchement d'un câble de téléphone vers un autre clavier, vers d'autres doigts ? Est-ce qu'il n'y a pas une relation dans tout cela ? Autour de lui, Walter entendait les gens se plaindre parce qu'ils auraient voulu être différents, plus grands, plus petits, plus intelligents, plus séduisants, plus minces. Bulstrode avait trouvé un moyen d'y échapper ; avait trouvé comment devenir celui qu'il imaginait, celui que, apparemment, les contraintes de son existence réelle l'empêchaient d'être tout à fait.

Et Walter comprenait. Plus d'une fois, il s'était arrêté devant la glace dans le hall du World Trade Center, stupéfié par cet homme en costume sombre, impeccable, qui lui faisait face avec tant d'assurance, décontracté et cravaté, et s'était demandé comment il se pouvait que cet homme-là fût lui. Certains s'inventaient eux-mêmes. Il y en avait cependant d'autres – Danny, sa mère – qui semblait dire : je suis qui j'étais, d'où je viens, qui étaient mon père et ma mère. Le passé m'a façonné. Des voix s'élevaient sans cesse du creuset familial, qui l'appelaient, qui le suppliaient de reconnaître les liens inséparables qui l'unissaient à toutes les mains, les voix et les odeurs, aux ongles sales et aux baisers mouillés, aux taches sanglantes de rouge à lèvres, tandis que de l'autre côté, il y avait Bulstrode, manifestement lui-même, qui lui déclarait son étrange amour désincarné. Bulstrode voulait-il qu'il quitte Danny pour lui ? Et si oui, où irait-il ? Vivraient-ils à jamais dans l'étroit boyau de l'immatérialité, des petites conversations privées ? Son univers se résumerait-il à une cabine téléphonique ? Effrayé par toutes ces pensées, il eut soudain envie d'un contact physique, qu'on le touche.

Il voulait Danny. Criant son nom, il traversa la maison en trombe, déboucha dans la chambre, où Danny regardait la télé, et se jeta sur lui avec tout l'amour et la fougue suspecte d'un mari qui revient d'aller voir une pute. Danny éclata de rire et le repoussa. « Laisse-moi respirer, dit-il. Tu m'étouffes! » Walter s'écarta, hors d'haleine. « Qu'est-ce qui te prends? poursuivit Danny. Tu ne fais jamais ça. » Walter cherchait toujours à reprendre son souffle. Sur l'écran, des médecins en blouse blanche poussaient à travers les couloirs des civières sur lesquelles étaient allongés des malades au regard apeuré.

Il avait connu naguère une femme sourde de naissance. Elle habitait la maison divisée en deux appartements où sa mère et lui avaient emménagé après le divorce de ses parents. Elle s'appelait Jeanette, et elle vendait des minishorts au porte-à-porte. Walter se souvenait de sa mère qui passait un short rouge très serré, et de ses jambes qui tremblotaient comme de la gelée pendant qu'elle se tournait devant la glace et murmurait : « Je ne sais pas, vraiment, je ne sais pas. » La femme sourde était bavarde, et elle avait une voix de gorge, vague, approximative, qu'il aimait beaucoup. Ce qui l'émerveillait, c'était qu'elle avait beau n'avoir jamais entendu le moindre son, elle n'en actionnait pas moins les muscles de sa gorge, confiante dans le fait que les communications ainsi établies s'épanouiraient dans ce monde qui, pour elle, n'existait que comme acte de foi. Et en fin de compte, est-ce que l'amour n'avait pas toujours été ainsi, un simple geste au travers d'une distance inconnaissable ? Si c'était vrai, alors Bulstrode, dans son isolement, dans sa quête à l'échelle d'un continent, était simplement et parfaitement humain.

Néanmoins, Walter ne pouvait pas supporter l'idée d'entendre de nouveau sa voix. Il s'accrocha donc à Danny; il passa le plus de temps possible à étreindre et embrasser Danny. Environ une semaine plus tard, lorsqu'il ralluma enfin son ordinateur, il eut la surprise de ne trouver aucun message de Bulstrode dans sa boîte aux lettres informatique. Il ne savait pas très bien pourquoi, et il ne savait pas non plus très bien s'il était content. Peut-être Bulstrode avait-il honte d'avoir été repoussé après ses tendres aveux ? Peut-être, dans son univers étroit, ne pouvait-il pas supporter, lui non plus, d'entendre de nouveau la voix de Walter, ou même de voir son nom, maintenant que cette déclaration avait été tournée en ridicule. Mais Walter pensait qu'il avait plutôt trouvé quelqu'un d'autre parmi ces Gros Baiseurs et ces Supermecs, un ami lointain, à des kilomètres de là, avec qui parler, rire, échanger des confidences et passer les heures les plus solitaires.

Cette rougeur, quelle que soit sa nature, ramena Nat vers elle. C'était comme une manifestation de sa culpabilité, comme des stigmates et, en effet, les mains et les pieds de Louise étaient rouges, brûlés, et elle se grattait parfois jusqu'au sang. Il lui revint contrit, ainsi qu'il l'était toujours quand elle était malade, et pendant une semaine, il fut là tous les soirs. Pas de disputes. Il supporta ses pleurs, ses terreurs nocturnes, la laissa dire qu'elle n'endurerait pas cette épreuve un jour de plus. Il l'accompagna chez les médecins – le dermatologue, qui haussa les épaules; l'allergologue, qui haussa les épaules; le deuxième allergologue, qui ordonna des analyses et parla de traumatisme dentaire. Il la soutint sans faiblir, comme il le faisait à chaque fois dans de pareilles circonstances. Plus sereine, elle se serait sentie satisfaite, aimée, mais elle savait que ce n'était pas par amour que Nat la réconfortait, seulement par culpabilité et peur. (Il avait peur de la perdre.) Et, c'était à mettre à son crédit, il prenait très bien soin d'elle, de façon très convaincante. Pourtant, il ne fallait pas oublier que si elle n'avait pas été malade, il ne serait pas là – c'était l'équation à laquelle leur existence s'était réduite – et elle se demandait si ce n'était pas son subconscient qui avait produit cette éruption, pour que Nat reste auprès d'elle. Non, elle connaissait assez la douleur et ses ravages pour savoir que son subconscient n'aurait jamais eu la stupidité d'infliger une souffrance physique au corps dans le seul but de satisfaire les insignifiants besoins de l'âme. La douleur était pire que la tristesse; il y avait des moment où, quand elle se réveillait en pleine nuit, la peau à vif qui la démangeait, elle se serait volontiers séparée de Nat si elle avait pu en échange se séparer de sa propre peau.

Les bains la soulageaient. Et elle avait pris à la bibliothèque quelques ouvrages de théologie catholique que, pour la plupart, elle trouvait ennuyeux et sur lesquels elle avait du mal à se concentrer. Cela n'avait pas d'importance. La foi, lui semblait-il, n'était pas nécessairement une question d'intelligence. Il lui suffisait de regarder Clara, la femme de ménage, qui allait de pièce en pièce un écouteur dans l'oreille, sermons à toute heure du jour, pour comprendre que la foi, en effet, n'était pas nécessairement une question d'intelligence. La foi – sinon aveugle, du moins machinale – avait accompagné Clara tout au long de ces milliers de kilomètres parcourus l'aspirateur à la main auxquels s'était résumée sa vie pendant ces vingt dernières années. Elle l'avait accompagnée tout au long des déjeuners sur le pouce constitués d'olives en conserve versées dans un bol, tout au long des trajets en voiture lorsqu'elle quittait ou regagnait la petite maison de stuc qu'elle partageait avec une armée hétéroclite de femmes membres de la même Église qu'elle, d'enfants, de nouveaux arrivants en provenance des îles. La foi, commençait à comprendre Louise, n'était pas un argument livresque; la foi était une petite radio bon marché, un fil qui serpentait sur une blouse blanche et remontait, pareil à un perce-oreille, jusqu'au conduit auditif. Quelque chose qu'on écoutait à chaque instant de la journée. Elle savait ce que Clara aurait pensé de tout cela. Qu'était une démangeaison, qu'était le cancer, comparés aux souffrances endurées par le Christ? Vivre dans la simplicité, l'avait-elle entendu murmurer plus d'une fois. Payer sa dîme avec reconnaissance.

En tout cas, elle aurait mieux fait de ne pas se confier à sa sœur. Chaque fois dans sa vie qu'elle s'était confiée à quelqu'un, et en particulier à sa sœur, le résultat avait été catastrophique. Mais Eleanor avait la manière pour lui arracher des confidences.

D'abord, elle arrivait toujours sans s'annoncer, et jamais sans amener quelque chose à manger – gâteaux, tartes, ragoûts, tourtes, et parfois même une dinde ou un rosbif entiers. Ce qui lui fournissait un prétexte pour rester, alors que si Louise avait pu, elle aurait inventé des excuses et remis l'une après l'autre les visites d'Eleanor. Sa sœur cadette, que tout le monde croyait être son aînée – Eleanor était plus grosse, avait les cheveux plus gris et les yeux plus usés, sans parler de l'appareil orthopédique et de la canne – était pour Louise une source de contrariété, de culpabilité, de frustration. Pourquoi vivait-elle comme elle vivait ? Comment pouvait-on choisir de vivre de cette façon ? Après tout, elle avait épousé Sid Friedman, un psychologue paraît-il, mais surtout une canaille de l'avis de Louise, et avait passé trente ans avec lui, constamment au bord de la ruine ; ils plaçaient de l'argent dans des compositeurs de chansons dénués de talent, ou des « terrains de premier choix » qui se révélaient être des déserts semés de mauvaises herbes, ou encore d'hypothétiques gadgets culinaires qui croupissaient pendant des années dans les tiroirs d'Eleanor. Il arrivait souvent que les bavardages tortueux d'Eleanor au cours de ses visites chargées de nourriture aboutissent à des demandes de prêt ou à des histoires de placements sans risques, avions ou pyramides, dans lesquels il serait criminel pour Louise et Nat de ne pas investir. Et Louise, qui n'avait jamais emprunté un centime de son existence, se demandait : elle n'a donc aucune fierté ? Et elle se posait encore la question en rédigeant le chèque. Et puis Eleanor était « procédurière », un terme de mots croisés, ce qui signifiait qu'elle faisait des procès à tout le monde : aux entrepreneurs ; aux plombiers ; aux conducteurs qui rayaient la peinture de son pare-chocs ; aux gens à qui elle avait acheté des chiens, des dispositifs d'ouverture pour portes de garage, des motos, des machines à laver. Elle n'était pas tant motivée par un désir de justice, ou même de vengeance, que par la détermination toute sportive de tirer le maximum de ses petits malheurs. « J'ai une vue optimiste des aléas de la vie quotidienne, aimait-elle à dire. Quand on considère bien les choses, tout est affaire d'occasion. » Louise contemplait son café.

Il y avait maintenant trois ans que Sid et Eleanor habitaient non loin de chez Louise et Nat. Avant, deux décennies durant, ils étaient à Los Angeles – une distance qui convenait à Louise, car ainsi elle ne voyait sa sœur que deux ou trois fois par an, aux vacances. A cette époque, quand Eleanor prenait l'avion, Louise traînait à chaque fois Danny à l'aéroport pour aller la chercher, et devait constater qu'elle n'était pas parmi les passagers du vol annoncé. Puis elle s'entendait appeler – expérience terrifiante que son nom hurlé par les haut-parleurs – et, au téléphone, écoutait sa sœur lui promettre qu'elle serait au prochain avion, dans une heure. Et souvent, quand Eleanor arrivait enfin, cela faisait trois ou quatre heures que Louise et Danny attendaient. Elle s'avançait en claudiquant le long du couloir de l'aéroport, accompagnée de ses enfants (encore petits alors). Les cheveux en bataille, elle agitait sa canne et s'écriait d'une voix de petite fille : « Oh, maman, tatie Louise doit être très en colère après nous. Tu crois que tatie Louise va nous pardonner d'être un tout petit peu en retard ?

– Trois heures, ce n'est pas un tout petit peu de retard, Eleanor.

– Mais on s'excuse, tatie Louise. Ce n'est pas notre faute, il y avait tellement d'embouteillages ! Oh ! mon Dieu ! comment faire pour que tatie Louise nous pardonne ? »

Cela, c'était la pire des Eleanor.

La meilleure des Eleanor, ce fut le matin où son four explosa. Louise était avec elle dans la cuisine et examinait l'intérieur calciné. Elle était encore en peignoir de bain rose et chaussons de fourrure. « Ellie, fit-elle. Je suis désolée. Je sais combien tu tiens à tes fours, et celui-là valait très cher. Je suis désolée. »

Mais Eleanor se contenta de fermer la porte du four en

disant : « Regarde. » Le verre s'était fêlé sans se casser et était sillonné d'un réseau de fines craquelures.

« Oh, Ellie, fit Louise.

– C'est plutôt joli, non ? dit Eleanor en passant le doigt sur le verre. Je l'aime presque mieux comme ça. » Et elle sourit. Elle avait réussi à porter son regard au-delà de son four détruit, de son fils en Alaska, de sa fille qui n'aurait jamais d'enfants, sans parler de l'emprunt qu'elle n'avait pas remboursé, de la date imminente d'un procès et de la menace constante de dénuement et de ruine qui planait sur elle. Un jour, en plein milieu d'une terrible dispute avec Louise, alors qu'elles criaient dans la voiture, en route depuis Boston pour rendre visite à leur mère atteinte de sénilité, alors qu'elles criaient toujours en descendant sur le parking de la maison de retraite, alors qu'elles continuaient à crier en se dirigeant vers les portes automatiques, Eleanor s'était arrêtée net et avait dit : « Regarde cette fleur, qui pousse sur le ciment. » Et aussitôt, elle s'était agenouillée pour observer cette fleur qui avait réussi à percer le béton, subjuguée au point que Louise n'avait pu que reculer, silencieuse et impressionnée. Eleanor avait oublié leur querelle dans ce parking bruyant ; elle avait oublié sa sœur, sa mère, ses enfants. Elle les avait oubliés tous.

Petites, elles s'étaient assises côte à côte sur des toilettes à deux sièges, la culotte aux chevilles, perchées au bord des lunettes jumelles qui surmontaient une cuvette commune, pareilles à des cerises siamoises au bout de leur tige. Elles aimaient rester là pendant des heures et discuter à voix basse, comme le font les petites filles, peu sensibles alors à la différence d'âge qui les séparait. Lorsqu'elles grandirent, il devint vite clair qu'Eleanor serait toujours la plus laide, la moins intelligente, la moins chanceuse des deux, mais aussi, sous de nombreux aspects, la plus heureuse. Adolescente, elle pouvait s'installer dans l'herbe, sa béquille près d'elle, et regarder d'une manière qui, Louise le savait, signifiait qu'elle voyait réellement des choses, qu'elle les voyait d'une façon que Louise lui enviait. Elle voyait l'herbe, les fleurs, les arbres, les étoiles, et faisait des commentaires à leur sujet. « Regarde les étoiles, Louise! » disait-elle, et Louise, pour qui les étoiles n'étaient que des étoiles, se bornait à hocher la tête, honteuse de son manque d'imagination. A l'université, malgré les béquilles, Eleanor fit la connaissance de Sid Friedman, tomba amoureuse de lui et sortit avec lui, ravie et reconnaissante, jusqu'à leur mariage, nullement gênée par sa mauvaise haleine et ses coupes de cheveux bien peu élégantes. Quel choix pathétique, avait toujours pensé Louise, et pourtant, elle ne parvenait pas à s'empêcher d'éprouver un léger sentiment de dégoût et de surprise à l'idée qu'Eleanor, de quatre ans sa cadette, s'était mariée et fixée la première.

Elles grandirent au milieu des chamailleries et des brouilles. Devenue adulte, Louise en voulut à Eleanor, l'évita, se considéra – résolument – comme celle qui avait de la chance, celle qui était sans canne, sans appareil orthopédique, celle qui avait des enfants (relativement) normaux, heureux, sains. Eleanor, elle, n'exprimait jamais le moindre ressentiment à l'égard de sa sœur; elle était toujours aimante, et c'en était exaspérant, quelle que soit la cruauté dont Louise pouvait faire preuve. Son affection souriante et permanente était une tactique, une arme, décréta Louise. La vengeance avait lieu par courrier : articles obscurs sur l'homosexualité des frères et sœurs, de même que coupures de presse à scandale alarmistes sur le Sida, la mort lente, la promiscuité post-infectieuse, et photos d'hommes décharnés et agonisants qui serraient des ours en peluche dans leurs bras. Tout cela, ne manquait pas de se rappeler Louise, à cause de la tragédie de ses propres enfants. Sinon, Eleanor était tout sourires, arrivait chargée de cadeaux, et ne faisait jamais mention de ces lettres. Elle habitait l'une de ces centaines de maisons identiques construites au cours des années 50, dans les quartiers étriqués, où les meubles étaient vieux et griffés par les chats, la moquette pleine de taches. Il n'y avait que dans la cuisine où l'on n'avait pas regardé à la dépense, et pourtant, elle était en permanence jonchée de cartons et de boîtes de conserve vides ainsi que d'épluchures de légumes en train de pourrir. Bizarre – Louise avait toujours supposé qu'Eleanor devait détester vivre dans de telles conditions, devait être dévorée de jalousie quand elle pénétrait dans sa cuisine à elle, fonctionnelle et qui sentait le propre avec son sol carrelé et son rebord de fenêtre où venaient picorer les colibris. Aujourd'hui, elle se demandait de temps en temps si, à part les enfants, elle avait raison de penser qu'Eleanor aspirait à plus que ce qu'elle avait, aspirait comme elle à ce compte en banque bien garni et cette grande maison. Il semblait parfois que c'était le désordre lui-même qui alimentait la vie d'Eleanor, que Sid et elle écartaient la stabilité et la certitude – ces eaux calmes – pour vivre dans les vagues, dans l'océan furieux, afin de chercher, de trouver. Ainsi Eleanor échappait au désastre – ou du moins au sentiment du désastre. Elle l'avait dit elle-même : tout est affaire d'occasion, à condition de savoir regarder. Et quand on y réfléchissait, son existence s'était déroulée comme une chaîne ininterrompue d'occasions, de possibilités, pendant que Louise, enfermée dans sa maison impeccable, attendait la mutinerie de ses cellules. C'était une façon de voir les choses. Mais bien sûr, devait se répéter Louise, peu de gens auraient vu les choses ainsi, et encore moins auraient choisi la vie d'Eleanor plutôt que la sienne.

Ce qui était indiscutable – et indiscutablement énervant – c'était qu'Eleanor et Sid vivaient sens dessus dessous dans le lit défait de l'amour, heureux ensemble comme Louise et Nat – entre leurs draps propres, figés l'un à côté de l'autre – ne l'avaient pas été depuis des années. Ils s'aimaient de manière si évidente et absolue que le fait que Louise était incapable d'imaginer comment on pouvait tomber amoureux de l'un ou de l'autre en devenait hors de propos. Ils se souciaient uniquement de ce qu'ils représentaient aux yeux de l'autre – le monde comptait-il ? – et c'était cette conception de l'existence qui rendait inutiles les articles qu'envoyait Eleanor. A quoi servaient-ils puisqu'elle était maîtresse de la situation depuis le début ?

Une voiture s'arrêta dans l'allée. A peine sortie du bain, soulagée pour l'instant de ses insupportables démangeaisons, Louise s'immobilisa. Elle espéra que c'était quelqu'un qui faisait demi-tour. Mais le moteur se tut. Elle entendit une portière claquer, puis le crissement familier de la canne d'Eleanor sur le gravier.

« Bonjour, ma chérie, lança Eleanor en trébuchant bruyamment sur le seuil de la cuisine. J'ai apporté quelques provisions. » Elle posa un grand sac en papier sur le comptoir et se laissa tomber sur une chaise. « Toute la semaine, j'ai essayé des recettes de bons vieux desserts américains, reprit-elle en ôtant son imperméable. On a mangé la tarte aux fruits, et Joanne et Ed ont pris les biscuits. Tiens-moi ça. » Louise s'exécuta, et Eleanor tira du sac deux plats identiques enveloppés dans du papier paraffiné et remplis d'un superbe mélange incohérent de fruits et de gâteau. « Plus de plats en aluminium chez nous, dit-elle. Ça donne la maladie d'Alzheimer.

– Ravie de l'apprendre, fit Louise. Encore une maladie mortelle. En tout cas, merci, Eleanor, je suis sûre que Nat va se régaler.

– Ce n'est pas pour Nat, c'est pour toi.

– Je suis au régime.

– Maigre comme un clou et au régime ! Moi, j'ai suivi tous les régimes de la terre, et je ne vois pas très bien le résultat.

– C'est grâce à mon régime que je suis maigre comme un clou.

– Ne sois pas ridicule, tu as toujours été mince. De toute façon, mange-le si tu veux, sinon donne-le à tes amies. A chacun son truc. Tu me connais, moi, c'est la cuisine.

– Merci, Eleanor.

– De rien, ma chérie. Comme tu as été mal fichue à cause de ces rougeurs, j'ai pensé que je pourrais venir te réconforter un peu.

– Je me sens mieux.

– Tu n'aurais pas un peu de café ? » Mais Louise était déjà en train de le lui servir. Elle examina sa sœur qui, comme d'habitude, était négligée, cheveux sales, pas coiffés. Elle était vêtue d'un pantalon en tissu élastique rose, d'un corsage avec de hideux motifs de fleurs jaunes, de sandales bleues d'où dépassaient deux ongles de pied bleus écornés. C'était le genre de sandales qui comprimaient les orteils, le genre de celles que leur mère avait portées. Eleanor avait toujours aimé les couleurs invraisemblables.

« Donc, ce dernier procès a été un véritable fiasco, disait-elle. Merci, une demi-tasse ça ira. Je t'en ai déjà parlé ?

– J'ai du mal à ne pas les mélanger.

– Mais si, je suis certaine de t'en avoir parlé. Il y a environ deux mois, j'étais au cinéma, tu as vu *Out of Africa* ? Le film allait commencer, et il y avait un bonhomme devant moi qui fumait alors que c'est interdit. Tu sais combien je suis allergique aux cigarettes ! Alors, je lui ai tapé sur l'épaule et je lui ai dit : " Monsieur, vous n'avez pas le droit de fumer dans cette salle. " Il n'a pas réagi. Je lui ai donc tapé de nouveau sur l'épaule en disant : " Monsieur, vous ne m'avez peut-être pas entendue. Vous n'avez pas le droit de fumer dans cette salle. " Et là, non seulement il n'a pas prononcé le moindre mot, mais en plus il a pris une autre cigarette et l'a allumée. Pour me défier. J'ai fini par lui taper une troisième fois sur l'épaule. " Monsieur, j'ai dit, si vous n'éteignez pas votre cigarette, je vais être obligée d'appeler la direction. " Et tu sais ce qu'il a fait ?

– Non, répondit Louise.

– Il s'est retourné et m'a lancé : " Madame, si vous ne la fermez pas pour que je puisse regarder le film en paix, je vais vous foutre cette bouteille de Coca-Cola sur votre sale gueule de pute. " Ses paroles exactes. Tu ne t'imagines pas que j'allais me laisser faire ! Je me suis levée pour aller chercher le directeur et, naturellement, quand je suis revenue, il ne fumait plus. Ce sont des malins ces types-là. " Cet homme m'a insultée parce que je lui ai demandé d'éteindre sa cigarette, ai-je dit. J'exige qu'on l'expulse de cette salle. " Le type s'est contenté de lever la tête, l'air innocent, mais tout le monde autour de lui a confirmé qu'il avait bel et bien fumé. Alors, le directeur

– il avait dû se faire graisser la patte – a déclaré qu'il ne pouvait rien faire si ce n'est dire au type de ne plus fumer. Il le lui a dit, l'autre a vaguement haussé les épaules, et le directeur est parti. Je me suis rassise, le type a allumé une nouvelle cigarette, s'est retourné et m'a soufflé la fumée en pleine figure. C'est là que je l'ai giflé.

– Tu l'as giflé! » Louise était intéressée malgré elle.

« J'étais furieuse! Alors, il s'est levé et a essayé de m'étrangler. J'ai encore la marque, tu vois? J'ai crié, il y a eu une grande agitation dans la salle, la police est arrivée, et je l'ai fait arrêter. Pas plus difficile que ça. Je lui réclame des dommages et intérêts pour choc émotionnel et frais médicaux. Ça paraît couru d'avance, non? Eh bien, pas du tout! Devine ce qui se passe?

– Je ne vois pas.

– Eh bien, sur les conseils de son avocat, il m'attaque à son tour pour coups et blessures et arrestation illégale! Tu te rends compte! L'affaire a pris de telles proportions qu'on a essayé de trouver un règlement à l'amiable, mais il ne veut rien entendre. Crois-moi, cette histoire commence à nous coûter une fortune. » Elle secoua la tête avec tristesse. « Qu'est-ce qu'on y peut? Un type provoque des troubles, et après, c'est lui qui fait un procès. Je me dis parfois que je n'aurais pas dû engager de poursuites contre lui, mais il ne faut pas que j'oublie que je suis dans mon droit. L'ouvreuse a promis de témoigner en ma faveur, et l'autre jour, une femme m'a téléphoné pour me dire qu'elle était dans la salle et qu'elle avait tout vu. Et quand je me souviens des paroles qu'il a utilisées! Quel culot, dire à une femme de ma condition qu'elle a une gueule de pute! » Elle éclata de rire et se moucha.

« Je ne te donne pas tort, fit Louise en reversant du café.

– Bon, assez parlé de moi et de mes assommants procès, dit Eleanor. Comment vont les enfants?

– Danny va bien. April va bien. » Louise fronça les sourcils. « Les enfants vont bien.

– Ils sont tous les deux de retour sur la côte Est? » Louise acquiesça d'un signe de tête.

« Ils doivent venir bientôt?

– Je ne sais pas. Je pense que oui.

– Ils pourraient quand même rendre visite à leurs parents de temps en temps, non ? fit Eleanor. Ça fait combien de temps depuis la dernière fois, trois mois ? Tu sais, Louise, je bénis le ciel à chaque instant d'avoir ma Joanne près de moi. » Puis elle détourna les yeux. Louise supposa qu'elle pensait : Distilbène. Pourra-t-elle jamais évoquer sa fille sans que ce mot ne lui vienne à l'esprit ?

« Au fait, Markie m'a annoncé qu'il allait s'installer à New York, reprit Eleanor dont le visage s'éclaira brusquement. Il a une petite amie qu'il a rencontrée en Alaska et qui y habite, du moins c'est ce qu'il prétend. Tu crois qu'il pourrait appeler Danny, peut-être même rester quelque temps chez lui au début ?

– Il faut le demander à Danny.

– Je sais que c'est une charge – regardons les choses en face, mon Markie est une charge – mais je n'aime pas du tout l'idée qu'il se retrouve seul à New York. Dieu sait dans quels ennuis il se précipiterait. En tout cas, il a économisé beaucoup d'argent en Alaska, et il soutient qu'il veut aller à New York. Ça ne me dit rien qui vaille. » Elle soupira. « Enfin, ils pourraient peut-être juste dîner ensemble – Markie et Danny. Ils sont cousins, après tout.

– Je suis sûre que Danny accepterait avec plaisir.

– Parfait ! » dit Eleanor. Elle vit la main gauche de Louise qui remontait inconsciemment le long de son bras droit. « Ton éruption ? » demanda-t-elle.

Louise regarda la table, baissa les yeux.

« Il y a du mieux, aujourd'hui ?

– Ce n'est ni mieux ni pire. C'est là et ça ne bouge pas. » Elle se leva, soudain agitée.

« Pauvre petite, fit Eleanor. Tu as déjà assez souffert sans avoir besoin de ça. De toute façon, ce n'est qu'une petite éruption. Ça va disparaître.

– Oui, je suppose. Mais Ellie, dit Louise en pivotant d'un bloc, je n'en dors pas de la nuit. Je prends ces bains, ça me calme pendant quelque chose comme trois quarts d'heure, et après ça recommence. Et je prends aussi du Bénadryl, je crois que ça aide un peu. » Elle se rassit et but encore une gorgée de café. « En ce moment, je me sens bien. Il me reste sans doute vingt ou vingt-cinq minutes à me sentir bien. Avant que ça recommence.

– Tu as vu un dermatologue ?

– Le dermatologue ne sait pas, le généraliste ne sait pas. Le Dr Stern pense que c'est le résultat d'un traumatisme dentaire – tu te rappelles, ce canal dentaire, ce désastre du mois dernier ? Alors, j'ai répliqué : " Un traumatisme dentaire ! Docteur, ce ne sont pas mes dents qui me grattent ! " » Elle rit. « Tu veux encore du café ?

– Non, merci, répondit Eleanor. Comment Nat prend-il toute cette histoire ? »

Louise suspendit son geste et se tut un moment avant de remplir sa tasse. « Bien, répondit-elle enfin, sachant que ces quelques secondes de silence avaient appris à Eleanor tout ce qu'elle désirait savoir.

– Louise, fit celle-ci en posant une main blanche sur la main rouge de sa sœur. Tu sais que si tu as besoin de quoi que ce soit, on est là. N'hésite pas. Sid et moi sommes à ta disposition.

– Merci.

– Tu veux du gâteau ?

– Pas maintenant. »

Eleanor se leva pour débarrasser. Louise la regarda se diriger en boitant vers l'évier, laver les tasses et les mettre à sécher. Parfois, lors de matinées comme celle-ci, quand il tombait une pluie fine et qu'elle était encore en peignoir, un étrange sentiment d'intimité avec sa sœur envahissait Louise, et elles redevenaient deux petites filles installées sur ces extraordinaires toilettes jumelles. C'était une intimité qu'Eleanor encourageait et contre laquelle Louise luttait – elle ne voulait plus jamais être aussi proche de quiconque – mais d'une façon ou d'une autre, l'ancienne chaleur, la familiarité facile, réussissait toujours à s'insinuer en elle. C'était le cas même en ce moment; elle se sentait malgré elle souple, docile.

Eleanor revint s'asseoir. Sur la table, il y avait une petite pile de livres de bibliothèque, dont plusieurs ouvrages de Thomas Merton. « Thomas Merton ! fit Eleanor. C'est bien ce théologien, non ? » Elle ouvrit l'un des livres et l'examina d'un air faussement grave. « Le catholicisme, fit-elle d'une voix de télévision. Je me souviens très bien des catholiques de notre quartier, pas toi ? Tu te rappelles l'après-midi où Mary O'Brady et sa sœur nous ont coincées sur le manège ? Elles le faisaient tourner et tourner malgré nos hurlements et nos pleurs, et elles criaient : « Tu as tué le Christ, Louise Gold ! Tu as tué le Christ, Eleanor Gold ! » Elle secoua la tête. « Des gens bien, les catholiques.

– Ce ne sont pas tous des fillettes de dix ans ignorantes, dit Louise en lui reprenant le livre.

– Pourquoi lis-tu ces trucs-là ? Tu ne t'es jamais intéressée à la religion. »

Louise haussa les épaules. « Maintenant, je m'y intéresse. »

Eleanor la considéra avec méfiance.

« Oh, Eleanor, c'est sans importance, dit Louise en se levant et en emportant le livre dans la buanderie où elle le posa à côté du bac à cire. C'est juste quelque chose à quoi je réfléchissais, une idée en l'air.

– C'est en relation avec Nat ? demanda Eleanor. A cause de ce qui se passe avec Nat ?

– Il ne se passe rien avec Nat », dit Louise. Elle avait cru n'avoir aucune envie d'en discuter avec Eleanor, mais elle se rendit compte d'un seul coup combien elle désirait se confier, tout raconter à sa sœur. Elle avait du mal à endiguer le flot de ses paroles.

« J'étudiais juste le catholicisme – en tant qu'alternative », dit-elle en retournant s'asseoir. Elle jeta un regard nerveux en direction de sa sœur. Elle n'en avait parlé à personne excepté Danny. Il y avait des années qu'elle n'avait parlé à personne de sujets importants.

Eleanor la dévisagea sans bien comprendre.

« Alternative ?

– Eh bien, si tu tiens à le savoir, j'envisage de... de changer de religion. Je pense que le catholicisme a beaucoup à offrir aux gens qui se retrouvent seuls. C'est pour cette raison que j'ai pris rendez-vous la semaine prochaine avec le père Abernathy de l'église de la Sainte-Trinité sur Coolidge Street.

– Oh mon Dieu ! s'écria Eleanor. Oh, mon Dieu !

qu'est-ce que dirait maman ? Elle en mourrait, Louise. Si elle n'était pas déjà morte, elle en mourrait une deuxième fois !

– Je t'en prie, Eleanor ! Maman n'était pas pratiquante, et d'ailleurs, tu ne l'es pas non plus. Qu'est-ce que ça peut te faire ?

– Louise, dit Eleanor en lui prenant la main, réfléchis bien avant de faire ça, ma chérie. Pourquoi le catholicisme ? Nous sommes juives, Louise, juives à cent pour cent. Tu devrais peut-être en parler au rabbin.

– Je me moque du rabbin, riposta Louise en retirant sa main. Le rabbin est un sale coureur de jupons égotiste qui, je n'ai pas besoin de te le rappeler, a plaqué sa femme et ses trois enfants il y a à peine trois ans, et en plus pour une catholique !

– Alors, à un autre rabbin. Ou à une conseillère. Tu sais que la communauté peut très bien te conseiller. Mais un prêtre ? » Elle secoua la tête. « Ce n'est pas normal, Louise. Ce n'est pas sain. Tu devrais peut-être voir un psychiatre. »

Louise fixa son regard sur la fenêtre. « Je n'aurais pas dû t'en parler, dit-elle. Je le savais bien.

– Ce n'est pas vrai, Louise. Tu as bien fait. Maintenant, je vais pouvoir t'aider.

– Je n'ai pas besoin de ton aide. Tu ne comprends donc pas ? Ce n'est pas une question d'aide. C'est une question de – de la façon dont je suis censée vivre ma vie, ou ce qu'il en reste. Parce que rien de tout ça ne sert plus à rien. » Louise désigna d'un geste vague la cuisine, la machine à laver, les photos de ses enfants sur le mur. « Tous ces discours de psychiatres et de rabbins ne servent plus à rien. Rien ne m'aide plus. Si le catholicisme donne un sens à ma vie, quel mal y a-t-il ? Personne ne se soucie de moi ; je ne gâche l'existence de personne ; mes enfants sont grands, et Dieu sait qu'ils ont pris tout seuls leurs décisions. Et je me sens attirée, Eleanor, je... oh, laisse tomber, tu ne comprendrais pas. » Elle se passa la main dans les cheveux. « Écoute, promets-moi simplement de me laisser faire pour le mieux – du moins ce que je crois être le mieux pour moi. D'accord ?

– Louise, je vois très bien ce que tu veux dire. Tu te sens déprimée, et tu as besoin...

– Je ne me sens pas déprimée, l'interrompit Louise. Je me sens beaucoup plus que déprimée. » Elle glissa un regard vers sa sœur, pour voir sa réaction.

Eleanor paraissait grave, rien d'autre.

« Tu as raison de chercher de l'aide, ma chérie. Mais tu devrais réfléchir à la source à laquelle tu t'adresses.

– J'ai réfléchi, répondit Louise. Et je te l'ai déjà dit, je ne cherche pas d'aide. Ça n'a rien à voir. »

Eleanor se leva. « Je pense qu'il est temps que je m'en aille, dit-elle. Essaie quand même de réfléchir encore.

– Toi aussi, essaie de réfléchir à ce que je t'ai dit, répliqua Louise.

– Je le ferai si tu le fais, d'accord ? »

Louise haussa les épaules et détourna les yeux.

Dans l'après-midi, pendant qu'elle faisait des mots croisés, le téléphone sonna. « Mrs. Cooper ? fit une voix féminine pleine de dynamisme.

– Oui.

– Bonjour, Mrs. Cooper, vous ne me connaissez pas. Je m'appelle Melanie Frankel, et je suis la nouvelle assistante du rabbin du temple B'nai Mitzvah.

– Oh, pour l'amour du ciel, laissez-moi tranquille. Je sais que ma sœur vous a demandé de m'appeler, mais s'il vous plaît, laissez-moi tranquille.

– Mrs. Cooper, je désire simplement vous parler un instant. Je crois que vous traversez des moments difficiles, et je veux que vous sachiez que je suis à votre disposition si vous avez besoin de moi. Je suis là pour ça. Vous êtes déçue par votre propre foi – je peux le comprendre – mais je vous en supplie, avant de vous convertir, permettez-moi de vous exposer mes arguments. Vous vous le devez à vous-même, en tant que juive et en tant que femme.

– Cette affaire ne regarde pas ma sœur, répondit calmement Louise. Et vous non plus. Je n'ai pas mis les pieds dans cette synagogue depuis cinq ans et j'ai toujours payé ma cotisation au temple. Je suis libre, et je prends mes décisions seule.

– Réfléchissez bien, Mrs. Cooper. En règle générale, il n'est pas recommandé de prendre des décisions importantes en période de crise. Je ne vais pas vous retenir plus longtemps au téléphone, mais si jamais vous désirez m'appeler ou passer me voir, je suis à votre entière disposition, d'accord ?

– La seule chose que vous puissiez faire pour moi, c'est dire à ma sœur de me foutre la paix.

– Elle ne pense qu'à votre bien...

– Si seulement c'était aussi simple.

– En tout cas, elle vous aime beaucoup. Elle est très affectée, Mrs. Cooper.

– Vous êtes jeune, fit Louise. Et vous ne me connaissez pas. En plus, vous êtes très naïve. » Elle raccrocha.

Bien entendu, elle eut quand même envie de rappeler. S'ouvrir à Eleanor avait déchiré quelque chose en elle ; soudain, pour la première fois depuis des années, elle éprouvait la tentation du réconfort. La voix de la jeune femme, si calme, si pressante – il aurait été facile de s'abandonner à cette voix, de pleurer, de s'abandonner entre ce qu'elle imaginait être les bras forts de cette jeune femme forte. Mais il ne le fallait pas. Elle ne pouvait pas avoir confiance. Et puis, qu'était le réconfort ? Juste un calmant, un analgésique, un faux oubli, qui créait sans doute une dépendance. Pour cet usage, elle avait une pharmacie bourrée de médicaments amoureusement prescrits : Valium, Percodan, Halcion.

Elle se leva du canapé et repoussa ses mots croisés – une autre drogue en soi. Le téléphone sonna de nouveau.

« Louise, écoute-moi juste une seconde...

– Fiche-moi la paix ! » hurla-t-elle dans l'appareil, dans l'oreille de sa sœur, et elle raccrocha. Le silence qui suivit était aussi palpable que l'absence de quelqu'un qui vient de mourir. Eleanor pour une fois bâillonnée. Et brusquement, Louise fut prise de panique, et se demanda : C'est donc ça, les divagations des mourants ? Crise avait dit Frankel, l'assistante du rabbin. « Je suis en période de crise, dit Louise à haute voix. C'est moi, Louise, en période de crise. » Pourtant, alors même qu'elle prononçait ces paroles, c'était comme si quelqu'un d'autre s'exprimait par sa bouche.

Oh ! comme elle haïssait Eleanor à présent, la haïssait de renverser les rôles, de faire de Louise la malade, la faible, celle qui avait besoin qu'on s'occupe d'elle, et d'elle, Eleanor, la bien-portante, la forte, la personne rationnelle qui doit faire tout ce qu'elle peut, même contre la volonté de sa sœur, afin de l'aider. Comme elle avait dû attendre ce moment, après toutes ces années d'impuissance et d'échecs, après la polio, après son infirmité, après son horrible mari et ses horribles enfants – être, pour une fois, débordante de santé, avoir l'impression de tout avoir et de se trouver en mesure de pourvoir aux besoins de celle qui n'a rien. Comme elle doit exulter en ce moment ! se dit Louise. Comme elle doit adorer cela. Quand la balance avait penché de l'autre côté, Louise n'avait ni aimé ni désiré cela. C'était une situation affreuse dans laquelle le destin l'avait précipitée, assise toute la journée à l'intérieur de leur maison placée en quarantaine à guetter la faible respiration d'Eleanor dans la chambre de malade où elle n'avait pas le droit d'entrer et à penser à Tommy Burns sur la plage, avec le soleil étincelant, la mer, le sable, les mouettes qui criaient, et pendant ce temps-là, dans cette maison étouffante, son bronzage pelait et révélait bien trop tôt la peau blanche de l'hiver. Comme elle avait rêvé de retourner là-bas, parmi les baigneurs, ses amis ! Elle avait haï Eleanor cet été-là, mais avait fait ce qu'on lui demandait sans rien dire, avait aidé à la cuisine et à faire bouillir les draps. Et peut-être même avait-elle souhaité qu'Eleanor meure. Peut-être avait-elle souhaité plus que tout qu'Eleanor meure, ou disparaisse, ou ne soit jamais venue au monde pour qu'elle puisse de nouveau être libre, courir vers la plage et, dans la belle lumière, crier à Tommy Burns : « Tommy, c'est moi, Louise ! Je suis là ! Je suis de retour ! »

Eleanor le savait. Elle le savait, et maintenant, elle exigeait sa revanche.

Louise regarda la pendule. Il était quatre heures. A cinq heures, Nat rentrerait et la conduirait voir un autre médecin. A cet instant, elle comprit, sans savoir exactement pourquoi ni ce qui l'en empêcherait, qu'elle ne rappellerait jamais l'assistante du rabbin.

Elle prit son tricot et un livre; l'un comme l'autre ne cessèrent de tomber sur ses genoux. Le Bénadryl la rendait somnolente, trop somnolente pour marcher jusqu'à son lit. Pendant toute cette heure, elle demeura plongée dans un état proche du sommeil, puis elle se retrouva avec Eleanor, les deux meurtrières du Christ, agrippée au métal brûlant tandis que le manège tournait de plus en plus vite et que les bras des sœurs O'Brady s'entremêlaient, se superposaient, pareils à des lianes que l'on tresse. Le monde était une explosion vertigineuse de couleurs, leurs hurlements étaient couverts par le fracas métallique, et elle avait l'impression qu'on essayait de la tirer par les chevilles, mais elle tenait bon, sa bouche se remplissait de vent, et elle voulait que cela continue, que cela continue encore et encore.

April attendit plusieurs jours avant d'appeler sa mère pour lui annoncer qu'elle était enceinte. Elle ne se sentait pas assez forte pour affronter la critique et la désapprobation, expliqua-t-elle à Danny. Et c'était sans aucun doute ce qu'elle obtiendrait de Louise. Danny n'était pas d'accord. « Ça va être une nouvelle extraordinaire pour elle, insista-t-il alors qu'ils étaient attablés dans la cuisine. Elle avait abandonné tout espoir d'avoir des petits-enfants. Pense combien elle va être heureuse et surprise.

– Je voudrais bien en être sûre », répliqua April. Il était tôt dans l'après-midi, et ils terminaient un restant de soupe au poulet qu'Iris avait apportée dans la matinée. « Je ne crois pas avoir besoin de te rappeler que jusqu'à présent maman n'a jamais dit de bien de moi nulle part, ni à quiconque. Elle ferait plutôt le contraire, tu sais, minimiser ma carrière de chanteuse auprès de ses amies comme s'il s'agissait d'un vague phénomène de contre-culture, une sorte de phase adolescente que je traverse. » Elle rit. « Je la vois très bien lever les yeux au ciel et dire quelque chose du genre : " Mon Dieu, April, dans quelle histoire tu t'es encore fourrée ?" Et ça, mon cher frère, je n'ai absolument pas envie de l'entendre.

– D'accord, April, sur ce point tu as raison, dit Danny. Elle n'est pas douée pour les compliments. C'est une espèce de manie qui lui vient de son éducation; je suis persuadé que c'est lié à grand-mère. Mais n'oublie pas, à sa façon, elle est très fière de toi, même si elle ne le dit pas. Après tout, rappelle-toi l'album.

– L'album », répéta April comme s'il s'agissait d'une plaisanterie. Et pourtant, c'était vrai. Des années durant, Louise avait méthodiquement découpé et collé dans un album de cuir marron les scories de la vie d'April, les articles, les interviews, les critiques, les publicités, les prospectus, les affiches de concert et même les talons de billets. Tout ce qu'elle trouvait, elle l'y mettait, et après, elle reposait l'album à sa place, sur le piano, où il restait sans qu'on en parle, sans qu'on attire l'attention dessus, mais à la disposition des visiteurs ou des cousins curieux qui désiraient le consulter.

« Bon, d'accord, finit par concéder April. Je vais téléphoner ce soir.

– Pourquoi pas maintenant ?

– Danny! Je ne peux pas appeler maintenant...

– Mais si. Pourquoi pas ? Pourquoi attendre ? »

April eut l'air effrayée. Danny décrocha le téléphone et le lui tendit.

« Mon Dieu », fit-elle.

Elle n'eut qu'une seule touche à presser – c'était ce type d'appareil à mémoire – et elle entendit le « allô » familier de Louise, un « allô » étrangement enfantin qui faisait toujours croire à ceux qui ne la connaissaient pas qu'elle venait de pleurer.

« Bonjour, maman.

– Bonjour, ma chérie. Tu es encore chez Danny ?

– Ouais, ouais.

– Tu t'amuses bien avec ton frère, vous qui faites toutes ces merveilleuses choses de la côte Est dont nous, pauvres sauvages de l'Ouest, sommes privés ? »

April éclata de rire. « C'est vrai, vous n'avez pas Friendly's.

– Qu'est-ce que c'est, Friendly's ?

– Un restaurant. » April avala sa salive. « Dis, maman, d'après toi, quelle serait la nouvelle la plus surprenante que je pourrais t'annoncer maintenant ?

– Maintenant ? Que tu vas te marier.

– Eh bien, fit April, je ne vais pas me marier, mais je... je suis enceinte.

– Enceinte, répéta Louise.

– Oui. »

Il y eut une sorte de bruit étranglé, et Louise se mit à sangloter.

« Maman, fit April. Maman, pourquoi tu pleures ?

– Excuse-moi. Je... c'est juste que... oh, mon Dieu, je n'aurais jamais pu... enceinte ! April, mais comment ?

– C'est une longue histoire. Disons pour résumer que le père est un homme bien, un homme responsable, qui habite San Francisco, et que nous n'allons pas nous marier. Ce n'est pas un accident, mais quelque chose qu'on a organisé.

– Organisé ? Comment ça, organisé ?

– On a simplement décidé d'avoir un enfant ensemble, expliqua April. Insémination artificielle.

– Mon Dieu. Jamais de la vie, je... insémination artificielle ! Pourquoi tu ne m'as pas prévenue que tu faisais ça ?

– Je ne pensais pas que ça marcherait, répondit April. Je ne voulais pas te donner de faux espoirs.

– De faux espoirs ! » Louise parut soudain furieuse. « Écoute-moi bien, j'espère que tu ne comptes pas sur moi pour élever cet enfant à ta place, April...

– Quoi !

– Parce que si c'est ce que tu t'imagines, il ne faut pas que tu oublies...

– Maman, qu'est-ce que tu racontes ? Je n'attends rien de tel de ta part. Je te téléphonais uniquement pour t'annoncer que tu allais être grand-mère. » Elle laissa échapper un soupir de frustration. « Tu vois, je savais que tu réagirais de cette façon. Danny me disait : non, non, elle va être contente, mais moi, je savais que ça ne ferait que te donner un motif supplémentaire de te fâcher contre moi. »

Louise demeura un instant silencieuse. « Personne ne m'avait préparée à une chose pareille, dit-elle enfin.

– Je suis désolée.

– Tu comprends, tu ne t'es jamais comportée de façon responsable, April. Tu n'en as toujours fait qu'à ta tête...

– Maman, ce n'est pas le moment de me faire la morale...

– J'aimerais bien savoir comment tu vas élever cet enfant ? Tu es tout le temps en voyage, tu crois que c'est une vie pour un enfant ? Tu as réfléchi à ça ?

– Il a aussi un père, tu sais.

– Qu'est-ce que tu veux dire ? Tu vas le laisser au père ? Qui c'est ce père, d'abord ?

– Un homme très gentil. Très sérieux. Il s'occupera du bébé quand je serai en tournée.

– Comment s'appelle-t-il ? Qu'est-ce qu'il fait ? »

April ne répondit pas tout de suite. « Je te le dirai plus tard, fit-elle après quelques secondes.

« Mon Dieu », souffla Louise. Puis elle reprit « Pourquoi fallait-il que tu m'apprennes ça maintenant ? Je veux oublier cette conversation. Elle n'a pas eu lieu. Tu ne m'as rien dit, je ne sais rien...

– Mais, maman...

– Je suis malade, April ! » Et elle se remit à pleurer.

« Maman, murmura April d'une voix sourde. Excuse-moi, maman.

– Si tu savais la vérité ! » Louise se moucha. « Donc, tu ne m'as rien dit. Quand j'irai mieux, tu pourras m'en reparler, d'accord ?

– Peut-être, répondit April. D'accord.

– Bon, maintenant, il faut que je te laisse. J'ai des médicaments à prendre.

– Maman...

– Au revoir ! »

April raccrocha.

« April, dit Danny.

– Tu avais tort.

– April, je suis navré. Mais je suis sûr qu'elle va réfléchir.

– Elle a dit qu'elle était malade. » April entortilla une mèche de cheveux autour de son petit doigt.

« Elle a une sorte de rougeur, dit Danny.

– Ça a été terrible. Vraiment terrible. »

Danny posa la main sur l'épaule de sa sœur. « Je ne m'inquiéterais pas pour ça, April, dit-il. Ce n'est qu'une rougeur et qu'est-ce qu'une rougeur en comparaison de tout ce que maman a subi ? »

April ne répondit pas.

« Elle va aller mieux, reprit Danny. Et tu peux me croire, dès qu'elle ira mieux, elle sera ravie. »

Ils n'eurent pas de nouvelles de Louise ou de Nat avant plusieurs jours. Tout cet après-midi-là, April tenta de composer des chansons, d'abord sur l'album, mais elle trouva que cela ressemblait trop à une élégie, et sa mère n'était pas encore morte. Puis elle fut saisie d'un besoin frénétique de manger – elle dévora presque une boîte entière de biscuits – puis de créer, poussée par le désir furieux d'écrire une chanson, rien qu'une putain de chanson, avant la tombée de la nuit. Elle parcourut la maison à grandes enjambées, la guitare brandie comme une épée, puis elle s'abattit sur chaque lit ou canapé disponible pour reprendre sa posture créatrice, moitié couchée, moitié assise, la guitare à la main, le cahier de musique et le crayon à côté d'elle. A cinq heures, elle continuait désespérément à chercher des idées. « L'ontogenèse reprend la phylogenèse, dit-elle à Danny. Ce qui signifie que mon bébé, en se développant, passe par tout le processus de l'évolution. Tu ne trouves pas ça merveilleux ? Ça ne ferait pas un beau sujet de chanson ?

– Il me semble que cette histoire a été réfutée, dit Danny. Ou du moins sérieusement controversée. »

April essaya quelques accords sur sa guitare. « D'abord un poisson – d'abord une cellule – d'abord... » Elle haussa les sourcils, sourit, et se mit aussitôt à chanter d'une voix limpide : « Existe-t-il un instant de la conception, un instant où commence la vie... oh, merde, reprit-elle. Ça va foutre en rogne tous ceux qui militent pour l'avortement. Je ferais mieux de chercher autre chose. »

Elle se replongea dans son carnet, les doigts qui, pareils à des griffes, puisaient l'inspiration dans ses longs cheveux. Le soleil allait bientôt disparaître. « April, dit Danny, tu te souviens du jour où tu m'a emmené dans ce restaurant de *dim-sum* où tu avais rendez-vous avec ce type qui avait répondu à ton annonce ?

– Vaguement, répondit April entre deux accords. Ce n'est pas une période de ma vie que je me rappelle avec plaisir, pleine de pénis comme elle l'était.

– En tout cas, ça fait longtemps que je suis furieux à cause de ça. »

April le regarda. « Furieux ? Mais Danny, c'était il y a une quinzaine d'années !

– C'est vrai, mais j'ai l'impression que tu t'es servie de moi. Tu m'avais dit que tu voulais m'emmener déjeuner et, en réalité, tu voulais juste m'avoir avec toi au cas où ce type que tu n'avais jamais vu serait un raseur. Ce qu'il était d'ailleurs, si ma mémoire est bonne.

– Danny, dit April en reposant son crayon, tu es tellement salaud que je n'arrive pas à y croire. C'est vrai, c'est pour ça que je voulais que tu m'accompagnes, mais je te l'avais demandé, et tu m'avais répondu : mais oui, avec plaisir. N'importe quoi pour avoir tes chers *dim-sum* ! J'ai été franche avec toi dès le départ ! Mon Dieu, quelle opinion tu dois avoir de moi pour déformer les faits de cette façon !

– C'est donc mes souvenirs contre les tiens ?

– Je le crains bien.

– Et naturellement, étant donné que tu es la célèbre chanteuse qui peut écrire une chanson sur tout ça, c'est ta parole qui l'emporte. Bravo. » Il se leva et se dirigea vers la cuisine.

« Qu'est-ce qui te tracasse donc à ce point ? lui lança April. C'était il y a quinze ans. Quinze ans ! C'est de la préhistoire !

– Treize, corrigea Danny. C'était en 75.

– Pardonne-moi, dit April. Bon, maintenant, je voudrais bien composer une chanson, ça ne te dérange pas ? »

A part un « Je suis chez moi » auquel il préféra renoncer, Danny ne trouva rien à répondre. Il entra dans la cuisine. Il n'y vit rien à faire, et se versa un café avant de s'asseoir. Dehors, il pleuvait sans discontinuer. La rue était baignée d'une lumière jaune, floue, parfois striée de rouge lorsque passait une voiture. Même de cette pièce, derrière les portes battantes, il entendait le cliquetis des bavardages électroniques de Walter, ainsi que les accords assourdis de la guitare d'April, sur le chemin de la création. A tout prendre, un tableau singulièrement agréable, encore qu'il ne fût pas d'humeur à l'admettre : sa maison, un dimanche pluvieux, pleine des bruits de la vie des autres, et lui, comme sa mère, installé dans la cuisine, qui s'efforçait de s'imprégner de tout cela, redevenu un enfant au milieu de ses vacances d'été qui s'assoit et fait tout son possible pour évaluer le rapide passage du plaisir et convertir cette évaluation elle-même en état de plaisir. « J'apprécie cet instant, dit le Danny de maintenant. Je le vis », et aussitôt, il eut de nouveau seize ans et, attablé en face de sa mère au restaurant de chez Neiman-Marcus, il mangeait un sandwich baptisé la Grande Pagode. Mais bien sûr, comme à l'époque, au moment où il le disait, l'instant s'enfuyait.

Vers six heures, April tenait sa chanson. Walter et Danny prirent place sur le canapé pour écouter :

Toi mon enfant, qui grandis en moi,
Tu es la terre et tu es la mer,
Tu es toutes les créatures à la fois,
Dors, mon enfant, dors...

Tu as vu la terre des premiers âges,
Tu as vu les dinosaures sous les ombrages,
Tu as nagé et franchi de l'espace les pâturages,
Dors, mon enfant, dors...

Tu es le poisson et tu es l'oiseau,
Tu es l'ânon et tu es le lionceau,
Tu es le loup et tu es l'agneau,
Dors, mon enfant, dors...

Tu es le meilleur et tu es le pire,
Tu es le...

Le téléphone sonna.

« Le premier et le... merde et merde! s'écria April en

lâchant sa guitare. A chaque fois que je chante une chanson pour la première fois, ce putain de téléphone m'interrompt !

– J'y vais », fit Danny. Et il se précipita pour aller répondre dans la cuisine.

« Danny, c'est ton père.

– Bonsoir, papa. »

Il attendit que Nat dise que tout allait bien, mais Nat ne dit rien. Les secondes passèrent, et Nat ne disait toujours rien.

DEUXIÈME PARTIE

La dernière fois que Louise crut qu'elle allait mourir, elle était en train de mourir. Lumière réfractée, qui provenait d'une source mystérieuse; il ne semblait pas y avoir de fenêtres. Et la douleur, quelque part, qui habitait son corps. Seulement, elle, elle ne paraissait pas habiter son corps. C'était comme si la douleur l'avait emportée et qu'elle flottait autour du périmètre de son corps, ballottée au gré des vagues. De temps en temps, elle essayait de revenir, de soulever les paupières comme on soulève la porte du garage, et tout ce qu'elle voyait, c'étaient des appareils, quelque chose qui pompait, et des têtes recouvertes de masques et de drôles de chapeaux à fleurs. Deux yeux derrière des lunettes à monture noire étaient fixés sur elle – ceux de Nat, bien sûr. « Elle se sent comme si elle avait avalé dix Valium avec vingt Martini », dit une voix aux accents de médecin, et elle eut envie de rire, parce que, naturellement, ce n'était pas du tout ainsi qu'elle se sentait – elle se sentait tellement loin, repoussée d'elle-même et de la douleur qui était elle-même, qui paraissait avoir pris le dessus. « Tout ira bien, Louise, dit Nat en posant une main gantée de caoutchouc sur la sienne. Je sais que c'est dur, je le sais, mais on s'en sortira. Tous les médecins sont optimistes. » Il parlait comme si elle était terrifiée; elle ne l'était pas, bien qu'apparemment, il n'y avait pas très longtemps de cela, la terreur eut été toute proche. Elle se rappelait : l'ambulance dans l'allée, et la surprenante lumière bleue de midi, si brillante, pendant qu'on la transportait par la cuisine, encore en chemise de nuit. La terreur, oui, et le chagrin. Il lui semblait que c'était des années auparavant.

« Les enfants sont en route, dit Nat. Ils seront là dans la matinée. »

Je dois donc être en train de mourir, pensa Louise. Ça va, voulut-elle dire. Je n'ai plus aussi peur maintenant. Mais elle avait la gorge obstruée.

Danny attendait les bagages en compagnie d'April et d'Eleanor, et il regardait les valises en provenance de la soute tomber sur le tapis roulant l'une à la suite de l'autre. Il nommait intérieurement les couleurs au fur et à mesure qu'elles apparaissaient : bleu, vert, gris, jaune, gris, gris.

« April, tu coucheras chez toi, disait Eleanor. Ce charmant couple qui a loué ta maison assure qu'il n'y a aucun problème, ils installeront le canapé.

– On ne va pas à la maison ? » April avait pris un Valium dans l'avion et elle se passa la main dans les cheveux, les idées encore un peu embrouillées.

« Mais ma chérie, répondit Eleanor, on doit transférer ta mère demain dans le service des brûlés à San Francisco. Ça fait un long chemin. On a pensé que tu voudrais être plus près.

– Le service des brûlés, répéta April.

– Il en est question depuis hier matin, ma chérie. Ton père ne t'en a pas parlé ?

– Si, intervint Danny.

– Ce n'est pas une brûlure, c'est une éruption, dit April.

– Je sais, je sais, ce ne sont pas des brûlures, mais ce qu'elle a, ils pensent être mieux en mesure de le soigner dans un service de brûlés où il y a des équipements adaptés et des médecins spécialisés dans les problèmes de peau comme celui-là. Et de toute façon, ces charmants amis à toi, Jeff et Tina, je les ai appelés pour tout leur expliquer, et ils ont dit que ce serait très bien que tu habites chez toi.

– Jeff et Nina.

– Oui. Quant à ton père, l'hôpital dispose de quelques appartements dans l'immeuble d'en face, et on lui en a réservé un. A propos, Joanne m'a chargée de te dire que si tu avais besoin de quoi que ce soit, elle était à ta disposition. Je sais que vous ne vous entendiez pas très bien, mais vous êtes cousines après tout. »

April se prit le front. « Je n'arrive pas à y croire. On était dans le living de Danny, dans le New Jersey, j'étais en train de chanter, tout était normal et...

– Voilà mon sac ! » s'écria Danny, et il se précipita pour le saisir.

Après qu'ils eurent récupéré leurs bagages, Eleanor les conduisit dehors. « Sid devrait être là d'une seconde à l'autre avec la voiture, dit-elle. Ça devient impossible de se garer, et il a préféré tourner en rond. Quelle journée ! »

Danny leva la tête. Le soleil était haut et jaune, le ciel d'un bleu éclatant, nerveux. Il se rappela qu'il ferait mieux d'ôter son imperméable et son pull, et de remonter ses manches.

« Vous avez faim ? demanda Eleanor. J'ai pensé que vous n'auriez pas mangé, et je vous ai apporté des biscuits. » Elle tira de son sac un paquet enveloppé dans du papier aluminium.

« Non, fit April. Par pitié, non.

– Bon, bon. »

Un vieux break tout cabossé s'approcha. Oncle Sid klaxonna et leur fit signe.

Sid les déposa chez April. Jeff et Nina, de vieux amis d'université d'April, les accueillirent avec une réserve qui n'était pas seulement dictée, soupçonna Danny, par le fait qu'ils ne savaient pas quoi dire. Regardant autour de lui, il vit des signes de réaménagements hâtifs – marques sur la moquette qui suggéraient un déplacement récent du canapé, affiches de concerts accrochées de travers – preuves d'une tentative précipitée de leur part pour remettre les choses comme elles l'étaient lorsque April leur avait loué la maison six mois plus tôt. Ils étaient encore chez eux pour une année entière, mais cela n'empêcha pas April de franchir la porte avec l'assurance du propriétaire. « Pourquoi il n'y a pas de Tab ? demanda-t-elle après avoir ouvert le réfrigérateur.

– C'est-à-dire qu'on n'en boit pas, répondit Jeff.

– Mais j'en achèterai la prochaine fois qu'on ira faire des courses », dit Nina.

April s'assit à la table de la cuisine.

« Eau de Seltz ? » proposa Jeff. Elle fit oui de la tête.

« On est ravis de te voir, dit Nina en prenant un verre dans le placard.

– On regrette simplement que ce soit dans de pareilles circonstances », ajouta Jeff.

Le canapé était déplié, prêt pour la nuit. Constatant que Danny l'avait remarqué, Nina déclara : « On s'est dit que l'un de vous deux pourrait coucher là.

– Et l'autre dans le bureau. On a mis les enfants ensemble.

– C'est parfait, dit April en buvant une gorgée d'un air absent.

– Très bien. »

Il y eut un soupir de soulagement, comme si on venait de crever une ampoule.

Jeff et Nina étaient des ex-hippies gauchistes, sérieux, âgés d'environ trente-cinq ans, tous deux travailleurs sociaux, de sorte que personne n'aurait pu les soupçonner d'avoir commis le moindre acte déshonorant. Cachés sous leur lit, il y avait les débris d'un vase mexicain que leur fille de trois ans, Esther, avait cassé quelques mois auparavant, et ils avaient décidé de ne pas en parler, sauf si c'était April qui en parlait la première.

« Ça doit faire drôle d'être une invitée dans sa propre maison, dit Nina, dans l'intention de mettre les choses au point.

– Il faut que j'aille aux toilettes », dit April. Elle se leva et se dirigea en trébuchant vers la salle de bains.

Esther, la petite fille de trois ans, déboucha en courant du jardin de derrière. Elle portait juste une couche. « Je me suis évadée de prison! » cria-t-elle, et elle se jeta dans les jambes de Danny.

« Bonjour, Esther », fit-il.

Elle leva les yeux, effrayée, supposa-t-il, par cette présence massive et inattendue, et il y eut cet horrible instant où, la bouche grande ouverte, l'enfant décide qu'il va pleurer. Les traits d'Esther se tordirent, comme si elle allait cracher, puis elle mit les mains devant son visage, pareille à un boxeur, et se couvrit les yeux de répulsion et de terreur.

« Maman! hurla-t-elle.

– Esther! fit Nina en la prenant dans ses bras et en riant. Qu'est-ce que tu as? C'est oncle Danny. Tu le connais.

– Bonjour, Esther », répéta Danny.

Réfugiée contre le pull de sa mère, la fillette lança à Danny un regard si venimeux que celui-ci détourna la tête.

« Elle a simplement eu peur, dit Nina avec un petit rire crispé. N'est-ce pas, Essie? Elle est entrée en courant dans la cuisine et ne savait pas qu'oncle Danny était là, alors elle a eu peur, hein ma chérie? »

Esther sanglotait. April émergea de la salle de bains. Un instant, son regard rencontra celui de son frère. Aussitôt, ils détournèrent les yeux, tous deux alarmés, soudain, par cette perspective d'intimité qui paraissait presque incestueuse. Danny, au fil des ans, avait inventé des centaines de scénarios pour se représenter la mort de sa mère, mais il n'avait rien imaginé de tel : la maison d'April occupée par des étrangers; un service de brûlés; une enfant qui se cachait les yeux de ses poings. Il avait envisagé, craint, mis en scène des situations plus vraisemblables : déclin progressif, chambres plongées dans la pénombre, dernières volontés, l'hôpital familier à quelques minutes de la maison dans laquelle il avait grandi. Et au lieu de cela, il se retrouvait là, dans une autre maison, plus ou moins celle d'April, prêt à passer une nuit sur un canapé avant d'aller voir sa mère dans un hôpital où il n'avait jamais mis les pieds.

Était-ce bien vrai qu'il avait une maison, une voiture, un bureau avec son nom sur la porte, tout cela à plus de trois mille kilomètres d'ici ? Cette vieille impression s'insinua en lui, celle que la côte Est et tout ce qui comptait pour lui devenaient irréels. Peur d'une grève des avions et de rester coincé.

Il s'excusa pour aller téléphoner à Walter. Le bureau d'April était dans un état intermédiaire entre le sanctuaire qu'il avait été et la chambre d'enfant qu'il était devenu. Il y avait quelques gribouillages scotchés au milieu des photos qui montraient April en compagnie de célébrités. Des animaux de Sesame Street, toute une ménagerie, étaient empilés dans un coin.

« Il fait plus de vingt ici, annonça-t-il à Walter lorsque celui-ci eut décroché. Et à New York ?

– Probablement huit ou dix.

– Tu te souviens à New Haven ? Quand j'étais à la maison, je t'appelais, et s'il y avait une tempête ou je ne sais quoi, je te demandais de mettre le téléphone à la fenêtre pour entendre le vent et la grêle ? Je restais planté là, au soleil, dans la cuisine de ma mère, tu me manquais tant, et je voulais entendre la grêle, je voulais être sûr que New Haven existait toujours, et aussi la neige, et toi.

– Je me souviens, dit Walter.

– Je te voyais tendre le téléphone par la fenêtre ouverte, je voyais le téléphone se couvrir de flocons. Je te voyais vraiment, tu sais.

– Je sais, dit Walter. Je sais. »

Danny se mit à pleurer.

« Si tu veux que je vienne, je prends le premier avion, dit Walter.

– Le premier avion », fit Danny.

Ils empruntèrent la voiture de Nina et se rendirent à l'hôpital.

Pour rejoindre le service des brûlés, il fallait monter au premier étage, puis franchir une sorte de passerelle intérieure qui reliait la nouvelle aile à l'ancienne. Il y avait une exposition de dessins réalisés par des enfants brûlés – griffonnages rouges représentant des personnages qui, bouche ouverte, luttaient contre les flammes – et une salle d'attente lugubre – trois canapés en skaï et une table basse pleine de taches de café sur laquelle étaient entassés de vieux exemplaires du *National Geographic* et autres revues, rien de ce qu'on aurait pu avoir envie de lire, si ce n'est dans des moments de désespoir, au cours desquels, bien entendu, on était incapable de lire autre chose. L'éclairage était dispensé par des tubes au néon, dont l'un, près de lâcher, dégageait une faible lueur jaune tremblotante. On n'avait fait aucun effort pour rendre cet endroit plus accueillant, sans doute parce qu'on pensait que quiconque se trouvait là avait dépassé le stade où le décor pouvait encore fournir une consolation.

Nat était couché sur l'un des canapés, un masque noir sur les yeux. Il était enveloppé dans le peignoir bleu de Louise. « Papa », dit Danny doucement, et la main de son père se porta à son visage pour ôter le masque.

« Bonjour, mon garçon, dit-il en clignant des yeux dans la lumière crue. Bonjour, April. » Il se leva et les embrassa distraitement. « J'essayais de dormir un peu, reprit-il. Bon, le Dr Thayer vous attendait pour nous recevoir. Je vais prévenir la réceptionniste, d'accord ?

– Où est maman ? demanda April.

Nat montra une porte sur laquelle était marqué : SERVICE DES BRÛLÉS – ENVIRONNEMENT STÉRILE – NE PAS ENTRER SANS LA TENUE APPROPRIÉE. Puis il fit signe à une femme installée derrière un bureau de l'autre côté de la salle d'attente, et celle-ci hocha la tête avant de décrocher un téléphone. Elle reposa l'appareil, regarda Nat, hocha de nouveau la tête.

« Bien », dit ce dernier. Il fit passer April et Danny par une porte battante qui donnait sur une petite salle de conférences dépourvue de fenêtres. Le Dr Thayer entra ; c'était un homme d'une soixantaine d'années aux cheveux gris, avec des lunettes d'intellectuel et un nœud papillon.

Danny et April lui serrèrent la main, se présentèrent, et tout le monde s'assit.

« Il faut d'abord que je vous dise que votre mère est une sacrée bonne femme, déclara le Dr Thayer. Solide comme un bœuf. Vous prenez n'importe quelle autre femme de plus de soixante ans, avec des problèmes d'immunologie et toutes les cochonneries qu'elle a eues, et je n'aurais jamais parié qu'elle irait aussi loin. »

Personne ne parla.

« Le cœur est bon, c'est grâce à ça, reprit le médecin. Et elle est mince.

– Pendant des années, Louise a nagé tous les jours et suivi son régime, fit Nat. Elle disait tout le temps que ça l'aiderait un jour et que je devrais en faire autant. Je ne l'ai pas écoutée.

– Qu'est-ce qu'elle a ? demanda April.

– Vous avez déjà entendu parler de “ brûlures chimiques ” ? demanda le Dr Thayer.

– Non.

– Eh bien, en gros, ce qui est arrivé à votre maman est quelque chose de très, très rare, mais qui touche parfois les gens dont les défenses immunologiques sont atteintes. Il se produit une réaction – elle peut avoir été provoquée par ce médicament qu'on lui a prescrit, le Chlorambucil, ou peut-être par le traumatisme dentaire quand on lui a posé cette couronne – mais en tout cas, il s'agit d'une réaction de la peau, comparable à une allergie, mais beaucoup plus violente. Au début, ça a l'air d'une simple rougeur, et c'est pour cette raison que c'est difficile à diagnostiquer. Puis ça se transforme en brûlure. Vous savez, la peau est l'organe le plus sensible du corps, et une fois qu'elle est touchée, tout peut arriver. On devient sensible à toutes sortes de virus et de bactéries, et c'est encore amplifié quand le système immunologique est déficient. C'est ce qui se passe avec votre mère. Sa peau a été endommagée et, résultat, un certain nombre d'infections secondaires se sont déclarées. D'abord une pneumonie, puis une septicémie, ce qu'on appelait dans le temps un empoisonnement du sang. Il y a aussi quelques problèmes rénaux, et quelques petites infections bactériennes qui ne seraient rien si elles ne s'ajoutaient au reste. » Il toussa. « Nous lui avons administré tous les antibiotiques connus, et elle commence à réagir, mais il faut que je sois franc avec vous, je ne peux pas vous promettre qu'elle s'en sortira. »

Danny sentit quelque chose en lui qui se rétractait, qui cédait.

« Nous avons eu douze cas semblables, reprit le médecin. Et nous avons échoué pour onze d'entre eux. » Il ajusta ses lunettes. « Mais votre maman est costaud. Nous nous battons pour elle, et elle se bat avec nous. Nous faisons tout ce qu'il est possible de faire – nous traitons sa peau, bains, et tout le tremblement. Elle souffre le martyre, mais elle encaisse. Et à propos, la seule chose de bien avec les brûlures chimiques, c'est que ça ne laisse pas de cicatrices. Si votre mère s'en tire, elle sera superbe, comme si elle avait eu un lifting.

– Vous savez, je le lui ai dit, fit Nat, et elle m'a lancé ce regard, ce regard typique de Louise, comme pour dire : " Bravo, tout ça pour un lifting. " » Il rit. « Avoir gardé son sens de l'humour, c'est bon signe, non ?

– Absolument, répondit le Dr Thayer. C'est un excellent signe. Maintenant, le problème c'est de guérir la peau, et ensuite de s'occuper du reste. Telle que la situation se présente, il faudra peut-être la placer sous assistance respiratoire si la pneumonie revient nous embêter, mais ce n'est pas très grave, je vous assure ; comme ça, au moins elle respire. Et il faudra peut-être aussi la mettre sous dialyse si ses reins se bloquent. Mais comme je vous l'ai dit, attendons avant de voir. Elle est suivie vingt-quatre heures sur vingt-quatre dans ce que je vous garantis être le meilleur service de brûlés de toute la côte Ouest et peut-être même de tout le pays.

– Est-ce qu'on peut la voir ? » demanda Danny en espérant que le Dr Thayer allait dire non. Mais celui-ci répondit : « Bien sûr. Je pense que ça lui fera du bien de vous voir réunis auprès d'elle.

– Quand ?

– Tout de suite, si vous voulez.

– Un instant, fit April. Un instant. Je ne sais pas si je

peux y aller, je suis enceinte. » Elle jeta un regard autour d'elle, comme si elle s'attendait à ce que quelqu'un éclate de rire ou la traite de menteuse.

« Aucun problème. L'environnement stérile est destiné à protéger les malades de votre contact, et non l'inverse. Du moment que vous revêtez la tenue appropriée et que vous ne restez pas trop longtemps à chaque fois, il n'y a aucun risque pour l'enfant que vous portez. »

April se frotta le nez et baissa les yeux.

« Ah, et félicitations, à propos. Je suis sûr que de savoir qu'elle va être grand-mère ne pourra qu'aider votre mère à lutter. C'est la première fois?

– Oui, répondit Nat.

– Moi, j'ai six petits-enfants, dit le médecin. Le plus âgé a dix-sept ans, le plus jeune six mois. »

Devant la porte du service des brûlés, ils glissèrent des sacs en papier sur leurs chaussures et endossèrent des blouses blanches.

« Elle te l'a dit? demanda April à son père quand le Dr Thayer se fut éloigné pour s'entretenir avec une infirmière.

– Quoi ? Ah oui, répondit Nat avec distraction. Elle me l'a dit juste après ton coup de téléphone. Je t'aurais appelée, mais son état a commencé à s'aggraver.

– Tu es content?

– April, ce n'est vraiment pas le moment de me demander...

– Allons, papa, réponds juste à cette question, et après je te ficherai la paix.

– Écoute, April, on pourra en reparler quand ta mère sera tirée d'affaire.

– Bon, d'accord, mais dis-moi simplement si tu es content. »

Nat allait passer les bras dans les amples manches de sa blouse blanche, et il suspendit son geste. « Oui, je crois que oui, dit-il. Il me semble que je suis content. Aide-moi, tu veux? »

Il se tourna, et April lui attacha sa blouse par-dessus sa veste de tweed.

« Maintenant, j'espère que vous êtes préparés à ce qui vous attend, dit le Dr Thayer en les conduisant le long du couloir qui faisait le tour du service des brûlés. Elle n'est pas très belle à voir, et je ne voudrais pas que vous soyez trop choqués. »

Ils poussèrent une porte battante qui donnait dans une pièce pleine de machines bruyantes. Danny trouva qu'il y avait une odeur de caoutchouc brûlé. Des infirmières et des médecins, tous en blouse blanche comme Danny, April et Nat, surveillaient les appareils et notaient des observations sur de grandes feuilles. Une femme racontait une blague. En fond sonore, quelqu'un chantait une chanson à la gloire d'un trou perdu du Texas.

« Bienvenus au poste de commandement, reprit le Dr Thayer. Les malades sont disposés tout autour, derrière les cloisons en verre, de sorte que nous pouvons intervenir sans perdre un instant. »

Comme s'il n'était qu'un simple visiteur, Danny regarda les chambres vitrées qui, pour la plupart, avaient les rideaux tirés. Dans un coin, il y avait de larges bacs en inox qui lui rappelaient ceux dans lesquels on faisait la soupe au réfectoire de l'université.

Derrière l'une des séparations, des silhouettes vêtues comme les autres, mais qui portaient en plus des masques et des bonnets, étaient penchées au-dessus d'un lit installé au centre de la petite pièce, pareil à celui d'une reine. C'est la direction qu'indiqua le Dr Thayer d'un geste de la main.

« Il fait chaud ici, dit April.

– Nous conservons toujours une température et un taux d'humidité élevés, parce que la peau se cicatrise plus vite dans ces conditions. Nous avons même notre propre générateur en cas de panne d'électricité. A présent, enfilez ça, et allons voir votre maman. »

Ils passèrent des gants en caoutchouc, des masques en

papier et des chapeaux également en papier, avec des motifs à fleurs roses et violettes.

« Ces chapeaux me rappellent les corsages de tante Eleanor, dit April.

– Bien », fit le Dr Thayer lorsqu'ils furent tous équipés. Il les examina comme un père examine ses enfants avant de les laisser sortir. « On y va. »

Danny se dit : c'est le carnaval et on est tous déguisés en tante Eleanor. Ils franchirent une nouvelle porte battante et débouchèrent dans la chambre vitrée de la reine. La phalange de spécialistes en masque et bonnet se dispersa. D'autres machines bourdonnaient, reliées à Louise par des tuyaux en caoutchouc et de minces tubes en plastique qui s'entremêlaient autour et en dessous du lit en un labyrinthe tout aussi complexe que celui de la maison de Gresham.

Après avoir étudié les chiffres rouges communiqués par l'un des appareils, le Dr Thayer déclara : « Je vous laisse un instant ».

Louise était là, enveloppée de la tête aux pieds dans de la gaze blanche, telle une momie. On lui avait graissé les cheveux avant de les repousser tant bien que mal en arrière. Son visage – la seule partie visible de son corps – était couvert de plaies et de cloques. La peau était rouge, mais pas du rouge qui venait à l'esprit de Danny lorsqu'il évoquait des plaies et des cloques. C'était le rouge des roses, ou des voitures de pompiers.

Ils s'efforcèrent de ne pas détourner le regard, alors que c'était pire que ce qu'ils avaient imaginé, alors que rien, pensa Danny, n'aurait pu les avoir préparés au terrible spectacle qu'ils avaient sous les yeux. C'était comme si elle avait subi une espèce de transmutation magique ou qu'elle fût en proie aux affres de la possession. Toute l'horreur de la chose, c'était que même ainsi, elle demeurait toujours et obstinément elle-même.

Les yeux d'April, au-dessus de son masque, étaient écarquillés; elle se tenait droite, sans flancher. Suivant son exemple, Danny se redressa. (Louise lui avait souvent reproché son dos voûté.) C'est moi, se dit-il, c'est elle, et nous sommes dans cette chambre. Regarde-la.

Il la regarda.

Les yeux de Louise étaient enflés, injectés de sang, à peine ouverts. Elle se mit à trembler, secouée de spasmes violents comme si elle était traversée par un courant électrique. « J'ai oublié de vous avertir, dit Nat. La fièvre monte chaque après-midi, et elle est prise de ces tremblements incontrôlables. Mais ça passe, ça passe. » Il s'approcha.

« Bonjour, ma chérie.

– Nat, dit Louise. Nat, je...

– Je sais, je sais. Ces tremblements sont très pénibles. »

Les dents de Louise s'entrechoquaient. « Je veux... je veux... ne...

– Les enfants sont là, Louise. April et Danny, tu les vois ? »

Elle se souleva légèrement, et sa tête ballotta comme celle du basset en plastique que tante Eleanor avait naguère sur la lunette arrière de sa voiture.

« Bonjour, maman, dit Danny.

– Bonjour, maman », dit April.

Louise eut un vague sourire. « Bonjour... Danny... bonjour. » Même à travers ces balbutiements, Danny perçut l'effort que Louise faisait pour retrouver cette intonation qu'elle utilisait souvent quand elle était malade – le vibrato aigu de la mère juive fait pour engendrer un sentiment de culpabilité : « Oh, je vais très bien. Ta pauvre vieille mère va très bien. » C'était drôle ; elle était à peine capable de prononcer deux mots, à peine capable de parler, et pourtant cette litanie de toujours, cette voix familière destinée à punir était encore là. Aussi désespérée que fût la situation, Louise paraissait déterminée à garder autant que possible sa dignité.

« Comment te sens-tu ? » demanda Danny.

Louise parvint à esquisser un haussement d'épaules et à dire quelque chose qui sonnait comme : « Eh. »

Danny et April éclatèrent de rire, et semblèrent ne plus devoir s'arrêter.

« Sacrée maman, finit par dire April. Toujours ce bon vieux sens de l'humour. »

Mais Louise ne faisait plus attention à eux. Elle se

tourna de nouveau vers Nat et dit : « Je veux... je veux... », et elle montra la table du doigt.

« Quoi ? demanda Nat. Qu'est-ce que tu veux ?

– Klee... Klee...

– Un Kleenex ? Tu veux la boîte de Kleenex ? Tiens. » Il lui tendit la boîte.

« Non ! » s'écria-t-elle, et ses traits se tordirent de colère. « Non, Nat ! » Ton furieux habituel. « Mes... mes...

– Ah, oui, fit Nat. Je me souviens. Elle déteste les Kleenex d'hôpital, expliqua-t-il à Danny et à April. Elle veut les siens, ceux dont elle se sert à la maison. C'est ça ? »

Louise fit signe que oui, et sa tête retomba sur l'oreiller. Les tremblements parurent s'atténuer.

« Danny, si tu allais demander à l'infirmière si on peut apporter à Louise ses propres Kleenex ?

– Bien sûr », répondit Danny. Il poussa la porte battante et entra de nouveau dans la pièce que le Dr Thayer avait appelée le poste de commandement, où il se débarrassa de son bonnet et de son masque qu'il déposa dans les deux corbeilles destinées à cet usage.

« Vous n'allez pas le croire, dit-il à une infirmière au visage criblé de taches de rousseur qui notait quelque chose sur une grande feuille en chantonnant un air des Judds qui passait à la radio, mais elle dit qu'elle n'aime pas les Kleenex d'hôpital et qu'elle en veut de vrais.

– J'ai déjà vu plus bizarre que ça, dit l'infirmière. En tout cas, vous pouvez aller lui en chercher si c'est ce qu'elle désire.

– Merci. » Danny mit un nouveau chapeau, un nouveau masque, une nouvelle paire de gants. April et Nat avaient pris des chaises et s'étaient installés à côté du lit de Louise.

« Ça fait un peu plus de dix semaines aujourd'hui, disait April. J'espère que ce sera une fille pour que je puisse l'appeler comme toi. »

Dieu merci, Louise, pour une fois, demeurait calme, et laissait échapper un petit sifflement à chaque respiration.

Debout là, près du lit, Danny pensait à une photo que Nat avait gardée et qui datait de la guerre, de l'époque où Louise travaillait comme soudeuse dans un chantier naval. On lui avait demandé de servir de modèle pour un catalogue, et elle posait sur une toile de fond constituée d'une plaque de carton dans une combinaison faite d'un mélange de cuir et de métal, un chalumeau à la main. La combinaison était coupée aux mesures de ce qu'on appelait alors une belle femme – ce que Louise était – et maintenant, penché au-dessus de ce corps bandé de blanc, Danny s'apercevait avec surprise qu'il avait l'air jeune ; c'était le corps d'une fille athlétique, élancée, aux jambes musclées, aux hanches étroites et aux épaules larges. Il ne se serait jamais imaginé que sa mère fût dans une pareille forme physique, car depuis des années elle ne portait plus que des vêtements amples et stricts. L'espace d'un instant, il se demanda, à la lumière violente du service des brûlés, si elle n'avait pas été ramenée au-delà de sa modestie et de sa condition d'épouse à la jeune fille rebelle qui, en 1944, avait brandi un chalumeau au nom de la liberté et de l'Amérique.

Un liquide brun coulait dans son corps par un tuyau ; un liquide jaune s'en échappait par un autre. Danny observa cet échange, puis la porte s'ouvrit et le Dr Thayer revint avec un linge humide plié dans un récipient en inox. « Bonjour, Louise, fit-il en s'avançant. Je vous ai apporté quelque chose. » Il tamponna doucement ses paupières enflées et couvertes de cloques à l'aide du linge, et le visage de Louise se tourna vers lui avec une expression de plaisir. « Oui, reprit-il. Ça fait du bien, n'est-ce pas ? » Il lui passa ensuite la serviette sur les joues, les lèvres. C'était le genre de moment intime auquel, si elle n'avait pas été si malade, elle aurait interdit à ses enfants d'assister, mais elle semblait oublieuse de tout sauf du linge mouillé. « Oui, répéta le médecin. Oui, ça fait du bien. » La bouche de Louise s'ouvrit et se ferma pour, dans cette chambre moite et silencieuse, faire et refaire l'esquisse d'un baiser.

Nat désirait demeurer quelques minutes seul avec elle, et April et Danny jetèrent un dernier regard, un long regard, avant de s'en aller. Tous deux craignaient qu'elle ne meure avant leur retour, mais même en de pareilles circonstances, que faire sinon rester à regarder? Plus de masques, plus de gants, plus de chapeaux à fleurs. Le long couloir circulaire. Plus de sacs sur les chaussures; plus de blouses blanches. Ils franchirent la passerelle qui menait à l'aile neuve, moderne et efficace de l'hôpital. Là, c'était presque gai; des femmes se promenaient dans les couloirs, qui conduisaient leurs goutte-à-goutte comme s'il s'agissait de vieilles grand-mères. Toutes les calamités ordinaires, jambes cassées, bébés, cancers. April et Danny prirent l'ascenseur et sortirent par les portes automatiques.

Sur les marches de l'hôpital, inondées de soleil, April inspira profondément, comme quelqu'un qui vient d'échapper à un incendie. Danny posa sa main sur son bras. Elle soupira. Il l'enlaça. La chemise en coton de sa sœur était trempée de sueur.

April l'attira contre elle sur les marches en ciment et se mit à pleurer. Sa tête s'abattit sur la poitrine de Danny; elle sanglotait sans se soucier des gens autour d'elle. Il avait plein de cheveux d'April dans la bouche, de longues mèches douces au goût un peu sucré, et il pleurait aussi.

Mais pendant combien de temps peut-on pleurer? Pas pour toujours. Ils n'avaient pas de brûlures; ils étaient bien dans leurs corps.

April finit par s'arracher à Danny. Elle s'essuya le nez avec son bras gauche. Sa peau était pâle, couverte de taches de rousseur, et semblait étonnamment innocente. « Il faut que j'aille aux toilettes », dit-elle. Et elle se moucha.

Ils se levèrent des marches sur lesquelles ils étaient assis et, d'un pas incertain, regagnèrent le hall de l'hôpital. Il y avait un téléphone public et Danny fit le numéro de Walter.

« Walt, dit-il.

– Danny ? Qu'est-ce qui est arrivé ?

– J'ai besoin que tu viennes, dit Danny en fermant les yeux. J'ai besoin de toi ici. »

Walter, comme promis, prendrait le premier avion. Danny raccrocha et s'adossa au mur. April ne tarda pas à revenir, la figure luisante.

« Je suppose qu'il faut qu'on remonte, dit-elle.

– Non, pas tout de suite. Reposons-nous une minute. Ou allons nous promener un peu.

– D'accord », fit April.

Mais ils ne bougèrent pas.

Il régnait dans le service des brûlés une espèce d'arythmie perpétuelle, comme dans la maison hantée d'une foire. Rien ne s'y déroulait jamais comme ailleurs. Le travail se poursuivait au cœur de la nuit, les dîners avaient lieu à l'aube. Le seul événement qui présentait un semblant de régularité était le bain, donné tous les jours à une heure de l'après-midi, au cours duquel les malades étaient plongés dans de grands bacs en acier remplis d'une potion qui brûlait mais opérait des miracles, puis leurs plaies étaient frottées et débridées. Ces bains étaient affreusement douloureux, et c'est pourquoi ce moment était le seul de la journée où les visites étaient interdites. Aussi, lorsqu'une heure s'annonçait, Danny, April et Nat avaient-ils coutume de remettre leur veste et de sortir d'un pas lourd pour aller déjeuner. Ils clignaient des yeux et chancelaient dans le soleil éblouissant, et paraissaient alors à l'écoute d'autres créatures qu'eux-mêmes. Ils étaient attirés par tout ce qui était fort : curries thaïs, petits légumes coréens macérés avec des piments rouges, sushi tartiné de wasabi. Quand Walter arriva, il les accompagna, mais plutôt comme un témoin muet, un observateur appartenant au monde extérieur. « Écoute, lui disait Danny, April veut aller dans ce japonais où il y a ces grands bols de nouilles, mais moi, j'ai envie d'un chinois. Qu'est-ce que tu en penses ?

– Peu importe, répondait Walter, peu importe. » Il ne parvenait pas à croire que Danny pût se soucier de nourriture à des moments pareils, mais d'un autre côté, il ne tenait pas à créer de frictions; après tout, qu'est-ce qu'il en savait?

Tout le reste de la journée, ils étaient pris par le service des brûlés. Ce qui s'y passait était suffisamment grave pour que les questions vagues ou existentielles trouvent des réponses claires. Combien de temps peut-on pleurer? Danny se l'était demandé ce premier jour, lorsque April et lui avaient éclaté en sanglots sur les marches de l'hôpital. Eh bien, dans la chambre en face de celle de Louise, il y avait un garçon de huit ans qui avait pleuré trente-six heures. Ses plaintes étaient sans colère – lamentation rauque qui montait et descendait, mais ne cessait jamais et finissait par se fondre aux autres bruits du service des brûlés, celui des diverses machines cruelles qui bourdonnaient, pompaient et tournaient pour maintenir la vie, celui de la musique country-western diffusée par le magnétophone et celui des voix étouffées des infirmières qui plaisantaient, réunies dans le poste de commandement. On semblait s'habituer à tout.

Le garçon s'appelait Jaime Delgado. Au moment où April et Danny débarquaient de l'avion de New York, il avait approché une allumette d'un bidon d'essence. Ses parents, Jesús et Dorell, eux, ne pleuraient jamais; ils fumaient et se rongeaient les ongles. Jesús était un motard, mais pas tout à fait un Hell's Angel; c'était le genre d'hommes qu'April connaissait bien, elle qui, dans le passé, avait parfois accepté la protection de motards lors de concerts qui risquaient de dégénérer. Nat n'avait jamais rencontré de motards, et encore moins enfourché ou même imaginé enfourcher le siège en cuir chaud d'une machine en échappement libre, mais ici, c'était sans importance. Dans le service des brûlés, les distinctions habituelles – âge, situation, religion – n'avaient plus aucun sens. Ici, c'était la démocratie parfaite; la souffrance, le grand niveleur. Cynisme, oui, mais aussi compassion, lucidité.

Jaime Delgado était brûlé au troisième degré sur

presque tout le corps, et Nat s'inquiétait de sa guérison, ne tarissait pas sur ce sujet ; et dans le même temps, Dorell – une femme qui paraissait tout en longueur, longs cheveux noirs, jambes longues et maigres, ongles rouges longs et prédateurs – semblait ne jamais posséder assez d'informations sur l'état de Louise. Elle écoutait avec attention tout ce que Nat n'était que trop heureux de lui dire. L'un des syndromes de la salle d'attente, c'était de ne plus pouvoir s'arrêter de parler. « Comment va votre femme ? » était une question à éviter, qui valait à l'inconscient qui l'avait posée une conversation d'une bonne demi-heure, et c'était pour cette raison que les infirmières, les réceptionnistes et les assistantes sociales esquivaient adroitement tout bavardage quand elles allaient déjeuner ou en revenaient. Par bonheur, Nat et Dorell donnaient l'impression de trouver du réconfort l'un auprès de l'autre, ou du moins une distraction. Penchés à se toucher, ils parlaient si bas que ceux qui étaient dans la salle d'attente ne percevaient de leur conversation que des bruits de bouche, de légers soupirs et de petits grognements, mélanges d'incrédulité et d'horreur.

Jesús Delgado était moins enclin à évoquer l'état de son fils, mais il aimait bavarder. Il parla à Nat des trois fois où il avait traversé le pays en moto. « C'est ça, mon idée de l'éducation, professeur. » (Dorell et lui appelaient Nat « professeur » ; il ne pouvait pas en dire autant de ses étudiants.) « Voir le monde, le vent dans le dos et tout ça. Aller très vite, regarder tout défiler. C'est un grand pays. Je ne prétends pas en savoir autant que vous, mais je sais combien les choses sont grandes.

– Moi aussi, je voudrais bien le savoir, fit Nat.

– Mais vous pouvez peut-être m'apprendre autre chose, professeur. Me dire pourquoi c'est nous, plutôt que d'autres, plutôt que n'importe qui, qui sommes ici cette nuit au lieu d'être à la maison en train de dîner ? Et ne me répondez pas Dieu, j'ai cessé d'y croire à douze ans. »

Jesús regarda sa vieille mère, Aurora, assise en face de lui dans la salle d'attente, tout de noir vêtue, qui faisait des fleurs au crochet sur un fond rose et se récitait des neuvaines. « Heureusement qu'elle ne comprend pas bien l'anglais », dit-il. Il lui sourit en riant. Elle leva les yeux et lui rendit son sourire.

« Alors, votre réponse ? » demanda-t-il quelques secondes plus tard. Nat se redressa.

« Eh bien, fit-il en cherchant ses mots, les lois de la probabilité indiquent que le malheur peut frapper tout le monde à un moment donné. En d'autres termes, c'est le hasard.

– La bonne vieille roue de la fortune, dit Jesús. Qui tourne, tourne, tourne.

– Ouais, mais dans la vie, elle ne fait pas toujours de cadeaux. »

A ces paroles, Dorell lui jeta un coup d'œil et éclata de rire. « Vous savez, c'est drôle, la dernière fois que j'étais à L.A., j'ai essayé de participer à cette émission. J'ai été parmi les neuf finalistes. Dommage, j'aurais bien voulu gagner un voyage aux Bahamas, ou à Porto Rico. Un endroit où on peut se dorer au soleil et se détendre.

– Ouais, ça serait bien, fit Jesús en s'étirant. Être allongé sur une plage en ce moment ! »

Sa mère dressa soudain la tête, les regarda tous les trois, puis retourna à son crochet.

Dans la salle d'attente, les cendriers en plastique pleins de taches et d'éraflures débordaient de mégots ; de temps en temps, quelqu'un était pris de dégoût et allait les vider dans la poubelle. La nuit tirait à sa fin – une progression unique, intemporelle, marquée seulement par le départ des secrétaires (il n'y avait pas de fenêtres) – et le tube au néon défectueux continuait à trembloter, à faiblir, mais ne lâchait pas. Au cours de la nuit, un garçon de salle passait parfois avec un seau de désinfectant et nettoyait le lino qui, l'espace de quelques minutes, brillait vraiment.

L'heure du dîner. Trop d'amis avaient l'excellente idée d'apporter à manger. Eleanor arrivait avec de la dinde et du rosbif froids, de la mayonnaise qu'elle avait fait elle-même, du pain de seigle et des tomates; Danny allait acheter des barquettes de nouilles chinoises, de riz frit, de poulet à la sauce pékinoise; María, la tante de Jesús, venait avec des *enchiladas*, des *flautas*, des *chiles rellenos*. Il y avait trop à manger, une abondance affligeante de nourriture; les assiettes et les plats s'empilaient sur la table basse et aussi par terre. Personne ne savait par où commencer, sauf Eleanor qui se servait de tout. « Oh, c'est tellement délicieux! dit-elle en goûtant les *chiles rellenos* de la tante de Jesús. Quelle est la recette? »

Elle posa la question à la mère de Jesús, Aurora, qui la regarda sans comprendre et lui sourit. « Bon? demanda-t-elle simplement.

– Oh, oui, très bon, répondit Eleanor. Je tiens une rubrique cuisine. »

La vieille femme hocha la tête.

« Une rubrique cuisine – vous savez, dans un journal – et je voudrais faire un article sur vous. » Eleanor la désigna du doigt. « Vous. »

La vieille femme hocha de nouveau la tête.

« Oui, fit-elle. Cuisine mexicaine très bonne. »

Dans le service des brûlés, la vie était un combat perpétuel, petites victoires face à de grands désastres.

Tous les matins, quand April, Danny et Walter arrivaient, Nat était déjà là. Soit il avait passé la nuit sur place, soit il avait quitté à l'aube l'appartement minable qu'on lui avait attribué de l'autre côté de la rue. Lorsqu'ils venaient le rejoindre, aux alentours de huit heures, imprégnés de l'odeur du vent et des gaz d'échappement, il les mettait au courant des événements de la nuit, puis ils voyaient tous les quatre ensemble le Dr Thayer, en général dans la salle d'attente, parfois dans la petite salle de conférences.

Les bonnes nouvelles n'étaient pas légion, mais il y en avait de temps en temps. « Elle est mieux, dit le Dr Thayer le mardi. Il y a une nette amélioration. » Le mercredi matin, le respirateur était en place – interdiction de parler – et la fièvre monta au-delà de quarante. L'après-midi, elle baissa, et les antibiotiques agirent. En début de soirée, ses reins flanchèrent. Médecins et infirmières se groupèrent pour « s'occuper d'elle »; c'était l'expression que Kitty, l'infirmière de nuit, utilisait : « Ils s'occupent d'elle depuis deux heures pour essayer de la remettre en état. »

A l'intérieur de la chambre de Louise, des machines aux cadrans impénétrables affichaient des chiffres rouges et traçaient des lignes de lumière bleue qui indiquaient le rythme de son cœur et de sa respiration. L'odeur de caoutchouc brûlé avait diminué, ou semblait avoir diminué – ils s'y étaient peut-être habitués. Louise paraissait un peu plus elle-même malgré les tubes qui se glissaient dans sa gorge et, sous les bandages, dans ses deux bras, une de ses jambes et son flanc droit. Ses mains étaient à l'air libre; elle avait sur elle une légère couverture. Quand elle dormait, sa tête roulait sur le côté, et sa mâchoire pendait. Danny la regardait parfois dormir par la vitre, pendant que tout autour d'elle les appareils continuaient à enregistrer l'état de sa vie avec leurs fines aiguilles qui luisaient. Il y avait quelque chose de brutal à devoir rester couchée ainsi, seule au milieu de toute cette technologie de survie.

Le jeudi matin, elle était lucide et avait des choses à dire. Nat demeura trois heures auprès d'elle, à jouer aux charades : Louise essayait de s'exprimer par gestes, et Nat essayait de les interpréter. Elle voulait surtout lui dire des choses qu'il savait déjà. Elle ne pouvait plus respirer; elle avait peur d'étouffer; elle voulait ses Kleenex à elle. Elle tenta d'écrire. Les feuilles s'entassaient et ses messages illisibles dérapaient de la page, griffonnages de rage qui cassaient la mine du crayon.

La cousine Joanne, venue rendre visite à sa tante, était dans la salle d'attente. « Bonjour, dit-elle à Dorell Delgado. Je m'appelle Joanne Finkel, je suis la nièce de Louise. Je suis au courant pour votre fils, c'est triste, mais, voilà, je voulais lui donner ça. »

Elle tendit un sac de chez Macy dans lequel il y avait

une grande boîte enveloppée dans du papier cadeau « Les Maîtres de l'univers ».

« C'est un assortiment de Lego. Vous savez, pour construire des avions, des maisons, des voitures. Le vendeur m'a dit que les garçons adoraient ça. Et puis, ça l'occupera quand il se sentira un peu mieux. » Joanne sourit, détourna la tête. « Je ne sais pas, je pensais que ça lui ferait peut-être plaisir. Vous pouvez le rapporter, si vous voulez.

– Merci, fit Dorell. C'est très gentil de votre part.

– Oh, de rien », fit Joanne. Elle s'appuya contre le mur, soulagée, semblait-il, qu'on ne lui ait pas lancé son cadeau à la figure. « Je fais de mon mieux, reprit-elle. Je suis comme ma mère, mais je ne suis pas aussi bonne cuisinière. Et j'adore les enfants. Mais je n'en ai pas. » Elle leva les yeux au ciel. « Ce que je veux dire, c'est que je ne vous connais pas, mais que je vous comprends. Entre femmes. Vous voyez ce que je veux dire ?

– Vous savez, je suis sûre que Jaime va être content. Il va sans doute rester ici un bon bout de temps et il aura besoin de jouets comme ça pour se distraire. Je vais le lui montrer tout à l'heure. »

Joanne sourit, contempla la pointe de ses chaussures. « Merci, fit-elle. De rien. Enfin, merci, je veux dire. » Elle rit. « Merci et de rien. Ce n'est pas ce qu'on dit ? »

En fin d'après-midi, Walter et Danny quittèrent le chevet de Louise et allèrent se promener le long des rues qui quadrillaient les collines à pic, jusqu'à ce qu'ils se trouvent face aux nervures rouges du Golden Gate Bridge. San Francisco est peut-être la ville la plus paisible du monde, surtout par un après-midi vif et ensoleillé quand le vent est d'humeur badine et qu'il jaillit par surprise au milieu des maisons de guingois le long des pentes abruptes avant de regagner sa cachette. Des cloches, quelque part. Un chien qui vadrouille sur le trottoir, sa laisse dans la gueule.

Ils restèrent un moment à contempler le panorama, les bateaux et le bleu de la mer.

« Je crois qu'on devrait retourner, finit par dire Walter.

– Oh, Walt, vraiment? On ne pourrait pas marcher encore un peu?

– Je pense que ton père ne voudrait pas qu'on s'attarde. »

A regret, ils firent demi-tour, redescendirent d'un pas raide ces mêmes collines qu'ils avaient escaladées, traversèrent le parking, franchirent les portes automatiques et prirent l'ascenseur. Là, Danny se tendit d'angoisse. La cabine arriva à l'étage et, dans la grande salle d'attente, Walter prit la main de Danny; celui-ci le regarda; ils s'étreignirent. Une infirmière d'un certain âge qui passait leur lança : « Vous ne pourriez pas être un peu plus discrets, non? »

Aussitôt, ils se séparèrent et firent semblant de ne pas se connaître.

« Allons-y », fit Danny quelques secondes plus tard d'un air plutôt pitoyable. Il se dirigea vers la passerelle. Mais Walter s'écria : « Un instant, madame, s'il vous plaît. Un instant! » Il s'élança derrière l'infirmière qui s'éloignait dans un autre couloir. « Un instant, madame, s'il vous plaît ». Il lui mit la main sur l'épaule. D'une voix forte, de sorte que les gens se retournèrent, il dit : « Je voudrais voir votre nom. Jenkins. Mary Jenkins. Très bien, je m'en souviendrai. »

Elle leva les yeux sur lui avec gêne.

« Vous vous donnez en spectacle, dit-elle.

– Moi, je me donne en spectacle! Certainement pas. C'est vous qui vous donnez en spectacle! »

L'infirmière jeta un regard autour d'elle, pour voir s'il y avait des témoins à la scène. Puis elle se rapprocha de Walter. « Il y a des enfants ici, murmura-t-elle.

– Mary Jenkins. Je m'en souviendrai », répéta Walter. Il fit quelques pas, et déclara bien haut, à l'intention de tous : « L'infirmière Mary Jenkins est un vieux dragon de vertu.

– Vous ne faites que vous rendre ridicule, répliqua celle-ci d'une voix hésitante.

– Nous verrons bien lequel de nous deux vos supérieurs trouveront ridicule. »

Il partit d'un côté, Mary Jenkins de l'autre.

Lorsqu'ils arrivèrent, Louise avait plus de quarante de fièvre. Les reins étaient bloqués. « La peau se cicatrise bien, ajouta le Dr Thayer après un court silence. C'est idiot, parce que maintenant, son problème, ce n'est pas tellement la peau. Les antibiotiques agissent, mais elle n'est pas pour autant tirée d'affaire. »

En quoi tout cela était-il différent de ce qu'elle avait connu ces vingt dernières années, avec la mort qui rôdait ? Eh bien, la différence était là : ce qui n'avait été qu'une menace était devenu palpable. La vieille tante qui occupait la mansarde, qui prenait tous ses repas en leur compagnie mais ne payait pas de pension – ils avaient souhaité qu'elle s'en aille, qu'elle cherche à se faire héberger ailleurs. Aujourd'hui, semblait-il, il leur fallait réaliser que Louise, peut-être, le savait depuis le début. Son bail était renouvelable à l'infini. Elle serait toujours la dernière à partir.

Jeudi soir, la fièvre était retombée à 37°5, et le Dr Thayer employa l'expression « optimisme prudent ».

Danny et Walter décidèrent de rester pour que Nat puisse se reposer un peu. Ils passèrent des heures dans la salle d'attente sombre à faire des mots croisés. Vers minuit, ils allaient entamer les plats chinois qu'ils avaient achetés quand Kitty, l'infirmière de nuit, vint les rejoindre un instant.

« Vous voulez un pâté impérial ? lui proposa Walter.

– Avec plaisir, merci. Dites donc, vous mangez tout le temps, vous. C'est le pique-nique permanent.

– Ça aide à passer le temps », fit Walter.

Kitty posa le pâté impérial sur une serviette en papier, et se servit d'une autre pour enlever l'excès de gras.

« Votre maman se bat de toutes ses forces, dit-elle en prenant une bouchée. Ils sont de nouveau en train de s'occuper d'elle. Un petit ennui avec la dialyse, mais rien de bien grave. En tout cas, il faut lui reconnaître ça, elle se bat.

– Vous devez voir ça souvent, ici, dit Walter.

– Oui, c'est sûr. Des gens très courageux. Ça me fend le cœur, mais aussi ça me fait prendre conscience que la race humaine est quelque chose d'étonnant. Vous savez, le type avec qui je vis, eh bien, j'ai fait sa connaissance quand il est entré dans le service, en tant que malade.

– Vraiment? firent Danny et Walter en chœur.

– Oui, oui. Il était dans un sale état, mais on a beaucoup parlé, et ça a commencé à devenir assez sérieux. Au début, j'ai pensé que c'était contraire au code professionnel – j'étais mariée à l'époque, même si mon mari et moi étions séparés – mais quand j'en ai parlé à la surveillante, elle m'a dit : “ Mais non, pas de problème. ” Elle a très bien compris que c'était quelque chose d'exceptionnel et que je ne pouvais pas laisser passer ma chance.

– Qu'est-ce qui lui était arrivé? demanda Danny.

– Il travaillait pour une compagnie de téléphone, et il s'est fait électrocuter, répondit Kitty en finissant son pâté impérial.

– Mon Dieu, fit Walter. Il est guéri, maintenant?

– Oui, bien sûr. » L'infirmière s'essuya les doigts avec la serviette. « Il est paralysé des membres inférieurs, mais sinon il va bien. Il est sur le point de toucher une grosse somme à titre de dommages et intérêts, et au moins une fois dans notre vie, on va pouvoir se payer de belles vacances. Vous savez ce qu'on dit. Aujourd'hui, ici, et demain... » Elle cogna légèrement contre la mince cloison en aggloméré qui sonnait creux.

« Il faut que j'y retourne, reprit-elle. Merci pour le pâté impérial.

– De rien », firent ensemble Walter et Danny.

A deux heures du matin, Kitty réapparut sur le seuil. Danny et Walter dormaient sur l'un des canapés en skaï. Danny se réveilla en sursaut.

« Je suis désolée de vous avoir fait peur, dit l'infirmière, mais votre mère est d'un seul coup très lucide, et elle vous réclame.

– Bon, fit Danny, la main sur le front. Bon, je viens. »

Il se dirigea en tâtonnant vers le coffre où étaient rangées les blouses. « Rendors-toi », dit-il à Walter qui marmonna quelques paroles inintelligibles, puis enfouit de nouveau sa tête dans le creux de son bras.

Danny passa la blouse et les chaussures de papier qui lui étaient maintenant familières. « Le service des brûlés, s'imagina-t-il écrire, débordait d'activité. » Presque toute cette activité provenait de la chambre de Louise, où toutes les lumières étaient allumées. Nat était arrivé pendant qu'ils dormaient et, déjà équipé d'un masque et d'une blouse, il était penché au-dessus du lit, sur lequel Louise faisait des gestes mécaniques.

Danny mit un chapeau, des gants et un masque, puis il entra.

« Bonjour, maman. »

Les yeux de Louise étaient ouverts, plus qu'ils ne l'avaient été au cours de ces trois derniers jours. Elle avança la main vers lui, et il la prit. Il la serra; Louise lui rendit sa pression, faiblement , et ne le lâcha plus. Pareils à un petit garçon et à une petite fille qui jouent à s'aimer, ils se tinrent la main.

C'était un geste étrange, improbable. Ils avaient toujours évité de manifester leur affection par des contacts physiques. Il semblait que, devant l'urgence de la situation, il fallait oublier les anciennes règles et en apprendre de nouvelles.

De sa main libre, Louise se désigna, puis désigna son fils.

« Oui, maman, qu'est-ce que tu veux dire? Je ne comprends pas? »

Elle ferma les paupières avec une grimace de frustration. Puis elle libéra sa main droite et entreprit de dessiner quelque chose sur son ventre. Elle traça une série de cercles, et son visage se tordit de douleur.

« O? demanda Danny. La lettre O?

– D? fit Nat. D pour Danny? »

Louise secoua la tête. Elle fit un autre geste, cette fois en direction du bloc de papier et du crayon posés sur la table de nuit. Nat les lui tendit.

Lentement, très lentement, Louise saisit le crayon. Il lui échappa des doigts, et Nat le ramassa. Elle pouvait à peine le tenir de sa main bandée, pouvait à peine bouger son poignet encombré de tubes, mais elle réussit néanmoins à griffonner quelque chose sur le bloc qu'elle poussa ensuite vers Nat.

Il le prit et le regarda un instant avant de le donner à Danny. Il y avait les initiales de Louise imprimées dans le coin supérieur, en lettres italiques bleues entrelacées – c'était un cadeau que lui avait fait Eleanor, pour y inscrire la liste de ses courses – et elle avait dessiné un cœur déchiqueté. Une partie était gonflée, l'autre atrophiée, presque inexistante.

« Un cœur ? » fit Danny, et Louise sourit. Elle sourit et hocha la tête. Elle se montra du doigt, montra Danny, montra le cœur.

« Tu m'aimes », fit Danny. Et il rit. Il avait fallu si longtemps pour que le message lui parvienne ! « Oh, maman, moi aussi je t'aime. C'est vrai. » Mais elle avait déjà refermé les yeux.

« Elle avait l'air de penser que c'était urgent, dit Nat un peu plus tard, pendant qu'ils se débarrassaient de leurs blouses. Je suppose qu'elle ne pouvait pas attendre pour le dire.

« Je suppose, oui », fit Danny. Il se frotta les yeux. « Bon, je crois que Walter et moi allons rentrer chez April, maintenant.

– Oui, va te reposer. Je te verrai dans la matinée.

– Tu sors un peu ?

– Non, je pense que je vais rester encore un moment auprès de ta mère.

– Très bien. »

Pendant que Danny retournait vers la salle d'attente d'une démarche mal assurée, semant des vêtements en papier sur son passage, il ne songeait qu'à l'étrangeté de la situation et se disait combien il ressemblait à sa mère : un autre message, dont l'essentiel était : je suis toujours moi-même.

« Elle va mieux, dit-il doucement à Walter qui était à présent assis sur le canapé, la tête entre les mains. Je le sais. Rentrons, maintenant.

– D'accord. »

Bras dessus bras dessous, ils franchirent la passerelle. Les fenêtres étaient remplies de ténèbres et d'étoiles. Danny n'avait toujours pas saisi ce que sa mère avait compris quand, dix minutes plus tôt, elle avait été tirée de son sommeil et de sa souffrance : c'était le dernier instant pour établir la communication. Après, le plus simple des messages lui-même serait impossible à transmettre.

« Je viens de voir votre maman, dit le Dr Thayer à Danny et à April en les rencontrant le lendemain matin dans le couloir. Je ne sais pas ce qui se passe, mais ça ne me plaît pas.

– Quoi ? fit Danny. Qu'est-ce qui ne va pas ?

– Eh bien, ce n'est pas que son état ait empiré. Il ne s'est pas vraiment amélioré, mais il n'a pas empiré. Le problème c'est... c'est qu'elle semble ne plus lutter. J'ai regardé ses yeux, et je n'y ai plus vu cette étincelle qu'elle avait. » Il secoua la tête. « Votre papa est avec elle. Je crains qu'elle ne soit au plus mal.

– Mais je ne comprends pas, fit Danny. La nuit dernière, elle était si... si animée. Elle était tout à fait présente, tout à fait lucide.

– C'est ce que Kitty m'a dit, fit le médecin. Espérons que je me trompe. »

Il les salua et se dirigea vers l'ascenseur.

Ce matin-là, elle ne se réveilla pas. L'après-midi non plus. Plusieurs médecins, des spécialistes en divers domaines, se succédèrent à son chevet.

Vers quinze heures, le Dr Thayer vint chercher Nat et passa une trentaine de minutes avec lui dans la salle de conférences. Ils sortirent ensemble; le médecin alla aux toilettes, et Nat vint rejoindre April, Danny et Walter dans la salle d'attente.

« Le Dr Thayer veut modifier le traitement de votre mère, déclara-t-il. Il veut consacrer ses efforts à la soulager. Il pense que, sauf aggravation subite, elle devrait avoir au maximum trois jours à vivre, et que nous devrions faire en sorte de lui rendre la fin le moins pénible possible. Un certain nombre de ses confrères l'ont vue, et ils sont tous d'accord avec lui. »

Il avait baissé les yeux en terminant sa phrase, et il ne les releva pas.

Il y eut un long silence.

« Tu veux dire qu'ils renoncent ? fit enfin Danny. Comment peuvent-ils renoncer ?

– C'est elle qui renonce. Elle ne réagit plus.

– Mais il a dit que son état n'avait pas empiré.

– C'était ce matin. Depuis, tout a commencé à se dégrader. » Nat se frotta les paupières. « Je pense qu'il faut nous préparer au pire. »

Danny se couvrit le visage de ses mains. « Oui, murmura-t-il. Oui. » Et doucement, très doucement, April se mit à pleurer.

Notre Père qui êtes aux cieux, que votre règne arrive, que votre volonté soit faite. Qu'était donc cette marque au plafond, semblable à la tache d'humidité dans la chambre de son enfance, une fuite dans le toit ? Eleanor et elle imaginaient des formes, des chevaux, des voitures, des couples qui faisaient l'amour. Comme c'était bizarre de revoir ça maintenant – si revoir était bien le mot qui convenait, tant ses paupières étaient lourdes, tant tout était flou. Si seulement elle pouvait ouvrir les yeux un peu plus – là, ça y était. Ah, enfin – sa vue était parfaite, dix à chaque œil! Quel soulagement après tant de jours où elle avait été presque aveugle. Et à présent, bien entendu, elle voyait vraiment, ce n'était pas du tout une tache d'humidité, c'était quelque chose – quelqu'un – qui descendait vers elle. Un ange ? L'ange de la mort ? L'ange de la miséricorde ? L'ange de l'espoir ? Elle voulait avancer la main vers lui. Si seulement elle parvenait à libérer ses bras de toutes ces aiguilles plantées dedans! Un coup sec et plus d'entraves! Elle serra les poings, essaya et, à sa grande surprise, les tubes et les aiguilles s'éparpillèrent autour d'elle avec un cliquetis métallique et un bruit de liquide qui goutte. Quel plaisir d'être de nouveau en mesure de lever les bras, d'accueillir l'ange qui descendait vers elle! Il semblait lui présenter quelque chose, quelque chose qu'il tenait à deux mains. Qu'est-ce que c'était ? On aurait dit une petite maison – oui, une petite maison, comme une maison de poupée avec de la lumière aux fenêtres. Et, brusquement, ce fut évident. Ce n'était pas un ange qui venait à elle. C'était Tommy Burns. Tommy Burns, blond, musclé, nu comme au jour de sa naissance, le sexe dressé. Tommy Burns qui sentait la graisse et le déodorant. « Je vais te faire l'amour, Louise. » « Tommy! » voulut-elle appeler. Elle tendit les bras, pour l'enlacer, l'attirer contre elle. Elle avait du sable dans sa jupe, sa petite culotte, et ça grattait. Il était près, tout près; elle le toucha, et des plaques rouges apparurent sur la peau blanche et chaude de Tommy. « Tommy, dit-elle. Tommy. » Son corps l'enveloppa comme d'une couverture. La lune était haute dans le ciel. « Je suis heureuse que tu sois de retour. » Elle ferma les yeux avec reconnaissance – dans le creux de ses reins, il y avait le contact froid et dur du sable. La porte blanche de la minuscule maison que Tommy tenait entre ses mains s'ouvrit.

Le soir, on envoya Eleanor chercher un magnétophone à cassette et quelques enregistrements des musiques préférées de Louise : le *Requiem* de Brahms, la *Sixième Symphonie* de Beethoven, deux cassettes d'Édith Piaf. A côté de l'appareil, l'une des infirmières posa un papier sur lequel était écrit : BONJOUR, JE M'APPELLE LOUISE. MERCI DE BIEN VOULOIR RETOURNER LA CASSETTE QUAND VOUS ENTREZ.

Ainsi, il y avait toujours de la musique. Louise baignait dans la musique.

« Elle a l'air presque heureuse », dit April. Danny et elle la regardaient par la vitre; sous le coup de l'épuisement, sa tête retombait sur le côté. Était-il absurde d'imaginer qu'elle se tournait vers la musique ?

April n'était pas loin d'avoir raison. Il y avait sur le visage de Louise une expression – non, pas de bonheur. Mais de paix, peut-être.

Un peu plus tard, Danny entra dans la chambre et s'assit à côté du lit. Il prit la main de sa mère dans la sienne. « Maman, tu m'entends ? » demanda-t-il.

Il sentit une faible pression, comme si des ailes d'insectes effleuraient ses doigts.

Pendant des heures, Nat resta seul avec elle et la musique en lui tenant la main. Édith Piaf, la môme Piaf – ce n'était pas comme ça qu'on l'appelait ? Ç'avait toujours été la chanteuse favorite de Louise. Avant, dès que sa voix s'élevait, Louise se renversait en arrière et fermait les yeux, et Nat savait qu'elle s'imaginait loin de leur maison, à Paris peut-être, ou à Berlin, ou dans une autre vraie ville. Une robe noire sans bretelles, un verre de Martini. C'était là qu'elle était ? En tout cas, elle n'était pas ici, à l'hôpital. Le respirateur respirait; tous les petits cadrans et les chiffres digitaux suivaient les progrès de sa lente retraite. Comme il est étrange, se dit Nat, qu'elle soit sur le point de mourir; malgré la maladie et les sombres prédictions des hommes de l'art, il avait toujours plus ou moins supposé qu'elle lui survivrait, tellement elle s'accrochait plus que lui. Une crise cardiaque, peut-être, dans un avion, voilà comment il se représentait sa fin. Et pourtant, il était là, bien vivant, et il lui tenait la main pour l'accompagner dans ses derniers instants. Quand ils avaient été voir ensemble un psychothérapeute, elle s'était plainte qu'il ne devenait aimant et attentionné que lorsqu'elle était malade, et jamais lorsqu'elle était en bonne santé, et lui, il avait été incapable de lui répondre si ce n'est pour se demander : est-ce que c'est pour ça qu'elle est malade ? Est-ce qu'elle le fait exprès pour que je l'aime ? Il avait toujours eu l'impression qu'une sorte d'aptitude cachée à prendre les choses en main et à s'occuper de tout se déclenchait en lui dès que Louise entrait à l'hôpital. Il savait ce qu'il fallait faire, connaissait toutes les ficelles, parvenait à dialoguer avec les infirmières et les internes. Mais quand ils étaient à la maison et qu'elle n'avait rien, ces aspects généreux de sa personnalité s'effaçaient, lui échappaient, et sa vieille impatience le reprenait. Louise était irritable, lui aussi, et il se retrouvait à regarder tout le temps par la fenêtre. Puis la maladie se manifestait de nouveau, et Louise avait besoin de lui et de lui seul. Les enfants ne faisaient pas l'affaire, les amis non plus. Il acceptait cette situation; personne d'autre ne pouvait en assumer la responsabilité. Au cours de l'une de ces premières hospitalisations, c'était pour sa tumeur au sein ou sa vésicule biliaire, il ne se rappelait plus, April était arrivée pieds nus, vraiment pieds nus, puis elle s'était perchée dans un coin et s'était mise à manger les bonbons que quelqu'un avait apportés à Louise. Ç'avait été la goutte d'eau qui avait failli faire déborder le vase. « Être mère, c'est une rue à sens unique, avait dit Louise au psychothérapeute. Je l'accepte. J'accepte de perdre mes enfants. » Pourtant, Nat n'oublierait jamais l'après-midi qui avait suivi le départ de Danny, quand Louise était revenue des courses et s'était aperçue qu'elle avait acheté automatiquement, par habitude, les céréales préférées de Danny, celles que lui seul mangeait. Elle s'était assise à la table de la cuisine et avait contemplé la boîte, sans rien dire, pendant ce qui avait paru des heures.

Il y eut une modification électrique quelque part, comme une voiture qui change de vitesse. Un des appareils qui devait s'ajuster. Nat se redressa dans sa chaise et se pencha au-dessus du visage de Louise. Elle avait la tête sur le côté; son nez et sa bouche, pleins de tubes, étaient offerts au regard dans l'inconscience du sommeil. Il y avait à peine une semaine, quand les rougeurs s'étaient aggravées, ils s'étaient rendus ensemble dans le nouveau magasin Neiman-Marcus du centre commercial. Elle était d'assez bonne humeur ce jour-là, et il ne savait pas pourquoi. Peut-être était-ce simplement l'éclat du magasin, l'odeur du neuf, et la pièce où ils avaient pris un café et des petits gâteaux pendant qu'ils remplissaient leur demande de compte permanent. Il y avait un superbe rayon alimentation, où Louise avait eu la joie de trouver du port-salut, un fromage qu'elle adorait et qu'elle n'avait pas eu l'occasion de manger depuis des années. Et au rayon parfumerie, il y avait Sortilège, son parfum favori, rare et presque impossible à se procurer aux États-Unis, et de toute façon hors de prix; elle s'en ferait ramener par Joyce Rosen qui devait effectuer un voyage en France le mois prochain. En haut, après la cascade et les bijoux exposés dans un magnifique aquarium de poissons tropicaux, elle dénicha un ensemble beige, pantalon et haut, en suédine, qui était si doux contre sa peau irritée que Nat n'aurait pas pu être plus heureux de le lui offrir. Elle le mit pendant deux ou trois jours; son état empirait et c'était le seul vêtement qu'elle supportait. Puis la fièvre s'était installée.

Maintenant, l'ensemble était suspendu dans son armoire, avec ses autres habits. Ayant toujours cru qu'il partirait le premier, Nat n'avait jamais imaginé qu'il lui faudrait un jour trier les affaires de Louise. Enfin, April l'aiderait. Mais qu'est-ce qu'ils allaient faire de tous ces vêtements ? Dieu sait qu'April ne les porterait jamais; ils étaient trop petits et n'étaient sûrement pas son genre. Ils iraient à Lillian. Quelle horrible pensée! A repousser sur-le-champ! Pourtant Lillian – il ferma les yeux, serra le poing. Un bourgeon de bonheur, une petite bille de bonheur qu'il pouvait faire rouler dans sa paume sans que personne ne le sache. Quelle peur et quelle chance aussi! Heureusement que personne ne pouvait lire ses pensées! Danny comprendrait-il ? Et Eleanor ? Et Joyce Rosen, ou même Stan Rosen ? Comment pourrait-il expliquer à l'un quelconque d'entre eux cette joie secrète, à mettre du brillant dans les yeux, qui, à cet instant, s'insinuait en lui; comment pourrait-il l'expliquer, ou leur faire comprendre qu'elle n'atténuait en rien son chagrin, sa terreur à la perspective de perdre Louise ? Ils diraient : « Tu es un salaud, Nat. Un salaud de menteur qui cherche à s'abuser lui-même. » Mais lui, il savait. Et, aussi vite qu'il était venu, l'accès de joie passa. Il se tassa dans sa chaise et regarda sa femme.

Est-ce qu'il saurait quand elle allait mourir ? La machine le lui apprendrait-elle ? Elle était peut-être déjà morte. Il fit courir le bout de ses doigts sur sa paume bandée, dont les lignes lui étaient si familières après plus de quarante ans. C'est la peau qu'on finit par connaître le mieux; elle était abîmée, mais il sentit encore la petite bosse sous l'articulation de l'index, distingua l'étroite bande décolorée à l'endroit où elle avait porté son alliance durant toutes ces années. L'alliance, qui se trouvait à présent sur la table de nuit; elle la gênait trop et elle avait dû l'enlever.

Elle changea légèrement de position, bougea la tête. Ses paupières battirent, se refermèrent. « Louisy ? fit Nat, soudain rempli d'espoir. Louisy ? » Mais il savait déjà que ce n'était que son corps, savait déjà qu'elle ne reviendrait pas. Il effleura son bras bandé et piqué d'aiguilles avec les doigts de sa main gauche tandis que dans sa main droite qui pendait sous le lit, il fit rouler la bille secrète.

« Un lent, très lent déclin, dit le Dr Thayer. Son souffle s'affaiblit à chaque respiration. »

Il se tenait au chevet de Louise en compagnie de Nat, de Danny et d'April. Ils guettaient sa mort, maintenant qu'il était clair que c'était une question de minutes – d'heures, tout au plus.

« Je pense qu'elle s'attendait à une longue agonie, dit April. Dépérir peu à peu, tout ça. Elle se révoltait à cette idée.

– Elle n'a jamais aimé qu'on s'occupe d'elle, fit Danny. Surtout quand elle était diminuée. Elle se sentait tout de suite gênée. Elle voulait qu'on la laisse seule.

– Un jour, ajouta Nat, elle m'a dit qu'elle se tuerait plutôt que de voir ses amis défiler devant elle pour lui dire adieu. En avalant des comprimés, bien sûr. Eh bien, elle n'a pas eu besoin de le faire.

– C'est peut-être mieux ainsi, dit Danny. C'est-à-dire que si tout ça n'était pas arrivé, elle serait morte de son cancer à petit feu, non ?

– Et pourtant, fit April, je ne peux pas m'empêcher de me demander si cette dernière semaine, elle n'aurait pas préféré ça – avoir le temps de se préparer, de faire son testament, de régler tous les détails. Tout a été trop vite, pour elle comme pour nous. Elle a dû avoir tant de choses à affronter en si peu de temps.

– Il n'est pas vraiment possible de déterminer le moment exact de la mort dans des cas semblables, dit alors le Dr Thayer. C'est comme le paradoxe de Zénon. Elle est à moitié vivante, puis un quart vivante, puis un huitième, puis un seizième. A un certain point, il faut simplement prendre une décision. Et » – il examina les lignes bleues sur l'appareil près du lit – « je crois que nous avons maintenant largement dépassé le stade du seizième. » Il toussa, consulta sa montre, et se tourna vers Nat.

« Bien, reprit-il. Il est deux heures vingt-quatre. Pour le certificat de décès, on prend, disons, deux heures vingt-cinq, d'accord ? »

Nat hocha la tête.

« Parfait », fit le médecin sans quitter sa montre des yeux. A côté du lit, le respirateur respirait.

« Dix secondes, cinq secondes. Deux heures vingt-cinq pile. » Il abaissa son poignet, regarda Nat, et dit : « Voilà, c'est fini. »

Danny cligna des paupières. Il fit un pas en arrière et regarda sa mère. Elle était pareille, morte, qu'elle l'avait été une seconde plus tôt, vivante.

La mort n'était-elle pas censée être définitive, identifiable ? Une main qui ferme les yeux, un visage qui devient livide, un drap qu'on tire ?

Rien de tel ne se produisit. Il n'y eut pas de cri aigu de la machine, pas de modification des tracés qui enregistraient l'altération de ses fonctions. Le Dr Thayer se dirigeait déjà vers la porte; Nat avait la main sur l'épaule d'April, parlait de crémation, parlait d'héritage et d'assurance.

« Un instant! » s'écria Danny.

Ils se tournèrent vers lui.

« Oui, Danny ? fit le Dr Thayer.

– Oui, Danny ? » fit Nat.

Danny ouvrit la bouche pour dire quelque chose. Mais comment expliquer qu'il aurait voulu revenir de quelques secondes en arrière ? Si seulement le Dr Thayer pouvait faire reculer les aiguilles de sa montre, alors, peut-être, il ne clignerait pas des paupières et serait témoin du moment précis où Louise était passée de l'autre côté.

« Rien, se borna-t-il à dire. Excusez-moi.

– Bon, je vais vous laisser seuls quelques minutes », dit le médecin. Et il sortit.

Nat se tenait près du lit. Sur la table de nuit, il y avait le cœur difforme de la nuit précédente. Il le ramassa. Il ôta ses lunettes. Il se pinça l'arête du nez entre le pouce et l'index.

« Papa », fit April. Elle passa son bras autour du sien et le conduisit vers la porte. Danny regarda de nouveau sa mère – le corps de sa mère, maintenant. Et soudain, il l'imagina ailleurs, peut-être coincée, comme Charlie Chaplin, entre les aiguilles en mouvement de la montre du Dr Thayer pendant qu'elles décidaient de l'heure de sa mort.

« Bon, je suppose qu'il est inutile de rester là plus longtemps », dit Nat. Il secoua la tête. « Allons-y. »

Il franchit le seuil. April tenait la porte, et Danny était seul dans la chambre. Il se tourna une dernière fois vers sa mère. « Bon, au revoir, fit-il comme s'il lui parlait au téléphone. A bientôt. Ou plutôt, non. Je ne crois pas. » Il prit une profonde inspiration, et ajouta : « Au revoir, maman. » Puis, pour la dernière fois également, il enleva le hideux chapeau à fleurs et, tout en sachant qu'il ne reverrait jamais, plus jamais, sa mère, il quitta la pièce sans jeter un regard derrière lui.

Il n'y eut pas de cérémonie funèbre. « Louise n'en aurait pas voulu, dit Nat lorsqu'ils montèrent en voiture. Elle n'avait aucune patience pour les cérémonies.

– On s'est mis bien vite à parler d'elle de cette façon, fit April. Comme si elle était morte depuis cent ans et que tout ce qui était chez elle difficile à comprendre, à débrouiller, on puisse l'envelopper comme des petits paquets. " Elle n'aimait pas les cérémonies. " " Elle aimait avoir une cuisine bien propre. " Je pensais qu'il nous faudrait au moins deux ou trois mois, qu'il s'écoulerait un peu de temps, avant qu'on commence à parler comme ça. »

Nat toussa. « En tout cas, fit-il, moi, je pensais à une espèce de réunion, pour lui rendre hommage en quelque sorte. Rien d'officiel. Juste pour que les amis de Louise puissent – Danny, quelle est cette expression que l'assistante sociale a employée ?

– Célébrer son souvenir.

– Oui. Pour que ses amis puissent célébrer son souvenir. Ça me plaît bien. On servira du café, peut-être des gâteaux et des biscuits. Pas de discours, rien d'officiel comme j'ai dit. Ça vous conviendrait ? »

April et Danny acquiescèrent d'un signe de tête. Chacun d'eux tenait à la main un petit sac en plastique qui contenait un seul objet – Danny avait les lunettes de

Louise, April sa brosse à dents, Nat son alliance – et, en s'installant dans la voiture, ils serrèrent ces sacs sur leurs genoux comme le feraient des enfants avec des cadeaux d'anniversaire. Walter avait la valise de Nat. Louise était morte depuis – Danny regarda sa montre – quarante-sept minutes; une demi-heure pour régler la note de l'hôpital, encore dix minutes à attendre que les affaires soient stérilisées et ramenées du service des brûlés, et les au revoir. Tout le monde – le Dr Thayer, les infirmières, Jesús et Dorell – leur avait dit longuement au revoir.

Ils avaient tous mis leur ceinture, et Nat démarra. Pour la dernière fois, ils sortirent du parking en pente de l'hôpital et prirent le freeway. C'était une journée splendide. La ville se dispersa, se fragmenta, puis les rares taches de vert à flanc de collines qui hachaient le panorama de maisons firent place à la campagne où c'étaient les maisons qui, à leur tour, hachaient le panorama. April avait baissé sa vitre et, comme une enfant, elle tendait la main pour saisir la boule que faisait le vent.

« Un peu de musique? proposa Nat.

– Oui », répondit Danny.

Nat glissa la cassette de *L'Homme de la Mancha* – c'était la seule qu'il possédait – dans la fente du lecteur.

Je suis née comme une chienne une nuit où il pleuvait.
Je suis née et ma mère est partie en chantant,
Et je ne sais d'elle que la haine que j'en ai.
J'aurais dû venir au monde en mourant.

« A propos, dit Nat. Pour le buffet, je ne crois pas qu'il faille des choses trop compliquées. Des petits gâteaux, du cake, c'est tout.

– Bien », fit April. La large autoroute serpentait entre les dos ronds des montagnes. Ils se turent et écoutèrent la complainte d'Aldonza qu'April fredonnait en même temps.

A la maison, on alluma les lumières, les postes de télévision. Clara était venue deux fois au cours de la semaine, et les pièces semblaient vastes et fraîches – un immense soulagement après les couloirs étroits de l'hôpital. A peine arrivée, April se mit à la cuisine. Il y eut un bruit de poêles et de casseroles, de boîtes de sucre et de farine qu'on sortait du placard et qu'on ouvrait. Le journaliste qui présentait la météo sur la chaîne locale décrivait la progression d'un ouragan qui était sur le point de dévaster la Caroline du Sud; par une coïncidence extraordinaire, il avait été baptisé Louise. « On craint de sérieux dommages sur les côtes de Caroline, et même que Louise ne frappe la région de New York City ou de Long Island. » Une image apparut sur l'écran : celle de pluies torrentielles, de maisons à demi submergées, d'enfants qui sillonnaient des quartiers de banlieue en canot.

« C'est effarant, fit Danny. Je n'arrive pas à en croire mes oreilles.

– Change de chaîne, dit April. *Le Tribunal du peuple* a dû commencer. »

Danny s'exécuta. Une femme racontait que le chien de son voisin avait tué deux lapins et une poule; elle fit avancer son enfant pour qu'il décrive les restes des lapins pendant que le voisin, stoïque, ne cessait de caresser la tête brune et lisse du chien en question, un épagneul à l'air nerveux qui aboya subitement, au grand amusement du public du tribunal. « Qu'est-ce que tu dirais de biscuits au chocolat? demanda April à son frère qui était assis au bureau de Louise. Ou de ce gâteau très riche au chocolat et au beurre de cacahuètes que j'ai fait l'été dernier? Après tout, il y a une réception demain; il faut bien qu'il y ait quelque chose à manger.

– Papa a dit : rien de trop compliqué, n'oublie pas, lui rappela Danny.

– Qu'est-ce qu'il y a de compliqué dans un gâteau au chocolat et au beurre de cacahuètes? Un gâteau à la crème au beurre avec, disons, des noix et de la meringue – ça, ça serait compliqué.

– Oui, je suppose », dit Danny. Il examina la cuisine avec circonspection. Ce qu'ils avaient craint le plus – trouver des choses à elle – s'était déjà produit : une liste de courses à faire sur la table, par exemple – céréales au son, poulet, lait écrémé, margarine –, sans parler des mots croisés du *New York Times* de la semaine dernière, posés sur l'étagère à côté du canapé dans le salon. La grille n'était qu'à moitié remplie, d'une écriture tremblée, irrégulière, comme si elle avait eu du mal à tenir son crayon. La maison était pleine de Louise, cheveux et poils dans la douche et sur la bille du stick déodorant, fragments de peau et de sang séché, mais tout cela disparaîtrait, se désintégrerait, tout comme son odeur s'en irait de la penderie. Ce qui ne disparaîtrait pas, c'est son écriture, la seule chose qui demeure et qui soit propre à chacun de nous, et Danny se demanda donc s'il devait conserver la liste des courses, les mots croisés, ces aspects illusoires d'elle-même dont sa mère s'était dépouillée avant que l'ambulance n'emporte le reste.

Danny étudia la grille. Personne dans la famille hormis Louise n'aimait particulièrement les mots croisés, sans doute parce que chacun, à sa manière, craignait de confronter ses talents aux siens ; les mots croisés étaient la seule chose au monde où Louise avait l'impression d'être la meilleure. Danny ne savait pas s'il était aussi nul qu'il feignait de l'être, ou bien s'il avait tout simplement peur d'empiéter sur un domaine dont sa mère se sentait si fière. Quand le dimanche s'était écoulé et que ce journal d'une épaisseur magique venu de l'autre côte, de cette côte où tout était mieux, atterrissait sur le pas de la porte, il était entendu que la section magazine était réservée à Louise. Une fois, April avait demandé si elle ne pourrait pas essayer de faire les mots croisés puis gommer ses réponses, mais elle n'avait pas recommencé.

Ainsi, au cours de ces derniers jours, ou de ces dernières heures, Louise s'était installée pour faire comme à l'accoutumée ses mots croisés. Peut-être n'était-ce que par attachement stoïque à sa routine, par refus obstiné de céder devant la maladie. Ou peut-être avait-elle fixé son regard sur la grille vierge en noir et blanc dans l'espoir qu'elle la détournerait de la peur, ou de la souffrance, ou des deux. Cela n'avait pas d'importance, car, à un moment ou à un autre, elle avait été obligée d'abandonner les mots croisés, quand la souffrance ou la peur étaient devenues trop fortes pour être combattues par les antidotes ordinaires. Les circonstances avaient dû être graves; Louise n'avait jamais laissé un problème de mots croisés inachevé.

A la télévision, le juge Wapner délivrait son verdict, un verdict sage et solennel. Danny prit un crayon bien taillé dans le pot de céramique bleue posé sur le bureau de sa mère et se redressa. « Vingt-sept, vertical : muse de l'histoire, lut-il à haute voix. April, qui était la muse de l'histoire ?

– Aucune idée.

– Clio, fit Danny. Je crois que c'est Clio. Oui, ça colle. Bon... trente-deux, horizontal : couleur, forme composée. Zut, qu'est-ce que c'est qu'une forme composée ? Tu sais, j'ai toujours voulu le demander à maman. Pendant des années, je me suis dit que j'allais l'appeler pour lui demander ce qu'était cette foutue forme composée.

– Je crois que c'est tout simplement un mot composé, dit April.

– Forme composée », murmura Danny. Il s'adossa dans sa chaise et essaya de se rappeler, mais il fut distrait par les objets familiers étalés sur le bureau de sa mère, qui, chacun, éveillait ses souvenirs et sa mélancolie : la pile de coupons, collectionnés depuis l'enfance de Danny; le cube blanc et sa cargaison de timbres; le calendrier rempli de rendez-vous – surtout chez le médecin et le dentiste – qui s'étalaient sur les prochains mois; le tas de courrier non ouvert. Il y avait un bloc de papier gravé à son nom, cadeau de son neveu Markie qui l'avait réalisé à la petite imprimerie de son lycée; un presse-papier aimanté qu'April lui avait offert il y avait des années pour son anniversaire; une boîte à pilules en céramique que Nat lui avait achetée, sur laquelle il était écrit : « Vois ce qui me plaît. » Quand on ouvrait la boîte, il y avait en effet une petite glace à l'intérieur. Le courrier lui-même avait un aspect hors du temps : factures, encore des factures, prospectus, cartes de vœux de rétablissement dans d'épaisses enveloppes crème frappées des noms immuables de ses amis : Jack et Myra Eber, Salon de coiffure Sherrye, Joyce P. Rosen.

La maison était calme, et l'on n'entendait que le bruit

du batteur dont April se servait pour monter des œufs en neige. De la chambre de Nat provenait le son étouffé de la télévision. (April avait coupé *Le Tribunal du peuple*.) Puis Walter appela : « Danny. »

April arrêta le batteur, et tint les deux fouets en l'air, qui dégoulinaient d'écume blanche.

« Oui, Walt ?

– Tu peux venir une seconde ? Dans le living ?

– J'arrive. » Danny se leva, et April, époussetant la farine sur ses cuisses, le suivit. Walter était dans le canapé, le panier à tricot de Louise sur les genoux.

« Qu'est-ce qu'il y a ? demanda Danny.

– Pardonne-moi, fit Walter, je sais que je n'aurais pas dû fouiller dans les affaires de ta mère, et je n'ai pas d'excuses, mais j'ai trouvé quelque chose qui devrait t'intéresser.

– Quoi ? »

Walter tira du panier un petit chausson de bébé jaune avec des motifs de canards. « Je suppose qu'elle ne les a pas finis parce que... enfin, voilà l'autre. » Il sortit le second chausson, encore inextricablement mêlé aux aiguilles, comme un embryon né avant terme.

« Laisse-moi regarder », fit April avec impatience, et Walter lui tendit le chausson terminé.

Nat entra, boutonnant sa chemise. « Qu'est-ce qui se passe ? Il est arrivé quelque chose ?

– On a trouvé ça dans le panier à tricot de maman, dit Danny en lui montrant le chausson que Louise n'avait pas achevé.

– Oh, fit Nat. Oh.

– Tu sais pour qui elle les faisait ? » demanda April.

Nat secoua la tête.

« Est-ce qu'ils auraient pu être pour moi ? Tu crois que c'est possible ?

– Oui, répondit son père. Je pense qu'elle devait les tricoter pour toi. »

April prit le chausson inachevé, l'examina, puis le rendit à Danny, qui le posa sur la table. Personne ne semblait capable de le garder longtemps entre ses mains.

« Elle n'arrêtait pas de tricoter des choses pour des

gens, dit Nat. Des pulls en pagaille. Vous savez, elle avait donné un cardigan à Rose Henniger en échange de leçons de piano. Elle faisait toujours des marchés de ce genre. Je vous parie que demain, la moitié des personnes présentes porteront un vêtement tricoté par Louise.

– J'ai laissé le mien dans le New Jersey, dit Walter en se mouchant.

– J'aimerais bien le finir, fit April. Le chausson, je veux dire.

– Mais tu ne sais pas tricoter, fit Danny.

– J'apprendrai. »

Le soir, il y eut de nouvelles informations au sujet de l'ouragan Louise. La menace touchant la côte Est devenait plus sérieuse. Danny et Walter, assis au pied du lit de Nat, regardaient s'inscrire sur l'écran l'image ordinateur de la tempête qui planait au-dessus du cœur endormi de Manhattan.

« J'espère que notre maison n'aura rien, dit Danny.

– Ne t'inquiète pas, fit Walter. Ma mère viendra tout fermer si c'est nécessaire. De toute façon, il ne devrait qu'effleurer le New Jersey et les régions côtières, et même s'il passe au-dessus de New York, il aura déjà considérablement perdu de sa force. Ce ne sera plus qu'un simple coup de vent.

– Alors, pourquoi on en parle tant ?

– Parce que c'était un ouragan très violent. Et d'habitude, les ouragans, sous quelque forme que ce soit, ne remontent pas si loin au nord.

– Voici ce qu'on dit à New York, annonça l'homme qui présentait la météo. Louise arrive, et elle est folle furieuse. A vous, Chuck, pour la suite de nos informations. »

Nat, qui était affalé sur sa moitié du grand lit, en boxer-short, braqua la télécommande et changea de chaîne. Sur l'écran, les soldats d'une colonie de termites défilèrent en silence pour payer leur tribut à leur énorme reine enceinte ; puis ce fut *La Roue de la fortune* ; puis un talk-show, où une femme aux cheveux roux striés de gris pleurait; puis les *Flintstones*. « Pas grand-chose de passionnant », dit Nat en revenant aux termites. Danny et Walter s'installèrent confortablement, comme Danny et April le faisaient quand ils étaient petits, pour suivre l'activité méticuleuse de l'univers des insectes.

Dans la cuisine, en revanche, April remuait, mélangeait, battait. Des bols pleins de pâte dégoulinaient sur le comptoir, des spatules et des fouets s'accumulaient dans l'évier, de la farine constellait la cuisinière et le sol. Louise, revenant de faire les courses, aurait pu entrer à tout instant, croiser les bras et demander à April ce qu'elle s'imaginait qu'elle était en train de fabriquer, mais elle ne vint pas; pas plus qu'elle n'enfila des gants de caoutchouc et ne fit couler l'eau dans l'évier, ou qu'elle n'alla dans la chambre pédaler sur son vélo d'appartement, ou encore qu'elle ne s'assit dans le canapé du séjour avec un livre et son tricot. Elle ne répondit pas au téléphone, ni ne passa l'aspirateur sur la moquette. Elle ne plongea pas ses mains dans la cire. Elle ne regarda pas les informations.

Assis devant la télévision, Danny ferma les yeux et, l'espace d'un instant, il vit sa mère debout dans une chambre quelque part là-haut, dans les sphères célestes. Elle paraissait avoir réussi à se glisser entre les rouages de la montre du Dr Thayer et, après en avoir émergé, s'être retrouvée dans une vie future qui n'était pas sans ressembler à un hôpital psychiatrique. Elle portait l'uniforme blanc des malades, et ses bras étaient immobilisés derrière son dos par des anges vêtus comme des infirmiers psychiatriques, qui l'encadraient pendant qu'elle observait en dessous d'elle ce qui se passait sur terre. Elle donnait l'impression de vouloir dire qu'elle voyait tout : elle voyait April salir trois casseroles où une seule aurait suffi; elle voyait Nat manger de la confiture avec une cuillère, puis laisser celle-ci sur le comptoir. Elle lançait des imprécations et se débattait pour échapper aux anges, mais ces derniers se contentaient de sourire. Ils la maintenaient d'une poigne de fer avec une patience infinie, une compassion infinie. Ils avaient l'éternité devant eux.

Dans la buanderie, quelqu'un avait débranché le bac à

cire; son contenu était dur comme de la bougie. Et quand, plus tard, Danny fit courir son ongle sur la surface moirée, des traces apparurent, qui ressemblaient à celles que laisse un patineur sur la surface gelée d'un étang.

Le lendemain matin, Eleanor arriva de bonne heure pour aider aux préparatifs. Pour une fois, elle avait soigné son apparence, s'était mis du rouge à lèvres et était allée chez le coiffeur. Aidée de Sid et de Joanne, elle transporta dans la cuisine six plats de biscuits, quatre gâteaux décorés avec recherche, deux dindes rôties, et dix grands pains de seigle. « Eleanor, je croyais t'avoir dit que je ne voulais rien de compliqué, fit Nat quand il vit Sid amener le dernier chargement de victuailles. Juste des petits gâteaux et du cake. Bon Dieu, ce n'est pas un réveillon de Noël!

– Tatata », fit Eleanor. Posant sa béquille, elle s'installa sur l'une des chaises de la cuisine. « Rien de tout ça n'est bien compliqué, Nat, et de toute façon, tu vas avoir un tas de bouches à nourrir. Comme disait ma chère maman, rien ne donne plus faim qu'un enterrement. »

Nat détourna les yeux. « Pourquoi dans cette famille tout se résume-t-il toujours à manger, manger, manger? C'est quelque chose que je n'ai jamais réussi à comprendre.

– Oh, Natty, fit Eleanor en tendant la main vers lui. Excuse-moi si j'ai exagéré. Mais tu me connais. Chacun fait ce qu'il peut. Moi, c'est...

– La cuisine, je sais.

– Tu n'as qu'à voir les choses comme ça : pendant deux ou trois jours, tu n'auras certainement pas le cœur à préparer à manger, et tu pourras profiter des restes – si toutefois il y en a.

– Mais ce n'est pas de cette manière que j'envisageais ça, dit Nat. Je voulais quelque chose de simple.

– Mais ça sera simple. Ne t'inquiète donc pas autant. »

A l'autre bout de la cuisine, Joanne finissait de disposer les petits gâteaux; d'un ton impérieux, Eleanor lui indiqua quel était le plat de Louise qui convenait pour tel gâteau, et comment présenter les dindes. April entra et, à la demande d'Eleanor, elle lui montra le gâteau au chocolat et au beurre de cacahuètes, la tarte au citron, la forêt-noire, les biscuits au chocolat et aux noix ainsi que les truffes qu'elle avait faits la veille. « April, tu deviens une cuisinière hors pair, dit Eleanor. Je suis fière de toi.

– Alors, April, ça n'a donc aucune espèce d'importance, hein ? » lança Nat. Il boudait dans un coin, près de la machine à laver.

« Quoi, papa ?

– Que j'aie dit que je voulais que ce soit simple. Rien de trop compliqué. Non, comme d'habitude, tu n'en fais qu'à ta tête.

– Mais, papa...

– N'en parlons plus, n'en parlons plus. Appelle-moi si tu as besoin de moi.

– Papa ! »

Mais il avait déjà disparu dans sa chambre, où il alluma la télévision. Il eut bientôt les yeux rivés sur l'écran, où passait un feuilleton en japonais.

« Tu sais ce que ça raconte ? demanda Danny en le rejoignant un peu plus tard.

– Non, répondit Nat.

– Ça doit être plus marrant. Essayer de tout deviner aux intonations. Je parierais que cette vieille dame est la mère de l'autre, et qu'elles se disputent au sujet – peut-être de son mariage avec ce type ? »

Nat, la main sur la télécommande, ne quittait pas les images du regard.

« Qu'est-ce que tu en penses ? reprit Danny. Je me trompe ?

– Je ne sais pas, c'est en japonais. Enfin, bon Dieu, comment veux-tu que je le sache ?

– Je ne faisais que demander », répliqua Danny. Il voulut ajouter quelque chose, puis il se ravisa et se dirigea vers la cuisine, où Clara, attifée de polyester noir, déballait ce même cake dense et immangeable qu'elle faisait aux Cooper pour Noël et pour Pâques depuis 1966.

« C'est gentil, n'est-ce pas ? disait Eleanor. Clara aussi a apporté quelque chose. Eh bien, il n'y aura pas pénurie de vivres aujourd'hui ! »

Clara sourit, enfila des gants en caoutchouc et allait commencer à faire la vaisselle dans l'évier quand elle vit Joanne poser une fragile coupe de verre dans le lave-vaisselle. « Mrs. Cooper dit de ne jamais la mettre dans la machine ! » s'écria-t-elle en arrachant le récipient des mains de Joanne qui, aussitôt, se tourna vers sa mère pour savoir ce qu'elle devait faire.

« Oh, mais j'ai lavé beaucoup de coupes dans ma vie, Clara, dit Eleanor. Croyez-moi, elle peut aller dans le lave-vaisselle. »

Clara eut l'air perdue. « Mrs. Cooper disait toujours que non.

– Mais Clara, je suis une cuisinière professionnelle, et je vous affirme que cette coupe passera sans aucun problème. »

Clara haussa alors les épaules, et Eleanor l'imita, d'une manière qui fit soupçonner à Danny que toutes deux caressaient depuis longtemps le rêve de régner sur cette cuisine.

« Enfin, si vous y tenez, ça m'est égal, dit Eleanor. Lavez-la à la main.

– Non, non, protesta Clara. Je suis sûre que vous avez raison, Mrs. Friedman. Mettons-la dans la machine. Mrs. Cooper avait toujours des idées bizarres. »

Elles se sourirent, et Joanne glissa la coupe dans le lave-vaisselle.

Les gens commencèrent à arriver vers onze heures ; des collègues de Nat, des femmes de l'Association des mères contre la conscription, des infirmières qui étaient demeurées proches de Louise après ses différents séjours à l'hôpital. Danny se rappela avoir entendu un jour sa mère affirmer qu'elle n'avait pas d'amis, que c'étaient tous, en fait, des amis de Nat, mais il se rendait compte aujourd'hui que ce n'était pas vrai : beaucoup de personnes l'avaient aimée. Il accueillit des épouses – dont il se souvenait à peine – de professeurs de physique à la retraite – dont il ne se souvenait pas plus –, des couples dont les enfants avaient été dans sa classe au lycée, et des femmes assez âgées qui s'approchaient de lui, bras ouverts, et s'écriaient d'une voix rauque : « Danny, le petit Danny, comme tu as grandi ! » Des mains douces et tavelées le touchèrent, des bras drapés de soie noire le frôlèrent. « Je me souviens bien de toi, mon chéri, mais je suis sûre que toi, tu ne te souviens pas de moi !

– En effet, je crains bien que non.

– Ah ! les jeunes ! Tu ne te rappelles pas ta vieille amie Goldie Silvers qui te faisait ce pudding que tu aimais tant quand tu étais petit !

– Mais si, bien sûr ! Mrs. Silver ! Mais vous avez les cheveux plus courts.

– Vingt ans sous le séchoir à côté de ta mère, ce n'est pas étonnant qu'ils soient plus courts ! Je les ai tous perdus ! Enfin, on vieillit tous ! Je me souviens quand tu étais bébé comme si c'était encore hier, et maintenant, regardez-moi ça ! Qu'est-ce que tu fais dans la vie ?

– Je suis avocat.

– Avocat ! C'est vrai, je le savais, mais j'avais oublié. Ta maman était si fière de toi ! Elle parlait tout le temps de toi ! » Puis d'une voix plus basse, plus grave, elle reprit : « Danny, c'est terrible qu'elle ne soit plus là, mais tu sais, elle souffrait beaucoup et seules de nouvelles souffrances l'attendaient. Alors, dans un sens, c'est peut-être mieux ainsi. » Elle hocha la tête.

« Oui, fit Danny. Peut-être, oui. » Il hocha la tête à son tour.

« Tu es un gentil garçon, dit Goldie Silvers. Un très gentil garçon. Et je fais toujours ce pudding, alors si ça te tente...

– Merci », dit Danny. Ils se séparèrent. On n'arrêtait pas de sonner. Nat allait à chaque fois ouvrir. Une femme du nom de Dixie Watkins arriva, qui, comme Goldie, s'était trouvée pendant des années à côté de Louise au salon de coiffure. Elle travaillait dans un magasin de farces et attrapes, où elle vendait des coussins qui poussaient des cris de joie quand on s'asseyait dessus et des verres avec au fond des femmes qui se déshabillaient à mesure qu'on buvait. Son mari, Benny, avait provoqué un scandale quelques années auparavant en débarquant à un réveillon du jour de l'an affublé d'un masque de Nixon; Oscar Lowell, le doyen de l'époque, était parti offusqué. Benny serra la main de Nat d'un air sombre pendant que Dixie se tamponnait les yeux sans se soucier de son maquillage qui avait coulé. Tout compte fait, c'étaient les amis de Louise les plus inattendus, les plus saugrenus, mais ils faisaient partie de ceux que Danny préférait. Vêtue d'un ensemble panthère, le rimmel qui fondait, Dixie embrassa Danny sur la joue et, d'une voix claironnante au fort accent texan, elle lança : « Je peux faire quelque chose pour toi, mon chéri ? » Un peu comme une mère maquerelle au grand cœur.

« Merci, Dixie, rien, répondit Danny. Ça va. »

Par-dessus son épaule, il vit approcher une femme qu'il lui semblait connaître mais dont il n'arrivait pas à se rappeler le nom, une femme aux cheveux blancs et au visage poudré d'institutrice. « Danny, fit-elle. Bonjour, mon petit Danny. » Et elle lui serra la main.

« Bonjour, fit Danny. Comment allez-vous ?

– Bien merci, mais c'est sans importance. Et vous tous, ça va ?

– Oui, merci. » Il se souvint d'une astuce de Louise pour se tirer d'une situation embarrassante comme celle-là. « Ah, je vous présente Dixie Watkins, une amie de ma mère.

– Nancy Needham, se présenta à son tour la femme au visage poudré en serrant la main de Dixie. J'étais la bibliothécaire de l'école primaire de ce garçon, même s'il ne se le rappelle pas.

– Comment je ne me rappelle pas ! protesta Danny. Mrs. Needham, bien sûr que je me rappelle ! » Et il rit, un peu trop fort peut-être. Son mari était un ancien collègue de Nat.

Ils lui firent leurs condoléances. Puis Dixie s'inquiéta de ce que Danny devenait, et elle approuva d'un signe de tête lorsqu'il le lui apprit. Nancy Needham demanda alors s'il pouvait lui donner des conseils pour son fils Nicky qui désirait faire son droit. « Dites-lui qu'il va devoir absorber tant de choses inutiles qu'il aura l'impression que sa tête va éclater », déclara Danny. Nancy Needham ajouta en riant : « Ce n'est pas tellement différent du métier de bibliothécaire.

– Moi, je n'y serais jamais arrivée, ma mémoire est une vraie passoire, fit Dixie. Ça entre par une oreille et ça sort par l'autre. J'ai déjà eu un mal fou à apprendre mon code. Tiens, je vais aller dire bonjour à Nat.

– Il n'est pas occupé ? » demanda Nancy Needham. Abandonnant Danny, les deux femmes se dirigèrent vers Nat qui se trouvait pour le moment seul. Danny regarda autour de lui. La foule était devenue énorme et se pressait par les deux portes de la salle à manger. Tant de visages! Les jeunes avaient vieilli, les vieux (semblait-il) avaient rajeuni. Oscar Lowell, après une crise cardiaque, avait perdu une trentaine de kilos et courait quinze kilomètres par jour. Il était près de la cheminée, en jogging rouge. Quant à Francine Cantor, qui suivait un traitement de radiothérapie, elle se tenait dans un coin, décharnée, une perruque posée de travers sur son crâne chauve. Ses poignets – incroyablement fins – étaient couverts de taches; elle avait une lourde bague à chaque doigt et portait d'épais bracelets en ivoire et cristal taillé. Danny se demanda comment ses bras minces comme des allumettes faisaient pour ne pas se briser sous le poids de ces bijoux, et il se souvint de l'époque, pas si lointaine, où elle venait nager dans leur piscine avec son mari d'alors, Bruce, et s'était proposée de leur donner des leçons de sauvetage. Francine, en ces années-là, était une femme jeune et énergique, et elle avait traversé tout le bassin en traînant Danny par les cheveux. Comme tant d'autres parmi les connaissances de Louise, c'était l'ex-épouse de l'un des collègues de Nat; Danny savait que quelque part dans la maison, il y avait Bruce Cantor en compagnie de sa nouvelle femme, une blonde de moins de trente ans dont le nom lui échappait. Aujourd'hui, Francine était vieille, seule, mourante, et elle allumait une cigarette.

Il tourna la tête au moment où elle allait l'apercevoir, au moment où elle allait lui adresser un sourire d'attente. Il se trouva face à Sarah Golberg qui, à l'école primaire, était grosse, asthmatique et portait des lunettes octogonales à monture d'acier. Elle avait demandé, et reçu, un waterbed pour sa bat mitzvah. Elle était adossée au mur de la salle à manger en compagnie de sa mère, Linda. Elles ne parlaient pas et se contentaient d'observer la foule, chacune une tasse de café à la main. Sarah était moins grosse que dans le souvenir de Danny, et elle était devenue une grande et forte fille soigneusement vêtue d'une jupe en jean et d'un corsage crème. Elle avait les cheveux longs, une épaisse crinière. Avait-elle toujours dans son sac un petit aérosol contre les crises d'asthme ? Cela faisait douze ans qu'il n'avait pas vu Sarah. Et une nouvelle fois, pour éviter de rencontrer son regard, il fit un pas en arrière. Et là, qui coupaient un gâteau, il y avait les Eady, les voisins d'en face, et leur fille Jennifer. Et de l'autre côté, Millie Bartell – la femme du doyen – qui mangeait des biscuits dans une petite assiette. Certains visages avaient changé, mais d'autres, comme celui de Millie Bartell, semblaient être demeurés identiques. La vie de Millie Bartell avait-elle été aussi uniforme que son visage ? se demanda Danny. N'avait-elle été qu'une sereine et interminable succession de jours passés à faire le ménage, les courses, et à donner de temps en temps des cours au lycée à titre de remplaçante ? Ou bien les apparences, dans ce cas, étaient-elles trompeuses ? Non loin de Millie, dans la même pièce, se tenaient Bill et Janet Hartpence dont la fille Julia avait fait exploser une voiture piégée en 1968 et qui, à partir de cette année seulement, pouvait prétendre à la liberté conditionnelle. Des cataclysmes de toutes sortes avaient ravagé leurs visages ; ils avaient l'air vieux et fatigués. Quelle différence avec Millie Bartell, pour qui les choses s'étaient déroulées si paisiblement, pour qui les éléments s'étaient montrés si favorables. Les cancers, les crises cardiaques, les enfants en prison – toutes ces tempêtes l'avaient épargnée. Elle venait donc aux enterrements, réunions pour célébrer un souvenir, ou toute autre appellation qu'on choisissait de leur donner, et elle mangeait des petits gâteaux en silence. Danny avait envie de lui demander ce qu'on éprouvait à avoir tant de chance, mais sentant qu'elle allait se tourner vers lui, il changea d'avis et s'éloigna pour se trouver devant un autre visage familier, une autre main qui lui faisait signe, une autre voix qui lançait : « Bonjour, Danny ! » La réunion était un flipper, et lui une bille d'acier qui ricochait d'une rencontre inopportune à une autre. Jennifer Eady, cette fois. Il agita le bras dans sa direction, et traversa la pièce.

Pendant ce temps-là, dans la cuisine, April avait sorti le mixer et préparait un glaçage de dernière minute pour l'un des gâteaux qu'elle avait fait. Myra Eber, qui venait juste de se débarrasser de son imperméable, lui toucha l'épaule, et April poussa un cri.

« Oh, je ne voulais pas te faire peur ! dit Myra.

– Mrs. Eber ! Excusez-moi, je suis un peu nerveuse.

– Ne t'excuse pas, dit Myra Eber en défroissant sa veste du plat de la main. Comment allez-vous, tous les trois ? Vous vous en tirez ?

– Plus ou moins, oui.

– Je voulais juste que vous sachiez que Jack et moi, nous pensons à vous et... »

April régla le mixer sur la puissance maximum, et Myra, la bouche ouverte, s'arrêta en plein milieu de sa phrase.

« Continuez, hurla April pour couvrir la plainte aiguë de l'appareil. Je vous entends, continuez. »

Déroutée, Myra regarda derrière elle, pour voir si quelqu'un écoutait. « Je voulais simplement te dire, cria-t-elle à son tour, que si on peut faire quelque chose pour vous, ce... »

April éteignit le mixer.

« ... sera avec plaisir, acheva Myra d'une voix plus normale.

– C'est très gentil de votre part », dit April.

Dans sa prison céleste, il semblait que Louise avait enfin cessé de se battre avec les archanges infirmiers, mais ceux-ci, par précaution, continuaient à lui maintenir les bras. Leur étreinte, toutefois, n'était plus aussi forte. De leur main libre, ils lui caressaient le dos ; ils compatissaient, eux qui, un jour, avaient été comme elle vivants. L'une des histoires dont elle se servait pour tourmenter Danny, c'était celle du matin de son neuvième anniversaire, quand elle avait glissé une araignée dans la jupe de tante Eleanor ; afin de la punir, sa mère l'avait enfermée dans sa chambre pour toute la durée de la fête organisée à l'occasion de son propre anniversaire. Elle était restée couchée dans son lit d'enfant soigneusement fait, résolue à ne pas pleurer, et elle avait comploté des vengeances et des rébellions inimaginables pendant qu'en bas les enfants riaient, dansaient et mangeaient, et que leurs voix résonnaient à travers le plancher même quand elle se bouchait les oreilles, même quand elle enfouissait sa tête sous l'oreiller. Et les cadeaux ? « Elle me les avait gardés pour que je les ouvre plus tard », disait parfois Louise, mais d'autres fois, elle prétendait que sa mère les avait tous donnés à Eleanor, « pour compenser l'araignée ». Dans les deux versions de l'histoire, la fête finie, on lui apportait un morceau du gâteau, avec une rose, et un bout de son nom, LOUI, en lettres glacées, et, le visage fermé dans le silence revenu, les yeux rouges d'avoir pleuré, elle n'y touchait pas, n'y jetait même pas un regard.

Walter vint retrouver Danny près de la cheminée du living.

« Ça va ? demanda-t-il.

– Ça va. Où étais-tu passé ?

– Je parlais avec Margy McLaughlin. On était dans la chambre d'April. Ce n'est pas trop dur ?

– Non. Il est presque deux heures. Les gens commencent à partir. L'épreuve se termine. »

Nat, qui errait dans la pièce, leur fit un signe de la main. « Personne ne va dire quelque chose ? demanda Walter.

– Dire quelque chose ?

– Oui, quelques mots à sa mémoire. Peut-être qu'April pourrait chanter.

– Tu as entendu mon père dans la voiture. Ma mère

aurait détesté ça, les gens qui se lèvent les yeux pleins de larmes pour dire quelle femme merveilleuse c'était. Elle aurait été très gênée.

– Je crois que c'est surtout ton père qui aurait été gêné, dit Walter. Excuse-moi, je sais que ça ne me regarde pas, mais j'ai l'impression qu'il se sert de toute cette aversion supposée de ta mère contre les cérémonies pour justifier sa propre aversion, et sa propre gêne.

– Je n'ai pas voix au chapitre. Et de toute façon, qu'est-ce qui me donne le droit de lui dire comment enterrer sa femme – ou plutôt ne pas l'enterrer telle que la situation se présente ? »

Walter allait répondre quand une voix forte jaillit de la horde des amis présents. « Danny, mon garçon ! » Deux hommes âgés, corpulents, en costumes beiges presque identiques, étaient sur le pas de la porte et agitaient le bras. « Bonjour ! leur répondit Danny. C'est Sy et Herb, ajouta-t-il à voix basse à l'intention de Walter. Le frère aîné et le frère cadet de mon grand-père. Les deux autres sont morts pendant la guerre. Comment s'appelaient-ils déjà ? Ah oui, il y avait Herbert, Sydney, Milton et Seymour. Tu sais, toute mon enfance j'ai cru que c'étaient des prénoms juifs tout à fait ordinaires jusqu'à ce qu'on me fasse un jour remarquer que c'étaient aussi des noms de famille britanniques. Je suppose que pour mes arrière-grands-parents, ils devaient paraître très modernes et très chics – tellement éloignés des prénoms de l'Europe de l'Est. Et maintenant, c'est devenu simplement oncle Miltie, oncle Sy, oncle Herb. Tu crois qu'il y a des gens qui ont un oncle Donne ou un oncle Wordsworth ?

– Probablement quelque part, oui », répondit Walter. En vérité, il était bien difficile de faire un rapprochement entre ces poètes et ces membres de la gentry et leurs homonymes, ces deux oncles de Danny qui fumaient le cigare et s'avançaient vers lui, les épaules voûtées. Ils avaient tous deux plus de soixante-dix ans, étaient gros, avaient des poils dans les narines, et ne se parlaient plus depuis trente-deux ans. Herb était toujours propriétaire de l'entreprise familiale d'eau de Seltz, qui battait de l'aile, tandis que Sy – supplanté à la tête de l'affaire par son frère quarante ans auparavant – avait eu sa revanche en gagnant des millions de dollars dans la mise en bouteilles. Ils habitaient en Californie du Sud, séparés par quelques kilomètres, dans des maisons de retraite pareillement protégées et gardées, et ils étaient venus par le même avion, à des rangées de sièges différentes. Ces trente-deux années de non-communication qu'ils s'étaient infligés paraissaient terribles à ceux qui ne les connaissaient pas mais, en fait, Sy et Herb avaient passé une si grande partie de leur vie sans se parler lorsqu'ils se trouvaient ensemble à des réunions de famille qu'il ne perçait plus aucune animosité sous leur silence ; ce n'était plus qu'une habitude. Ils se parlaient par-dessus leur tête, à travers d'autres. Ils semblaient presque amis.

« Danny, tu as l'air en pleine forme, dit Sy. Comment se porte le métier d'avocat ?

– Bien, oncle Sy.

– Et tu vis toujours dans, excuse-moi, ce trou à rats puant de New York ? demanda Herb. Non, pardonne-moi, New York est une ville merveilleuse. Excuse-moi, Danny, j'adore New York.

– Oncle Herb, ça fait plus de deux ans qu'on habite le New Jersey. Maman ne te l'a pas dit ?

– Que veux-tu, on perd la mémoire, dit Sy. C'est de pire en pire. En tout cas, c'est bien de pouvoir changer d'air. Minna et moi, on a passé quarante-deux ans à Brookline, dans la banlieue de Boston, et il n'y a pas eu une seule journée où je n'ai pas été heureux de retrouver un coin de verdure au lieu de je ne sais quel appartement sombre et exigu. Tu sais, on était une vraie famille de paysans là-bas en Europe. Mon grand-père me disait qu'on habitait à plus de cent cinquante kilomètres de la gare la plus proche. »

Eleanor, s'appuyant sur sa béquille, vint rejoindre ses oncles et ils firent cercle autour de Danny et de Walter. « Oncle Herb et oncle Sy se proposent de nous emmener dans un restaurant chinois, fit-elle. Après la réception. Nat dit qu'il veut bien si April et toi voulez bien, et April dit qu'elle veut bien si tu veux bien. Alors, à toi de décider.

– D'accord, fit Danny.

– Parfait. Dans ce cas, je vais réserver chez Ming. »

Elle s'éloigna. Danny et Walter s'excusèrent et se frayèrent un passage au milieu de la foule affamée des amis de la disparue pour gagner la cuisine. April y était pour le moment seule, à côté de la cuisinière, et elle s'acharnait sur le chausson de bébé inachevé.

« Enfin un peu de calme! dit Danny. Ça ne fait pas de mal.

– Tu apprends à tricoter? demanda Walter.

– J'essaie.

– Tu ne devrais pas regarder dans un livre ou je ne sais quoi? A la façon dont tu t'y prends, on dirait plutôt un match de catch.

– J'ai presque attrapé le coup, dit April. Ce n'est pas si difficile que ça. Je me suis contentée de suivre la trame, les points que maman a déjà faits, et je m'efforce de les copier. »

La minuterie du four se déclencha, et April sursauta en poussant un cri. « Pardon », fit-elle. Elle posa une main sur son cœur, puis arrêta la sonnerie. Elle ouvrit la porte du four, à l'intérieur duquel un autre gâteau doré gonflait dans son moule et, passant des gants de cuisine pour éviter de se brûler, elle le sortit.

Une fille aux longs cheveux châtains qui pendaient, un sac en toile de jean à l'épaule et un étui à guitare à la main, passa la tête par la porte de la cuisine. Elle frappa. April sursauta de nouveau.

« April?

– Oui, fit celle-ci en se retournant.

– Salut. Je m'appelle Sally Degner, fit la fille qui se glissa dans la pièce. Ma sœur Jenny était avec toi au lycée.

– Ah oui, je me souviens. Comment va-t-elle?

– Très bien. Elle vit dans l'Oregon maintenant. Elle m'a dit de te dire bonjour de sa part. On s'est vues un certain nombre de fois à l'époque, mais tu ne t'en souviens sans doute pas, j'étais petite. Je suis venue avec ma mère – elle était avec la tienne à l'Association des mères contre la conscription – et je voulais juste te dire que je suis très peinée pour ta mère, c'est vraiment terrible.

– Merci, fit April. Je te présente mon frère Danny, et son ami, Walter.

– Salut », fit Sally sans même les regarder, puis elle s'adressa de nouveau à April : « Je voulais aussi te dire que je te trouve formidable. Tu es ma chanteuse préférée, et toutes mes amies à l'université aussi t'aiment beaucoup. On écoute tes disques tout le temps.

– Ça fait plaisir à entendre. Tu vas à quelle université ?

– A Oberlin. Je suis en seconde année. En ce moment, c'est les vacances de printemps. Moi aussi, je suis plus ou moins chanteuse, et puis j'écris également des chansons.

– C'est très bien, fit April.

– Merci. Je sais que ça va paraître présomptueux de ma part, mais... euh... est-ce que je pourrai... est-ce que tu accepterais d'en écouter quelques-unes ? Je sais que tu dois être très occupée, mais je pensais que si tu avais un peu de temps... »

April ferma les yeux. « C'est vraiment la bousculade en ce moment, fit-elle.

– Oh, je comprends. Mon Dieu, ça doit être terrible. Je veux dire, je savais que ta mère était malade depuis longtemps, mais... oh, mon Dieu, si je perdais ma mère, je... je ne sais pas ce que je ferais. Je n'ose pas l'imaginer. Oh, je suis sincèrement désolée. »

April eut un sourire tendu. « De rien, fit-elle.

– Alors, peut-être que... enfin, je pourrais t'en laisser deux ou trois, juste pour que tu y jettes un coup d'œil, et demain matin, je pourrais peut-être te téléphoner, et si elles te plaisent, on se verra plus tard. Tu crois que ça serait possible ? »

April eut un nouveau sourire tendu. « Bien sûr.

– Formidable ! » s'exclama Sally. Elle tira de son sac un épais cahier de musique. « Tu ne peux pas savoir combien je te suis reconnaissante, reprit-elle en tendant le cahier à April. Tu sais, tu es vraiment ma chanteuse préférée.

– Merci.

– Alors, je t'appelle demain.

– Oui.

– Formidable ! Et merci d'avance.

– Merci, fit April. Euh, de rien, je veux dire. »

La fille sortit de la cuisine, et April se retrouva seule en compagnie de Danny et de Walter.

« Je n'arrive pas à y croire, fit ce dernier. Que quelqu'un puisse se montrer à ce point insensible, à ce point égoïste...

– Oh, ce n'est qu'une petite chanteuse ambitieuse, intervint Danny. April en voit des comme ça à longueur d'année, pas vrai April ? »

April s'assit. « Je ne savais pas quoi lui dire, fit-elle. Quand elle a dit qu'elle était désolée. Je ne savais pas quoi répondre.

– Tu devrais mettre ces chansons au feu, dit Walter. Quel culot, cette fille !

– Qu'est-ce qu'il fallait répondre ? " De rien " ? " Ne t'en fais pas " ? " Ce n'est pas ta faute " ? Tu comprends, qu'est-ce qu'on est censé répondre quand quelqu'un te dit : " Je suis désolé que ta mère soit morte " ?

– Ne te ronge pas comme ça, April, dit Walter. Oublie donc.

– Je n'ai pas l'habitude de ne pas trouver mes mots. Enfin, je peux toujours regarder ses chansons. Ça ne me prendra pas longtemps. Et puis, qui sait, elle est peut-être douée. »

Walter se tourna vers Danny en levant les yeux au ciel. « Est-ce que j'ai bien entendu ? C'est incroyable !

– Je ne vois pas quel mal ça pourrait faire, dit Danny. Écoute, April, si tu as le temps, tu le fais. Et si tu n'as pas le temps, tu ne le fais pas.

– J'ai l'impression que quelque chose m'échappe, dit Walter. Ta mère est bien morte hier, non ? Ta mère vient de mourir et cette sale gamine t'oblige à jeter un coup d'œil à ses chansons idiotes ? »

Danny et April le regardèrent avec une expression étonnée, un peu stupide, comme deux élèves qui n'ont pas compris une leçon.

Clara était en train de charger le lave-vaisselle quand elle se pencha brusquement en avant, ferma les yeux et, pliée en deux, poussa un long gémissement plaintif. Oncle Sy qui, assis à la table de la cuisine, battait et rebattait des cartes, s'interrompit pour la regarder. Elle se redressa, tira un mouchoir de la poche de sa robe, se moucha et reprit sa tâche. Tout en glissant les assiettes dans la machine, elle continuait à pleurer, sans bruit, et elle dut s'arrêter à plusieurs reprises afin de se tamponner les yeux et de se moucher.

Nat entra dans la cuisine. Il s'approcha de Clara comme il s'approchait toujours de Louise, par-derrière, et il posa la main sur la peau brûlante de son épaule.

« Vous savez, Clara, dit-il. Vous aurez toujours du travail ici. Ne vous inquiétez pas pour ça.

– Mrs. Cooper est auprès du bon Dieu, dit Clara en mettant sa main sur celle de Nat. Je le sais. Elle m'a dit qu'elle a vu la lumière, et maintenant elle est auprès du bon Dieu.

– Oui, fit Nat. Peut-être. »

A sept heures, tous ceux qui restaient s'entassèrent dans trois voitures pour aller chez Ming, un grand restaurant chinois assez luxueux près du freeway. Depuis le début de l'après-midi s'y tenait la réunion annuelle de l'équipe de football de l'université, et la salle était pleine de géants en smoking de location qui buvaient des verres de brandy en évoquant leurs plus beaux matchs.

« Commandez ce que vous voulez, dit oncle Herb. C'est moi qui vous invite.

– Oui, dit oncle Sy en écho. C'est moi qui vous invite. »

Personne n'avait envie de se pencher sur le menu, sauf Danny et April. Ils avaient toujours été excités dans les restaurants chinois, et ce soir, presque comme un hommage à leur mère disparue, ils s'emparèrent de la grande carte et se disputèrent pour composer un repas en fonction des goûts de chacun, y compris le végétarisme de Joanne, le régime sans sel d'oncle Herb et l'aversion de la moitié des convives pour tout ce qui était « trop épicé ». La seule chose à propos de laquelle ils ne se querellèrent pas, ce fut les crevettes à la sauce aigre-douce, alors qu'ils n'aimaient cela ni l'un ni l'autre. Mais c'était le plat favori de Louise.

Ils commandèrent d'énormes quantités de nourriture, au point qu'oncle Herb parut blêmir un peu, même s'il ne cessait de répéter : « Allez-y, allez-y, vous êtes mes invités. » Le serveur arriva. Les crevettes aigres-douces brillaient comme des néons dans leur épaisse sauce rouge. Les plats se succédaient au centre de la table, emportés et remplacés par d'autres. En face de Danny, Nat hochait la tête avec résignation aux paroles de tante Eleanor qui lui faisait le récit de la terrible expérience qu'elle venait de connaître avec son ordinateur personnel. « J'avais fini de mettre mes recettes dans cette machine, disait-elle. Et le lendemain, je glisse la disquette dans la fente, et pfuit, rien! Toutes mes recettes envolées, disparues!

– Tu n'avais pas fait de copie? demanda Nat.

– Non, j'ignorais qu'il fallait en faire une.

– Mais il doit te rester la copie papier.

– La copie papier?

– Oui, le cahier ou les fiches sur lesquelles tu avais inscrit tes recettes.

– Oh, non. Je les avais brûlées la veille. J'avais brûlé mes vaisseaux, quoi. Je m'étais dit : c'est l'ère de l'ordinateur, Eleanor, pourquoi encombrer tes tiroirs avec toutes ces fiches inutiles? » Elle soupira. « Il devait y avoir près d'un millier de recettes, dont certaines dataient de ma grand-mère. Et il ne reste rien, plus rien. Quand je pense au temps que j'y ai consacré!

– C'est terrible, Eleanor. Je suis navré pour toi.

– Enfin, on apprend à tout âge. La question qui me préoccupe, c'est celle-ci : d'après toi, qu'est-ce que je pourrais obtenir devant les tribunaux?

– Les tribunaux?

– Oui. En attaquant le fabricant. Tu vois, en dommages et intérêts pour perte de documents indispensables à ma profession et préjudice moral. »

Nat se prit le front. « Eleanor, si tu n'as pas fait de copie...

– Et alors? Je suis sûre que je pourrai quand même gagner. »

Nat enfouit son visage entre ses mains, puis il releva la tête et s'efforça d'expliquer à Eleanor pourquoi il serait injuste et immoral de poursuivre le fabricant d'ordinateurs alors qu'elle n'avait pas fait de copie et que tout le monde savait – c'était la règle élémentaire en informatique – qu'il fallait toujours en faire une.

« Copie, copie! Je ne vois pas en quoi je suis responsable. Je ne sais toujours pas comment c'est arrivé. J'ai mis la disquette, je l'ai ôtée, je l'ai remise, et elle est " illisible ". En quoi est-ce ma faute, j'aimerais bien le savoir!

– Je ne dis pas que c'est ta faute. La disquette était pleine de poussière, ou elle avait un défaut. Ce genre de choses se produit parfois. Je ne sais pas. En tout cas, tu aurais dû faire une copie, et même si tu obtiens un dédommagement du fabricant d'ordinateurs ou du fabricant de disquettes, ça n'en sera pas moins injuste.

– Bon, fit Eleanor. A partir de maintenant, je crois que je ferai toujours une copie. Mais si l'affaire vient devant les tribunaux, est-ce que je pourrai te faire citer comme expert? »

Nat fixa la table d'un air sombre.

« C'était une blague, Natty. Ha, ha!

– Ha, ha! fit Nat.

– De toute façon, je ne suis pas tout à fait sérieuse quand je dis que je vais faire un procès. Oh, regarde! » Un serveur apportait un nouveau plat. « Ces bons vieux beignets de crevettes. Tu te souviens de ce restaurant à Boston où on allait? Toi, Louisy, Sid et moi? Avec les crevettes aux haricots noirs. On était si jeunes. Tu comprends, on se sent vieille quand on vient de perdre sa sœur. Je sais que j'aurai encore un certain nombre de choses dans ma vie, mais une autre sœur, jamais. »

Elle prit la serviette posée sur ses genoux et s'en tamponna les yeux. Nat garda le silence.

« Pour une fois, je vais être sincère, reprit Eleanor. Je sais que Louisy ne m'a jamais beaucoup aimée. Je ne lui en veux pas, j'étais une enquiquineuse. Mais moi, je l'aimais. Vraiment. Tu crois qu'elle le savait?

– Oui, répondit Nat. Oh, Eleanor, bien sûr qu'elle le savait.

– Je l'ai plainte pendant toutes ces années. Être malade comme ça ! Je l'aimais et j'avais l'impression que chaque fois que j'essayais de le lui montrer, elle me repoussait... »

Nat se tortilla sur sa chaise. « Eleanor, Louise aussi t'aimait. Mais vous vous énerviez mutuellement. C'est courant entre sœurs. Et puis, il y avait un tas de gens qu'elle repoussait. Elle n'acceptait pas beaucoup les manifestations de sympathie, elle s'imaginait toujours que c'était de la pitié.

– On s'asseyait côte à côte sur ces petites toilettes jumelles », dit Eleanor. Puis elle inspira profondément. « Bon, assez parlé de ça. Il est temps de se ressaisir. » Elle se redressa.

« Danny, demanda-t-elle, tu veux bien me passer le bœuf ?

– Je crois que c'est du porc, tante Eleanor.

– Peu importe. Passe-le-moi quand même. »

C'est en allant aux toilettes, pleines de joueurs de football en train de vomir, que Danny eut de nouveau la vision de sa mère. Comme la fois précédente, elle regardait en bas avec avidité, encadrée par deux anges, mais cette fois – c'était clair – elle avait un bandage sur la bouche. Un simple carré de gaze blanche. Pourquoi un bandage ? Il essaya d'écouter sa voix dans sa tête, mais elle avait d'un seul coup disparu. Les phrases qu'elle avait souvent prononcées s'élevaient bien dans son esprit, mais avec des intonations vagues, indéfinies. Sa voix, que Danny avait entendue des milliers, des millions de fois, qui lui appartenait aussi sûrement que lui appartenaient ses empreintes ou son écriture – comment pouvait-on perdre un souvenir aussi précieux ? Il tenta de se rappeler s'il y avait quelque part un enregistrement, ou un film super-8 – quelque chose où serait préservé ne serait-ce qu'un mot qui montrait comment sa mère parlait – mais de là-haut, Louise, avec un carré de lumière pour bouche, le regarda et secoua la tête : non.

A l'autre bout de la salle, des joueurs de football avaient

dégagé les tables et, se tenant par le bras, levant la jambe dans le plus grand désordre, ils chantaient : « On aura la peau de ces connards de l'Oregon. » Danny regagna sa place. On fit circuler des petits gâteaux-horoscopes. Il y eut le bruit sec des minces croissants de pâte rassis qu'on ouvrait, le froissement des rubans de papier qu'on extrayait et qu'on lisait. « Il y en a deux dans le mien, annonça oncle Sy. Qu'est-ce que ça signifie ?

– Deux fois plus de chance, oncle Sy, répondit la cousine Joanne.

– A moins qu'ils ne s'annulent, ajouta Eleanor. Personne ne connaît la réponse à ce mystère.

– Eh bien, j'espère que c'est Joanne qui a raison, dit oncle Sy. Parce qu'ils sont tous les deux bons. »

Il fit le tour de la table du regard, mais personne ne lui demanda ce qu'on lui avait prédit.

« Quel dîner ridicule, dit Nat dans la voiture en rentrant chez eux. Et à propos, qui dois-je remercier pour m'avoir placé à côté d'Eleanor ? Cette femme est la plus grande emmerdeuse que j'aie jamais connue, et je vous assure que je n'ai pas apprécié du tout. Elle m'a cassé les pieds toute la soirée avec ses histoires grotesques de procès, ses recettes et ses problèmes d'ordinateur.

– Je ne sais pas comment ça s'est fait, dit Danny.

– Pourquoi faut-il toujours que ce soit la faute de quelqu'un ? dit April. Enfin, papa, il n'y avait pas de cartons; les gens se sont mis où ils voulaient.

– Ah bon. En tout cas, quelqu'un aurait pu me rendre le service de prendre la place à côté d'Eleanor au lieu de la laisser à celui qui serait assez idiot de choisir ce moment-là pour aller aux toilettes. Ce soir, et en particulier ce soir, on aurait quand même pu m'épargner ça. » Il secoua la tête. « Et puis, je ne sais pas qui a eu cette idée d'aller au restaurant, mais c'est un imbécile. Personne n'avait envie de dîner au restaurant. Et toute cette nourriture ! C'était obscène ! Quand on est en deuil, on ne devrait pas s'empiffrer comme des porcs ! »

Danny baissa honteusement la tête.

« Je crois, avança Walter, que Herb et Sy avaient besoin de faire un geste, d'offrir quelque chose.

– Bien sûr, fit Nat. Et l'intention était bonne. Mais, bon Dieu, après ce que je viens de traverser – ce que nous venons de traverser – c'était bien la dernière chose dont j'avais besoin. Tout ça, cette journée, c'était trop. Je voulais quelque chose de calme, de digne. Et à cause de certains, c'est devenu une foutue bar mitzvah.

– Tu sais, papa, fit April, si tu cherches à m'accuser, j'aime autant que tu le fasses franchement. Je préférerais que tu dises ce que tu penses : tu voulais une gentille petite réunion, et ta fille, crasse et vulgaire comme elle est, a fait des tonnes de gâteaux, a insisté pour que tout le monde aille dîner dehors et ne s'est même pas assise à côté de tante Eleanor pour l'amour de son père comme aurait dû le faire n'importe quelle brave petite fille.

– April...

– Et merde ! C'était ma mère, et pas seulement ta femme, et tu n'as pas levé le petit doigt de la journée ! Tu te fous de savoir si Eleanor a fait dix fois plus à bouffer que moi ou si c'est oncle Sy qui a eu l'idée du restaurant ? Si ça peut t'arranger, engueule-moi, mets-moi tout sur le dos...

– Arrête, April ! Je n'ai vraiment pas envie de me disputer avec toi en ce moment !

– Non, je n'arrêterai pas ! Tu agis comme si tu étais le seul à avoir du chagrin, comme si personne d'autre que toi n'aimait maman. Il fallait que tout soit comme toi tu l'avais décidé, pas de discours, maman n'aurait pas aimé, pas de chansons, maman n'aurait pas aimé, rien de trop compliqué, maman n'aurait pas approuvé, et maintenant, pas de dispute, je ne pourrais pas le supporter, j'ai besoin qu'on me ménage. Ce sont des foutaises, papa. Tu n'es pas le seul qui doive prendre des décisions, ou laisser libre cours à ses émotions, ou... ou je ne sais quoi...

– Tu vas te taire, oui ! hurla Nat. Cesse de crier, April !

– Tout le monde a les nerfs à fleur de peau, intervint Walter. Il faut essayer de se calmer un peu. »

Ils étaient arrivés dans l'allée. La voiture à peine immobilisée, Nat coupa le contact et s'apprêta à ouvrir sa portière.

« Tu te comportes comme si tu l'avais tellement aimée, reprit April. Je crois rêver! Ça me dépasse!

– Qu'est-ce que tu veux dire par là? demanda Nat en se tournant pour lui faire face. Que je n'aimais pas ta mère? Qu'est-ce qui te donne le droit de juger si j'aimais ou non ta mère?

– Si tu l'aimais, tu n'aurais pas couché avec une autre femme », répliqua April.

Un brusque silence se fit.

« Ne prends pas cet air étonné, reprit April. Pas besoin d'être un génie pour l'avoir deviné. »

Nat retira lentement sa main de la poignée de la portière et pressa son front contre le volant. « Oh, mon Dieu, murmura-t-il. Oh, mon Dieu. » Et il se mit à pleurer.

« Et maintenant, tu pleures, fit April. Tu pleures! » Elle sortit de la voiture, courut dans l'allée, et commença à tourner sur elle-même comme une toupie, les bras dressés, ainsi qu'elle le faisait souvent quand elle était petite, et elle tourbillonna, tourbillonna, jusqu'à ce que ce soit le monde qui paraisse tourbillonner. Puis elle bondit, tendit la main comme si la lune était une balle qu'elle cherchait à attraper et, perdant l'équilibre, elle tomba lourdement sur les fesses.

« Merde! » fit-elle. Walter se rua hors de la voiture en criant son nom.

« Ça va, je n'ai rien, dit April avec une trace de contrariété. Foutez-moi la paix! » Elle était assise sur le bitume, les jambes allongées, les mains entre les genoux. Walter fit un pas en arrière. « Je n'ai rien, répéta-t-elle. J'ai juste besoin de rester comme ça un instant. » Et elle se plia en deux, le souffle coupé.

Elle eut alors l'impression que le monde était à l'envers, que rien ne serait plus jamais comme avant, que rien ne serait plus jamais beau et bon. C'était comme si Louise était morte. April, la tête entre les genoux, gémissait, et Nat était déjà près d'elle, l'arrachait à elle-même et, avec l'aide de Walter, la relevait. Danny se précipita pour appeler l'hôpital et dire qu'ils arrivaient. Malgré ses protestations, April céda aux bras qui l'installaient sur le siège arrière, aux injonctions de son père qui lui demandait de ne pas bouger, à l'atmosphère familière de peur et d'urgence. Nat, de nouveau au volant, mit le moteur en route et, comme ils démarraient, April eut conscience de la douleur, et aussi d'un étrange sentiment de soulagement, comme s'ils se dirigeaient enfin où ils auraient dû se diriger depuis le début, loin du confort et vers les profondeurs du chagrin.

Longtemps, Danny se demanda si April n'avait pas cherché exprès à se blesser. Même après qu'il fut devenu clair que tout irait bien, qu'elle ne perdrait pas son bébé, il s'interrogeait encore, et pas pour la seule raison qu'il imaginait qu'April pourrait au fond d'elle-même désirer se débarrasser de cette grossesse malvenue de l'avis de tous. Non, ses soupçons prenaient racine dans le fait qu'il croyait sa sœur à la fois plus simple et plus retorse que cela. Car April (il le savait mieux que quiconque) avait toujours manœuvré pour occuper le devant de la scène, depuis le jour où elle avait la première fois chanté « No More Vietnams » dans cette cafétéria, jusqu'à l'après-midi où elle était entrée dans la chambre d'hôpital de Louise pieds nus et avait mangé tous ces bonbons, en passant par ce concert où elle avait éclipsé Margy McLaughlin. Elle avait même volé la vedette à Danny lors du seul moment de sa vie où il avait provoqué un véritable esclandre, le soir où il avait annoncé qu'il était homosexuel; en plein milieu de la séance, elle avait en effet exprimé une récrimination qui ne pouvait pas attendre, quoiqu'elle fût sans rapport avec la discussion : elle en avait assez d'être prise comme bouc émissaire chaque fois que Louise était à l'hôpital; oui, elle était arrivée pieds nus, oui, elle avait mangé les bonbons, mais son père ne savait pas ce qu'il voulait : il lui disait que son devoir était de s'occuper de sa mère, et l'instant d'après, il la chassait de sa chambre. April, avait répliqué Nat, tout cela est possible, mais est-ce vraiment le moment ? Oui, c'est le moment, avait-elle répondu. Et bien que Danny eût été d'une certaine façon soulagé – après tout, la pression n'était plus sur lui – il n'en continuait pas moins à lui reprocher son intervention. Il lui fallait être le centre de tous les regards, y compris sur le théâtre des querelles familiales.

Lorsqu'ils arrivèrent aux urgences, April ne tenait plus debout. Pliée en deux, les mains sur le ventre, elle s'appuya contre le comptoir de la réception, et donna son nom. Une infirmière jamaïcaine la prit par la taille, la pilota vers une porte battante, et murmura : « D'ici une minute, tout ira bien, ne vous inquiétez pas. On vous tiendra au courant, ajouta-t-elle à l'intention de Nat comme la porte se refermait.

– Bon », fit Nat. Il se tourna vers Danny et eut un étrange sourire. « Eh bien, nous y revoilà. On dirait qu'on ne peut plus s'en passer. » Il rit. A l'autre bout de la salle, un homme assez âgé en smoking arpentait une étroite bande de lino près de laquelle un adolescent noir était allongé sur deux chaises en plastique.

« Autant nous installer confortablement, dit Walter. On est peut-être là pour un certain temps. »

Ils délimitèrent leur territoire avec l'aisance de chercheurs d'or. Nat trouva aussitôt du café, Walter des magazines, et Danny entreprit d'enlever ses chaussures. Après tout, pourquoi pas ? Pendant une semaine, des limbes éclairés au néon, pareils à ceux-ci, avaient constitué leur demeure. Leurs yeux s'étaient depuis longtemps accoutumés à la lumière crue.

Nat venait de s'étendre sur l'un des canapés en skaï installés contre le mur du fond quand un médecin apparut et appela : « Mr. Cooper, s'il vous plaît. »

Tous trois bondirent sur leurs pieds.

« Je suis le Dr Carpenter », se présenta le médecin, un homme jeune à l'air peu sûr de lui avec des taches de rousseur. Il avait le regard fixé sur Nat, sans doute parce que celui-ci était le plus vieux, pensa Danny. « Je voulais juste vous dire que votre fille va bien, et le bébé aussi.

Mais tendu comme un tambour. D'habitude, une chute pareille fait plus de mal à la mère. Elle a quand même quelques bosses et quelques bleus, rien de grave, mais on préfère la garder en observation, juste pour être certain qu'il n'y a pas de problème. Elle m'a dit de vous dire de ne pas vous inquiéter.

– Merci, mon Dieu », dit Nat. Il glissa un bras protecteur autour des épaules de Danny. « Vous savez, reprit-il, ça nous fait drôle de nous retrouver ici, parce que ma femme est morte hier, au service des brûlés de Saint-Francis. On ne s'attendait vraiment pas à retourner à l'hôpital ce soir.

– Papa..., fit Danny.

– Je vois que mon fils trouve un peu bizarre que je vous raconte tout ça alors que je ne vous connais pas. Mais vous êtes médecin. Vous voyez des gens mourir tous les jours.

– Euh, oui », dit le Dr Carpenter. Il toussota. « Je vous fais mes condoléances. On est en train d'installer votre fille dans une chambre. C'est un peu tard pour les visites, mais si vous voulez, vous pouvez monter une petite seconde lui dire au revoir.

– Merci, dit Nat. C'est où ?

– Chambre 382. Troisième étage. Ah, et à propos » – le Dr Carpenter adressa un sourire étincelant à Danny et à Walter – « lequel de vous deux est l'heureux père ? »

Ils jetèrent un regard perplexe autour de la salle avant de réaliser que c'était à eux que le médecin s'adressait.

« Je suis son frère », dit Danny.

Le Dr Carpenter se tourna vers Walter. « Je suis avec lui, fit simplement celui-ci.

– Ah », dit le médecin. Il toussa de nouveau. « Bon, vous la trouverez donc chambre 382, troisième étage. L'ascenseur est par là. Bonsoir. »

Après qu'il leur eut serré la main à tous trois, ils remirent leurs chaussures, nettoyèrent leur campement, et prirent l'ascenseur jusqu'au troisième. Il y avait un long couloir désert sur lequel donnait une succession de portes fermées. A l'autre bout, une femme de ménage passait le sol à l'ammoniaque.

« Vous êtes sans doute la famille Cooper, dit une infirmière en s'avançant vers eux. Il est tard pour les visites, alors faites vite. Vous pourrez revenir demain matin à partir de dix heures. »

Elle leur ouvrit la porte marquée « 382 ». La chambre, séparée au milieu par un rideau, était plongée dans la pénombre. Derrière le rideau, du côté de la fenêtre, une lumière changeante se déversait d'un téléviseur placé dans le coin supérieur, et dont le son était coupé.

« Parlez à voix basse, murmura l'infirmière. Mrs. Ellingboe dort. »

Nat lui assura qu'ils n'y manqueraient pas. April occupait le lit le plus près de la porte. Elle était vêtue d'une chemise d'hôpital verte, et elle avait les mains croisées sur sa poitrine pâle parsemée de taches de rousseur.

« Salut, dit-elle d'une voix douce. Je suis un peu abrutie ; ils m'ont donné quelque chose pour dormir.

– Salut, fit Danny.

– Le bébé n'a rien. Le docteur a vérifié, et il a dit qu'il n'y avait aucun problème.

– Je suis content, dit Danny. Et Walter aussi.

– Papa est là ?

– Oui, je suis là, fit Nat.

– Je m'excuse pour cette dispute tout à l'heure.

– Je... oui, moi aussi.

– Bon. » April s'étira. « Alors, nous revoilà à l'hôpital, mais cette fois c'est moi qui suis là au lieu de maman. C'est drôle non ?

– Oui, c'est drôle, dit Danny.

– On ne se débarrasse pas de nous si facilement.

– Ça, non.

– Dommage que ce ne soit pas le même hôpital. J'aimais mieux l'autre. »

L'infirmière parut un instant interloquée, puis elle fit signe qu'il était temps de partir.

« April, murmura Danny, il faut qu'on te laisse. On reviendra demain matin.

– C'est parfait, dit April. Je ne sais pas ce qu'ils m'ont fait prendre, mais je vais dormir comme un loir. C'est mieux que le Valium. »

L'infirmière, d'un geste, les pressa de nouveau de sortir.

« Au revoir », soufflèrent-ils en chœur. Mais April était déjà plongée dans le sommeil. L'infirmière alla éteindre la télévision sur la pointe des pieds, puis les rejoignit dans le couloir.

« Vous savez, dit Nat dans la voiture, vous n'avez plus besoin de rester. Vous pouvez rentrer à New York. »

Danny s'était interdit depuis plusieurs jours de penser au retour, mais à présent que Nat en parlait, il pouvait se rappeler sa maison, sa chienne, son travail ; se rappeler la façon dont le temps s'écoule dans les circonstances normales.

« Je dois rentrer, déclara calmement Walter.

– Mais les affaires ? demanda Danny. Les affaires de maman à trier ?

– Je peux m'en occuper, dit Nat. En fait, je comptais plus ou moins sur April pour m'aider, mais plus maintenant.

– Plus maintenant ? Et pourquoi ?

– Je ne crois pas qu'elle voudra, c'est tout.

– Voyons, papa, tu sais très bien qu'April a oublié ses crises de colère deux secondes après.

– April oublie toujours les colères d'April. Le problème, c'est que c'est parfois beaucoup plus difficile pour le reste d'entre nous. » Nat rit. « Mon Dieu, il a encore fallu qu'elle ait la vedette. Louise est morte, et April s'est donc sentie obligée de faire presque une fausse couche.

– Ce n'est pas délibéré de sa part, dit Danny, encore qu'il se le demandât. Elle était bouleversée. On l'était d'ailleurs tous.

– Cette histoire est très embarrassante pour moi, dit Nat. Mon Dieu, tout ça est tellement idiot. Tu sais, j'avais peur qu'ils croient que je l'avais battue ou je ne sais quoi, même si elle leur disait la vérité, qu'elle était tombée. Ce n'est pas ça que prétendent toujours les femmes et les enfants battus ? Qu'ils sont tombés ? Qu'ils se sont cognés contre le réfrigérateur ? Je m'imaginais en prison, et chaque fois qu'April affirmait : “ C'est vrai, je suis tombée ", les infirmières et les assistantes sociales disaient : " Bien sûr, mon chou, bien sûr ", en pensant : c'est son salaud de père. Enfin, je trouve qu'April n'a pas l'air d'une victime.

– Mais, papa, elle est tombée !

– Tu sais quelle heure il est ? dit Nat. Trois heures et demie du matin. C'est bizarre, mais je n'ai pas du tout sommeil.

– Moi, non plus.

– Moi, non plus », fit Walter en écho.

Ils entrèrent dans le garage. Nat coupa le moteur et se tourna, le visage tout proche de celui de Danny.

« A propos de ce que ta sœur a dit...

– Papa, tu n'as pas besoin...

– A propos de ce que ta sœur a dit, tu dois être curieux de savoir si c'est vrai ou non. Je veux bien en parler, mais je te demande de me laisser un peu de temps. Je ne suis pas tout à fait prêt à... tu comprends, j'ignorais totalement qu'April était au courant, que quelqu'un d'autre était au courant en dehors de ta mère. »

Danny émit un grognement de protestation, puis se tut.

« Accorde-moi un peu de temps, d'accord ? reprit Nat. J'ai besoin de réfléchir.

– Bien sûr, papa, fit Danny. Tant que tu voudras. »

Il partit de chez lui. Pour rentrer chez lui. A Gresham, il y avait de la soupe sur la cuisinière, du ragoût dans le congélateur. Iris avait laissé un petit mot adossé à un vase de fleurs posé sur la table de la cuisine qui reluisait. « Ton deuil nous a touchés au plus profond du cœur, et nous sommes avec toi. On t'aime. Iris et Hal. »

« Elle a aussi envoyé une carte à mon père, dit Danny à Walter qui triait le courrier. C'est très gentil de sa part, d'autant qu'elle ne le connaît même pas.

– Ma mère est comme ça », fit Walter.

Il alla récupérer la chienne pendant que Danny défaisait les bagages. La seule chose qu'il avait ramenée, c'était la photo de sa mère dans son costume en cuir et métal de soudeuse, qu'il installa sur le réfrigérateur. Danny se rappelait avoir entendu Louise raconter un jour, quand elle lui avait montré cette photo : « On me disait que je ressemblais à Gene Tierney. Elle est devenue folle, tu sais.

– Elle était très belle, avait dit Danny.

– Oui, avait dit Louise en contemplant sa propre photo. Dommage qu'elle soit devenue cinglée. »

Quant à l'ouragan Louise, il vint et il passa. Tout comme les colères de Louise, la tempête s'essouffla ; son entrée fut bien moins dramatique que les menaces dont elle s'était fait précéder. Quelques poteaux téléphoniques furent arrachées, de même qu'un arbre par-ci par-là, puis l'ouragan Louise alla balayer l'océan. Danny ne pouvait s'empêcher de penser que sa mère aurait été ravie de cette histoire. Après tout, elle était née le jour anniversaire du grand tremblement de terre de San Francisco et elle ne manquait jamais de faire remarquer la coïncidence. Et maintenant, quelques jours à peine après sa sortie, sa lente extinction, il semblait que l'ouragan Louise eût décidé de quitter son berceau dans l'Atlantique pour menacer cette fameuse côte du ventre de laquelle Louise Gold avait été arrachée, cette côte qu'elle avait fuie, et qui lui avait repris son fils. C'était comme si la mère de Danny revenait sous une forme plus brute, plus élémentaire ; comme si elle affirmait son refus de quitter ce monde paisiblement, avec seule une réunion pour célébrer son souvenir ; comme si elle tenait à ce que l'espace d'un instant fugitif de silence, ils se lèvent tous et reconnaissent la force de son départ.

San Francisco est une ville d'angles et de peurs. Il y a des rues si à pic que les trottoirs sont des escaliers. Quand les voitures sont garées en descendant, on arrive à peine à ouvrir la portière, et quand elles sont garées en remontant, la portière s'ouvre si brusquement qu'elle risque de vous renverser.

C'est en général lorsqu'on attend au sommet d'une colline que le feu passe au vert, alors qu'on se demande comment, dans cette fraction de seconde dont on dispose, on va faire pour enclencher la première sans que la voiture parte en arrière et tamponne celle qui vous suit, que l'on commence à se rendre compte de l'équilibre précaire de cette ville tout en plans inclinés, de la manière dont tout est empilé dans une perfection tremblante, comme un château de cartes, dans l'attente du grondement inéluctable dont la menace plane en permanence. Après tout, c'est là que les envahisseurs ont atterri, pour remplacer les humains par des répliques non humaines; et c'est là que les rues sont si souvent remplies de cierges et de silence, à la mémoire des victimes d'invasions plus insidieuses; et c'est là aussi qu'un fou a assassiné le maire et un adjoint, et a été gracié, que des religieuses barbues empruntent en moto des rues noires de monde, et que des gens se réunissent la nuit pour parler de leur terreur des tremblements de terre. La peur est dans le brouillard, dans le silence des rues si insupportablement belles et calmes tard le soir qu'elles semblent paralysées. Au bord de l'eau, des quartiers entiers de maisons étincellent comme des rangées de dents.

C'est dans cette ville tendue et scintillante, cette ville de hautes spires et de ponts pareils à des artères qui charrient un flux et un reflux de corpuscules dorés vers un cœur illuminé, qu'April, comme elle l'avait déjà fait tant de fois, disparut après sa sortie de l'hôpital. Sur ordre des médecins, elle avait abandonné à son sort son malheureux orchestre quelque part dans l'Est et chargé sa manager de faire face aux concerts annulés de la tournée prévue. Sa maison était occupée par des locataires, et comme trop souvent, elle avait des problèmes d'argent. Elle avait donc fui son père pour se réfugier au sein du réseau accueillant de la gauche dure, ces petites cellules animées de la ferveur des années 60 qui couvaient encore dans les lointains faubourgs de la ville, où elle savait que ses amis prendraient soin d'elle. Elle habita d'abord chez Summer, son amante occasionnelle, celle qui avait tant désapprouvé qu'elle eût un enfant, puis avec un groupe de femmes dans une maison de Bernal Heights, et enfin chez Tom Neibauer, le père de son enfant, et son amant atteint de surdité, Brett Wu. Leur maison était dans l'une de ces rues où il y avait des marches au lieu de trottoirs; elle n'aimait pas, raconta-t-elle à Danny, la façon dont elle devait s'installer presque tournée sur le côté dans le siège de devant tandis que Tom ou Brett s'échinait à refermer la lourde portière. « Je me dis toujours : je suis ronde, enceinte, et je vais tomber et rouler jusqu'au pied de la colline. » Tom était plein d'attentions pour elle. Sa maison se trouvait en haut d'un escalier de quarante-six marches, et chaque fois qu'ils sortaient ensemble, il la portait pour monter et pour descendre, comme un jeune marié le ferait avec son épouse. La journée, pendant que Tom et Brett étaient à leur travail, elle buvait des milkshakes vitaminés que Tom lui avait préparés la veille, et elle regardait les feuilletons à la télévision. Elle faisait parfois des muffins à la farine complète et du pain aux fruits en utilisant du jus de pommes à la place de sucre.

(Tom ne mangeait pas de sucre.) La grossesse, déclara-t-elle, se révélait jusqu'à présent être un état tout ce qu'il y avait de plus agréable.

« Ça se voit déjà ? » lui demanda Danny. On était à la mi-juin, et il l'appelait de son bureau, à New York.

« Un petit peu, répondit-elle. Je commence à gonfler, c'est le terme que j'emploierais. Ça se remarque plus quand je suis nue que quand je suis habillée. C'est intéressant. J'ai toujours eu plutôt un gros ventre, mais là, c'est différent. Il est tendu, quoi. Et des fois, je sens le bébé bouger, c'est une sensation incroyable. Et le plus beau, c'est que la grossesse me rend plus créative que je ne l'ai jamais été. Mes seins fabriquent du lait, ma guitare fabrique des notes. Je compose comme une folle, chanson sur chanson, et Margy trouve que ce sont les meilleures que j'aie faites depuis des années.

– Et tes fans ?

– Quoi, mes fans ? »

Il affecta une voix de journaliste, une voix de fausset qu'il avait entendue un jour dans un album de Lily Tomlin. « Que pense la communauté féminine de cette démarche révolutionnaire qui est la vôtre, Miss Gold ?

– Eh bien, il est exact que tout le monde en parle, répondit April. Surtout en ce qui concerne le rôle de Tom – certaines désapprouvent, mais la plupart approuvent. Quant au fait d'avoir un bébé, ce n'est pas quelque chose de nouveau. Mais je suis presque la première à avoir succombé aux charmes profonds d'une cuillère à sauce. » Elle éclata de rire. « J'aime à croire, reprit-elle sur un ton plus sérieux, que Tom et moi servons de modèles.

– Des modèles, en effet, dit Danny. C'est toujours ce que tu as désiré être. » Il se tut un instant. « Papa m'a appelé hier soir, au fait. Tu sais qu'il part demain à cette exposition d'informatique à Montréal ? Il m'a dit : “ Je veux simplement que tu saches où nous joindre en cas de besoin. ” Il a glissé ce “ nous ” comme si je n'allais même pas le remarquer.

– C'est bien de lui, fit April. Ça ne m'étonne pas du tout.

– J'ai voulu changer de sujet, mais il a insisté : “ Tu

sais, Lillian a été étudiante à McGill; elle a beaucoup d'amis à Montréal. " Tel quel. Tu sais, le soir où tu as fait cette chute, quand on est rentrés de l'hôpital, il m'a promis de tout me raconter, de tout m'expliquer, dès qu'il serait prêt. Mais il ne l'a jamais fait. Et après, il me téléphone, m'annonce que Lillian va avec lui à Montréal comme si je savais qui était Lillian, ce qu'elle faisait, comme si on en avait parlé des centaines de fois, alors qu'en réalité tout ce que je sais de cette Lillian, c'est de toi que je le tiens. Il y a quelque chose qui manque dans toute cette histoire, un chapitre qui a été oublié.

– Il sait que tu sais, et toi, tu sais qu'il sait que tu sais, donc il n'a plus besoin de s'expliquer, dit April. On appelle ça couvrir ses arrières, se dégonfler. Comme ça, si tu protestes, si tu rouspètes, c'est toi qui passeras pour un excité, et lui, il sera l'innocence même; il pourra t'accuser d'exagérer et dire que c'est encore une nouvelle folie de ses enfants. Je connais la tactique. Je l'ai déjà utilisée avec lui.

– Je pense que c'est aussi ma faute. Je ne voulais pas vraiment savoir...

– Qu'est-ce que tu as dit quand il te l'a annoncé ?

– Je lui ai juste souhaité un bon séjour. De toute façon, ça ne me regarde pas. » Il marqua une pause. « Tu lui as parlé récemment ?

– Oh, il m'a téléphoné l'autre soir, pour me demander lesquels des bijoux de maman je voulais. J'ai répondu que je viendrais la semaine prochaine y jeter un coup d'œil – à condition qu'il me promette de ne pas être là. Il n'a été que trop heureux d'accepter. » Elle eut un rire déplaisant, puis reprit : « J'espère, Danny, que tu ne vas pas t'imaginer que je lui en veux encore à cause de ce qui s'est passé après la réception. Je suis au-dessus de ça. Le problème, c'est que c'est seulement la partie visible de l'iceberg.

– Ah ?

– Oui. Par exemple, sa façon de me mettre au courant pour cette Lillian Rubenstein-Kraft ou Kraft-Rubenstein, ou je ne sais quoi – disons que ça n'a pas été très délicat. Il a d'abord essayé avec moi ce qu'il a essayé avec toi. Le mois dernier, pendant toute une semaine, il n'a pas cessé de m'appeler pour me raconter des trucs du genre : " Lillian et moi allons au dîner du conseil de l'université la semaine prochaine. " " Je crois que je vais amener Lillian à la soirée chez les Eber. " Je voyais très bien où il voulait en venir et, effectivement, d'un seul coup, il me lâche : " April, Lillian et moi aimerions beaucoup que tu viennes déjeuner avec nous la semaine prochaine. " » April prononça cette dernière phrase d'une petite voix aiguë et chantante.

« Ah, fit Danny, et tu... ?

– Tu veux rire ! Je lui ai répondu : " Papa, je n'arrive pas à croire que tu puisses réellement me demander d'officialiser ta liaison avec cette femme. Et puisqu'on en parle, j'ai ajouté, j'aurais souhaité que tu aies suffisamment de respect pour le souvenir de ma mère pour ne pas t'afficher si tôt avec cette Lillian. " » Elle se tut un instant. « Tu sais comment il a réagi ?

– Non.

– Eh bien, il a dit : " April, mêle-toi de ce qui te regarde ! ", et il a raccroché. A part son coup de téléphone au sujet des bijoux, on ne s'est plus reparlé.

– Oh ?

– Ça ne m'a pas surprise. Je sais ce qu'il a en tête. Il sait très bien que c'est dégueulasse de sa part de se montrer en public avec cette femme tout juste – quoi ? – deux mois après la mort de sa femme, il sait que tout le monde trouve ça dégueulasse, moi compris, alors ce qu'il fait, c'est déverser sa culpabilité sur sa fille qui est là pour l'absorber. C'est un vieux scénario, déverser sa colère sur moi pour les mauvaises actions qu'il a sur la conscience ; crois-moi, c'est déjà arrivé souvent dans le passé. Seulement cette fois, je ne vais pas me laisser faire. Il pourra en penser ce qu'il veut, mais je refuse d'entrer dans son jeu. Je n'ai plus seize ans ; je suis une femme adulte et indépendante. Et en ce qui me concerne, il peut aller se faire foutre.

– Écoute, April, c'est notre père. Et s'il doit vivre avec Lillian, il faudra bien qu'on s'en arrange.

– Et pourquoi on s'en arrangerait ? Pourquoi on devrait continuer à le voir ?

– Parce que, répondit Danny. Parce que c'est notre père.

– Je connais un tas de gens qui ne parlent plus à leur père. Et je suis sûre que toi aussi.

– C'est vrai, et je n'ai jamais voulu être de ceux-là. Pour être franc, je suis quand même étonné que tu prennes ça tellement à la légère.

– Je ne prends pas ça à la légère. Pas du tout. Mais tu comprends, ça fait trop longtemps qu'il me marche sur les pieds comme il a marché sur les pieds de maman. Il est grand temps que je cesse de me laisser faire. Ça ne veut pas dire qu'on ne se réconciliera jamais, mais que pour une fois dans sa vie, il faudra que ce soit lui qui fasse le premier pas. J'en ai assez, Danny, que ce soit toujours moi qui le fasse ; j'en ai assez d'être celle qui fait la paix, celle qui pardonne, celle qui revient et reconnaît : oui, c'est vrai, April est folle, April se conduit comme une folle, et maintenant elle revient tête basse, elle ne dit rien, mais tu vois, elle est là, elle est revenue. C'est ça qu'il pense, et j'en ai assez de le laisser penser ça. Je ne marche plus. Cette fois, il faudra qu'il m'appelle. Et s'il ne m'appelle pas... eh bien, je n'ai pas besoin de lui. Honnêtement, je n'ai pas besoin de lui. »

Danny garda le silence.

« A propos, j'ai presque terminé ce chausson, reprit April. Ai-je oublié de te dire qu'avec mes nouveaux instincts maternels je suis en train de devenir une championne du tricot ? Je me mets devant la télévision, les pieds dans des pantoufles en fourrure, et tout en regardant je ne sais quelles nouvelles péripéties de *Santa Barbara*, je tricote. Et tous les dimanches, je fais les mots croisés.

– C'est bien, dit Danny.

– Bon, assez parlé de moi. Qu'est-ce que tu penses de mes chansons ? »

Danny ne répondit pas.

« C'était une plaisanterie, fit April. Ha, ha.

– J'avais compris.

– Alors, on joue les sérieux aujourd'hui ? On n'a pas le sens de l'humour ?

– April !
– Comment va Walter ?
– Bien. On prend nos vacances le mois prochain. On va louer une maison à Long Island, près de la plage. Tu devrais venir nous voir. Te dorer au soleil, devenir encore plus enceinte.
– Peut-être, dit April. Peut-être.
– J'espère que tu viendras. J'ai terriblement envie de voir de quoi tu as l'air enceinte. Franchement, je n'arrive pas tout à fait à me l'imaginer.
– Grosse, fit April. J'ai surtout l'air grosse. »

Plus tard dans l'après-midi, Danny appela son père. « Il paraît qu'April et toi, vous vous êtes encore fâchés, dit-il.
– C'est April qui s'est fâchée. Pas moi.
– Alors, qu'est-ce qui va se passer ?
– Qu'est-ce qui va se passer ? répéta Nat d'une voix lasse. Eh bien, en ce qui me concerne, ce qui va se passer, c'est que je vais continuer à mener ma vie comme moi je l'entends et non pas comme ma fille l'entend. Pour la suite, ça dépend d'elle.
– C'est amusant, fit Danny. Elle, elle pense que ça dépend de toi.
– Ça ne m'étonne pas. Toute sa vie, April s'est débrouillée pour rejeter la responsabilité de ses problèmes sur les autres. »
Après une seconde de silence interloqué, Danny déclara : « Je voulais te demander, c'est sérieux entre Lillian et toi ? »
Nat ne répondit pas tout de suite. « Sérieux ? C'est difficile à dire. Assez sérieux, je crois. Oui.
– J'étais juste curieux de savoir.
– Tu connais Lillian ?
– Un peu. Elle est très gentille.
– Je suis content que tu penses ça. Je me souviens t'avoir entendu dire que tu étais au lycée avec son fils Steven, c'est ça ? Eh bien, il est marié à présent. Il habite à

Sun Valley, dans l'Idaho. On va peut-être aller le voir le weed-end prochain. Ça sera la première fois de ma vie que je vais faire du ski.

– Ça devrait être drôle à voir.

– En effet, dit Nat. De toute façon, je ne prendrai que les pistes pour débutants. Commencer le ski à mon âge! » Il y avait une note de nostalgie dans sa voix.

« Tu désapprouves? reprit-il.

– Papa... je ne sais pas. Tu comprends, ça ne me regarde pas.

– Je suis heureux que tu le prennes comme ça. Je voudrais bien que ta sœur en arrive à la même conclusion. Elle semble s'être mis dans la tête qu'elle devait protéger le souvenir de ta mère, que je n'ai jamais aimé Louise, ou autres absurdités du même genre.

– Elle a du chagrin, papa. Il n'y a pas si longtemps que maman est morte.

– Oui, mais ce qu'elle ne veut pas comprendre – et ce que ta mère avait compris mieux que quiconque – c'est que quand quelqu'un n'est plus là, il n'est plus là. La vie est pour les vivants. J'aimais ta mère, Danny. Je le sais et Louise le savait. Je n'ai pas besoin de le prouver en respectant je ne sais quelle période rituelle de deuil, et en tout cas, pas à April. Je vais avoir soixante-quatre ans le mois prochain, tu sais.

– Oui, je sais.

– Et il ne me reste plus beaucoup de temps. J'espère que tu pourras persuader ta sœur de tout ça, parce que moi, elle refuse de m'écouter.

– J'essaierai.

– Merci, mon garçon. Au fait, je sais que ça ne sert à rien, mais j'ai reçu les résultats de l'autopsie. Ils indiquent que Louise avait une tumeur aux poumons. Une grosse tumeur.

– Oh, fit Danny.

– Le médecin était inquiet à ce sujet. Louise ne voulait pas que je t'en parle. Ça veut dire que même si elle avait guéri de ses brûlures, elle n'aurait sans doute pas survécu au-delà d'un an.

– Oh, fit de nouveau Danny.

– Je pensais que ça pourrait te réconforter un peu. Peut-être que ça t'aidera à supporter plus facilement la brutalité de sa disparition, non ? »

Danny réfléchit un moment avant de répondre. « Pas vraiment.

– Non, dit Nat d'un ton plutôt pitoyable. Pour moi non plus, ça ne fait pas la moindre différence. »

Pendant ce temps-là, dans l'ordinateur de Walter, la mascarade érotique se poursuivait. Tant de nouveaux venus se connectaient que le réseau était souvent saturé, en particulier le vendredi soir. On essayait de se brancher et, durant des heures, on se heurtait au signal occupé, ce qui mettait en rage les vieux habitués; Bulstrode ne cessait de recueillir des signatures sur des pétitions électroniques, ou encore d'envoyer des messages furieux aux bureaux administratifs du serveur, qui se trouvaient à Duluth. A part cela, tout se déroulait comme à l'accoutumée; chaque fois qu'il se connectait, Walter avait le plaisir de reconnaître quelques noms familiers perdus au milieu de la distribution pornographique. On continuait à dire et tolérer des mensonges. Quelle importance, puisque personne ne devait jamais se rencontrer en chair et en os? Deux anciens, le Cerveau et Ours Panda, l'avaient fait, et ç'avait été un désastre; ils avaient arrangé un rendez-vous secret à Washington, à l'hôtel, et lorsque le week-end fatidique était arrivé, à peine étaient-ils montés dans leur chambre qu'ils s'étaient de nouveau branchés sur l'ordinateur, sous le pseudonyme conjoint de « Cerveau / Panda ». Ils y avaient passé toute la soirée du vendredi, de même que la journée du samedi. Qu'est-ce qui s'était passé? s'était demandé Walter. N'avaient-ils pas supporté de se voir? Ou bien avaient-ils chacun été si déçu par la réalité de l'autre qu'afin de sauver de leurs fantasmes ce qui pouvait encore l'être, ils avaient choisi de se replonger dans l'univers électronique où leur flirt avait commencé ? Le problème avec l'intimité physique, et Walter l'avait appris il y avait longtemps, c'est qu'on ne peut pas la faire disparaître en appuyant sur un bouton. Les personnages de la vie réelle ont une façon bien à eux de cogner aux portes qu'on leur a fermées ; ils connaissent votre nom, votre numéro de téléphone. Ils vivent avec vous. Et ça, se disait-il, ce n'était pas si mal. Ce que l'ordinateur lui avait offert, c'était la sécurité de l'isolement, la sécurité de la maîtrise de la situation. Les voix, les mots, les numéros de téléphone arrivaient par les circuits électroniques, mais on avait toujours la possibilité de raccrocher, de se déconnecter. Il n'y avait rien à risquer, rien à perdre, même avec Bulstrode. Mais malgré tout, du haut de cette sécurité, du haut de cette autoprotection et de cet anonymat, Walter n'aspirait qu'à la jungle luxuriante de la dangereuse terre humaine. C'était curieux – car la plus grande partie de sa vie, il avait gardé les yeux braqués devant lui, sur les études de droit, ou bien sur un fantasme d'évasion, en Europe, en Asie ; il avait supposé qu'en ne regardant que devant lui, il finirait par se débarrasser de la tristesse et des désillusions de son enfance. Or, plus le temps passait, plus Walter s'apercevait que, qu'il le veuille ou non, il était indissolublement lié aux gens qui avaient compté et qui comptaient encore pour lui, aux gens dont les amours l'avaient façonné, dont les morts le terrassaient. Il ne deviendrait jamais, et ne pourrait jamais devenir, Bulstrode, un voyageur du clavier, intouchable et produit de sa propre imagination. Il en était heureux.

Quand ils étaient à l'hôpital, que Louise agonisait, Walter s'était tenu pendant des heures devant la paroi vitrée de sa chambre. A l'intérieur de celle-ci, de l'autre côté de la paroi, Danny, April et Nat avaient pleuré, tempêté, lutté avec Louise contre la mort. Il n'avait été séparé d'eux et du spectacle qu'ils donnaient que par une surface de verre. Il aurait pu s'agir d'un écran de télévision, d'une fenêtre ou d'un miroir, mais en fait, c'était une porte, et à peu près toutes les heures, quelqu'un sortait par cette porte, la plupart du temps en larmes. Quel droit avait-il de se plaindre ? Il n'était là que pour Danny; ce n'était pas sa mère. Pourtant, il y avait une porte. Et un jour, sans doute pas si lointain, il lui faudrait la franchir; affronter ce qui l'attendait derrière.

L'ordinateur n'était pas une porte.

Il éteignit son ordinateur. Quelque part dans la maison, il y avait Danny. Que faire ? Que lui dire ? Il se leva, hésita un instant. Ne sois pas stupide, se dit-il. Va le voir.

Danny était assis à la table de la cuisine, et il lisait le journal. Arrivant derrière lui, Walter se sentit bruquement déborder d'affection à la vue de sa nuque bien rasée, de sa tête ronde, confortable. « Danny..., fit-il.

– Oui ?

– Danny, je... », balbutia-t-il. Danny reposa le journal, se tourna dans sa chaise.

– Qu'est-ce qu'il y a, Walt ?

– Tu m'as manqué », répondit Walter.

Danny le regarda. Il avait les mains croisées dans le dos et la tête basse, pareil à un enfant repentant.

« Mais je ne suis parti nulle part, fit doucement Danny.

– Moi, si. »

Danny leva la main, effleura la joue de Walter.

« Tu es revenu ?

– Oui, répondit Walter. Je suis revenu. »

En juillet, Danny et Walter louèrent pour deux semaines une petite villa à Long Island, au bord de la plage. Quelques jours après leur arrivée, April vint leur rendre visite. Ils allèrent la chercher à l'aéroport. C'était bizarre, mais Danny craignait de ne pas la reconnaître, craignait que sa grossesse n'eût modifié son apparence d'une manière profonde et imprévisible, mais lorsqu'elle débarqua de l'avion, elle était tout simplement elle-même, April, au sommet de sa beauté. Danny avait toujours vu sa sœur traverser des périodes où elle avait l'air grosse et terne et d'autres où une beauté inattendue s'épanouissait en elle, comme il semblait que c'était le cas à présent. Les pointes de ses cheveux décolorés par le soleil étincelaient; son teint parfois terreux avait acquis une belle couleur dorée. Et, comme elle agitait le bras et souriait au milieu de la foule des passagers, Danny ne put s'empêcher de repenser à l'époque où elle était au faîte de sa carrière et où, chaque soir, elle revenait saluer sous un monceau de fleurs.

Pour être enceinte, elle était enceinte. De l'endroit où il se tenait, parmi le groupe de ceux qui attendaient comme lui, il voyait son ventre rond tendre sa robe d'une façon qui lui rappelait les madones flamandes. Mais – ce qui l'étonna – elle paraissait également mince et en pleine forme, comme si elle venait juste de faire un de ces régimes stricts à base de thon et de tofu auquel elle se soumettait parfois, au lieu d'un régime de feuilletons télé et de milk-shakes. Sa robe était coupée dans un beau tissu orange brillant et, de même que sur celles qu'elle portait durant son adolescence, il y avait de petits miroirs cousus dessus. Elle était coiffée avec une natte qui s'enroulait autour de son épaule, pareille à la queue d'un vison apprivoisé qu'elle aurait eu autour du cou, et ses oreilles étaient chargées d'un assortiment de minuscules boucles d'oreilles – étoiles, lunes et planètes – au milieu desquelles se détachaient deux pendentifs en argent.

« Je suis ravie d'être enfin hors de cet avion, Pied d'Argile ! fit-elle comme il l'embrassait, retrouvailles parmi les autres. Quand est-ce qu'on va à la plage ? Tout de suite ?

– Bien sûr. On y va directement.

– Et Walter ?

– Il attend dans la voiture.

– Mon Dieu, je meurs d'envie de m'allonger sur le sable ! Je me suis même acheté un de ces maillots de bain de grossesse. Tu devrais voir ça, j'ai l'air ridicule ! »

Ils récupérèrent ses bagages sur le tapis roulant et sortirent. C'était une journée estivale new-yorkaise, chaude et lourde ; à l'extérieur de l'aérogare, voitures et taxis se battaient pour les quelques centimètres de trottoir que Walter était parvenu à monopoliser. Lunettes de soleil et chemise hawaiienne, il embrassa April, la serra un instant dans ses bras, puis mit sa valise dans le coffre. « Heureusement que la voiture est climatisée, dit April en s'efforçant d'attacher sa ceinture par-dessus son ventre rebondi. J'avais oublié combien New York était étouffant en été.

– Plus besoin d'y penser, dit Walter. On file droit à la plage ! » A l'aide de quelques coups de klaxon, il se dégagea de la jungle des arrivées et prit la direction de Long Island.

En chemin, April leur raconta ce qu'elle avait fait ces dernières semaines. Elle n'avait pas tenu longtemps avec Tom et Brett, expliqua-t-elle. « J'étais beaucoup trop à l'étroit, et Tom était vraiment pénible, à surveiller tout le temps mon régime à cause de ma grossesse. Par exemple, je prenais une Tab dans le frigo, et il disait : “ Tu crois que tu as réellement besoin de ça, April ? Ça pourrait être mauvais pour l'enfant, avec tout ce sucre et ces produits chimiques. ” Ç'en était au point où je devais faire des provisions de Tab dans ma chambre et les boire la nuit en cachette. De toute façon, on a fini par convenir qu'il valait mieux que je parte. C'est un chic type, et il fera un père fantastique, mais je ne pouvais plus supporter qu'il me surveille tout le temps comme ça. J'ai donc décidé d'aller chez Margy – elle habitait depuis deux mois dans une maison à Muir Woods, et comme son amante venait juste de partir pour prendre un poste au ministère des Affaires étrangères, elle m'avait dit qu'elle serait ravie d'avoir de la compagnie. C'est un endroit superbe, et – devine ? – à côté, il y a un couple de femmes – elles s'appellent Jane et Melinda – qui ont eu deux enfants par insémination artificielle, un garçon et une fille. J'ai fait leur connaissance, et elles sont vraiment très bien. Elles m'ont parlé des problèmes que leurs enfants avaient eus à l'école, et de la façon dont elles les avaient aidés, dont elles leur avaient expliqué qui était leur père. En fait, ni l'une ni l'autre ne sait qui est le père, leur identité a été tenue secrète, donc ma situation va être sous de nombreux aspects radicalement différente. Mais j'ai quand même appris beaucoup de choses. Je colle de partout. » Elle se souleva du siège en skaï et ramena sa robe sous ses cuisses. « Alors, comment se passe votre séjour ?

– Bien, répondit Danny.

– Tranquillement, ajouta Walter.

– Mais on profite bien de la plage.

– Depuis combien de temps vous êtes là ?

– Ça fait juste cinq jours.

– Et il n'en reste plus que neuf.

– On a l'impression d'être là à la fois depuis toujours et depuis seulement quelques minutes, dit Walter. L'été prochain, je crois qu'on louera la maison pour plus longtemps et qu'on viendra les week-ends.

– Et papa, il doit venir quand ?

– Samedi. Tu vas rester ?

– Oui, bien sûr, répondit April. Papa et moi, on

s'entend à merveille maintenant. Depuis que je l'ai emmené avec moi voir cette psy, c'est un amour.

– Qu'est-ce qui s'est passé exactement avec la psy ?

– Eh bien, elle s'est montrée si raisonnable et sincère que papa n'a pu qu'être d'accord avec elle, même s'il ne l'était pas avec moi – tu sais, admettre que ce ne serait pas un tel sacrifice de ne pas précipiter les choses avec Lillian, surtout si je convenais de ne pas essayer de déclencher en lui un sentiment de culpabilité. Depuis, on est les meilleurs copains du monde. »

Danny était incapable de dire si elle se voulait sarcastique. Nat avait fourni une version – pour le moins – atténuée de leur réconciliation.

« Il vient bien seul, hein ? reprit April.

– Naturellement.

– Je te pose la question parce qu'il ne m'a rien dit, et tu sais que c'est l'un de ses trucs favoris – ne rien dire et – ô surprise – l'amener avec lui. Il m'a fait le coup la semaine dernière. Tout un cinéma pour m'expliquer qu'il veut avoir un dîner de réconciliation avec moi. J'arrive au restaurant, et crac ! elle est là !

– Comment ça s'est terminé ?

– C'est drôle, j'avais par avance décidé que le jour où la rencontre inévitable se produirait, j'aurais probablement une crise de rage ou je ne sais quoi en la voyant, et que ce ne serait peut-être pas une si mauvaise chose, que ce serait même peut-être nécessaire, pour détendre l'atmosphère, tout ça. Mais quand je suis entrée – n'oublie pas que je ne m'attendais pas à sa présence – j'en suis restée bouche bée. Tu comprends, je me suis trouvée devant une femme tout à fait gentille, politiquement bien, féministe. Très agréable, très intelligente. Elle ne pourrait pas être plus différente de notre mère.

– Comment ça ?

– Sûre de soi, pleine d'assurance. Pas un seul point faible à première vue – du moins est-ce l'impression qu'elle cherche à donner.

– En tout cas, je ne pense pas qu'il l'emmène avec lui cette fois-ci, dit Danny. Pour un long voyage comme ça, et dans la mesure où il va habiter avec nous, je suppose qu'il nous aurait prévenus, non ?

– Tu sais, Danny, je ne suis pas persuadé qu'elle ne l'accompagne pas, dit Walter.

– Ce n'est pas que ça me gênerait, c'est simplement qu'on n'a pas assez de place. Il n'y a que deux chambres plus un canapé convertible. »

Ils étaient déjà loin de l'aéroport. Le smog de la ville commençait à se dissiper, et des carrés de soleil apparaissaient. Malgré l'air conditionné, April baissa sa vitre, comme elle aimait à le faire, et laissa sa main traîner dans le vent. « Oh, j'allais oublier! s'écria-t-elle soudain en ramenant son bras à l'intérieur. Je vous ai apporté quelque chose. » Elle fouilla dans son sac et en tira une cassette qu'elle tendit à Danny. « Un cadeau.

– C'est vrai? Qu'est-ce que c'est?

– Juste une bande pour mon prochain album. Je voulais vous la faire écouter.

– Super! s'exclama Walter. Mets-la.

– Tout de suite? demanda Danny.

– Oui, pourquoi pas? Il reste encore au moins trois quarts d'heure de route avant d'arriver à la plage. »

Danny glissa la cassette dans le lecteur. « Un-deux-trois », fit une voix féminine. Puis on entendit des guitares, de la batterie, et April qui chantait la berceuse dont elle avait composé chez eux les premières strophes, juste avant que Louise ne tombe malade. Il semblait que des années s'étaient écoulées depuis ce jour.

« Ça ne me paraît pas mal, dit April. Mieux qu'avant, en tout cas.

– Oui, c'est vrai.

– C'est super. »

April se mit alors à chanter sur ses propres paroles d'une voix forte et assurée.

Une fois arrivés, Danny et April allèrent se promener sur la plage. Le temps s'était brusquement rafraîchi, au point qu'April – à sa grande déception – dut renoncer à mettre son maillot de bain de grossesse. Elle marchait pieds nus au bord de l'eau, la robe relevée pour ne pas risquer de la mouiller. Elle avait des pieds très gras, très blancs, aux orteils épais terminés par des ongles un peu jaunes coupés ras. Dès qu'elle restait quelques secondes sur place, le sable venait lui recouvrir les pieds. Ce phénomène semblait la fasciner, et elle regardait jusqu'à ce que ses chevilles disparaissent. « On dirait du sable mouvant, dit-elle. Quand j'étais petite, à la télé et au cinéma, il y avait toujours des gens qui tombaient dans les sables mouvants. J'en avais des cauchemars. Aujourd'hui, on voit beaucoup moins de sables mouvants. » Elle hocha la tête, comme si elle s'était sentie soudain très vieille, et s'empressa de dégager ses pieds.

Ils continuèrent à marcher. « D'habitude, il y a un type là-haut, dit Danny en désignant une petite dune couverte d'herbe. Je tenais à te le montrer. Il est planté là toute la journée dans son mini-maillot de bain avec une énorme érection, et tous les gens qui passent le lorgnent du coin de l'œil. On dirait *La Caméra invisible*. L'autre jour, Walter et moi, on est restés pendant des heures à observer la réaction des gens – une vieille femme avec son chien, une jeune mère, deux petits voyous du coin, de vrais durs. Personne, mais personne, ne peut ne pas le voir. Ils regardent, ils ont une espèce de hoquet, des fois ils se retournent pour regarder une deuxième fois, et lui, le type, il se contente de leur sourire. Il porte ces terrifiantes lunettes de soleil réfléchissantes qui ne te renvoient que ton visage. Ça doit l'exciter terriblement de s'exhiber comme ça, parce qu'elle ne s'en va jamais – son érection, je veux dire. » Danny soupira. « Dommage qu'il ne soit pas là. Il viendra sans doute demain.

– Eh bien, vous au moins, vous avez des façons originales de vous amuser, dit April.

– Euh, fit Danny en rougissant. Tu sais, même toi, tu ne manquerais pas de la remarquer.

– L'une de ces affreuses choses, et énorme en plus ? Oui, je l'aurais sans doute remarquée. Je l'aurais remarquée et je me serais enfuie dans la direction opposée en criant “ Alerte au pénis ! Alerte au pénis ! ” » Elle éclata de rire. « C'était une vieille plaisanterie de Fran, probablement la seule chose de drôle qu'elle ait jamais dite de sa vie, la garce. » Une expression amère naquit sur son visage au souvenir de son ex-amante, et elle mordilla un brin d'herbe qu'elle avait arraché.

Ils s'assirent. Danny forma une grille de morpions à l'aide de brins d'herbe et traça à l'intérieur des croix et des ronds avec le bout d'un bâton pendant qu'April gardait les yeux rivés sur les vagues.

« April ? demanda Danny.

– Oui ?

– Est-ce que... tu sais... est-ce que ça ne te manque pas ?

– Quoi, ne me manque pas ? »

Danny détourna le regard. « Coucher avec des hommes.

– Oh ça. Pourquoi me poses-tu la question ?

– Eh bien, tu vois, maman ne t'a jamais tout à fait crue quand tu lui as annoncé que tu étais homosexuelle. Elle me l'a dit une fois, l'année dernière. Elle m'a dit : " Je sais comment cette fille était avec les garçons, et je ne peux pas croire qu'elle faisait tout le temps semblant. Je pense plutôt que c'est maintenant qu'elle fait semblant. "

– Maman, comme beaucoup de femmes de sa génération, croyait ce qu'elle avait envie de croire. Mais c'est vrai que je m'imaginais être attirée par les garçons, que je m'imaginais aimer faire l'amour avec eux.

– Tu voudrais donc dire que tout ça n'était qu'une sorte d'illusion sociale ? Que tu as été plus ou moins trompée ?

– Pas vraiment. C'est juste que... bon d'accord, ça me plaisait de faire l'amour avec des hommes, mais ce n'était pas aussi important pour moi que de faire l'amour avec les femmes. Ça ne comptait pas autant.

– Alors, réponds à ma question. Ça te manque ou pas ? »

April le gratifia du regard de la grande sœur. « Depuis quand te crois-tu autorisé à me poser des questions de nature aussi personnelle ?

– Allez. »

April sourit. « Bon. La réponse est non, ça ne me manque pas... parce que... » Elle étendit ses jambes et tira sa robe sur ses genoux. « ... Danny, je peux te faire confiance pour garder un secret ? Pas un mot de ça à personne, même à Walter.

– Promis, juré, dit Walter.

– Très bien. Voilà, ça ne me manque pas parce que je l'ai fait quelquefois – attention, hein, juste quelquefois – au cours de ces dernières années.

– Tu veux dire que tu as couché avec des hommes ? » Danny se redressa en souriant.

« Ne prends pas cet air réjoui ! Mais effectivement, c'est vrai.

– Combien de fois ?

– Quelquefois.

– C'est quoi, quelquefois ?

– Trois fois, là, tu es content ? » Elle éclata de rire devant son expression indignée. « Ça ne signifie pas que je ne sois pas homosexuelle, ou que je sois moins dévouée aux causes lesbiennes, ça signifie simplement que j'ai... disons, transgressé en quelques rares occasions. La " pénétration ", répétait toujours Fran. Elle parlait de la " pénétration " qui lui manquait. En réalité, la pénétration ne m'a jamais tellement manqué, mais j'ai toujours pensé qu'on avait le droit de faire ce qu'on voulait sur le plan sexuel ; je pense qu'il est important pour les femmes de ne pas être esclaves de la notion de ce qui est bien et de ce qui est mal – et peu importe si cette notion leur a été inculquée par leur mère ou par des lesbiennes pures et dures qui considèrent que les godemichés sont le symbole de l'oppression masculine. C'était par désir de changement, à défaut d'autre chose. De toute façon, je les aime délicats – les hommes, je veux dire – mais, franchement, je ne comprends pas pourquoi on fait tout ce cirque à propos des bites. Moi, elles me paraissent surtout laides.

– Pour le simple spectateur, peut-être. »

April lui jeta un regard malicieux. « Toi, tu les aimes, je suppose.

– Oh oui !

– Et tu les aimes grosses ? »

Danny devint écarlate. « April !

– J'ai répondu à tes questions, alors maintenant réponds aux miennes. Tu les aimes grosses ?

– Je... oui... je crois, balbutia-t-il.
– Et celle de Walter, elle est grosse ?
– April, je refuse...
– Allez.
– Je ne sais pas, la taille, ce n'est pas si important...
– Alors, elle est petite.
– Non !
– Alors, c'est qu'elle est grosse ! » Elle se donna une claque sur le genou. « Je le savais ! On raconte qu'on peut le deviner à la façon dont un homme marche, mais je n'ai jamais très bien su si on voulait parler de son allure générale ou de sa démarche proprement dite...
– Elle n'est quand même pas énorme...
– Elle est comment, alors ? »
Danny indiqua une dimension approximative.
« Ça fait plus que ce type sur la plage ?
– Non, répondit Danny. Mais c'est déjà une taille... respectable. » Il se rallongea sur le sable avec un sourire embarrassé. Une légère brise soufflait, qui lui fit courir un frisson de fraîcheur sur la peau ; et, l'espace d'un instant, le soleil apparut entre deux nuages. « Ah, ça fait du bien », dit April. Elle s'étendit sur le dos, le ventre rond tendu vers le soleil intermittent, et elle retroussa sa robe pour exposer ses cuisses et sa taille rebondie. Et là, contraste choquant avec celle de son visage et de ses jambes, sa peau était blanche comme de la craie.
« Si j'ai un garçon, reprit-elle, et qu'il soit homosexuel comme son père, son oncle, et sa mère, je voudrais que Walter et toi en preniez un soin particulier pour être sûr qu'il tourne bien. Tom fera sans aucun doute un père attentionné, mais il n'a pas précisément les pieds sur terre. Je ne tiens pas à ce que mon fils devienne herboriste. »
Danny éclata de rire. « Qu'est-ce qui te fait croire que ce sera un garçon ? Tu n'as pas fait le test ? »
April secoua la tête. « C'est une impression. Appelle ça intuition féminine. »
Le soleil disparut de nouveau, et elle rabaissa sa robe.
« J'ai essayé de lui trouver un prénom. Qu'est-ce que tu penses de Bartholomew ?

– Bartholomew, répéta Danny. Ça me plaît bien. Ça donnerait Bart comme diminutif.

– Oui, c'est comme ça qu'on l'appellerait à l'école.

– Et son nom de famille ? Ça serait Bartholomew Gold ? Bartholomew Cooper ? Bartholomew Neibauer ? Ou bien les deux noms ? Bartholomew Gold-Neibauer. Ça fait beaucoup de syllabes pour un petit bébé.

– Tu sais, je n'ai pas pensé à en parler avec Tom, dit April. Je présume que de toute façon, il s'appellera Bartholomew Gold.

– Et si c'est une fille ? »

April souleva la tête et lança un regard furieux à son frère.

« Oui, bien sûr. » Honteux, Danny plissa des yeux dans le soleil qui se cachait. « Louise. »

April reposa sa tête, ferma les paupières.

« Louise », répéta Danny. Ça lui plaisait et le surprenait à la fois d'entendre le nom de sa mère jaillir de ses lèvres, et il se rendit compte qu'il y avait de nombreuses semaines qu'il ne l'avait pas prononcé. « Louise, dit-il. Louise. Louise. »

Le reste de l'année, il n'y avait personne dans la villa; elle n'était louée et occupée que l'été, et c'était pourquoi il régnait dans les chambres quelque chose d'éphémère, d'agité, comme s'il s'y était déroulé des événements qui n'avaient pu aller à leur terme. Le sol de la salle de séjour était blanc, et la pièce était meublée d'un fatras de vieux canapés et de vieux fauteuils qui, chacun, dégageait une odeur de moisi, conséquence de longs hivers sans chauffage. Mais Nat aimait cela. « Ça me rappelle Little Nahant », dit-il en ouvrant les portes qui donnaient sur la terrasse. Non loin, il y avait les dunes, l'océan, le ciel. « Cette odeur de sel et de poisson portée par le vent. Ça me fait repenser à l'été de mes dix-sept ans, quand je prenais mon vélo pour aller voir votre mère. » Il se tut, suivit des yeux la traînée blanche d'un avion qui traçait un message dans le ciel. Puis il se tourna vers sa famille.

« Nous voici donc de nouveau réunis, dit-il.

– Oui », fit April. Elle était appuyée sur le mur, la guitare à la main, et elle tripotait le manche d'une manière qui trahissait l'envie de jouer devant un public. « De nouveau réunis », chantonna-t-elle en grattant une corde de son index. Walter ramassa un mouton et trois pièces d'un cent qui étaient tombées par terre. Danny, lui, faisait la vaisselle dans la cuisine; il avait fait la vaisselle toute la semaine. C'était la première fois qu'ils étaient de nouveau tous les quatre ensemble depuis la mort de Louise trois mois auparavant. Était-ce anormal qu'ils soient réunis là, dans une villa de location anonyme à des milliers de kilomètres de la maison qui, qu'on le veuille ou non, était le foyer d'au moins trois d'entre eux ? Il y avait pourtant des avantages à se retrouver en terrain neutre, loin de tout ce qui leur était familier, et loin du fantôme qui, maintenant encore, enfilait des gants de caoutchouc pour laver la vaisselle, ailleurs, dans cet autre évier.

Nat semblait plus mince qu'avant, bronzé, reposé. Il effectuait quelques travaux, annonça-t-il à ses enfants. La moquette couleur tabac brûlé qu'ils avaient fait poser quand Danny était jeune avait été enlevée, remplacée par du gris industriel. De même le papier jauni avec son motif de fleurs noires – des fleurs des enfers, les appelait Louise; les murs étaient blancs à présent. « Je recherche la simplicité », expliqua Nat, et Danny constata combien son père était soulagé de pouvoir enfin arracher les couches de vieux papiers peints et de ramener la maison à ses formes élémentaires – contre-plaqué, pin et chêne, plâtre et aggloméré. Lorsque ce serait terminé, peut-être la maison deviendrait-elle un lieu où il lui serait possible de revenir.

Walter avait acheté des tranches d'espadon pour le dîner. « On voulait manger dehors, dit Danny à son père, mais les restaurants du coin sont bondés, très chers, et pas très bons, surtout à cette période de l'année. La dernière fois, Walt et moi, on a attendu une heure pour avoir une table.

– Dans ce cas, c'est aussi bien. Tu sais combien ta mère déteste attendre.

– Déteste ? » fit April en levant la tête de son magazine. Nat ferma les yeux.

« Détestait », corrigea-t-il. Il eut un petit rire nerveux. « C'est curieux, non ? Aujourd'hui encore, il m'arrive d'oublier. Elle ne voulait jamais faire la queue, votre mère. En plus, elle s'accrochait toujours avec les serveuses, renvoyait les plats, ou encore se plaignait du service. Elle disait que ce n'était pas assez cuit, et quand ça revenait, elle disait que c'était trop cuit. Des fois, je me dis que la viande devait se refroidir au milieu par simple peur d'être inspectée par votre mère. » Il rit de sa propre plaisanterie – ses enfants l'imitèrent, par respect – puis il sourit et croisa ses mains derrière sa nuque. « Tenez, je viens juste de me rappeler quelque chose. Un jour, on était au restaurant, votre mère et moi, et elle a demandé qu'on lui serve un certain poisson grillé au lieu de poêlé, et quand le garçon lui a répondu qu'il n'était pas sûr que le chef allait accepter – ce n'était pas un mauvais restaurant, mais simplement une variété de poisson qu'on est censé manger poêlée – elle l'a regardé et a dit : “ Jeune homme, il y a en France un homme qui, tous les deux ou trois ans, va dans les plus grands restaurants et commande un œuf à la coque. Et si le restaurant est vraiment à la hauteur, on lui apporte un œuf à la coque, et cet œuf à la coque est parfait, délicieux. Mais si le restaurant n'est pas à la hauteur, si le garçon se fait tirer l'oreille, si le cuisinier ne cuit pas l'œuf comme il faut, alors cet homme, qui se trouve être le représentant du plus célèbre guide gastronomique, enlève une étoile au restaurant. Il y a des chefs français parmi les plus fameux qui se sont tués à cause d'un œuf à la coque. ” Inutile de vous dire que je n'en ai pas cru un mot. Dieu sait où elle avait pêché cette histoire. En tout cas, le serveur est parti, et Louise s'est mise à pianoter sur la table parce que finalement, elle avait faim. Et puis, il y a eu tout un remue-ménage au fond du restaurant. C'était le chef en personne qui sortait de la cuisine coiffé de sa toque et qui tenait un immense plateau d'argent avec un couvercle, assez grand pour présenter un cochon de lait. Il s'est avancé solennellement vers le milieu de la salle, et je voyais bien que votre mère devenait de plus en plus nerveuse à mesure qu'il approchait. Il s'est arrêté à notre table, a posé son énorme plateau devant Louise – je vous jure, il occupait toute la table – et là, votre mère l'a regardé, plutôt effrayée, comme si elle avait peut-être le sentiment d'avoir exagéré. “ Madame, votre dîner ”, a annoncé le chef. Alors, doucement, avec d'infinies précautions, comme si elle craignait qu'il y ait un serpent en dessous, elle a soulevé le couvercle.

– Qu'est-ce qu'il y avait ?

– Je crois deviner.

– En effet, reprit Nat. Un œuf, un œuf à la coque, dans un coquetier en argent. » Il éclata de rire en tapant des mains. « Elle a d'abord paru horriblement vexée, comme si elle allait pleurer. Mais le chef s'est mis aussitôt à rire, imité par les serveurs, et bientôt tout le monde dans le restaurant riait et applaudissait, sans d'ailleurs savoir pourquoi. Bien sûr, ils ont emporté le plateau et lui ont servi le poisson qu'elle avait commandé – et grillé ! » Nat avait un large sourire aux lèvres. « J'ai toujours adoré cette histoire, mais votre mère m'avait fait promettre de ne la raconter à personne.

– Pourquoi ? demanda April.

– Elle disait que ça la gênait. Vous la connaissez, elle se sentait gênée pour un rien. En fait, si ma mémoire ne me trompe pas, elle était dans un tel état ce soir-là qu'elle a été incapable de manger son poisson.

– A propos de poisson, le dîner est prêt, cria Walter de la cuisine où il avait allumé le gril.

– Tant mieux, fit April. Je meurs de faim. »

Ils prirent place autour de la table, et Walter servit les tranches d'espadon sur lesquelles étaient incrustées les traces noircies du gril. Il s'ensuivit une conversation familière, qu'ils avaient tenue de nombreuses fois, mais aujourd'hui, c'était Walter qui jouait le rôle de Louise.

« C'est assez moelleux ? J'espère que ce n'est pas trop desséché ?

– Non, c'est parfait.

– Si ce n'est pas assez cuit, je peux les remettre.

– Non, non, c'est parfait.

– La mienne aussi est parfaite.

– Est-ce que quelqu'un veut de la salade ? J'en ai préparé. »

Ils tendirent leurs assiettes. Comme ils étaient bien déjà, comme ils s'étaient vite habitués à cette nouvelle configuration ! On avait l'impression que de subtiles modifications s'étaient produites dans le dispositif de la famille, qui compensaient le bouleversement, la brèche que la mort de Louise avait provoquée. Un nouvel équilibre s'établissait, ni désagréable ni étrange ; certes, la vie sans Louise se révélait dans l'ensemble n'être ni désagréable ni étrange, mais plutôt comme chacun d'eux s'y était plus ou moins attendu. C'était plus facile. Pas de disputes, pas de refus brutaux, pas de « vous allez enfin ranger cette cuisine, bon sang! » Maintenant, ils pouvaient aller au restaurant et attendre des heures pour avoir une table. Ils pouvaient faire les mots croisés quand arrivait le dimanche. Ce qui ne signifiait nullement qu'aucun d'eux n'aurait pas tout donné pour qu'elle revienne, ne serait-ce qu'un instant, ne serait-ce que l'espace d'une respiration.

Et bien entendu, puisque c'était un dîner de famille, April avait une question à poser. « Tu sais, papa, j'attendais le moment propice pour te demander quelque chose.

– Ah bon?

– Je voulais te demander quelle était cette histoire du premier mariage de maman – tu sais, ce qu'elle n'a pas voulu que tu nous racontes ce fameux Noël.

– C'est tout? » Nat rit de soulagement. Dans le nouvel ordre des choses, cette question naguère délicate était devenue presque anecdotique, et il l'accueillait avec plaisir, surtout si l'on considérait les autres problèmes qu'April aurait pu soulever.

« Eh bien, c'est assez banal, commença-t-il. Deux ans avant notre mariage, votre mère a été passer le mois d'août à Provincetown. Elle nous a dit qu'elle travaillait comme femme de chambre dans un hôtel, mais on a su qu'en fait elle était barmaid dans une boîte. Alors, son père nous a envoyés, oncle Sid et moi, pour l'arracher de là. Seulement, quand on est arrivés, on s'est aperçus qu'elle n'avait aucune envie qu'on l'arrache de là. Elle avait une chambre derrière le bar, et la nuit, elle était réveillée par le choc des ivrognes que le videur projetait contre la cloison. C'était la belle vie. Et comme vous le savez, quand votre mère avait une idée en tête, il n'y avait rien à tirer d'elle. Elle est donc restée tout l'été et ensuite – pour des raisons qui m'échappent encore – elle a décidé de faire quelque chose de tout à fait extravagant. Elle s'est inscrite à l'université d'Alabama.

– L'université d'Alabama! s'exclamèrent en chœur Danny et April.

– N'oubliez pas, on était en 1943. Et quand on s'appelait Louise Gold et qu'on était de Malden dans le Massachusetts, ce n'était vraiment pas une chose ordinaire que de s'inscrire à l'université d'Alabama. Mais votre mère n'était pas une fille ordinaire, et je suppose qu'elle s'attendait à trouver là de nouvelles aventures. Toujours est-il qu'il n'y avait qu'un seul autre juif en dehors d'elle sur tout le campus, un juif orthodoxe du nom de Solomon Bloch. Ils ont fait connaissance, et elle l'a épousé sur place, en Alabama. Elle ne devait pas avoir plus de dix-neuf ou vingt ans à l'époque. Elle a dû regretter aussitôt ce qu'elle venait de faire, car elle est rentrée précipitamment à Boston, et on l'a à peine vue qu'elle prenait le train pour Reno afin de divorcer. Le même train que prend Norma Shearer dans *Femmes*, tu te souviens de ce film, April ? » April acquiesça. « Et elle a habité dans l'un de ces ranchs d'opérette pour femmes divorcées, comme dans le film, pendant six semaines il me semble, jusqu'à ce qu'elle soit débarrassée de Solomon Bloch, après quoi elle est revenue à Boston et nous nous sommes remis ensemble. On s'est mariés quelques mois plus tard, au cours d'une cérémonie civile à laquelle n'assistaient que ses parents et les miens ainsi qu'Eleanor et Sid.

« Je ne croyais plus jamais entendre parler de Solomon Bloch, mais un après-midi, juste avant ta naissance, April, on était dans le sous-sol de chez Filene, et d'un seul coup, Louise est devenue toute pâle et s'est précipitée vers les toilettes. Sans dire un mot. Naturellement, j'ai été plutôt étonné. J'ai regardé autour de moi pour voir ce qui l'avait bouleversée à ce point, et tout ce que j'ai vu, c'est un type avec un chapeau noir et une barbe qui fouillait dans une grande corbeille pleine de sous-vêtements. La vie n'offre pas tous les jours des occasions pareilles, aussi je me suis approché de lui en faisant semblant de flâner parmi les rayons. Il était assez beau, tout compte fait. Il avait une femme – jolie – et deux petits garçons. Quand Louise est enfin sortie des toilettes, je lui ai suggéré qu'on pourrait aller leur dire bonjour, mais elle n'a rien voulu savoir. Elle a répondu que si on ne partait pas sur-le-champ, elle allait être malade. C'est ce jour-là qu'elle m'a fait jurer de n'en parler à personne. Elle avait honte d'elle. »

Il baissa les yeux et, le temps de quelques secondes, chacun l'imita.

« Et après votre mariage, qu'est-ce qui est arrivé ? demanda April. C'est là qu'elle a travaillé comme soudeuse ?

– Oui, je crois. C'était la guerre. J'étais dans la Navy et je préparais ma licence pendant qu'elle travaillait au chantier naval. Elle était sans conteste la plus jolie de l'usine, si jolie que Ma – c'était la contremaîtresse – voulait la prendre comme pensionnaire dans le bordel qu'elle tenait par ailleurs.

– Ma », fit Danny, et il se rappela sa mère qui lui faisait un sandwich au thon pour l'école. " Cette Ma, avait-elle dit, elle apportait des sandwichs formidables au travail – avec des boulettes de viande et des saucisses à la sauce piquante – et moi, des sandwichs au thon. Ma considérait que les sandwichs au thon étaient la chose la plus délicate, la plus distinguée au monde, et elle voulait échanger avec moi. Je pense que c'est moi qui y gagnais. " « Elle m'a parlé de Ma, reprit-il.

– Et puis il y avait aussi Lena, l'amie de votre mère, dit Nat.

– Lena ?

– Oui, elle habitait dans un foyer avec ses trois enfants, et quand elle s'est décidée à se marier, elle est venue demander à votre mère si elle pouvait se marier en blanc. Les gens venaient souvent voir votre mère pour lui demander conseil à l'époque.

– Qu'est-ce qu'elle lui a répondu ? fit April.

– Oui, je suppose. Elle avait toujours tendance à répondre oui. Vous savez, elle était moins payée que les hommes, et ça la rendait furieuse. Mais qu'est-ce qu'elle y pouvait ? C'était la guerre. » Nat but une gorgée de café. « Il y avait un tas de types dans ce chantier naval qui aimaient bien Louise. Jerry Stern, Mike Spivack. On avait fait la connaissance de Mike Spivack des années plus tôt, dans le Mississippi, vous vous rendez compte, quand je faisais un séminaire là-bas. C'est là qu'on avait demandé à votre mère de faire partie du jury pour l'élection de Miss Mississippi. Mike et elle avaient passé tout le week-end à danser comme des fous. Moi, naturellement, j'avais du travail. » L'ombre d'une ancienne colère traversa le visage de Nat. « Plus tard, Mike a fini par épouser l'une des prétendantes au titre. Betty Ann, elle s'appelait. Ils sont à Chicago maintenant. » Il secoua la tête. « Mike Spivack. Ah , tu étais un sacré numéro, Louise Gold ! C'était difficile de t'attraper. Comme dans ces dessins animés du *Road Runner.* C'était elle l'oiseau qui courait, et moi l'idiot de coyote, et chaque fois que je croyais la tenir, elle s'échappait. Vous savez comment on appelait ça de mon temps ? Une fille culottée.

– Une fille culottée », répéta April.

Le soleil s'était couché, et les grillons avaient commencé à chanter dans les arbres. Ils faisaient un bruit d'enfer. Personne ne les avait remarqués ; personne n'avait même remarqué que la nuit tombait.

« Ah, ces grillons ! fit Nat. Hier, juste avant mon départ, il y avait ces maudits rouges-gorges qui piaillaient dans le buisson ardent. Tu te souviens, April, comment les rouges-gorges s'enivraient avec les baies du buisson ardent dans le jardin ? Louise détestait ça. Elle se précipitait dehors et brandissait le poing en hurlant : " Bande d'ivrognes!" Et maintenant, chaque fois que j'entends les grillons, je repense à ça. Les rouges-gorges, le buisson ardent, et Louise qui crie : " Bande d'ivrognes ! " Tu ne le savais pas, Danny ? »

Danny fit signe que non.

« On passe toute sa vie avec quelqu'un, et on s'imagine le connaître. Mais il y a toujours des secrets. Tant de choses que vous ne savez pas sur Louise, tant de choses que Louise et moi ne savons pas sur vous. Des choses que personne ne sait. En définitive, on est seul. Ça me faisait toujours peur, mais je vais vous dire, les enfants, plus je vieillis, plus le fait de savoir que je suis seul devient un soulagement. » Il sourit. « Tenez, je me rappelle le jour où Eleanor m'a annoncé que Louise était partie en Alabama. J'ai cru que j'allais devenir fou. Je l'aimais tant que je croyais mourir loin d'elle. Et aujourd'hui, quand je vois comment les événements ont tourné, je ne peux pas m'empêcher de rire au souvenir de ma conduite passée, moi qui pensais ne pas pouvoir vivre sans elle. Je la surnommais la Princesse de Glace, en référence à un film qu'on avait vu ensemble. Et quand elle est partie en Alabama, je l'ai appelée là-bas, et je lui ai dit : " Louisy, quand tu reviendras, je serai là. " Et vous savez ce qu'elle m'a répondu ? Elle m'a répondu : " Nat, ne m'attends pas parce que je ne reviendrai jamais. " Eh bien, elle est revenue, exactement comme sa mère l'avait prédit, la tête basse. Elle est revenue en ayant si peur que je ne veuille plus d'elle qu'elle tremblait de la tête aux pieds en me le demandant. Mais j'ai dit oui, et aussitôt elle m'a couvert de baisers et m'a juré qu'elle n'avait jamais aimé que moi, que la vie ne valait pas la peine d'être vécue sans moi. Est-ce que je lui pardonnerai un jour ? Ensuite, on s'est mariés. Mais le problème, c'était que ça n'avait rien de magique. Ce n'était que la vie. Nos vies. » Il secoua la tête avec tristesse. « Après, quand tu es né, Danny, les choses ont changé.

– Comment ? demanda April.

– Je ne sais pas exactement. Tout ce que je peux dire, c'est qu'après la naissance de Danny, rien n'était plus assez bien pour Louise. Vous comprenez, il arrive à tout le monde de traverser de mauvaises passes, et dans un couple, chacun est condamné à faire parfois quelque chose qui fait mal à l'autre, le blesse. Mais il me semble qu'à un certain moment votre mère a tout simplement cessé de voir l'aspect positif ; elle s'est mise à ne plus voir que le côté négatif, et à s'apitoyer sur elle-même. Elle ne voulait plus aller à des dîners, ni au cinéma. On avait l'impression que tout l'embêtait. Vous savez, je connais quelqu'un qui croit que certaines personnes sont génétiquement plus portées que d'autres à l'optimisme. Si c'est vrai, je pense que je fais partie de celles-là. Mais votre mère – je me dis parfois qu'elle était née pour être malheureuse, quelles que soient les circonstances. »

Il contempla son assiette, la peau carbonisée du poisson, la rondelle de citron à demi écrasée. April avait déjà sucé la sienne, et elle mordillait le zeste.

« C'est ce qu'on appelle faire endosser la responsabilité à la victime, murmura-t-elle.

– Pardon ?

– C'est faire endosser la responsabilité à la victime.

– Ta mère n'a pas toujours été une victime. Crois-moi, il y a eu un tas de situations où elle n'a rien eu de la victime. Et par la suite – eh bien, c'était un rôle dans lequel elle se complaisait. C'était devenu pour elle un refuge, une façon d'éviter d'assumer la responsabilité de son propre comportement, du changement qui s'était produit en elle. De toute manière, je ne lui reproche rien, je ne fais qu'expliquer un aspect de... de sa personnalité.

– J'adore la façon dont tu te préoccupes d'un seul coup de sa personnalité, fit April. C'est comme quand tu dis que les conditions de son existence n'avaient pas d'importance, que ça ne comptait pas que tu cherchais à être le moins souvent possible à la maison, ou que ça ne comptait pas qu'elle avait un cancer. Non, maman n'était pas malheureuse en raison des conditions de son existence, elle était malheureuse en raison d'une tendance génétique ! » Elle reposa sa rondelle de citron. « Si tu veux mon avis, ce n'est qu'un prétexte pour te convaincre toi-même que tu n'es pas responsable et t'épargner ainsi tout sentiment de culpabilité. Tu sais – son ton s'adoucit –, je ne dis pas qu'il n'y ait rien de vrai dans ce que tu prétends, je ne dis pas que sous certains aspects elle n'était pas... dépressive. Mais en fait, c'est entre vous que les choses ont changé, et pas seulement en elle. Il n'y a pas un seul et unique responsable. Vous vous disputiez tout le temps.

– April, ce n'est vraiment pas le moment de...

– Alors, quand est-ce que ce sera le moment ?

– En rentrant à la maison, je ne demande qu'à prendre rendez-vous avec le Dr Hirschman pour que nous puissions tous les trois parler de ce problème dans le cadre approprié. Mais en attendant, je crois qu'il est temps pour moi d'aller me coucher. » Nat se leva et s'étira, si bien que sa chemise sortit de son pantalon. « Si vous voulez bien m'excuser...

– Encore un café ? proposa Danny.

– Non, merci.

– Tu as des serviettes ?

– Oui, oui.

– Bien. Alors, bonne nuit.
– Bonne nuit.
– Bonne nuit. »

Seule April n'avait rien dit. En passant à côté d'elle, Nat s'immobilisa. Timidement, il posa la main sur sa tête, comme s'il avait l'intention de lui caresser les cheveux; elle eut un mouvement de recul, et il retira sa main pour lui tapoter l'épaule.

« Ma chérie, dit-il, il faut que tu me croies. Je n'essaie pas d'esquiver la responsabilité de quoi que ce soit. J'essaie simplement de raconter les choses – comme je les sens. Je pensais que tu aimerais savoir ce que je ressens, c'est tout.

– Bonne nuit », fit April.

Nat soupira et toussota. « Bonne nuit. » Il prit le couloir et referma la porte de la chambre derrière lui.

Tous trois se levèrent. April sortit sur la terrasse, et resta dehors en plein vent. « Je ferais bien de faire la vaisselle », dit Danny en commençant à débarrasser, mais Walter l'arrêta : « Ce soir, je m'en occupe. Va tenir compagnie à April.

– Merci, Walt. » Danny alla rejoindre sa sœur. La lune projetait une voie lumineuse sur l'eau. Leur mère avait-elle emprunté cette voie jusqu'au bout de l'horizon, vers cet endroit où naissent les ouragans ?

April était agrippée à la balustrade. Lorsque Danny posa ses mains sur ses épaules, elle resserra sa prise. La présence de son frère était légère comme un moustique sur son cou, et son haleine était chaude.

L'océan, beau et furieux, ne leur évoquait à l'un comme à l'autre qu'un évier plein de mousse.

« Tu crois qu'elle a eu une vie épouvantable, notre mère ? » demanda Danny.

April contempla un moment la lune, comme si elle réfléchissait à la question, puis elle répondit : « Oui. »

Pourtant, Danny ne pouvait pas s'en tenir là – ne pouvait pas laisser le sinistre verdict d'April, délivré avec un tel air de résignation et d'irrévocabilité, faire office de dernier acte, de dernier mot sur la vie de sa mère. Même s'il avait provoqué sa sœur par sa question, cherché à tirer avantage de son goût du drame pour être sûr que ce soit elle et non lui qui prononce les paroles auxquelles tous deux pensaient depuis des jours, des mois, il lui était impossible d'accepter cela. On secoue une vie, on la retourne et on regarde ce qui tombe. Et qu'est-ce qu'on trouve ? Une part de gâteau avec une fleur et les lettres LOUI écrites dessus. Un chausson de bébé à demi fini. Deux boîtes à pilules – l'une bleue avec un couvercle rose, l'autre avec un miroir à l'intérieur et cette phrase : « Vois ce qui me plaît. »

Il voit sa mère dans son peignoir rose vaporeux par une chaude matinée de printemps, qui règle quelques factures, installée devant le petit bureau de la cuisine. Il y a la boîte à pilules, posée là où elle est posée depuis – combien de temps ? Vingt ans ? Elle la prend. Elle est de couleur coquille d'œuf, décorée de petits rubans et de fleurs, ainsi que de cette fameuse inscription, qu'elle relit. Et bien qu'elle l'ait déjà fait des milliers de fois, que cela ne comporte plus pour elle le moindre élément d'espoir ou de surprise, elle soulève le couvercle. Elle a son visage devant elle, ou une partie de son visage, hagard, effrayé peut-être, et comme une petite fille, elle sourit, heureuse de savoir que sur cette minuscule scène, au moins, elle sera toujours aimée.

TROISIÈME PARTIE

C'est une matinée de printemps fraîche et ensoleillée. Louise est assise à la table de la cuisine; elle porte son plus beau tailleur de tweed gris et ses perles, et elle boit un café en regardant les mots croisés qu'elle a faits la veille. De temps en temps, elle lève les yeux sur la pendule avec l'espoir que l'heure est enfin arrivée où elle peut raisonnablement partir. Pour que les minutes passent plus vite, elle a essayé de se rappeler les autres occasions où elle a mis un tailleur : l'après-midi où elle a accompagné Eleanor au tribunal sans doute, pour quelques-uns de ces déjeuners avec les épouses d'universitaires, et lors des premières visites chez le médecin, quand on la faisait venir pour lui annoncer les mauvaises nouvelles. Elle avait peur des médecins à l'époque, se sentait humiliée; elle croyait qu'elle devait se mettre sur son trente et un pour eux. C'était du passé. Maintenant, elle enfilait un jean, un grand pull, ce qui lui tombait sous la main. Mais aujourd'hui, elle est habillée – sur son trente et un – depuis sept heures du matin.

Quand c'est le moment raisonnable de partir, elle se lève, sort dans le froid du matin, surprise, soudain, par les couleurs du monde : le rouge d'un oiseau-mouche perché sur sa mangeoire, le pourpre étincelant des lis que Nat a plantés en rangs bien ordonnés. Elle s'installe dans sa voiture et, au bout de l'allée, prend en direction de la ville.

Elle s'est mis du parfum dans le cou et à la naissance des seins, comme si elle se rendait à un rendez-vous amoureux, ce qui, dans un sens, est peut-être le cas. A la radio, des hommes aux voix nasillardes parlent de catastrophes routières qui ne peuvent pas la concerner. Elle roule le long d'avenues prospères à trois voies où les gens sont courtois, et cherche une rue dont elle a vérifié deux fois l'emplacement hier soir sur le plan. La rue est là. Louise tourne un coin, et elle est arrivée, en avance juste de quelques minutes. C'est une bâtisse étonnamment moderne, basse, couleur savon. Un long couloir bordé de fenêtres en forme de fer de pique relie l'église à une construction robuste qui ressemble à une maison et que Louise suppose être le presbytère. Devant, s'étend une pelouse bien entretenue.

Elle descend de voiture. Les portes du bâtiment sont foncées, lourdes, mais s'ouvrent en douceur quand elle appuie ses paumes contre les battants. A l'intérieur, il y a une femme à un bureau, qui lève les yeux. Louise donne son nom et on l'invite à aller s'asseoir. Elle attend dans une antichambre sombre et froide, tortille ses gants entre ses mains, puis la femme du bureau vient l'informer que le père Abernathy est prêt à la recevoir. Elle bondit sur ses pieds, la poitrine soudain oppressée, et suit la femme dans un bureau austère.

Le père Abernathy est un homme d'une soixantaine d'années au léger embonpoint et aux cheveux blancs. Lorsqu'il se lève pour lui serrer la main, elle remarque que sa peau, de même que la sienne, est marbrée de rose pâle.

« Asseyez-vous, je vous prie, dit-il.

– Merci. » Elle s'assoit.

« Eh bien, que puis-je pour vous, Mrs. Cooper ? »

Elle garde un instant le silence, puis elle répond : « Je voudrais me convertir, mon père. Je voudrais devenir catholique. »

Il pianote sur son bureau. « Quelle est votre religion actuelle ? demande-t-il.

– Je suis juive de naissance, mais c'est sans importance. Je n'ai jamais pratiqué.

– Et qu'est-ce qui vous a attirée dans la foi catholique ? »

Elle fixe le sol. « Elle est forte, dit-elle. J'ai besoin de quelque chose qui soit fort.

– Y a-t-il une raison particulière qui vous pousse à vous convertir en ce moment ? »

Elle ferme les yeux. « Mon mari aime une autre femme. J'ai un cancer du système lymphatique. »

Les sourcils du père Abernathy esquissent un haussement. Louise sait qu'il est habitué à la distance qu'offre le confessionnal.

« Vous pensez donc que l'Église peut vous apporter le réconfort.

– Je pense que l'Église peut apporter beaucoup de choses à ceux qui se retrouvent seuls. » Louise détourne les yeux, regarde par la fenêtre la vaste pelouse et, au-delà, sa voiture. Elle est brusquement impatiente, a hâte de goûter l'hostie, de sentir sa délicate pression contre son palais, pareille à un abaisse-langue. Elle attend.

« Mrs. Cooper, dit le père Abernathy en ôtant ses lunettes, prenez le temps de réfléchir. Si vous devez devenir membre de notre Église, ce sera parce que vous le désirez vraiment. Vous êtes blessée, et le Christ guérit nos blessures, mais ce n'est pas en soi une raison suffisante pour prendre une mesure aussi radicale que de changer de religion. » Il se penche vers elle. « Vous avez pensé à demander conseil à quelqu'un ? »

Elle ouvre de grands yeux, se tasse dans sa chaise. « Oui, répond-elle. Oui, j'y ai pensé. »

Il prend une feuille de papier et un stylo dans un tiroir de son bureau. « Je vais vous donner le nom d'une de mes amies au Centre de thérapie familiale, sur Claremont Avenue. Allez la voir. Et allez peut-être voir également le rabbin de votre synagogue, si vous en avez une. Et ensuite, si vous êtes toujours persuadée que c'est l'Église qui vous convient, revenez me voir et nous en reparlerons. »

Il lui remet la feuille de papier. Louise se lève. « Merci, mon père, dit-elle en la glissant dans son sac avant de tendre la main. Merci. » Elle a les yeux gonflés de larmes.

Peut-être est-il dans l'incapacité de comprendre, peut-être ne comprendra-t-il jamais, ni lui ni personne, ce qu'elle éprouve en ce moment, mais c'est sans importance, parce que, elle, elle comprend. L'échec. La gêne. Et la fierté. Les sujets dont elle a si rarement parlé semblent à présent occuper la pièce ; ils sont sortis d'elle ; ils ne peuvent plus lui faire de mal. Elle ira consulter la conseillère ou elle n'ira pas ; elle reviendra voir le père Abernathy ou elle ne reviendra pas. Qu'importe. C'est elle qui décide. Elle, et elle seule.

« C'est comme si on m'avait enlevé une épine, dit-elle.

– Pardon ? fait le père Abernathy.

– Vous voyez, au début, j'étais terriblement embarrassée. J'avais le sentiment de vous avoir fait perdre votre temps et de m'être rendue ridicule. Mais maintenant, je me rends compte que vous m'avez aidée beaucoup plus que vous ne pouvez l'imaginer. Merci. »

Il rougit. « C'est pour ça que je suis là, dit-il. Laissez-moi vous raccompagner jusqu'à votre voiture. » Il lui prend le bras et la conduit hors du sombre presbytère. Ils débouchent sur le trottoir. Le soleil brille, haut dans le ciel, et Louise doit se protéger les yeux.

Par la vitre de la voiture, le père Abernathy lui dit : « Dieu nous entend. Tout ira bien.

– Merci », dit Louise.

Il s'écarte, et elle démarre. Planté sur le trottoir dans son costume noir, il agite la main. Pourquoi n'avait-elle pas compris que c'était si simple ? La foi, cette radio bon marché, ce fil qui serpente vers l'oreille. Elle a déjà tout ce dont elle a besoin. Elle agite la main à son tour, et s'éloigne de la pelouse verte pour se diriger vers le plus beau des ciels, en paix avec elle-même, si ce n'est cette démangeaison sur la peau qui recommence.

Cela se passait fin mars, une semaine avant qu'elle n'entre à l'hôpital. Elle n'en parla à personne, sauf à Clara.

Cet ouvrage a été réalisé sur
Système Caméron
par la SOCIÉTÉ NOUVELLE FIRMIN-DIDOT
Mesnil-sur-l'Estrée
pour le compte des Éditions Flammarion
Janvier 1990

Imprimé en France
Dépôt légal : Janvier 1990
N° d'édition : 12398 – N° d'impression : 13317